Diogenes Taschenbuch 21493

Hans Werner Kettenbach

Der Pascha

Roman

Diogenes

Veröffentlicht als Diogenes Taschenbuch, 1987
Lizenzausgabe mit freundlicher Genehmigung der
Paul Zsolnay Verlag Gesellschaft

40/92/8/4
ISBN 3 257 21493 6

I

Montag, 6. Dezember, 17.15

Ich habe eine merkwürdige Beobachtung gemacht. Als Pauly mich verlassen hatte, gegen halb zwölf heute vormittag, er hatte eben die Tür hinter sich geschlossen, da entdeckte ich auf meinem Schreibtisch die Unterlagen, die ich schon vor seinem Besuch Fräulein Kübler zum Ablegen hatte geben wollen. Ich griff sie und ging hinaus ins Vorzimmer. Ich sah gerade noch, wie sich die Tür gegenüber, die Tür zu Annegrets Zimmer schloß, sie wurde auf eine merkwürdig behutsame Art geschlossen, es war Pauly, ich erkannte, durch den sacht sich schließenden Türspalt, seine Gestalt in dem dunkelbraunen Anzug.

Ich gab Fräulein Kübler die Unterlagen, sagte ihr, was sie vor dem Ablegen damit tun solle. Ich fürchte, Fräulein Kübler hat gemerkt, daß ich irritiert war und unkonzentriert. Sie sah mich an, aber ihr Blick schweifte einmal kurz ab, zu der Tür gegenüber, die Pauly so behutsam hinter sich geschlossen hatte. Ich ging zurück zu meinem Zimmer, blieb dummerweise stehen und fragte, ich könnte mich ohrfeigen dafür: „Wissen Sie, ob Frau Dr. Fabian schon die Übersicht für den November fertig hat?"

„Nein. Soll ich sie fragen?" Fräulein Kübler erhob sich, war schon auf dem Weg zu der geschlossenen Tür. Ich wehrte ab, eine Spur zu heftig, wahrscheinlich. „Nein, nein, das hat Zeit."

Ich ging zurück in mein Zimmer, wollte die Tür hinter mir schließen, zögerte, brachte es nicht fertig und ließ sie offenstehen. Ich setzte mich an meinen Schreibtisch und starrte durch die offene Tür hinaus in Fräulein Küblers Zimmer. Nach einer Weile hörte ich das sanfte Schnellfeuer ihrer Schreibmaschine.

Es ist nicht ungewöhnlich, daß ich meine Tür zum Vorzimmer offenlasse. Aber ich tue es eigentlich nur, wenn die Arbeit einen gewissen Abschluß erreicht hat, meist erst am späten Nachmittag.

Wahrscheinlich hat Fräulein Kübler sich gewundert, daß ich meine Tür um diese Stunde offenließ, am Wochenanfang, der uns wie üblich mit Arbeit überschwemmte, um halb zwölf am Vormittag.

Ich zog die Papiere heran, die Pauly mir gebracht und erläutert hatte. Ich schob sie, aus einem absonderlichen Gefühl der Abwehr, das sich in mir regte, gleich wieder beiseite. Ich starrte hinaus ins Vorzimmer. Ich sah auf meine Uhr. 11 Uhr 33.

Was war so merkwürdig an meiner Beobachtung? Lohnt es sich überhaupt, sie festzuhalten?

Schließlich ist Pauly mit Annegret schon seit einer ganzen Weile bekannt. Er ist Anfang des Jahres aus der Zentrale zu uns versetzt worden, als Kundenberater. Es war zum 1. April, wenn ich nicht irre. Er ist ein tüchtiger junger Mann, Anfang oder Mitte dreißig, ich weiß es nicht genau, ich müßte nachschauen. Er sieht wohl recht gut aus. Natürlich ist das nebensächlich, für unser Haus und für mich zählt in erster Linie seine berufliche Qualifikation. Er versteht eine Menge von Computern und er verfügt noch dazu – eine sehr seltene Kombination – über einen gesunden kaufmännischen Instinkt. Seine Umgangsformen sind angenehm. Es kommt nicht von ungefähr, daß in dem halben Jahr, seit er zu uns versetzt wurde, der Absatz unserer Anlagen merklich gestiegen ist. Wenn ich tatsächlich in unser Stammhaus in den USA berufen werden sollte – er hätte vielleicht die Qualifikation, meinen Posten zu übernehmen.

Es ist keineswegs merkwürdig, daß er gute Kontakte zu Annegret entwickelt hat. Annegret (oder vielleicht sage ich hier besser: Frau Dr. Fabian) hat ihm, als er bei uns antrat, ganz offensichtlich imponiert, eine Reaktion, die mich nicht überraschte und die ich genoß, und die vermutlich auch sie genoß, warum auch nicht. Annegret, seit drei Jahren nun meine Assistentin, hat sich in dieser Zeit wirklich enorm herausgemacht. Sie sieht sehr gut aus, und wer zehn Sätze mit ihr gewechselt hat, der weiß, daß sie außerdem eine tüchtige und kluge Frau ist.

So selbstverständlich es war, daß die beiden sich begegneten (obwohl er mit ihr eigentlich nichts zu tun hat, sein Gesprächspartner im Management bin vielmehr ich), so selbstverständlich es auch ist, daß sie sich nicht aus dem Wege gehen: ich muß gestehen, daß ich es nie gern gesehen und angehört habe, wie er ihr seine Komplimente machte, und wie sie ironisch, aber unverkennbar geschmeichelt darauf reagierte. Seit ein paar Wochen, vielleicht sogar schon Monaten glaube ich, eine gewisse Vertiefung dieses Umgangstons herausgehört zu haben. Er hat sich in der jüngsten Zeit zwei- oder dreimal sogar herausgenommen, zu ihr zu gehen, wenn die Tür ihres Zimmers offenstand. Er hat sich nicht damit begnügt, daß sie hin und wieder zufällig zu mir kam, wenn er, um Bericht zu erstatten, bei mir war. Er hat sie aufgesucht.

Diese Frechheit, ja, es war ja doch eine Frechheit, hat mich in der vergangenen Woche veranlaßt, ihr zu sagen, daß dergleichen Kontakte mich ärgern. Ich glaube, ich habe sogar das Wort „peinigen“ verwendet, was sicher nicht klug war. Man soll einer Frau nicht allzu deutlich zeigen, daß man sie liebt, jedenfalls nicht zeigen, daß diese Liebe so groß, daß sie abhängig, sklavisch genug ist, um bereits von solchen Lappalien irritiert zu werden.

Sie hat mich in die Arme geschlossen, mich sanft geschüttelt, hat mich geküßt und mir in die Augen gesehen: „Ich wußte doch nicht, daß du es nicht magst. Aber wenn du es nicht magst, dann lasse ich es halt. Mir liegt doch nichts an diesem Jungen.“

Ich habe ihr gesagt, sie solle mich nicht mißverstehen: Nichts liege mir ferner, als ihr Vorschriften zu machen, ich hätte ja auch absolut kein Recht dazu, kein Mensch habe das Recht, dem anderen Vorschriften zu machen. Ich sei auch gar nicht böse auf sie. Ich hätte mich nur über die Frechheit geärgert, mit der er sich an sie herangedrängt habe. Sie hat gesagt, aber das sei doch keine Frechheit, er sei eben ein aufgeschlossener und ja auch sympathischer junger Mann, er habe sich bestimmt nichts Böses dabei gedacht. Als ich widersprechen wollte, hat sie mir den Mund mit einem Kuß verschlossen. Dann: „Jetzt sei schön still, ich verspreche dir, daß ich in Zukunft ganz brav bin.“

Nachdem ich mich dieser Vorgeschichte erinnert und sie niedergeschrieben habe, zweifle ich nicht im geringsten mehr daran, daß meine Beobachtung von heute vormittag bemerkenswert ist. Die Frage, die ich oben stellte: ob es sich überhaupt lohne, diese Beobachtung festzuhalten, sie ist geradezu idiotisch. Eine solche Frage könnte nur stellen, wen die Liebe blind gemacht hat.

Ich hatte, als ich um 11.33 auf meine Uhr sah, mir und ihr, und diesem Kerl in gewisser Weise auch, eine Frist gesetzt: Wenn sie ihn bis um 11.35 vor die Tür gesetzt haben sollte, dann würde ich den Fall vergessen.

Er verließ ihr Zimmer um zehn vor zwölf. Ich hörte ihn, nicht laut, sondern eher gedämpft, es gibt gar keinen Zweifel daran, daß ich diese Stimmlage richtig einschätze, ich hörte ihn gedämpft zu Fräulein Kübler sagen: „Wiederschauen, Küblerin", sie erwiderte, sehr freundlich, wenn ich nicht irre: „Wiedersehen, Herr Pauly", ich sah die dunkelbraungekleidete Gestalt rasch vorübergleiten, hörte die Tür des Vorzimmers.

Annegret, die sich bis zur Mittagspause um halb eins nicht bei mir blicken ließ, wir gingen wie üblich gemeinsam zum Essen, sie hat nicht mit einem Wort diesen Besuch erwähnt. Ist das etwa nicht merkwürdig? Ich habe sie natürlich nicht mit einem Wort danach gefragt, ich wäre mir lächerlich vorgekommen, solch eine Frage wegen Herrn Karl-Heinz Pauly zu stellen.

Aber je mehr ich darüber nachdenke – es ist schon dunkel vor den Fenstern meines Büros, Fräulein Kübler ist pünktlich um fünf gegangen, Annegret wenig später, sie hat gesagt, sie müsse ein paar Besorgungen machen und heute abend werde sie mit ihrer Mutter ins Kino gehen, ich habe gesagt, ich müsse noch etwas aufarbeiten (ich bin tatsächlich an diesem Tag mit meiner Arbeit erheblich in Rückstand geraten) – je mehr ich also darüber nachdenke, um so klarer wird mir, daß ich mich viel lächerlicher mache, wenn ich die Angelegenheit auf sich beruhen lasse. Annegret würde mich womöglich für dumm verschleißen, und das zu Recht. Sie muß ja doch damit rechnen, daß ich seinen heimlichen Eintritt ebenso beobachtet habe wie seinen Abgang, nach geschlagenen zwanzig Minuten, die sie ihn bei geschlossener Tür in ihrem Zimmer verbringen ließ.

Ich werde ihr einen Brief schreiben.

2

Montag, 6. Dezember, 18.45

Liebe Annegret,

Ich will Dir keine Vorschriften machen, wie käme ich auch dazu. Du weißt, daß ich Dich liebe, aber ich kann und werde aus dieser Liebe niemals Ansprüche ableiten. Selbst wenn ich mich scheiden ließe und Dich heiratete, würde ich niemals versuchen, Dir Vorschriften zu machen. Ich habe Dir schon einmal gesagt, daß nach meiner Auffassung kein Mensch das Recht hat, einem anderen Vorschriften zu machen. Du bist ein freier Mensch, und ich jedenfalls werde nie versuchen, Dir Fesseln anzulegen.

Ich muß Dir gleichwohl sagen, daß ich die Art Deines Umgangs mit Herrn Karl-Heinz Pauly nicht verstehe. Ich möchte im voraus klarstellen, daß der Herr, von unseren beruflichen Beziehungen abgesehen, für mich eine quantité négligeable ist, es ist mir völlig gleichgültig, was er privatim tut oder läßt, ob er seinen Charme ausprobiert oder nicht, ob er seine Frau betrügt oder nicht. Nicht Herr Karl-Heinz Pauly ist mir wichtig, wohl aber bist Du es. Und weil Du mir so unendlich wichtig bist, setzt es mir zu, daß ich die Art Deines Umgangs mit diesem Herrn nicht verstehe.

Ich hatte Dir gesagt, daß die Besuche, die er sich bei Dir neuerdings herausgenommen hat und die Du ihn Dir hast abstatten lassen, mir nicht gefallen. Du hast geantwortet, und ich kann aus dem Gedächtnis wörtlich zitieren, weil dieser Satz für mich wichtig war: „Mir liegt doch nichts an diesem Jungen."

Wenn das so ist, woran ich übrigens überhaupt nicht zweifle, denn wie sollte Dir, lächerliche Vorstellung, etwas an Herrn Karl-Heinz Pauly liegen, wenn das also so ist, dann verstehe ich allerdings nicht, warum Du ihm heute erlaubt hast, sich geschlagene zwanzig Minuten lang bei geschlossener Tür in Deinem Zimmer aufzuhalten. Es wird Dich vielleicht überraschen, daß ich das weiß und daß ich sogar die Zeit so genau weiß. Glaube bitte nicht, daß ich Dir nachspioniert und mich dabei auch noch einer Stoppuhr bedient hätte. Es war ein Zufall.

Ich habe zufällig beobachtet, wie er Dein Zimmer betrat, und es hat mich übrigens ein wenig belustigt, daß er sich dabei benahm, als gehe er zu einem verschwiegenen Rendezvous, seine Phantasie ist vermutlich ein wenig überreizt, so etwas soll in seinem Alter ja schon einmal vorkommen. Ich habe dann ebenso zufällig beobachtet, wie er Dein Zimmer wieder verließ. Allerdings habe ich beide Male auf die Uhr gesehen, und beim zweitenmal, was Du vielleicht verstehen wirst, nicht zufällig. Ich hoffe jedenfalls, daß Du das verstehst.

Ich habe Dir gesagt, daß die Besuche des Herrn Pauly mich stören. Du hast mir gesagt, Du würdest das abstellen, es läge Dir ja nichts an Herrn Pauly. Was aber geschieht? Er nimmt sich – worüber Du Dich übrigens nicht wundern darfst, da Du ja bislang seine Frechheiten hingenommen hast – abermals heraus, Dir einen Besuch abzustatten. Und Du setzt ihn nicht etwa prompt vor die Tür, was ich allerdings erwartet hätte, sondern beherbergst ihn volle zwanzig Minuten lang. Was, um Himmels willen, gab es für Dich Wichtiges mit Herrn Karl-Heinz Pauly, an dem Dir nichts liegt, zu bereden, zwanzig Minuten lang und bei geschlossener Tür?

Du könntest mir entgegenhalten, daß ich, indem ich Dir mein Befremden ausdrücke, Dir sehr wohl und entgegen meinen Beteuerungen Vorschriften zu machen versuche, denn ich lege Dir indirekt ja doch nahe, etwas zu unterlassen, weil es mir nicht gefällt. Darauf lautet meine Antwort: Es bleibt dabei, daß ich Dich als einen freien Menschen respektiere. Du kannst tun und lassen, was Du willst. Aber Du mußt bitte in Kauf nehmen, daß auch ich ein freier Mensch bin und sein will und daß ich eben deshalb nicht daran denke, mir selbst Gewalt anzutun, indem ich mein Befremden unterdrücke und es totschweige. Du kannst, frei, wie Du bist, tun und lassen, was Du willst, aber eben deshalb wirst

Du verstehen, daß ich mir die Freiheit nehme, in meiner Art auf das, was Du tust oder läßt, zu reagieren und gegebenenfalls meine eigenen Konsequenzen daraus zu ziehen.

Martin

3

Dienstag, 7. Dezember, 9.15

„Glaubst du nicht, daß das ein wenig unter deinem Niveau ist?“ Sie hat die Tür hinter sich geschlossen, tritt vor meinen Schreibtisch, legt den Brief wahrhaftig, als wolle sie ihn mir zurückgeben, vor mir ab, auf die Akte, die ich gerade lese, bleibt stehen, verschränkt die Arme vor der Brust.

Ich nehme die Brille ab, lege sie neben den Brief. „Was ist daran unter Niveau, bitte?“ Als sie die Lippen öffnet, um zu antworten, schiebe ich schnell zwei Sätze nach: „Und wieso findest du, daß hier *mein* Niveau zur Debatte steht? Wieso ausgerechnet *mein* Niveau?“

Sie nickt. „Ja, ja, natürlich, ich habe dich schon verstanden. Es ist *mein* Niveau, das hier zur Debatte steht. Findest du nicht, daß du ziemlich überheblich bist in diesem Brief?“

„Das mußt du mir erklären, bitte.“ Ich lehne mich in meinem Sessel nach hinten.

„Warum schreibst du eigentlich dauernd von ‚Herrn Karl-Heinz Pauly‘? Das ist ironisch gemeint, nehme ich an. Du nennst ihn ‚Herr‘, weil du mir zu verstehen geben willst, daß er alles andere als ein Herr ist, nach deiner Meinung.“

„Und diese Meinung ist falsch, wenn ich dich richtig verstehe? Herr Karl-Heinz Pauly *ist* ein Herr, nach deiner Meinung?“

„Martin, was soll das? Ich bin nicht zu dir gekommen, um Pauly in seiner Eigenschaft als Herr zu verteidigen.“

„Sondern?“

Sie holt tief Luft, wendet sich ab, setzt sich in den Sessel am Fenster, schlägt die Beine übereinander, schaut zum Fenster hinaus, trommelt mit den Fingern der Rechten auf der Sessellehne. Und schweigt.

„Also? Was ist Herr Pauly, nach deiner Meinung?“

„Mein Gott, er ist ein netter Kerl. Ein sympathischer junger Mann, wirklich, ein bißchen direkt vielleicht, aber seit wann ist Offenheit ein Charakterfehler? Es kann ja sein, daß er sich in mich verguckt hat –"

„Das müßtest du aber mittlerweile wissen!"

„Wieso?"

„Wenn er so offen ist, wie du sagst, wird er dir das doch nicht verheimlicht haben. Und mir auch nicht, übrigens."

„Mein Gott, leg doch nicht jedes Wort auf die Goldwaage. Mach doch nicht alles so kompliziert."

„Also gut, machen wir's einfach. Herr Karl-Heinz Pauly ist möglicherweise sogar ein Herr, aber daß ich ihn so nenne, stört dich, weil du darin den Versuch einer Herabsetzung dieses Herrn vermutest. Herr Karl-Heinz Pauly ist, wie du aus deiner intimeren Kenntnis seiner Person sagst, jedenfalls ein netter Kerl, ein sympathischer junger Mann. Ich schlage also vor, daß du an den Stellen meines Briefs, an denen ich ihn einen Herrn genannt habe, dir jeweils vorstellst, ich hätte geschrieben ‚Dieser nette Kerl Karl-Heinz Pauly' oder ‚Dieser sympathische junge Mann namens Karl-Heinz'. Ich bin zu dieser Korrektur bereit. – War das alles, was du mir zu meinem Brief zu sagen hattest?"

Sie sieht mich an. „Du bist manchmal wirklich unausstehlich."

„Ich weiß. Ich bin sicher nicht das, was man einen netten Kerl nennt."

„Doch, das bist du. Und du weißt es. Ich würde dich nicht lieben, wenn du nicht so ein netter Kerl wärst. Aber in diesem Augenblick willst du unter gar keinen Umständen ein netter Kerl sein. Ich sehe es dir an."

„Wenn ich noch einmal auf den Brief zurückkommen dürfte. Ich habe dich vorhin unterbrochen, entschuldige bitte. Du hattest gesagt, es sei ja möglich, daß er sich in dich verliebt habe, nein: verguckt, hattest du gesagt."

„Ja, verguckt hatte ich gesagt."

„Der Satz wirkt unvollständig. Wolltest du ihn fortsetzen?"

Sie sieht mich an, holt einmal tief Luft, fast klingt es wie ein Seufzer, sieht mich noch immer an, wendet dann den Blick zum

Fenster hinaus. „Ich weiß nicht, ob ich ihn fortsetzen wollte. Aber wenn ich ihn fortgesetzt hätte, hätte ich wahrscheinlich gesagt: Was ist dabei? Warum sollte es dich beunruhigen oder vielleicht sogar bedrücken, wenn Pauly sich tatsächlich in mich verguckt hätte oder meinetwegen auch verliebt? Warum sollte das für dich irgend etwas bedeuten? Du weißt doch, daß ich dich liebe."

„Entschuldige, Annegret, aber du redest am Thema vorbei. Die Gefühle des Herrn Pauly interessieren mich in der Tat überhaupt nicht. Ich habe es dir ja sogar schriftlich gegeben, und das ist die schlichte, ganz und gar undramatische Wahrheit, ich habe geschrieben, es sei mir ..." Ich nehme den Brief, setze die Brille auf und tue, obwohl ich die Stelle auswendig weiß, so, als suchte ich sie. „Ich habe geschrieben, es sei mir völlig gleichgültig, was er privatim tut oder läßt, ob er seinen Charme ausprobiert oder nicht, ob er seine Frau betrügt oder nicht. Aber –"

„Wie kommst du dir eigentlich vor, wenn du Pauly unterstellst, daß er seine Frau betrügt?" Sie hat, im Sessel zurückgelehnt, die Arme über der Brust verschränkt und sieht mich an. Sie weiß, daß ich es hasse, wenn man mir ins Wort fällt, ich selbst tue es nie, weil ich es für eine der gröbsten Unhöflichkeiten halte. Aber sie läßt mich nicht einmal dazu kommen zu sagen: „Würdest du mich bitte ausreden lassen?"

Sie fährt auf der Stelle fort, zum Streit entschlossen, ganz offensichtlich: „Wie fändest du das, wenn umgekehrt Pauly dir unterstellte, daß du deine Frau betrügst? Er hätte doch weit mehr Anlaß dazu, oder nicht? Wie fändest du es, wenn er Briefe schriebe, in denen er sich darüber ausläßt, daß du mir nicht etwa nur gelegentliche Besuche abstattest, sondern daß wir seit drei Jahren miteinander schlafen? Und obwohl wir ganz unleugbar miteinander schlafen – würdest du es nicht als eine Anmaßung empfinden, wenn Pauly schriebe, daß du deine Frau betrügst?"

Ich nehme die Brille wieder ab, lege die Fingerspitzen beider Hände auf den Brief, sehe auf die Fingerspitzen. „Ich stelle fest, daß du dich in bemerkenswerter Weise für Herrn Pauly engagierst, an dem dir ja doch nichts liegt. Das ist das erste, und ich stelle es nur der Vollständigkeit halber fest. Das zweite ist, daß ich deinem Plädoyer insoweit nicht folgen kann, als unsere Beziehung den Herrn Pauly ja wohl nichts angeht, und meine Ehe schon gar nicht. Insoweit also scheint mir deine Frage, wie ich es fände, wenn Herr Pauly mir einen Ehebruch unterstellte, ziemlich deplaciert. Ich weiß nicht, welcher intimeren Informationen über unsere Beziehung Herr Pauly teilhaftig ist –"

„Willst du jetzt nicht langsam aufhören?" Ihre Augen sind weit offen. „Er weiß nicht mehr und nicht weniger über unsere Beziehung als jeder andere hier. Das nehme ich jedenfalls an. Woher sollte er mehr wissen? Du willst doch wohl nicht andeuten, daß ich ihm ‚intimere Informationen' gegeben hätte, wie du das nennst?"

„Es wäre wirklich sehr freundlich, wenn du mich ausreden ließest." Ich lege eine Pause ein, und jetzt scheint sie zu merken, daß sie diese Unterhaltung gefährlich zugespitzt hat, sie streicht den Rock über ihrem Oberschenkel glatt und schweigt. „Ob und welche Informationen Herr Pauly über unsere Beziehung besitzt, ist mir gleichgültig. Es ist mir ebenso gleichgültig wie die Frage, ob er seine Frau betrügt oder nicht. Aber selbst wenn ich diese Frage nicht nur im Vorübergehen, sondern in allem Ernst aufgeworfen haben sollte, so hätte ich das ja nicht ohne eine gewisse Berechtigung getan. Gesetzt den Fall, Herr Pauly interessiert sich für dich, was er zweifellos tut, so berührt das unsere Beziehung. Ich hingegen interessiere mich weder für Herrn Paulys Frau noch für irgendeine seiner Freundinnen, wie viele er auch haben mag, dieser so nette Kerl. Ob ich meine Frau betrüge, geht ihn also absolut nichts an, während es mich sehr wohl etwas angehen könnte, ob er seine Frau betrügt oder den Versuch unternimmt, sofern er es nämlich mit dir versuchte. Und deshalb finde ich deine Frage, ob ich es nicht auch als anmaßend empfände, wenn er mir einen Ehebruch unterstellte, noch immer reichlich deplaciert."

Sie steht auf. „Bist du fertig?"

„Nein, ich bin keineswegs fertig, und du weißt das sehr gut. Ich will dich nicht aufhalten, wenn du wieder an deine Arbeit gehen möchtest. Aber wenn dir nur halb so viel an unserer Beziehung liegt wie mir, dann wirst du dir auch den dritten Punkt noch anhören, den ich dir auf deine deplacierte Frage hin entgegenzuhalten habe."

Sie setzt sich wieder. Ich blicke, während ich weiterspreche, zum Fenster hinaus. „Es ist mir absolut unverständlich, wie du irgend jemandem auch nur theoretisch das Recht zugestehen kannst, mir vorzuhalten, daß ich meine Frau betrüge. Du weißt, daß ich Helga nicht betrüge. Du weißt, daß ich weder sie noch dich jemals betrogen habe, jedenfalls nicht in dem Sinn, der allein dieses Wort sinnvoll macht. Ich habe dir in dem allerersten Augenblick, in dem wir spürten, daß wir uns liebten, gesagt, daß ich glücklich verheiratet bin, und daß ich mich von Helga nicht trennen werde. Ich habe dir nichts vorgemacht. Und ich habe auch Helga nichts vorgemacht. Ich habe ihr vom allerersten Augenblick an die Wahrheit über uns beide gesagt, du weißt es. Du weißt, wie sehr ich selbst oft unter dieser meiner Brutalität gelitten habe. Denn es ist ja doch brutal, wenn man sich nicht verstellt, wenn man nicht verheimlicht, was man empfindet, wenn man einen Menschen, den man liebt und von dem man geliebt wird, so rückhaltlos die Wahrheit wissen läßt. Aber du weißt auch, daß ich ohne die Wahrheit nicht zu leben vermag. Und deshalb verstehe ich nicht, wie du auch nur theoretisch den Gedanken erörtern kannst, ich betröge meine Frau."

Sie weint. Ich scheue mich, sie anzusehen, aber es gibt gar keinen Zweifel daran, sie weint. Zwei nasse, schimmernde Spuren ziehen still ihre Wangen hinab.

„Also gut, vergessen wir dein Plädoyer für Herrn Pauly. Ich finde es, wie gesagt, nicht überzeugend." Ich setze die Brille auf, glätte den Brief mit der Hand, sehe sie dann über den Rand der Brille hinweg an. „War es das, was du mir zu meinem Brief sagen wolltest?"

Sie zuckt mit den Schultern, sieht mich aus tränennassen Augen an. „Was soll ich dir denn sagen?"

„Was du mir sagen sollst? – Entschuldige, Annegret, aber manchmal habe ich wirklich das Gefühl, als ob du trotz all deiner

Intelligenz nicht eins und eins zusammenzählen könntest. Ich schreibe dir solch einen Brief, der dich doch spüren lassen muß, was mich bewegt, und du kommst zu mir und hältst mir vor, daß ich Herrn Pauly einen Herrn genannt und im Vorübergehen die Frage aufgeworfen habe, ob er seine Frau betrügt. Und nicht mit einem einzigen Wort gehst du auf die Frage ein, die dieser Brief doch ganz unmißverständlich stellt, wenn ich auch keine Antwort darauf verlangt habe und wenn auch nichts mir ferner liegt, als auf dieser Antwort zu bestehen."

Sie sieht mich an, beißt sich auf die Lippen. „Entschuldige, Martin, aber ... welche Frage meinst du jetzt?"

Ich sehe sie stumm an, es verschlägt mir wahrhaftig die Sprache.

„Ja, ich weiß, Martin, du bist jetzt sehr verwundert und sehr enttäuscht, aber es ist wirklich so: wenn du so mit mir redest, kann ich nicht mehr klar denken, ich fühle mich völlig hilflos, ich weiß nicht, was du von mir willst, mir ist ganz wirr im Kopf. Bitte, Martin, welche Frage meinst du jetzt?"

Ich stehe auf, knöpfe mein Jackett zu, knöpfe es wieder auf, setze mich wieder. „Es hätte ja sein können, daß du mir noch erklären wolltest, warum du ihn gestern zwanzig Minuten lang in deinem Zimmer beherbergt hast. Nach allem, was ich dir gesagt hatte. Nach allem, was du mir dazu gesagt hattest."

„Ach so. Ja, natürlich, du hast ja recht. Ich wollte es dir ja erklären, als ich vorhin zu dir kam. Nur, weißt du ... Ich habe jetzt wirklich Angst, ob du mir überhaupt noch irgendeine Erklärung abnehmen wirst."

„Versuch's doch."

Sie atmet tief. „Sieh mal, Martin: Er kommt zu mir, fragt, wie es mir geht, ich sage, gut, und wie es ihm geht, es geht ihm auch gut, und schon fängt er an, von seinen Kindern zu erzählen, irgendeine längere Geschichte von der Kleinen, sie ist jetzt in den Kindergarten gekommen, sie hat irgend etwas Drolliges angestellt."

„Und was war das?"

„Ach, ich weiß es schon gar nicht mehr, das ist doch auch belanglos. Die Geschichte dauerte jedenfalls eine Weile, und dann hat er gleich die nächste angefangen, wie das so ein stolzer Vater nun mal tut."

„Wirklich ein netter Kerl."

„Sag das doch nicht so! Martin, was hätte ich denn tun sollen? Hätte ich ihn unterbrechen und sagen sollen: Jetzt gehen Sie bitte sofort? Kann ich denn diesen Mann, mit dem ich mich hin und wieder nett unterhalten habe, auf einmal hinauswerfen? Du weißt doch, wie es einem gehen kann mit Leuten, die ihr Herz auf der Zunge tragen. Natürlich sind zwanzig Minuten eine lange Zeit, aber weißt du nicht, wie schnell sie vergehen können, wenn du jemanden loswerden willst, der gar nicht merkt, daß du ihn loswerden willst, und dem du es auch nicht klarmachen kannst, ohne ihn vor den Kopf zu stoßen?"

„Es tut mir leid, Annegret, aber ich vermag nicht einzusehen, warum du ihn nicht vor den Kopf stoßen solltest."

„Meinst du das ernst?"

„Ich meine es ernst. Ich vermag nicht einzusehen, warum du ihm nicht hättest sagen sollen: Lieber Herr, Sie fallen mir lästig, an Ihren Plaudereien liegt mir nichts, gehen Sie, bitte, und zwar sofort."

Sie wird ernst, sehr ernst. Sie ist nicht mehr hilflos. Sie wirkt entschlossen. „Weil es nicht die Wahrheit gewesen wäre."

„Was wäre nicht die Wahrheit gewesen?"

„Daß mir an seinen Plaudereien nichts liegt."

Ich erstarre. In meiner Brust bricht ein Feuer aus, aber meine Stirn wird kalt. Kälte kriecht bis in meine Fingerspitzen, bis hinab in meine Zehen. „Ah, ja."

„Ja, Martin. Und gerade du, der du ohne die Wahrheit nicht leben kannst, das sagst du doch immer, nicht wahr, gerade du müßtest doch verstehen, daß ich diesen Mann nicht mit einer Lüge abschieben wollte. Es ist nun mal wahr, ich mag seine ... Plaudereien, wie du es nennst. Was er mir von seinen Kindern erzählt, von seinem Ferienhaus, auch von seiner Frau, von seiner Rezeptsammlung, er kocht leidenschaftlich gern", die Kälte macht meine Fingerspitzen stumpf und meine Zehen, „das alles mag dir läppisch erscheinen, vielleicht ist es das auch, aber ich mag es nun einmal, ich mag die Art, wie er es erzählt. Und es wäre eine Lüge gewesen, wenn ich ihm gesagt hätte: Lieber Herr, Sie fallen mir lästig, an Ihren Plaudereien liegt mir nichts. Ja, es ist mir dieses Mal schwergefallen, ihm zuzuhören, ich war nervös, aber das lag nur daran, daß ich Angst hatte, du könntest diesen neuen Besuch mißverstehen."

Ich sage, und meine Zunge ist schwer wie Blei: „Du wußtest doch gar nicht, daß ich diesen Besuch bemerkt hatte."

„Hältst du mich für so dumm? Nein, Martin, ich wußte genau, wie gefährlich diese zwanzig Minuten waren. Ich hätte sie gern abgekürzt, aber ich wollte sie nicht mit einer Lüge abkürzen. Und nun frage ich dich: Hätte ich sie mit der Wahrheit abkürzen sollen? Hätte ich ihm sagen sollen: Herr Pauly, bitte gehen Sie sofort. Herr Marquardt mag nicht, daß Sie mich besuchen. Und ich liebe Herrn Marquardt. Und ich möchte nicht, daß Herr Marquardt aus Ihren Besuchen falsche Schlüsse zieht. Ich unterhalte mich gern mit Ihnen, Herr Pauly, ich mag Sie. Aber ich liebe Herrn Marquardt, und er liebt mich. Martin, hätte ich ihm die Wahrheit sagen sollen, nur um ihn loszuwerden und dir jeden Zweifel zu ersparen?"

Die Tränen laufen ihr über die Wangen. Ich sitze starr hinter meinem Schreibtisch. Ich möchte aufstehen und sie in die Arme nehmen, aber das Feuer brennt in mir, kalt und verzehrend, die Kälte hat mich in ihren Bann geschlagen, sie lähmt meine Zehen, meine Finger, sie liegt wie ein stählernes Band auf meiner Stirn. „Ich unterhalte mich gern mit Ihnen, Herr Pauly. Ich mag Sie. – Ich verstehe."

Sie wird so laut, daß ich fürchte, Fräulein Kübler könne sie hören: „Ja, ja, ja, ich unterhalte mich gern mit ihm und ich mag ihn, diesen Herrn. Aber du verstehst überhaupt nichts. Ich liebe dich, Martin. Ich liebe dich. Kannst du nicht verstehen, willst du nicht verstehen, was das bedeutet?"

Sie steht auf und kommt bis dicht vor meinen Schreibtisch, sie ringt die Hände. Ich sehe sie an, kann dann meinen Blick nicht halten, er gleitet ab von ihr, ich schaue zum Fenster hinaus. Sie kommt jäh um den Schreibtisch herum, faßt mich an beiden Schultern, rüttelt mich. Ich blicke starr zum Fenster hinaus. Sie schluchzt auf, sinkt in sich zusammen, rutscht an meinem Schenkel entlang zu Boden, und nun kniet sie vor mir, grundgütiger Himmel, sie bettet den Kopf an meinen Schenkel, schluchzt immer wilder. Ich umfange, langsam, langsam, ihren Kopf, die weichen Haare, mit beiden Händen. Ich fasse sie unter den Achseln, ziehe sie hoch, ziehe sie an meine Brust, sie bettet ihren Kopf an meine Schulter.

4

Dienstag, 7. Dezember, 23.45

„Eine wahre Aussage ist eine Aussage, welche besagt, daß die Sachen sich so und so verhalten, und die Sachen verhalten sich eben so und so" (Alfred Tarski).

Tarski *(Der Wahrheitsbegriff in den formalisierten Sprachen)* ist gewiß ein bedeutender Mann, aber diesen seinen Satz finde ich unbefriedigend formuliert. Dieser Satz kann doch nur lauten: „Eine Aussage ist dann wahr, wenn die Sachen, von denen sie aussagt, sie verhielten sich so und so, sich eben so und so verhalten."

Einverstanden bin ich hingegen mit dem Satz, den ich dem Tarski-Zitat vorangestellt finde: „Wahrheit liegt dann vor, wenn eine Aussage ... mit dem gemeinten Sachverhalt, der als Erkenntnisobjekt vorgegeben ist, übereinstimmt."

Das Erkenntnisobjekt, der Sachverhalt, den ich erkennen will: das ist Annegrets Beziehung zu diesem Herrn. Ich kann es noch enger eingrenzen: Mein Erkenntnisobjekt, das ist ihr Gefühl, ihre Empfindung für Herrn Karl-Heinz Pauly; denn wüßte ich die Wahrheit über ihre Empfindung für ihn, dann würde mich ihre Beziehung zu ihm wahrscheinlich nicht mehr interessieren. Mit anderen Worten: Ich will wissen, ob sie „etwas für ihn empfindet".

Über diesen Sachverhalt, den ich erkennen will, über ihre Empfindung für Herrn Karl-Heinz Pauly liegt mir eine Aussage vor, Annegrets Aussage: „Ich unterhalte mich gern mit Ihnen, Herr Pauly. Ich mag Sie." Mir liegt sogar eine noch weiter gehende, eine quasi vergleichende Aussage vor, ebenfalls von Annegret selbst. Sie hat gesagt, ihn möge sie, aber mich liebe sie.

Sie hat ihre Empfindung für ihn und ihre Empfindung für mich also unterschiedlich bezeichnet. Es unterliegt keinem Zweifel, daß „lieben" und „mögen" nicht nur unterschiedliche

Bezeichnungen sind, sondern nach dem Sprachgebrauch auch klar unterscheidbare Sachverhalte ausdrücken. Nach dem Sprachgebrauch legt die Verwendung dieser unterschiedlichen Bezeichnungen mir nahe, daß ihre Empfindung für mich („lieben") die höherwertige, ihre Empfindung für den Herrn Pauly („mögen") die geringerwertige ist.

Aber ist es zwingend, ist es zuverlässig, aus der bloßen Verwendung unterschiedlicher Bezeichnungen schon auf unterschiedliche Empfindungen zu schließen? Kann ich, nur weil sie sagt, den Herrn Pauly möge sie, aber mich liebe sie, diesen Herrn vergessen und mich weiter in Ruhe unserer Liebe erfreuen?

Es liegt auf der Hand, daß sie, von mir vor die Frage gestellt, warum sie den Herrn zwanzig Minuten lang beherbergt hatte, eine befriedigende, eine schlüssige Antwort nur geben konnte durch das Eingeständnis einer wie immer gearteten Sympathie für Herrn Karl-Heinz Pauly. Sie konnte ja nicht sagen: Vor meiner Tür fand ein Schußwechsel statt, deshalb habe ich Herrn Karl-Heinz Pauly, obwohl ich ihn nicht ausstehen kann, Asyl gewährt. Sie konnte auch nicht sagen: Er hat mich genötigt, mir blieb nichts anderes übrig. Sie konnte auch nicht sagen: Dieser Mensch ist mir zuwider, und deshalb habe ich ihm nicht die Tür gewiesen. Die erste Aussage wäre in offenkundigem Widerspruch zur Realität gestanden, die zweite wäre unwahrscheinlich gewesen, die dritte in sich selbst widersprüchlich. Es blieb ihr also, nachdem sie den Herrn nun einmal zwanzig Minuten lang in ihrem Zimmer geduldet hatte, keine andere Wahl, als eine wie immer geartete Sympathie für ihn einzugestehen.

Nun kann es wahr sein, daß diese Sympathie in nicht mehr als dem geringerwertigen Gefühl besteht, ihn zu „mögen". Es ist aber auch möglich, daß sie in Wahrheit ihn liebt und mich mit der Unterscheidung zwischen „lieben" und „mögen" über ihre Empfindung zu täuschen versucht. In diesem zweiten Fall müßte ich allerdings voraussetzen, daß sie fähig wäre, mich in bewußter Absicht zu belügen, und das will (und kann ich wohl auch) ausschließen. Bleibt aber drittens die Möglichkeit, daß kein wesentlicher Unterschied zwischen ihrem Gefühl für ihn und ihrem Gefühl für mich besteht, oder daß sogar sie ihn liebt und mich nur mehr mag, daß sie aber diese Wahrheit weder mir noch sich selbst eingestehen will oder kann und daß sie deshalb unbewußt zur Verschleierung durch unterschiedliche Wörter greift.

Ich gerate also vor das Problem, daß ich selbst dann, wenn ich ihr nicht eine bewußte Lüge unterstelle, aus dem, was sie sagt, nicht mit Sicherheit, nicht zuverlässig auf das schließen kann, was ist. Ich weiß nicht, ob ihre Aussage eine wahre Aussage ist. Ich weiß nicht, ob die Dinge, von denen sie sagt, sie verhielten sich so und so, sich eben so und so verhalten.

Es gibt natürlich Wege, auf denen sich der Wahrheitsgehalt ihrer Aussage prüfen läßt. Ich werde diese Wege suchen.

5

Mittwoch, 8. Dezember, 0.45

Helga, die vor dem Fernsehapparat eingeschlafen war, kommt zu mir. „Hast du noch lange zu tun?"

„Ein bißchen noch." Ich schiebe meine Papiere zusammen. Ich will zwei Bücher, die – unter der Schreibtischlampe – ihr zunächst liegen, aufnehmen und zu den anderen packen, in den Halbschatten zu meiner Rechten, aber sie hat schon ihre Hand, leicht gespreizte Finger, darauf gelegt. „Was liest du denn da? Lehrbuch der Geschichte der Philosophie ... Wort und Wirklichkeit ... Machst du das für die Firma?"

„Nein." Ich fühle mich ein wenig unbehaglich. Natürlich mußte ich damit rechnen, daß sie irgendwann zu mir kommen und das sehen würde, was ich aus den Regalen zusammengesucht und auf dem Schreibtisch ausgebreitet habe. Ich wollte es ja auch nicht vor ihr verbergen, ich verberge nichts vor ihr, es wäre mir zuwider. Aber es irritiert mich nun doch, wie immer, daß sie auf Strümpfen, lautlos, aus dem Wohnzimmer gekommen ist, durch die Tür, die ich natürlich nicht geschlossen hatte, so lautlos, daß ich sie erst im letzten Augenblick bemerkte, als sie fast schon neben mir stand, an der Schreibtischkante, sie lehnt ihren Schenkel dagegen. Ärger wallt auf in mir.

„Für wen machst du es denn? Nur so zum Spaß?"

„Nur so zum Spaß."

„Bist du jetzt böse?"

„Nein. Warum sollte ich?"

„Ich hatte den Eindruck. Aber sag mal, wirklich: warum liest du das? So spät in der Nacht?"

Ich ziehe die beiden Bücher unter ihrer Hand weg, packe sie zu den anderen. Ich lege meine Papiere, die Exzerpte, mein Manuskript, in die Mappe, die ich dafür angelegt habe. Die beiden Stifte, rot und schwarz, die ich benutzt habe, stelle ich in den Becher. Ich lehne mich im Sessel zurück. Ich sehe Helga an. „Jugenderinnerungen, wenn du so willst."

„Jugenderinnerungen?" Sie geht zum Rauchtisch, nimmt eine Zigarette und setzt sich. „Willst du noch einmal studieren?"

„Wenn du so willst, ja." Der Gedanke überrascht mich selbst. Mein Ärger löst sich auf. Ich lache. „Nein, weißt du ... Ich habe ein Problem. Ein Erkenntnisproblem. Und deshalb ... ich habe gedacht, es hilft mir, wenn ich in ein paar klugen Büchern nachschlage, die sich mit solchen Problemen beschäftigen." Ich greife nach dem Stapel zu meiner Rechten, nehme das oberste Buch herunter, das nächste, lasse eins nach dem andern vor mir auf den Schreibtisch fallen. „Ein bißchen Logik, ein bißchen Erkenntnistheorie, Sprachphilosophie – na ja, was so dazugehört. Ich hab doch eine ganze Menge von dem Zeug, ich wußte es gar nicht mehr."

„Und was willst du erkennen?"

Ich packe die Bücher wieder zur Seite. Als ich das letzte auf den Stapel geschichtet habe, sehe ich Helga an. „Die Wahrheit."

„Und was ist das?"

„Ja, was ist das? Was ist Wahrheit?"

„Ist das nicht irgendein klassisches Zitat: Was ist Wahrheit?"

„Ja. Aus der Bibel. Pilatus hat das den Jesus gefragt."

„Und was hat der gesagt?"

„Nichts. Und dann ist Pilatus hinausgegangen zu den Juden und hat gesagt: ‚Ich finde keine Schuld an ihm.'"

„Aber du wirst dich, wie ich dich kenne, mit dieser Antwort nicht zufriedengeben. Wenn es überhaupt eine Antwort ist."

„Nein. Ich werde mich damit nicht zufriedengeben."

„Was ist also Wahrheit?"

„Ich weiß es noch nicht."

„Aber du denkst, daß du es herausfinden kannst?"

„Ich denke schon."

„Wie?"

Dieses Gespräch fängt an, mir zu gefallen. Ich stehe auf. „Möchtest du etwas trinken?"

„Einen Whisky kannst du mir geben."

Ich hole zwei Whisky, stelle die Flasche mit Mineralwasser neben ihr ab, sie hat die absonderliche Gewohnheit, ihr Glas damit immer wieder aufzufüllen, setze mich mit meinem Glas an den Schreibtisch, suche eins der Bücher heraus und schlage nach.

„Wie ich die Wahrheit herausfinden will? Nun, zum Beispiel mit Hilfe der Logik. Ich habe hier einen Satz vom alten Leibniz ausgegraben, der ist zwar rund dreihundert Jahre alt, aber immer noch ganz interessant. Der lautet so: ‚Unter Logick oder Denckkunst verstehe ich die Kunst, den Verstand zu gebrauchen, also nicht allein was fürgestellet zu beurtheilen, sondern auch was verborgen zu erfinden.'"

„Was soll das heißen? Willst du dir deine Wahrheit erfinden?"

Ich lächle. „Nein, das hast du jetzt mißverstanden. Erfinden, das hat zu Zeiten des alten Leibniz noch schlicht ‚Finden', ‚Herausfinden' bedeutet. Unter Logik oder Denkkunst hat er die Kunst verstanden, das, was verborgen ist, herauszufinden."

„Und was willst du nun herausfinden?"

Ich lächle wieder, aber ich weiß schon, daß mir das jetzt nicht mehr weiterhilft. „Die Wahrheit, das habe ich dir doch schon gesagt."

„Nun red nicht drum herum, Martin. Du willst doch etwas ganz Bestimmtes herausfinden. Was also?"

Ich nehme einen Schluck von meinem Whisky. Es ist soweit. „Ich habe den Verdacht, ich werde den Verdacht nicht los, daß Annegret mich betrügt."

Sie setzt ihr Glas ein wenig heftig ab, sie sieht mich an. „Annegret? – Das mußt du noch mal sagen. Du hast den Verdacht, daß Annegret dich betrügt? Hast du das wirklich gesagt?"

„Ja." Ich bin sicher, daß diese Mitteilung, bei allem ungläubigen Verwundern, das sie in ihr auslöst, sie zugleich befriedigt, daß sie sie auf der Stelle von innen heraus erwärmt, mit Freude erfüllt, Schadenfreude wäre vielleicht das falsche Wort, aber freuen, freuen wird es sie, ganz ohne Zweifel.

„Warum hast du diesen Verdacht? Was ist der Anlaß?"

„Du kennst doch Pauly."

„Diesen jungen Kerl, der hierher versetzt worden ist?"

„Ich hab' ihn dir bei irgendeinem Empfang vorgestellt, im Frühjahr muß das gewesen sein."

„Ich weiß. Und ich weiß noch mehr. Ich habe dir damals gesagt, du müßtest dich vor ihm in acht nehmen."

„Ach, wirklich?" Ich hatte das tatsächlich vergessen. Und ich kann mich auch jetzt nicht daran erinnern. Ich muß es wohl von mir geschoben haben, lächelnd. Eine dieser typisch weiblichen Einbildungen. Ein junger Mann taucht auf, und schon bangt die Frau des Chefs um die Position ihres Auserkorenen. Jetzt aber sticht es mir ins Herz, wie eine ganz neue, eine unerwartete Bestätigung meines Verdachts.

„Und mit dem hat Annegret, glaubst du, etwas angefangen?"

„Ich glaube gar nichts. Ich weiß es nicht. Ich denke nur nach."

„Über was?"

„Der Ton, in dem sie miteinander umgehen, ist vertraulicher geworden seit einiger Zeit. Seit einiger Zeit geht er auch schon einmal zu ihr, in ihr Zimmer, meine ich, wenn er mir Bericht erstattet hat. Ich habe ihr gesagt, daß mich diese Besuche ärgern. Sie hat gesagt, dann werde sie das abstellen. Aber am Montag ist er wieder zu ihr gegangen, hat die Tür hinter sich geschlossen und ist erst nach zwanzig Minuten wieder gegangen. Das heißt: Sie hat ihn zwanzig Minuten lang bei geschlossener Tür in ihrem Zimmer geduldet, obwohl sie wußte, daß ich damit nicht einverstanden war."

Helga sieht mich an. „Und?"

„Was und?"

„Und was noch? Oder ist das alles?"

„Wenn du so willst, ja: das ist alles."

„Und das genügt dir für einen solchen Verdacht?"

„Würde es dir nicht genügen?"

Sie nimmt sich eine neue Zigarette. „Du hast sie, wie ich dich kenne, doch zur Rede gestellt?"

„Ja."

„Und was sagt sie?"

„Sie sagt, er habe nicht begriffen, oder nicht begreifen wollen, daß ihr dieser Besuch nicht recht war. Er hat ihr von seinen Kindern erzählt, sagt sie, ein faszinierender Gesprächsgegenstand muß das sein, er ist offenbar ein höchst amüsanter Plauderer, er hat ihr auch schon von seinem Ferienhaus erzählt und von einer Sammlung von Kochrezepten, die er – ich folge ihrer Darstellung – sein eigen nennt. Das sind ja in der Tat faszinierende Gesprächsgegenstände, für eine Frau wie Annegret."

„Martin."

„Ja?"

„Du bist ja außer dir vor Eifersucht."

„Bin ich das? Ich glaube nicht. Ich denke nur nach."

„Worüber unterhältst denn *du* dich eigentlich mit ihr?"

„Ich unterhalte mich mit ihr jedenfalls nicht über Kinder. Ich habe keine, wie du weißt."

„Ja, ich weiß. Und ich weiß, daß es meine Schuld ist."

„Das habe ich nicht gesagt."

„Nein, das hast du nie gesagt."

Ich stehe auf, recke mich. „Mein Gott, höchste Zeit, ins Bett zu gehen."

„Willst du nicht zu Ende erzählen?"

„Das war eigentlich schon das Ende. Das Wesentliche habe ich gesagt. Entschuldige, ich weiß, daß es dir nicht wesentlich erscheint."

Sie tippt die Asche von ihrer Zigarette. „Warum fragst du sie nicht?"

„Was?"

„Ob sie ihn liebt?"

„Ich habe sie nicht direkt danach gefragt, aber sie hat mir auch ungefragt eine Antwort gegeben."

„Welche?"

„Sie sagt, sie mag ihn, mich liebt sie."

„Aber auch das genügt dir nicht?"

„Kann es mir genügen? Wo ist der Beweis dafür, daß sie die Wahrheit sagt? Kannst du ihn etwa sehen? Hast du mir einen Beweis anzubieten?"

„Der Beweis, ja, natürlich." Sie steht auf, streicht den Rock glatt, ein wenig zu heftig, ich kann mich irren, aber mir scheint, als läge Empörung, vielleicht sogar Verachtung in diesen ein wenig zu heftigen Bewegungen der Hand, die über den Rock fährt. „Und jetzt suchst du den Beweis in deinen Büchern? Oder vielleicht noch mehr den Gegenbeweis, nicht wahr?"

Ich lächle. „Vielleicht. Was findest du so empörend daran?"

„Wie wäre es, wenn du einen eurer Computer befragtest? Wäre das nicht viel einfacher und viel sicherer? Du brauchtest deine Zeit nicht zu verschwenden, du brauchtest nicht in diesen Büchern zu studieren, nicht nachzudenken, du gibst einfach deine Frage ein, und schon bekommst du deine Antwort, sie liebt ihn oder sie liebt ihn nicht, so was drucken eure Computer doch im Handumdrehen aus, und schriftlich hättest du's dann auch noch."

Ich verstehe ihre Reaktion nicht, es ist gar nicht zu übersehen, sie funkelt mich an, voller Empörung. Sie müßte sich doch freuen, sie müßte insgeheim doch befriedigt sein darüber, daß ich zum erstenmal Zweifel an meiner Geliebten, an ihrer Konkurrentin geäußert habe, Hoffnung müßte sie erwärmen, daß dieses Verhältnis nach nun drei Jahren vielleicht doch in die Brüche geht. Aber ganz im Gegenteil: sie ist offensichtlich voller Empörung; nicht über Annegret, sondern über mich.

Ich verschränke die Arme, lächelnd. „Liebe Helga, du schneidest, wenn auch nicht sehr gelassen, so doch sehr großzügig, ein Problem an, das etwas verwickelter ist, als du glaubst. Computer sind phantastische Maschinen, aber man kann nicht alles von ihnen erwarten, jedenfalls nicht auf Anhieb."

„Nachgedacht hast du also doch schon darüber, ob nicht ein Computer dir helfen kann?"

„Natürlich, sonst hätte ich wohl meinen Beruf verfehlt."

„Und warum bist du so skeptisch? Warum traust du euren phantastischen Maschinen nicht zu, daß sie eine so simple Frage lösen?"

„Weißt du, wenn ich dir das erschöpfend erklären wollte, dann stünden wir morgen früh noch hier."

„Also mach's kurz."

Ich setze mich, seufze. „Sieh mal, wir haben doch schon einige

Male darüber gesprochen: Für einen Computer gibt es prinzipiell doch nur Ja oder Nein, richtig oder falsch, wahr oder unwahr. Er sagt ja, wenn in seinem Inneren ein Stromkreis geschlossen wird, und er sagt nein, wenn der Stromkreis geöffnet wird. Eine dritte Möglichkeit kennt er nicht. Denn Stromkreise sind entweder geöffnet oder geschlossen, etwas anderes gibt es bei dieser Art von Technik nicht. Das ist die Schwäche eines Computers, wenn du so willst, daß er nur zwischen diesen beiden Möglichkeiten wählen, daß er nur Schwarz oder Weiß unterscheiden, daß er nur ja oder nein sagen kann. Seine Stärke ist es allerdings, daß er eine unglaublich große Zahl solch primitiver Entscheidungen über Ja oder Nein in einer unglaublich kurzen Zeit treffen kann. Sechs Milliarden Rechenoperationen in einer Sekunde. Phantastisch, nicht wahr? Alle verwickelten Probleme, die sich in einzelne Entscheidungen über Ja oder Nein aufspalten lassen, wie viele Entscheidungen es auch sein mögen, alle derartigen Probleme bewältigt der Computer unvergleichlich besser als das beste Menschenhirn, weitaus schneller und weitaus zuverlässiger. Die Frage ist eben nur, ob sich ein Problem in dieser Weise aufspalten läßt, das heißt: ob man es in der technischen Sprache des Computers zu formulieren vermag, der Sprache also, die er versteht."

„Mein Gott, du wirst ja richtig menschlich. Das Problem Annegret, meinst du, ist also nicht so darstellbar, daß eure Maschinen es verstehen?"

„Richtig, oder sagen wir: wahrscheinlich richtig." Ich unterdrücke, indem ich die Hände vor dem Mund zusammenlege, meinen Zorn über ihre unsachliche Randbemerkung, sie ist oft wirklich unerträglich. „Ich überspringe jetzt eine gewisse Komplikation und setze den Fall, ich wollte den Computer wie folgt programmieren: Wenn eine Frau einen Mann zwanzig Minuten lang bei geschlossener Tür in ihrem Zimmer beherbergt, dann liebt sie ihn."

„Was ist das nur für ein ekelhafter Unsinn!" Sie läßt sich geräuschvoll in den Sessel fallen, wirft den Kopf nach hinten und zur Seite, beugt sich gleich wieder vor und nimmt sich abermals eine Zigarette.

„Nun warte doch ab, ich habe doch nicht behauptet, daß ein solches Programm sinnvoll wäre." Ich hätte nicht übel Lust, diese Unterrichtung abzubrechen, es wird nichts, absolut nichts dabei herauskommen. Aber ich nehme mich zusammen. „Gesetzt den Fall, in einen derart programmierten Computer gäbe ich ein: Eine Frau namens Annegret beherbergt einen Mann namens Pauly zwanzig Minuten lang bei geschlossener Tür in ihrem Zimmer; so würde der Computer, nach seinem Urteil befragt, nicht den Bruchteil einer Sekunde zögern oder schwanken, er würde sich vielmehr auf der Stelle entscheiden, zwischen Ja oder Nein, er würde das Fazit ziehen: Ja, Annegret liebt Pauly. Er könnte sich auch gar nicht anders entscheiden, denn ich habe ihn ja so und nicht anders programmiert."

„Und in diesem Fall wärest selbst du der Meinung, daß an deinem Programm irgend etwas nicht stimmen kann?"

„Natürlich wäre ich dieser Meinung. Denn abgesehen davon, daß ich, um ein solch einfältiges Problem zu bewältigen, keinen Computer brauchte, ganz abgesehen davon würde ich meinem Objekt, meinem Erkenntnisgegenstand mit einem so radikal reduzierten Programm ja nicht im entferntesten gerecht."

Sie stößt ein Wort zwischen den halbgeschlossenen Lippen hervor, es klingt wie „Unglaublich!"

„Ich weiß nicht, was daran so unglaublich sein soll, deine Emotionen widersprechen sich offensichtlich. Ich meine ja doch, ganz im Sinne deiner vorangegangenen Empörung, daß ich, wenn ich mir ein Urteil darüber bilden will, ob eine Frau einen Mann liebt, mich nicht auf ein einziges und ziemlich ausgefallenes Kriterium verlassen kann, nämlich darauf, ob sie diesen Mann zwanzig Minuten lang –"

„Ja, ja, ja, ich weiß schon." Sie atmet schwer.

„Ich glaube, es ist besser, wir brechen das jetzt ab. Es ist anscheinend zu strapaziös für dich."

„Nein, nein, keineswegs. Entschuldige die Unterbrechung, sie war zweifellos ganz unpassend. Mach bitte weiter. Ich bin geradezu begierig."

„Wie du willst. Ich komme also bei einem solchen Objekt, bei einem solchen Erkenntnisgegenstand, wie Annegret ihn darstellt, mit einem einzigen Kriterium ganz gewiß nicht aus. Ich benötige vielmehr, um ein Objekt dieser Art hinlänglich zu umschreiben, und das muß ich ja, wenn ich ein sinnvolles Programm für den Computer entwickeln will, ich benötige dazu vielmehr eine sehr große Zahl von Kriterien. Eine vermutlich sehr, sehr große Zahl."

„Kannst du konkrete Beispiele nennen?"

„Natürlich. Ich könnte das Urteil, daß Annegret ihren Besucher liebt, zum Beispiel davon abhängig machen, ob sie einem anderen Mann versprochen hat, solche Besuche nicht mehr zuzulassen. Das Programm würde damit schon ein wenig komplexer, das Urteil ein wenig zuverlässiger. Der Computer kann, nach einer solchen Erweiterung des Programms, nur dann zu dem Fazit ‚Annegret liebt Pauly' gelangen, wenn nicht nur eine, sondern zwei Bedingungen erfüllt sind, nämlich erstens: sie hat einen Besucher empfangen, unter den bekannten Umständen, und zweitens: sie hat einem anderen Mann versprochen, solche Besuche nicht mehr zuzulassen."

„Aber auch dieses Programm wäre ja wohl noch reichlich dürftig, wenn ich dich richtig verstanden habe?"

„Ja, es wäre in der Tat noch immer ziemlich dürftig."

„Und wie könnte man es verbessern?"

„Durch den Einbau weiterer Kriterien."

„Zum Beispiel?"

„Man könnte das Urteil, ob sie ihn liebt oder nicht, zum Beispiel auch davon abhängig machen, ob sie sich zur Begrüßung und zum Abschied von ihm hat küssen lassen."

„Hat küssen lassen, natürlich." Sie starrt mich an. „Und wie fändest du es, wenn *er* sich von *ihr* hat küssen lassen, weil *sie* nämlich *ihn* küssen wollte, zur Begrüßung und zum Abschied?"

„Das wäre natürlich ein noch gewichtigeres Kriterium auf dem Weg zu dem Urteil, daß sie ihn liebt. Auf diesem Weg könnte man dann auch noch zum Beispiel berücksichtigen, ob sie sich von ihm hat unter den Rock fassen lassen, zur Begrüßung oder zum Abschied oder sowohl als auch, oder ob sie, während dieser zwanzig Minuten bei geschlossener Tür, sich von ihm hat besteigen lassen."

„Und wie fändest du es, wenn *er* sich von *ihr* hat in die Hose fassen und hat besteigen lassen, auf dem Besuchersessel zum Beispiel?"

Ich rechne jeden Augenblick damit, daß sie irgend etwas packt und mir an den Kopf wirft, den Zigarettenkasten oder den Aschenbecher, vielleicht das Tischfeuerzeug, es ist ziemlich schwer. Ich bin völlig verblüfft über diese fortwährend sich steigernde Reaktion, und mich interessiert jetzt vor allem anderen, wie weit sie geht. „Sehr gut, Helga. Es sind sehr wichtige Kriterien, die du da nennst. Würden sie erfüllt, dann wäre das Urteil, daß sie ihn liebt, natürlich noch zuverlässiger. Allerdings müßte man in diesem Fall wohl auch ein anderes, gewissermaßen widersprechendes Kriterium berücksichtigen, gerade in diesem Fall, nämlich die Frage, ob sie aus bloßer Geilheit ihm in die Hose gefaßt und ihn vielleicht sogar bestiegen hat, auf dem Besuchersessel. Träfe das nämlich zu, dann wäre mit dem bloßen Griff oder dem Akt noch keineswegs bewiesen, daß sie ihn liebt. Denn nach der Lebenserfahrung sind ja auch Frauen durchaus imstande, den Geschlechtsakt aus bloßer Geilheit und ohne einen Funken von Liebe zu vollziehen. Oder irre ich?"

„Keineswegs. Auch Frauen sind ja nicht so beschränkt, daß sie auf ein Vergnügen nur deshalb verzichten, weil irgendwelche Leute meinen, Frauen hätten kein Recht, sich zu vergnügen um des Vergnügens willen."

„Siehst du. Nun – ich glaube, deine Frage, wie sich das ursprünglich etwas dürftige Programm verbessern ließe, ist damit beantwortet, jedenfalls der Tendenz nach."

Sie sieht mich an. „Und das alles willst du also herausfinden?"

Ich lächle. „Entschuldige, aber jetzt wirfst du zwei ganz verschiedene Dinge durcheinander, über die wir gesprochen haben. Ich habe dir gesagt, daß ich die Wahrheit herausfinden will, die Wahrheit über Annegrets Empfindung für diesen Pauly. Das ist das eine. Dann hast du mich gefragt, warum ich mein Problem nicht einem unserer Computer in Arbeit gebe, und ich habe begonnen, auf deinen Wunsch dir die Schwierigkeiten einer solchen Operation zu erläutern. Das ist das andere. Ich war damit noch nicht zu Ende gekommen."

„Dann komm bitte zu Ende." Sie nimmt schon wieder eine Zigarette. „Und mach es schnell, bitte."

Ich blicke auf die Uhr. „Gerne, bis zum Aufstehen bleibt mir ohnehin nicht mehr allzuviel Zeit. Ich wollte dich auf den enormen Aufwand hinweisen, den man treiben müßte, um einen Erkenntnisgegenstand, wie Annegrets Empfindung ihn darstellt, durch einen Computer beurteilen zu lassen. Man müßte, um zu einem wirklich zuverlässigen Urteil zu gelangen, eine außerordentlich große Zahl von Kriterien einbauen, von Daten berücksichtigen, man kann auch sagen: Beobachtungen, wie sie in dieser Fülle wahrscheinlich gar nicht zusammenzutragen sind."

„Aber so schnell wirst du doch nicht resignieren?"

„Einen Augenblick, bitte, wenn es dir nicht allzu schwerfällt. – Abgesehen von der eben genannten Schwierigkeit muß man, wenn das Sammeln so vieler Beobachtungen überhaupt einen Sinn haben soll, natürlich davon ausgehen, daß sich von jeder dieser Beobachtungen tatsächlich exakt auf eine bestimmte Empfindung in dem Menschen schließen läßt, den man beobachtet. Man muß, um es einmal technisch auszudrücken, die Beziehung zwischen dem Verhalten eines Menschen und seinem Empfinden auf eine Wenn-dann-Schaltung reduzieren: Wenn eine Frau einen Mann zwanzig Minuten lang bei geschlossener Tür in ihrem Zimmer beherbergt, dann liebt sie ihn. Wie heikel aber ein solches Verfahren ist, hast du schon demonstriert. Du hast diese Wenn-dann-Schaltung ‚ekelhaften Unsinn' genannt. So weit würde ich nicht gehen, aber ich muß einräumen, daß es schwerwiegende Bedenken dagegen gibt, die Beziehung zwischen dem Verhalten eines Menschen und seinem Empfinden, oder auch umgekehrt, derart abzukürzen. Abkürzen, formalisieren muß man aber nun einmal, wenn man den Computer programmieren will. Man kann die allererste, schrecklich primitive Wenn-dann-Schaltung durch noch so viele andere Schaltungen ergänzen und differenzieren – es bleibt nun einmal dabei, daß man den Menschen, den man analysieren will, so behandeln muß, wie man zum Beispiel ein physikalisches Problem behandelt und behandeln kann: Wenn Wasser zu kochen beginnt, dann hat seine Temperatur den Siedepunkt erreicht."

„Sehr sinnig, dieses Beispiel. Und da meinst selbst du, so könne man einen Menschen nicht behandeln?"

„Ich meine, daß diese Methode, die übrigens in der Psychologie durchaus eine Rolle gespielt hat, so absurd ist sie also keineswegs, ich meine, daß die Ergebnisse der Analyse eines Menschen, die man nach dieser Methode gewinnen kann, fragwürdig sind. Aber wenn ich das nun vielleicht noch abschließen darf: Der Computer versteht nicht eine einzige der Beobachtungen, die man ihm eingibt. Er zählt sie bloß. Er verfährt mathematisch-naturwissenschaftlich. Er zählt die Beobachtungen oder die Daten, die dafür sprechen, daß Annegret den Pauly liebt, und diejenigen, die dagegen sprechen, und am Ende entscheidet er sich wahrscheinlich für die größere Zahl. Ich sehe jedenfalls im Augenblick kein Programm, mit dem man ihn hindern könnte, nach dieser Methode zu urteilen, ich sehe keines, mit dem man ihn veranlassen könnte, eine ... sagen wir: vernünftigere Entscheidung zu treffen. Mit dieser mathematisch-naturwissenschaftlichen Methode läßt sich nun allerdings, aufgrund vieler, vieler Einzelbeobachtungen, die Großwetterlage analysieren, vielleicht sogar die Situation auf dem Arbeitsmarkt. Aber man muß doch Zweifel anmelden, ob man auch einen Menschen, ein Individuum analysieren kann, indem man das Urteil letzten Endes nach der größeren Zahl der Beobachtungen ausrichtet und die kleinere Zahl von Beobachtungen unter den Tisch fallen läßt, obwohl sie dem Urteil widersprechen. Ich frage: Wäre ein solches Urteil zuverlässig? Wäre die Aussage, die man nach dieser Methode trifft, wahr? Oder, um ein noch anspruchsvolleres Wort zu verwenden: Wäre das Urteil gerecht?"

„Ich verstehe gar nicht, warum du auf einmal solche Skrupel entwickelst. Urteile dieser Art fällt doch jeder beliebige Richter, oder?"

„Bin ich ein Richter?"

„Bist du keiner?"

„Ich weiß nicht, was die Frage soll, du erlaubst, daß ich sie unbeachtet lasse. Ich wollte nur noch sagen, daß man an das Wahrheitsproblem auch mit ganz anderen, eben nicht den klassischen naturwissenschaftlichen Methoden herangehen kann. Ich möchte mich darüber jetzt nicht verbreiten, es genügt vielleicht auch, wenn ich dir einen Satz von William James, das ist ein amerikanischer Psychologe und Philosoph" – ich ziehe eines der Bücher aus dem Stapel – „ungefähr um die Jahrhundertwende, wenn ich dir einen Satz von James zitiere. Ja, hier ist er: ‚Wahr ist, was sich bewährt.' Gemeint ist damit, daß eine Aussage nicht dann wahr ist, jedenfalls nicht im Sinne von James wahr ist, wenn sie mit dem Sachverhalt, den sie meint, übereinstimmt, sondern davon unabhängig dann, wenn ich sie in meinem Handeln verwerten kann, will heißen: wenn sie mir für mein Handeln nützlich ist."

„Den kannst du vergessen, diesen James, den kannst du wegwerfen."

Ich bin ziemlich überrascht. „Und warum das?"

„Weil es dir gar nicht auf das Handeln ankommt, sondern nur auf das, was du Erkennen nennst."

„Bist du sicher?"

„Ziemlich sicher. Du wirst zwar keinen eurer Computer einschalten. Aber du wirst weiter über ein Programm nachdenken, mit dem einer eurer Computer vielleicht doch dein Problem lösen könnte. Und du wirst dir weiter das ausdenken, was du Kriterien nennst, um Annegrets Empfindungen aufzustöbern und sie bloßzulegen. Deine Bedenken gegen diese Dingsda, diese Soundso-Schaltung, diese Als-ob-Schaltung –"

„Wenn-dann."

„Danke sehr, deine Bedenken gegen diesen Aberwitz werden dich dabei nicht aufhalten. Denn es sind gar nicht deine Bedenken. Du hast sie dir bloß angelesen, du hast sie zur Kenntnis genommen, aus deinen Büchern, oder auch in euren Seminaren und in euren Grundsatz-Diskussionen über das, was ihr da eigentlich treibt in eurer fabelhaften Firma, ihr wollt ja nicht nur verkaufen, nicht wahr, ihr legt euch ja auch beständig Rechenschaft ab, euch und der Menschheit, über das, was ihr der Menschheit verkauft, nein, nein, Bedenken habt ihr schon, ihr erörtert sie fortwährend, nur nimmst du sie nicht im geringsten ernst, sie werden dich nicht im geringsten hindern, dir immer neue Kriterien auszudenken, immer neue, kleine Wenn-dann-Schaltungen, mit denen du Annegrets Gefühle anzapfen möchtest, du wirst unablässig neue Beobachtungen sammeln, denn natürlich genügt dir weder die Tatsache dieses Besuchs, den du nicht verschmerzen kannst, noch ihre Erklärung zu diesem Besuch. Und nicht einmal ihre Erklärung, daß sie dich liebt, denn du bringst es nicht fertig, ihr zu vertrauen, dein Hirn hindert dich daran, diese kleinen grauen Zellen, die unablässig Beschäftigung suchen. Und deshalb wirst du weiter Beobachtungen sammeln, du wirst versuchen, Annegret unter Kontrolle zu halten, und vielleicht wirst du sogar anfangen, in der Vergangenheit herumzugraben, es muß ja doch, wenn es mit diesem Pauly etwas auf sich hat, schon früher angefangen haben, und das willst du wissen, wann, wo, wie. Hab ich recht?"

Ich sehe sie an, ich fürchte, daß meine Mundwinkel sich verzerren, meine Wangen schmerzen. Ich entgegne, und es fällt mir schwer, ich fühle mich fast wie gelähmt: „Deine Menschenkenntnis ist wirklich atemberaubend."

„Ich weiß nicht, ob sie atemberaubend ist, ich weiß jedenfalls, daß ich keinen Computer brauche, um dir das alles vorherzusagen. Du wirst weiter deine Beobachtungen sammeln, als wolltest du einen Computer damit füttern, und das ist auch angemessen. Du brauchst nämlich gar nicht eine eurer Maschinen zu bemühen. Der Computer, das bist nämlich du selbst. Du wirst die Beobachtungen in dir speichern und glauben, daß du nur eine genügend große Zahl von Beobachtungen zu speichern brauchst, um am Ende die Wahrheit zu erkennen, und du wirst die Wahrheit zu erkennen versuchen, indem du deine Beobachtungen sortierst, auf diese Seite die Beobachtungen, die für ihre Schuld sprechen, und auf jene die anderen, die dagegen sprechen, Stromkreis geöffnet, Stromkreis geschlossen, oder wie das heißt, Ja oder Nein, Schwarz oder Weiß. Und so wirst du versuchen, dein Urteil zu fällen, denn du bist nicht nur ein Computer, sondern auch ein Richter, der wie ein Computer urteilt, ein Richter, dem es zukommt, über einen anderen Menschen zu Gericht zu sitzen."

Ich stehe auf. „Ich nehme an, das war es?"

„Nein, das war es noch nicht. Ein kleiner Punkt fehlt noch, eine kleine Beobachtung." Sie steht auf, verschränkt die Arme, sieht mich sehr ruhig an. „Martin, diese Geschichte mit Annegret, dieser Fall, den du jetzt aufgegriffen hast ... erinnert er dich an irgend etwas?"

„An was sollte er mich erinnern, dieser Fall, wie du zu sagen beliebst?"

„Erinnerst du dich wirklich nicht?"

„Nein, ich erinnere mich wirklich nicht. Und ich wäre dir dankbar, wenn du so gütig wärst, dieses Rätselspiel jetzt zu beenden." Ich blicke auf meine Uhr. „Ich möchte doch sehr gern noch ein wenig schlafen, bevor ich wieder an die Arbeit gehe."

„Diese Geschichte, diesen Fall, Martin, das alles haben wir beide schon einmal erlebt, vor fünfzehn Jahren ungefähr. Erinnerst du dich nicht? Das war auf dieser Party, Karneval, auf dieser Party und vor allem hinterher, ein paar Monate lang. Erinnerst du dich wirklich nicht?"

Ich erinnere mich.

6

Mittwoch, 8. Dezember, 11.30

Ich kann mir nicht vorwerfen, auf Beobachtungen aus gewesen zu sein, als ich heute morgen ins Büro kam. Die Wahrheit ist, auch wenn sie in das Urteil meiner Frau über mich nicht hineinpaßt, die Wahrheit ist, daß ich nichts anderes als Sehnsucht empfand, Sehnsucht nach Annegret. Ich sehnte mich nach ihr auf der Fahrt zum Büro. Ich fuhr schnell, ich fuhr sogar ein wenig riskant. Ich sehnte mich danach, sie in die Arme zu nehmen, ihre Stirn zu küssen, ihre Brauen, ihre Nasenspitze: „Wie geht es dir, mein Schatz? Ich wünsche dir einen schönen Tag."

Als ich in den Garagenkeller einfuhr, stand ihr Wagen schon dort. Es dauerte mir zu lange, bis der Aufzug kam. Um ein oder zwei Minuten vor halb neun betrat ich das Büro. Fräulein Kübler legte eben die Post auf ihrem Schreibtisch ab, am Arm trug sie noch ihre Handtasche. Annegrets Tür war geschlossen. Ich ging in mein Zimmer, packte meine Aktentasche aus, legte mir zwei Mappen zurecht, die ich vor allem anderen brauchen würde an diesem Morgen. Ich schloß meinen Schreibtisch auf. Ich wollte mich setzen, ging dann aber wieder ins Vorzimmer. Annegrets Tür war noch immer geschlossen. Ich zögerte einen Augenblick.

Fräulein Kübler sah mich an. „Ich bin gleich soweit mit der Post, es ist nicht viel heute."

„Nein, nein, es eilt nicht." Mir fiel nichts ein, was ich hätte hinzufügen können. Ich zögerte wieder einen Augenblick, wandte mich dann ab, ging zurück in mein Zimmer und schloß die Tür. Ich setzte mich an meinen Schreibtisch und schlug die erste der beiden Mappen auf. Ich begann zu lesen. Nach einer Weile merkte ich, daß ich unkonzentriert war. Ich begann von vorn. Fräulein Kübler klopfte an, sie legte mir die Post auf den Schreibtisch und ging wieder. Sie schloß die Tür hinter sich. Ich wollte aufstehen, blieb sitzen und wählte über die Hausleitung Annegrets Anschluß. Er war besetzt.

Ich schob die Mappe beiseite und blätterte die Post durch. Um zwanzig vor neun wählte ich zum zweitenmal Annegrets Anschluß. Er war noch immer besetzt. Ich sah aus dem Fenster. Warum ging ich eigentlich nicht zu ihr? Ich konnte, während sie telefonierte, hinter ihren Sessel treten, ich konnte ihren Scheitel küssen, ihr den Nacken massieren, sie würde weitersprechen und sich nach mir umwenden, lächelnd, vielleicht scherzhaft drohend. Ich konnte ihr ins Ohr flüstern, hinter vorgehaltener Hand: „Wie geht es dir, mein Schatz? Ich wünsche dir einen schönen Tag."

Ich saß da, sah aus dem Fenster, die Sehnsucht machte meine Glieder schwer, ich saß da regungslos und ruhig hingegeben an meine Sehnsucht. Und dann durchfuhr es mich, es war wie ein widerlicher elektrischer Schlag, Hitze durchfuhr mich, ich blieb einen Augenblick wie gelähmt sitzen, stand dann auf, stützte beide Hände auf die Schreibtischplatte, sah hinunter auf die Post, nahm nichts davon wahr, mein Gehirn arbeitete, meine Gedanken überschlugen sich.

Pauly ist gestern nachmittag abgefahren. Er nimmt bis zum Wochenende an einer Stabsbesprechung in der Zentrale teil.

Ich hole mein Notizbuch heraus, ich habe Mühe, die Seite aufzuschlagen, meine Finger sind fahrig. Pauly wohnt, wie alle auswärtigen Mitarbeiter, wenn sie die Zentrale besuchen, in einem Vertragshotel der Firma. Während ich die Vorwahlnummer wähle, wird mir bewußt, daß ich gar keinen Vorwand habe, Pauly anzurufen. Ich wähle trotzdem weiter. Während die Wählautomatik noch arbeitet, suche ich mit der freien Hand auf meinem Schreibtisch nach dem Bericht, den Pauly mir am Montag gebracht hat. Irgendeinen Anlaß, ihn anzurufen, werde ich darin finden.

„Hotel Regina, guten Morgen." Eine Männerstimme, der übliche blasierte Singsang.

„Hier ist Marquardt, guten Tag. Verbinden Sie mich bitte mit Herrn Pauly. Herrn Karl-Heinz Pauly."

„Mit Herrn Pauly, jawohl, sofort." Es knackt in der Leitung.

Ich habe Paulys Bericht gefunden, es wäre höchste Zeit, mir den Anlaß für diesen Anruf herauszusuchen. Ich sehe aus dem Fenster.

Es knackt wieder. „Es tut mir leid, Herr Marquardt, Herr Pauly spricht. Kann ich etwas ausrichten?"

„Nein, danke."

Ich drücke die Gabel nieder, wähle sofort Annegrets Nummer. Sie ist besetzt. Sechzehn Minuten vor neun.

Vier Minuten später, eine Ewigkeit später, eine Ewigkeit voll von Höllenqualen, habe ich wieder Annegrets Nummer gewählt. Besetzt. Ich habe sofort die Gabel niedergedrückt und wieder das Hotel Regina angerufen: „Es tut mir leid, Herr Marquardt, aber Herr Pauly spricht noch immer." Ich habe die Gabel niedergedrückt und Annegrets Nummer gewählt. Sie war noch immer besetzt.

Beim nächsten Versuch, um genau zehn Minuten vor neun, war Annegrets Anschluß frei: „Fabian."

„Guten Morgen." Mein Mund ist wie ausgedörrt, ich bringe kein weiteres Wort hervor.

„Guten Morgen." Sie macht eine Pause, eine sehr lange Pause, will mir scheinen. Dann, mit einem Anflug von Munterkeit: „Wie geht es dir?"

„Danke, gut. Ich wollte nur wissen, wie es dir geht."

„Danke, ebenfalls gut. Hast du irgend etwas?"

„Wie kommst du darauf?"

„Ich weiß nicht. Du klingst so fremd."

„Warum sollte ich?"

„Ich weiß nicht. Ich komme gleich mal zu dir rüber."

„Laß dich nicht von der Arbeit abhalten." Ich räuspere mich. Ich will es nicht sagen, um nichts in der Welt, aber es treibt mich hinein in diesen zitternd-lauernden Satz: „Du warst schon sehr fleißig heute morgen."

„Wieso?"

„Du hast lange telefoniert. Ich wollte dir guten Morgen sagen, um halb neun, oder noch ein bißchen früher. Aber du warst schon an der Arbeit."

„Warum bist du nicht zu mir gekommen?"
„Ich wollte nicht stören."
„Wieso denn stören?" Ganz unerwartet lacht sie. „Ich hab gar nicht gearbeitet."
„Sondern?"
„Ich hab mit Erika telefoniert."
„Ah, ja, das erklärt natürlich alles." Erika ist ihre Freundin.
„Was, alles?"
„Die Länge des Telefonats, meine ich."
„Ach so." Wieder eine Pause, die mir bemerkenswert lang erscheint. „Ich komme gleich zu dir rüber, ja?"
„Ja, gut." Ich lege auf. Mein Gehirn arbeitet. Ich starre aus dem Fenster, greife dann jäh wieder zum Hörer, fast hätte ich es vergessen.
„Hotel Regina, guten Morgen."
„Ist Herr Pauly frei?"
„Einen Augenblick bitte ... jawohl, Herr Pauly ist jetzt frei, ich verbinde." Ich lege auf.

Über den nächsten Schritt gibt es gar keinen Zweifel. Ich müßte Erika anrufen. Aber wir sind nur flüchtig bekannt. Ich kann sie nicht anrufen und fragen: „Haben Sie eben mit Annegret gesprochen?" Natürlich muß es auf diese Frage hinauslaufen, aber ich kann sie nicht in dieser direkten Form stellen, ich muß sie einkleiden. Ich könnte sagen: „Erika, verzeihen Sie bitte, ich suche Annegret, ich brauche dringend eine Auskunft von ihr, aber sie ist noch nicht im Büro, und ich kann sie zu Hause nicht erreichen. Ich habe gedacht, daß Sie vielleicht bei Ihnen vorbeigefahren ist, oder daß Sie wissen, wo Sie sein könnte." Schwach, schwach, wenn Annegret tatsächlich mit ihr gesprochen haben sollte, wird es mir schwerfallen, Erika zu erklären, wie es mir hätte entgehen können, daß Annegret bereits in ihrem Büro sitzt, und es wird mir noch schwerer fallen, Annegret zu erklären, warum ich Erika angerufen habe, denn Erika wird ihr von meinem Anruf erzählen, damit muß ich zumindest rechnen. Außerdem weiß ich Erikas Telefonnummer nicht, ich müßte zu Fräulein Kübler gehen und mir das Telefonbuch holen, sie wird sich wundern, warum ich sie nicht beauftrage, die Nummer für mich herauszusuchen und die Verbindung herzustellen. Außerdem ist es möglich, daß Annegret, während ich noch mit Erika spreche, zu mir kommt, die Situation wäre reichlich schwierig, und meine Karten würden übrigens aufgedeckt, in einem Augenblick, in dem es taktisch wahrscheinlich ungünstig wäre, sie würden mir aus der Hand genommen.

Ich leide unter dem Gefühl, daß ich zu langsam denke, die Zeit verrinnt, ich spüre, daß ich sehr schnell handeln muß, wenn ich diese Chance nicht verstreichen lassen will, ich werde mit diesem Problem nicht fertig, es muß da noch einen Punkt geben, den ich bisher nicht bedacht habe, ich konzentriere mich noch einmal auf die Möglichkeiten eines Vorwandes, unter dem ich Erika anrufen könnte, das muß die schwache Stelle sein, die mich beunruhigt, welche Schlüsse also ließen sich ziehen, wenn Erika sich gar nicht melden sollte oder wenn ihr Anschluß besetzt –

Das war der Punkt. Ich sprang auf, tat zwei Schritte zum Vorzimmer hin, wollte mir das Telefonbuch holen, kehrte zurück, riß den Hörer von der Gabel, wählte Annegrets Nummer. Der Anschluß war besetzt. Ich ließ den Hörer fallen, ging ins Vorzimmer, mäßigte unter Mühen meine Bewegungen: „Das Telefonbuch, bitte, Fräulein Kübler."

Sie sah mich an, während sie es aus dem Regal nahm. „Soll ich nicht ..."

„Nein, danke." Ich schloß die Tür hinter mir, zu heftig. Ich schlug das Telefonbuch auf, am Schreibtisch stehend. Heinemann, Erika. Ich konnte den Namen nicht finden, merkte dann erst, daß ich in einem falschen Ortsverzeichnis nachgeschlagen hatte, blätterte hastig weiter.

Annegret trat ein.

7

Mittwoch, 8. Dezember, 14.25

Eine Aussprache fand nicht statt. Sie hat ihre Frage, ob ich verstimmt sei, nicht noch einmal gestellt. Als sie zu mir kam, gab es auch gar keine Gelegenheit mehr dazu. Sie kam um zwei Minuten vor neun, um mich zu der Besprechung mit den Abteilungsleitern abzuholen, die für neun angesetzt war. Ich hatte den Termin wahrhaftig vergessen. Ich überflog auf dem Korridor meine beiden Mappen und mogelte mich durch. Wir kamen kurz vor halb elf zurück in unser Büro. Als wir das Vorzimmer betraten, kam eben ein Anruf für sie, sie wurde von unserer Niederlassung in Frankreich verlangt. Sie ging in ihr Zimmer, ich ging in mein Zimmer und schloß die Tür.

Bis zur Mittagspause meldete sie sich nicht mehr bei mir. Ich hatte mich schon vorher entschlossen, nicht mit ihr zum Essen zu gehen. Ich wollte nicht im entferntesten den Eindruck erwecken, als ob ich eine Gelegenheit suchte, als ob ich begierig darauf sei, von ihr noch einmal auf meine Verstimmung angesprochen zu werden. Ich wollte eher den gegenteiligen Eindruck erwecken, ich wollte sie spüren lassen, daß mir die Angelegenheit gleichgültig, daß es ihre Sache sei, und nicht die meine, sie noch einmal aufzugreifen. Allerdings hatte ich auch alle Hände voll zu tun. Ich war, und bin es noch immer, mit meiner Arbeit in Rückstand. Ich hasse es, wenn ich, wie heute morgen vor den Abteilungsleitern, auf Improvisationen angewiesen bin. Es ist der pure Wahnsinn, daß ich mich jetzt mit dieser Geschichte hier aufhalte.

Annegret hat ein wenig betroffen dreingeschaut, als sie mich um halb eins zum Mittagessen abholen wollte und ich ihr sagte, ich könne nicht mit ihr gehen. Aber sie hat auch diese Gelegenheit nicht wahrgenommen, sich noch einmal nach meinem Befinden zu erkundigen.

Ich erwarte von ihr ja nicht die Fürsorge einer Ehefrau, ich habe das nie getan, sie ist noch jung, über manches denkt sie ganz einfach nicht nach, sie übersieht Punkte, die Helga wie selbstverständlich aufgreift. Aber selbst wenn ich ihr das zugestehe, und ich tue es gern, weil mich nicht zuletzt diese Unbekümmertheit, dieser frische, jugendkräftige Egoismus anzieht –, selbst dann verwundert es mich, daß sie nicht wenigstens einen schwachen Versuch unternommen hat, mich umzustimmen. „Aber du mußt doch etwas essen", irgendein Satz dieser Art, wäre er nicht zu erwarten gewesen? Was hat sie davon abgehalten?

Sie ist in der halbgeöffneten Tür stehengeblieben, hat einen Augenblick, aber nur den Schatten eines Augenblicks gezögert, hat dann, ohne irgendeine Modulation der Stimme, die auf irgendein Gefühl hätte schließen lassen, gesagt: „Dann bis später", und hat mich allein gelassen.

Seither habe ich sie nicht mehr gesehen. Um halb zwei hielt ich es nicht mehr aus, ich wählte ihre Nummer, der Anschluß war besetzt. Als ich den Hörer auflegte, fühlte ich nur Enttäuschung, Enttäuschung darüber, daß sie ihre Mittagspause beendet hatte, ohne wenigstens einmal bei mir hereinzuschauen: „Wie geht's? Hältst du es wirklich aus ohne Essen?" Warum sollte nur eine Ehefrau, warum sollte nicht auch eine Geliebte eine solche Frage für wichtig halten?

Aber noch während ich darüber nachdachte, durchfuhr es mich wieder, ich vergaß meine Enttäuschung, die sanfte Trauer wurde hinweggeschwemmt von einer glühendheißen Welle. Ich hatte mein Notizbuch schon in der Hand, ich hatte die Nummer des Hotels Regina schon aufgeschlagen, und ich unterdrückte das brennende Verlangen, sie zu wählen, nur mühsam, mühsam, obwohl ich wußte, daß es gar keinen Sinn gehabt hätte, dort anzurufen. Unsere Stabsbesprechungen in der Zentrale sind sehr straff organisiert; Ausbrüche, Alleingänge werden nicht geduldet, man nimmt das Mittagessen gemeinsam in der Kantine des Hauses ein, nach einem sehr engen Zeitplan. Ich hätte trotzdem um ein Haar das Hotel Regina angerufen um herauszufinden, ob Herr Karl-Heinz Pauly auf seinem Zimmer weilte und telefonierte.

Während ich noch mit mir kämpfte, während ich aus dem Fenster sah, während ich litt, schob sich ganz allmählich, aber sehr zielstrebig, in meinem Bewußtsein ein Datum nach vorn, das sich bis dahin unerkannt im Hintergrund gehalten hatte. Ich brauchte eine ganze Weile, bis ich seine Bedeutung erkannte, es dauerte fünf oder zehn Sekunden, vielleicht auch eine ganze Minute oder noch länger, doch wußte ich von der ersten Sekunde an, was auf mich zukam.

Montag, vorgestern, der Tag, an dem sie diesen Menschen so ausdauernd in ihrem Zimmer beherbergt hat, der Tag, an dem ich ihr den Brief schrieb. Sie ist kurz nach fünf gegangen, sie hat gesagt, sie müsse ein paar Besorgungen machen und werde abends mit ihrer Mutter ins Kino gehen. Ich habe, verstrickt in meine Überlegungen, diese Ankündigung nur mit halbem Ohr wahrgenommen, sie konnte mich auch nicht überraschen, ihre Mutter, eine schon ältere Dame, geht leidenschaftlich gern ins Kino, Kriminalfilme, das Fernsehen bietet ihr in dieser Hinsicht zuwenig, außerdem geht ihr nichts über die Breitleinwand, wir hatten am Samstag noch darüber gesprochen und uns darüber amüsiert, Helga, Annegret und ich, am Samstagnachmittag, als Annegret zum Kaffeetrinken bei uns war, ihre Mutter, sie schlummerte um diese Stunde, wie immer, ihre Mutter hatte am Morgen im Lokalblatt eine Filmkritik gelesen, irgendeine Sherlock-Holmes-Geschichte, sie war, sagte Annegret, ganz begierig auf diesen Film, und wahrscheinlich würde sie, sagte Annegret, am Montagabend mit dem Mütterchen ins Kino gehen müssen.

Sie war also im Kino, am Montagabend, mit dem Mütterchen. Sobald dieses Datum einmal im Vordergrund meines Bewußtseins angelangt war, scharf konturiert und nicht mehr zu übersehen, vom selben Augenblick an zog es andere Daten hinter sich her, sie lösten sich aus dem Hintergrund und schwammen heran, erst langsam, ein wenig taumelnd, dann immer schneller, pfeilschnell am Ende, sie trafen auf dieses Datum vom Montag auf, verbanden sich in Bruchteilen von Sekunden mit ihm und untereinander und nahmen Gestalt an, gegliedert nach einem völlig klaren und einleuchtenden Bauplan.

Gestern, am Dienstag hat Annegret mich gefragt, nach der Versöhnung unter Tränen, ob wir unser übliches Treffen aufschieben könnten, das Treffen am Dienstagabend, wenn Annegrets Mutter Bridge spielt, und wir die Chance wahrnehmen, halbwegs in Ruhe in ein Restaurant zu gehen, auch schon einmal ins Theater oder in ein Konzert oder gleich in das Apartment, das ich vor einiger Zeit gemietet habe, als Helga besonders große Schwierigkeiten hatte, Annegrets Besuche bei uns zu Hause in einen verständlichen Zusammenhang einzuordnen, und als Annegret ihrerseits besonders stark unter dem Gefühl zu leiden begann, daß sie und ich, daß wir beide in unserer Gemeinsamkeit nicht einen Raum, einen privaten Bereich besäßen, der uns allein gehörte und in dem sonst niemand etwas zu suchen hätte.

Es war mir recht, als sie mich gestern fragte, ob wir uns nicht an einem anderen Abend treffen könnten, oder vielleicht auch, wenn das Mütterchen unleidlich werden sollte, erst nächste Woche wieder. Das Mütterchen fühle sich nicht gut, sie habe am Morgen wahrhaftig davon gesprochen, ihren Bridgeabend abzusagen, und das bedeute ja doch einiges. Annegret sagte, sie werde wohl besser zu Hause bleiben und sich um das Mütterchen kümmern.

Es war mir recht. Ich war bereits, und trotz unserer Versöhnung noch immer, ja gerade nach dieser Versöhnung mehr als zuvor, von dem Gedanken fasziniert, mich noch einmal ein wenig gründlicher mit dem Wahrheitsproblem zu beschäftigen und in meinen Büchern das eine oder andere nachzuschlagen. Wir hatten uns ja versöhnt, es war ja alles in Ordnung. Es war mir sehr recht, ich fühlte mich, um die Wahrheit zu gestehen, erleichtert, als sie, eng an mich geschmiegt und meine Wange, mein Ohr mit geöffneten Lippen abfahrend, mich fragte, ob wir diesen Abend vielleicht auslassen könnten. Ich freute mich insgeheim auf meine Bücher.

Sie ist also zu Hause geblieben, am Dienstagabend, mit dem Mütterchen, das sich nicht wohl fühlte. Sie ist am Montagabend im Kino gewesen, und gestern abend zu Hause. Bridge fand nicht statt.

Ich erkenne den Bauplan, er zeichnet sich klar und einleuchtend vor mir ab.

Ist nicht der Bridgeabend hin und wieder einmal verlegt worden? Es ist nur sehr selten geschehen meines Wissens, Annegrets Mutter und ihre drei Bridge-Freundinnen, die den Abend reihum bei sich zu Hause veranstalten, haben strenge Prinzipien, von denen sie nur höchst unwillig abweichen. Aber es hat hin und wieder einmal den Fall gegeben, daß der Dienstag der jeweiligen Gastgeberin oder irgendeiner der Damen Schwierigkeiten machte, vielleicht wegen eines Geburtstages, ich weiß es nicht. Und ich bin fast sicher, daß als Alternative stets der Montagabend gewählt wurde, vielleicht war es auch einmal ein Mittwoch, das hängt wahrscheinlich damit zusammen, daß die Abstände zwischen den Treffen weder zu kurz noch zu lang werden sollten.

Und ich weiß, ich weiß mit Sicherheit, daß Annegret ihren Abend mit mir stets nach diesem Bridgeabend ausgerichtet hat. Wurde er auf den Montag verlegt, so fragte sie mich, ob wir uns nicht am Montagabend statt am Dienstag treffen könnten. Wurde Montags Bridge gespielt, so fiel der Dienstag für uns beide aus.

Warum sollte eigentlich der Bridgeabend dieses Mal ersatzlos abgesagt worden sein? Das Mütterchen fühlte sich gestern nicht wohl, nun gut. Aber sie wird doch, wenn es ihr wieder besser geht, alles daransetzen, gemeinsam mit ihren Freundinnen den Bridgeabend heute, am Mittwoch nachzuholen? Ist der Termin für heute abend vereinbart? Das ist eine sehr interessante Frage.

Es gibt noch mehr interessante Fragen. Ich frage mich, wie es wohl ausgegangen wäre, hätte ich gestern abend mich nicht so tief in meine Bücher vergraben, sondern schon gestern abend die Sehnsucht nach Annegret empfunden, unter der ich heute morgen litt, auf der Fahrt ins Büro, und auch noch runde zwölf Minuten lang nach meiner Ankunft hier. Wie wäre es wohl ausgegangen, wenn ich, unter meiner Sehnsucht leidend, gestern abend Annegret zu Hause angerufen hätte? Ich tue es nur in Notfällen, dieses Mütterchen ist so quicklebendig, daß sie meist vor Annegret das Telefon erreicht, und sie mag mich nun einmal nicht, die wenigen Gespräche, die ich mit ihr geführt habe, waren ziemlich quälend, sehr frostig, und Annegret wurde jedesmal hernach einem Verhör unterzogen, was wollte er eigentlich, kann er dir das nicht im Büro sagen, ich muß schon sagen, mein Kind, dieser Mann ist reichlich unverschämt, er ist zwar dein Chef, das heißt: er fühlt sich so, aber du bist ja schließlich nicht seine Sklavin, ich finde es unerhört, daß er dich in dieser Weise auch noch zu Hause belästigt, und bei der nächsten Gelegenheit werde ich ihm einmal klarmachen, daß du schließlich auch noch ein Privatleben hast, und im übrigen kann ich mich wirklich nur wundern, auch wenn du mir jetzt wieder einmal widersprechen solltest in deiner Bescheidenheit, ich wundere mich über die Dreistigkeit, mit der dieser Mann, der nicht einmal seinen Doktor geschafft hat, dich herumzukommandieren versucht, denn schließlich bist du eine promovierte Mathematikerin, das kommt ja wohl so häufig nicht vor, und wenn es, entschuldige bitte, nach Leistung ginge und nicht nach Unverschämtheit, dann würdest *du ihm* die Aufträge geben und nicht *er dir*, mein Gott, wir haben geschrien vor Lachen, als Annegret mir zum erstenmal solch eine Szene vorspielte, sie hat eine theatralische Ader, ganz ohne Zweifel, sie kann, wenn die Laune sie packt, die reinste Komödiantin sein, sie hat mir das Mütterchen vorgespielt, Annegret hatte einen Kleinen in der Krone, und so ging es auf einmal mit ihr durch, und wir beide haben am Ende geschrien vor Lachen, und dann hat sie ganz unerwartet zu schluchzen begonnen, sie schluchzte wie in einem Krampf, die Tränen schossen ihr nur so aus den Augen, ich war völlig konsterniert, es war an einem Samstagnachmittag bei mir zu Hause, Helga hatte das Feld geräumt, sie war zu einer Freundin gefahren, und Annegret hatte Kuchen mitgebracht und sich ausgebreitet in meinem Haus und war so fröhlich gewesen und hatte tatsächlich drei Schnäpse zum Kaffee getrunken und mir, als die Rede darauf kam, ganz unverhofft das Mütterchen vorgespielt in einem Ton, der absolut authentisch klang, und einschließlich aller authentischen Gesten, den Zeigefinger energisch vorgestreckt, und Schritte hin und her, und hier ein Buch zurechtgerückt und dort eine Vase, wir hatten am Ende beide geschrien vor Lachen, und dann plötzlich dieser Zusammenbruch, Schluchzen wie im Krampf, Tränen, Tränen, eine Tränenflut, ich war zu Tode erschreckt und völlig konsterniert, ich habe sie in die Arme genommen, ich habe sie wiegen müssen wie ein Kind, um sie zu beruhigen, es war ja alles nur, weil sie sich schämte, das Mütterchen bloßgestellt zu haben, und weil ihr auf einmal klar wurde, daß sie mich hätte kränken können mit dem Satz, daß ich ja nicht einmal meinen Doktor geschafft habe. Und ich trocknete ihre Tränen. Und ich fuhr sie nach Hause.

Ich fuhr sie in ihrem Wagen nach Hause. Und ich lief zu Fuß zurück. Ich hatte Angst gehabt, sie könne tatsächlich betrunken sein. Drei Schnäpse. Sie verträgt nicht soviel. Ich lief zu Fuß zurück. Eine Stunde lang, ein bißchen mehr. Es war ein Samstagnachmittag, im Sommer. Es war ein blaugoldener Samstagnachmittag. Es war still auf den Straßen. Ein Mann wusch sein Auto, und er hielt inne, als ich herankam, und sah mich an, den Schwamm in beiden Händen. Und ich war so voll von Glück, daß ich nicht an mich halten konnte, ich grüßte ihn im Vorübergehen, und er grüßte mich. Wir waren uns nie zuvor begegnet. Ich war so voll von Glück und so von Stolz erfüllt, ich trug Annegret an ihm vorbei, von Stolz erfüllt. Ich hatte ihr gesagt, als wir Abschied nahmen vor ihrer Tür, sie war ein bißchen erschöpft, sie blies die Haare aus der Stirn und lächelte, sie war erschöpft und erleichtert, ich hatte ihr gesagt, sie solle sich ein wenig hinlegen und ausruhen, und so lag sie nun da auf ihrem Bett, halb zusammengerollt, sie hatte die Vorhänge zugezogen, und das stille Licht des Nachmittags wärmte die Vorhänge, dort lag sie und ich trug sie mit mir, auf meinen Armen, ihr Kopf ruhte nicht auf dem Kissen, sondern an meiner Schulter. Ich trug sie die lange Steigung der Straße hinauf, und der Mann sah mir nach. Es war ein blaugoldener Samstagnachmittag, und als ich die Höhe erreichte, rührte ein leichter Wind die Kronen der Bäume, ich spürte ihn auf meiner Stirn, und die Laubkronen flüsterten und Millionen von Blättern bewegten sich und Licht und Schatten tauschten millionenfach ihre Plätze auf den Blättern.

Und ich sah hinab auf Annegret, sie schlummerte, und ich sah, wie der Wind die Haare über ihrer Stirn bewegte.

Verflucht.

Verflucht und tausendmal verflucht. Was treibe ich hier? Ich bin verrückt. Ich schweife ab. Ich bin völlig verrückt. Da liegt meine Arbeit, vor mir, zu meiner Rechten, zu meiner Linken. Und ich verirre mich in diese Geschichte, ich schweife ziellos ab, ich verirre mich in einen Samstagnachmittag im Sommer, der längst vergangen ist, ich male ihn aus in blauen und goldenen Farben, und ich verirre mich so weit, daß mir das Wasser in die Augen steigt, Heimweh packt mich und schüttelt mich, Heimweh nach diesem Sommer, der vergangen ist und niemals wiederkehren wird, und die Zeit verrinnt, da liegt meine Arbeit, und ich irre umher.

Ich habe ein Problem zu lösen. Ich muß und werde es lösen. Es gibt einige interessante Fragen, mit denen ich der Lösung dieses Problems näher rücken kann. Das war die erste interessante Frage: Wird heute abend Bridge gespielt?

Nächste interessante Frage, allerdings eine rhetorische Frage, ich muß es zugeben, ich kann sie stellen, aber ich werde nie eine Antwort darauf erhalten, nächste Frage also: Wie wäre es ausgegangen, wenn ich gestern abend Annegret, von Sehnsucht ergriffen oder auch von der sentimentalen Erinnerung an einen Samstagnachmittag im Sommer, wenn ich Annegret angerufen hätte an diesem Abend, an dem sie mit mir nicht zusammensein konnte, weil sie das Mütterchen pflegen mußte? Wäre auch dieses Mal, wie fast immer, das Mütterchen die erste am Telefon gewesen, quicklebendig, und sehr frostig? Und wie hätte sie wohl reagiert, wenn ich, bevor sie den Hörer hätte ziemlich heftig ablegen können, gesagt hätte: „Ach, einen Augenblick bitte noch, Frau Fabian, ich wollte nur fragen, wie Ihnen denn der Sherlock-Holmes-Film gefallen hat gestern abend?"

Noch eine interessante Frage schließlich, nein, nein, das geht nun entschieden zu weit, es ist unsinnig, Fragen zu stellen, auf die es keine Antwort geben kann, es ist methodisch indiskutabel, es ist unsauber, aber einen Wunsch darf ich äußern, nun gut, ich erlaube mir, diesen Wunsch zu äußern: Ich wüßte gern, wo Herr Karl-Heinz Pauly sich am Montagabend herumgetrieben hat. Ich wüßte gern, wo Herr Karl-Heinz Pauly sich an dem Abend herumgetrieben hat, an dem – wie man weiß – Annegret mit dem Mütterchen im Kino war. Ich wüßte es für mein Leben gern.

Ich bin nicht sicher, ob sich auf diese Frage nicht doch eine Antwort finden läßt. Ich habe mir heute mittag von Fräulein Kübler die Wochenendausgabe des Lokalblatts besorgen lassen, wir legen dieses Druckerzeugnis wie auch einige andere von weiter reichender Verbreitung in unserem Archiv ab, für einige Monate wenigstens, wir sind dabei, eine Verkaufsstrategie zu entwickeln, die sich auf die laufende Beobachtung solcher Art Publikationen stützt, nun ja, es ist nicht völlig uninteressant.

Ich habe mir die Rezension dieses Sherlock-Holmes-Films angesehen. Ich habe mir die Kernsätze notiert, auf die ich zurückgreifen würde – ich jedenfalls würde darauf zurückgreifen, wenn ich behaupten wollte, ich hätte den Film gesehen, hätte ihn aber in Wirklichkeit nicht gesehen und wäre zur Absicherung meiner Behauptung auf einzig diese Rezension angewiesen.

Der Film erfindet eine Beziehung zwischen Sherlock Holmes und Sigmund Freud, sie waren ja „Zeitgenossen", wie der Rezensent bemerkt. Es handelt sich um „eine elegant-stilvolle Parodie". Die Ausstattung und „die sanften Pastellfarben der Kamera ... ergeben ein eindrucksvolles Bild vom nebligen London und vom malerischen Wien". Sherlock Holmes, dargestellt von einem Schauspieler namens Nicol Williamson, befindet sich nach jahrelangem Kokaingenuß in einer schrecklichen Verfassung.

Diese Rezension hätte, wenn ich mich einzig auf sie verlassen müßte, um die falsche Behauptung aufstellen zu können, ich hätte den Film gesehen, einen schwachen Punkt, der mich sehr beunruhigen würde. Sie leidet an dem Geburtsfehler aller Rezensionen, die sich mit einer Detektivstory beschäftigen: sie darf ein Geheimnis, das sie ansprechen muß, nicht enthüllen, weil sie sonst dem Leser den Spaß verderben würde, sich den Film anzusehen. Dieses Geheimnis ist im vorliegenden Fall die Antwort auf die Frage, warum Sherlock Holmes kokainsüchtig geworden ist. Die Rezension stellt dazu fest: „Freud entdeckt, warum Holmes zum Kokain griff", und damit hat es sich. Über die Lösung schweigt der Rezensent sich aus, aus begreiflichen Gründen.

Ich würde mich sehr unbehaglich fühlen, wenn ich behaupten sollte, ich hätte diesen Film gesehen, hätte ihn aber nicht gesehen. Warum griff Holmes zum Kokain? Eine interessante Frage, nicht wahr?

8

Mittwoch, 8. Dezember, 17.00

Pünktlich zum Büroschluß kommt sie zu mir. „Willst du schon wieder länger machen?“ Ich hatte damit gerechnet, daß sie ihren Mantel schon angezogen, ihr Kopftuch schon aufgesetzt gehabt hätte. Aber nein, sie kommt in Rock und Bluse. Sogar ihre Jacke hat sie noch auf dem Bügel gelassen.

„Ja, eine Weile werde ich wohl noch brauchen. Du bist fertig?“

„Ja, ich könnte jetzt gehen.“

„Und warum tust du’s nicht?“

Sie schüttelt den Kopf, mit leisem, verwundertem Vorwurf. „Weil ich noch einmal nach dir sehen wollte. Und vielleicht ein bißchen mit dir reden. Aber ich kann auch sofort gehen, wenn ich dich störe.“

„Dummkopf, ich freue mich doch. Möchtest du etwas trinken?“

Sie setzt sich, stützt das Kinn in die Hand, sieht mich an, als hätte ich ihr ein kompliziertes Problem aufgegeben. „Ich weiß nicht ... Vielleicht ein Bier? Ja, ich werde mal ein Bier trinken.“

„Ein Bier, das ist eine gute Idee.“ Ich gehe ins Vorzimmer, Fräulein Kübler läßt eben ihre Schlüssel in die Handtasche fallen. „Bis morgen, schönen Abend wünsche ich Ihnen.“ Der Kühlschrank ist gut gefüllt.

Wir prosten uns zu, nehmen beide einen sehr langen Schluck, ächzen fast gleichzeitig, müssen beide darüber lachen, gleichzeitig. Sie setzt ihr Glas ab, kommt zu mir, küßt mich, preßt meinen Kopf so heftig an ihre Brust, daß ich um meine Brille fürchte. „Du lieber Schatz. Du alter, dummer Schatz.“ Sie küßt mich wieder.

Ich rieche ihr Parfum, ich spüre ihre kalte Nasenspitze, mit ihren langen schlanken Fingern zerteilt sie die Haare in meinem Nacken, sie zeichnet mit den Fingernägeln zarte Spuren in meine Haut. Es verlangt mich danach, sie zu umarmen, ich will nichts anderes als gut zu ihr sein, ich will sie in die Arme nehmen und festhalten und behüten und ihr sagen, nichts anderes als das: „Es ist ja gut, es ist ja gut, komm, mein Schatz, mach die Augen zu, es ist ja gut." Aber etwas sträubt sich in mir.

Ich spüre, ich weiß es jetzt, daß sie meine Verstimmung nicht vergessen hat. Meine Verstimmung ist ihr nicht entgangen heute morgen, und sie hat sie den ganzen Tag nicht vergessen. Aber sie wollte und will nicht darüber sprechen. Sie scheut es, scheut die Mühe, fürchtet eine Diskussion, Streit, sie möchte diese Verstimmung ohne ein Wort vergessen, sie auslöschen, warum sollen wir denn noch darüber reden, es ist doch vorbei, und was bedeutet es denn, nichts, denn wir lieben uns doch. Wenn ich wollte, könnte ich jetzt mit ihr intim werden, hier in diesem Büro, an diesem Schreibtisch (sogar auf diesem Schreibtisch, um die Wahrheit zu sagen), wir haben es hin und wieder getan, sie würde wieder entsetzliche Angst haben, daß irgend jemand uns überrascht, ein Kollege, der noch arbeitet, die Putzfrauen, der Hausmeister, aber sie würde sich trotzdem mir hingeben, rückhaltlos, wenn ich es jetzt wollte. Sie will nicht streiten, nicht diskutieren. Sie will glücklich sein, ohne ein Wort. Sie will doch nur Liebe.

Ich hasse solche Versöhnungen. Sie schaffen nichts aus der Welt, gar nichts.

Ich löse ihre Arme von meinen Schultern, sanft, ich stehe auf. Ich öffne die zweite Flasche Bier und schenke ihr nach.

„Nicht, du, ich kann jetzt nichts mehr trinken."

„Warum denn nicht? Hast du noch was vor?"

„Nein, wieso? Ich muß noch Auto fahren, das habe ich vor."

Ich fülle mein eigenes Glas auf. Ich stelle die Flasche ab. Ich bleibe vor meinem Schreibtisch stehen, trinke. Sie hat sich in meinen Sessel gesetzt. Sie sieht mich an.

„Mußt du das Mütterchen heute abend zum Bridge fahren?"

„Heute abend? Nein. Wie kommst du darauf?"

Die Kehle schnürt sich mir zu. „Heute abend kein Bridge?"

„Nein, wieso?"

„Ich dachte. Geht es dem Mütterchen denn immer noch schlecht?"

„Nein, es geht ihr wieder gut."

„Was war es denn eigentlich?"

„Ich weiß nicht. Vielleicht hatte sie sich den Magen verdorben."

„Oder vielleicht hat der Film sie zu sehr aufgeregt?"

„Welcher Film?"

„Der vom Montagabend."

„Ach, der ..."

„War es nicht spannend?" Ich stehe vor meinem Schreibtisch, das Glas in der Hand, trinke ab und zu einen Schluck, sehe sie an. Sie lehnt sich zurück, bewegt den Drehsessel ein wenig hin und her. Ich sehe sie an. „Nein?"

„Spannend, mein Gott, was heißt spannend? Es ist doch immer dasselbe."

„Um was geht's da eigentlich?"

„Ach Gott, das ist eine ... eine Parodie. Sherlock Holmes begegnet Sigmund Freud."

„Ah ja."

Sie reckt sich plötzlich, gähnt, bewegt dann wieder den Sessel hin und her. Ich nehme einen Schluck. „Und weiter? Ist das nicht eine ziemlich alberne Idee?"

„Nein, das kann man nicht sagen. Es ist jedenfalls ganz gut gemacht. Es hat Stil."

„In Farbe?"

„Ja, aber sehr gut fotografiert."

„Nicht knallig?"

„Nein, nein, ganz im Gegenteil, es ... es wirkt manchmal wie gemalt, London im Nebel, weißt du, und dann Wien, wegen Freud natürlich, sehr hübsch anzusehen, wirklich."

„Und wer spielt den Sherlock Holmes?"

„Warte mal ... irgendein Schauspieler, den ich gar nicht kannte. Ich komme nicht mehr auf den Namen."

„Was hat eigentlich dieser Titel zu bedeuten, der allein würde mich ja schon abschrecken, wie heißt er noch mal: Kein Koks für Sherlock Holmes, oder wie war das?"

„Ja, genau, kein Koks für Sherlock Holmes." Sie hat aufgehört, den Drehsessel zu bewegen.

„Und was bedeutet das?"

„Ach, das ist ziemlich quatschig. Sherlock Holmes ist kokainsüchtig, verstehst du."

„Und warum?"

Sie richtet sich auf im Sessel. Sie faltet die Hände im Schoß, sehr fest, will mir scheinen. Sie sieht mich an. „Martin, warum fragst du mich das alles?"

„Warum? Weil es mich interessiert, was denn sonst?"

„Aber dieser Film interessiert dich doch gar nicht?"

„Nein? Wie kommst du darauf? Warum sollte ich denn sonst danach fragen? Was könnte mich denn sonst interessieren, nach deiner Meinung?"

„Ich weiß es doch nicht."

„Nein, du weißt es natürlich nicht."

„Was soll das denn, Martin? Ich weiß es wirklich nicht."

„Nun gut, dann gib dich doch damit zufrieden, daß mich der Film interessiert, dieser alberne Film und sonst nichts."

„Nein, ich gebe mich nicht damit zufrieden. Ich will jetzt wissen, warum du mich so ausfragst. Worauf bist du aus? Was willst du wissen? Bitte, Martin, sag es mir doch."

Ich kenne solche Augenblicke. Es sind die Momente, in denen die Operation umschlägt. Sie tritt in eine neue Phase, sie gewinnt eine andere Qualität. Das Gegenüber hat die Deckung aufgegeben. Es hat sich hinaustreiben lassen. Es hat, in seinem Unterstand, das dumpfe Grollen nicht mehr ausgehalten, das Beben der Wände. Die Geschosse, die ihm nichts hätten anhaben können, denn sie zielten ja nicht auf den Unterstand, sie waren ja nur ringsherum placiert, wenn auch sehr nahe und sehr dicht, die Einschläge, die dem Gegenüber nichts hätten anhaben können, sie haben gleichwohl seine Nerven strapaziert, immer unerträglicher, es hat das dumpfe Grollen nicht mehr ausgehalten, das

Beben der Wände, die stumpfen Druckwellen, die unter seinen Füßen hindurchliefen, das Rieseln von der niedrigen Decke herab, den Staub, der mehr und mehr die nachtschwarze Luft erfüllte und sich auf den Atem legte, es hätte weiter atmen können, das Gegenüber, in seinem Unterstand, wenn auch nur unter Mühen, und wenn vielleicht auch nur, indem es beide Hände fest auf die Ohren gepreßt hätte, aber seine Nerven haben ihm einen Streich gespielt, es hat sich aus seinem Unterstand hinaustreiben lassen, es hat die Deckung aufgegeben, und da steht es nun auf dem offenen Feld, schwer atmend, es saugt die Luft in seine Lungen, es öffnet seine staubbedeckten Lider dem Tageslicht und trinkt das Licht wie ein Verdurstender und weiß doch, daß es nackt und bloß dasteht in diesem Licht und ohne Deckung, das Versteckspiel ist vorüber.

Es gibt jetzt zwei Möglichkeiten. Entweder breche ich die Operation ab und gewähre den Frieden, oder ich setze die Operation fort, aber wenn ich sie fortsetze, dann wird es Wunden geben, heftig blutende Wunden, es wird Verletzungen geben, und vielleicht sogar tödliche Verletzungen. Das Gegenüber hat, indem es seine Deckung verlassen hat, mich selbst aus meiner Deckung herausgezwungen. Ich kann nicht länger meine Geschosse so placieren, daß sie das Gegenüber nur beunruhigen, ich kann nicht mehr so tun, als wisse ich mein Ziel nicht exakt auszumachen und verfehlte es deshalb, nur deshalb lägen die Einschläge zwar nahe an meinem Ziel und dicht um es herum, aber niemals mitten im Ziel.

Ich könnte, statt anzugreifen, das Gegenüber in die Arme schließen. „Es ist ja gut, verzeih mir bitte, es war nicht bös gemeint, bitte, verzeih mir, es ist ja gut, es tut mir leid", ich weiß ja doch, daß das Gegenüber darauf wartet, daß es verzweifelt auf den Friedensschluß hofft, ich könnte, ich muß es jetzt in die Arme schließen und es bergen, ich muß es trösten, und dann werde ich ganz still sein und warten, eine lange Zeit, ich werde lauschen, und dann werde ich hören, wie seine Atemzüge sich allmählich beruhigen, ruhig werden sie und tief, ein kleiner, erschöpfter Seufzer noch, und der Friede hüllt uns ein. Ich könnte den Frieden schließen, ich muß es. Ich will ihr und mir Frieden gewähren. Um alles in der Welt möchte ich es tun.

„Bitte, Martin. Komm doch zu mir. Quäl dich doch nicht so."

„Quälen? Ich quäle mich nicht. Ich glaube nicht, daß irgend etwas mich quält."

„Aber irgend etwas beunruhigt dich doch. Sag es mir, bitte. Ich weiß es doch nicht."

„Sollte es dir so unvorstellbar sein, daß gewisse Fragen mich interessieren?"

„Welche Fragen?"

Also bitte. Sie will es offenbar nicht anders. „Sollte dir unvorstellbar sein, daß mich die Frage interessiert, mit wem du heute morgen telefoniert hast?"

„Heute morgen?" Ihre Augen sind ganz groß, sie bietet, es ist nicht zu leugnen, ein Bild ratlosen Erstaunens.

„Richtig, heute morgen. Heute morgen, bevor du mich abgeholt hast, um zwei Minuten vor neun."

„Mit wem habe ich denn ... aber das habe ich dir doch gesagt. Ich habe mit Erika telefoniert."

„Ich weiß, mit Erika. Fragt sich nur, wann."

„Aber das habe ich dir doch gesagt. Ich bin ins Büro gekommen, und ich hatte noch keine Lust anzufangen, und da habe ich Erika angerufen. Aber das weißt du doch auch. Du hast mir doch selbst gesagt, daß du versucht hast, mich anzurufen, und daß mein Anschluß besetzt war. Also weißt du doch auch, um welche Zeit ich mit ihr telefoniert habe."

„Entschuldige, Annegret, aber so naiv solltest du dich nun wirklich nicht geben." Sie sieht mich an, stumm. „Oder wollen wir hier den Satz aufstellen: Wenn Annegrets Anschluß besetzt ist, dann telefoniert sie mit Erika? Ich weiß nicht, was du von der Qualität eines solchen Satzes hieltest, ich hielte ihn jedenfalls für schwachsinnig. Das kannst du doch wohl nicht gemeint haben?"

„Natürlich habe ich es nicht so gemeint."

„Sondern wie?"

Sie sieht mich an, sie wendet den Kopf ab, atmet tief, reibt sich die Wange, sieht mich plötzlich wieder an. „Du glaubst, ich hätte mit jemand anderem telefoniert."

„Ich glaube nichts. Aber ich weiß es nicht."

„Aber mit wem sollte ich denn telefoniert haben? Und warum sollte ich ..."

„Sprich doch weiter."

Sie sieht mich fest an. „Du glaubst, ich hätte mit Pauly telefoniert."

„Ich kann nicht ausschließen, daß du mit ihm telefoniert hast."

Sie atmet tief. „Ich sage dir, daß ich mit Erika telefoniert habe, aber trotzdem meinst du, du könnest nicht ausschließen, daß ich mit Pauly telefoniert habe?"

„So ist es."

„Martin, mein Gott, wie kommst du denn nur auf diesen Gedanken? Du mußt doch irgendeinen Grund haben, so etwas zu glauben? Aber hast du wirklich einen Grund? Du sagst, es sei schwachsinnig zu sagen: Wenn Annegrets Anschluß besetzt ist, dann telefoniert sie mit Erika. Aber wäre es nicht auch schwachsinnig zu sagen: Wenn Annegrets Anschluß besetzt ist, dann telefoniert sie mit Pauly?"

„Das wäre es in der Tat, wenn man, um diesen Satz aufzustellen, auf nichts anderes zurückgreifen könnte als auf das Faktum, daß dein Anschluß besetzt ist."

„Aber auf welches andere Faktum könntest du denn noch zurückgreifen? Du kannst doch nicht ..." Sie zuckt hilflos mit den Schultern.

Ich räuspere mich. „Annegret, ich muß dir etwas sagen." Ihre Augen sind groß, sehr groß. „Es ist mir unangenehm, es ist mir widerlich. Ein Mensch sollte so etwas nicht tun. Aber ich habe keine andere Möglichkeit gesehen, einen Punkt aufzuklären, der mir lebenswichtig schien, lebenswichtig für mich, und vielleicht auch für dich. Es bestand die Möglichkeit, eine gewisse Vermutung, die Vermutung, daß du mit diesem Herrn telefoniert hast, unwiderleglich zu entkräften, ich wäre sehr glücklich gewesen. Deshalb habe ich etwas getan, was ein Mensch nicht tun sollte, etwas Unanständiges, sehr Schäbiges, ja. Leider hat es nichts genutzt. Ich habe etwas getan, was mir aufs äußerste zuwider ist, und ich habe es vergebens auf mich genommen, denn ich habe diese Vermutung nicht entkräften können."

„Was hast du getan?" Ihre Stimme ist sehr schwach, fast klingt es wie ein Flüstern.

„Ich habe, während du telefoniertest, heute morgen, ich habe Pauly angerufen, im Hotel Regina."

„Wo? Wo hast du ihn angerufen?"

„Im Hotel Regina. Du wirst doch wohl wissen, daß er dort wohnt."

„Woher soll ich das denn wissen?"

„Annegret, das kann doch nicht dein Ernst sein."

„Natürlich ist es mein Ernst. Seine Anlaufstelle bist doch du, nicht ich. Woher soll ich das denn wissen? Du tust ja fast, als wäre ich mit ihm verheiratet."

Das gibt mir einen Stich, scharf wie von einem Messer. Ich reiße mich zusammen. „Er muß es dir keineswegs gesagt haben, das ist richtig."

„Also?" Sie hat die Unterarme auf meinen Schreibtisch gelegt, die Hände gefaltet, sie sieht mich an.

Ich trinke mein Glas aus, setze mich in den Sessel am Fenster.

„Ich habe Herrn Pauly heute morgen im Hotel Regina angerufen, ich rief ihn an, während du telefoniertest. Sein Anschluß war besetzt, um sechzehn oder siebzehn Minuten vor neun. Sein Anschluß war besetzt, ebenso wie dein Anschluß. Er war um zwölf Minuten vor neun immer noch besetzt, ebenso wie deiner. Ich weiß nicht mit Sicherheit, ob er um zehn Minuten vor neun wieder frei war, wie deiner, als ich dich zum fünftenmal anrief und dich endlich erreichte. Aber ich weiß mit Sicherheit, daß er um sieben oder acht Minuten vor neun frei war, als wir unser Gespräch beendet hatten und ich Herrn Pauly zum drittenmal anrief."

Sie sieht mich an. Sie schüttelt den Kopf, sehr langsam, fassungslos, so scheint es. „Martin. Und das ist alles? Und das veranlaßt dich zu einer solchen Vermutung? Mehr Anlaß hast du nicht zu einer solchen Vermutung, zu einem solchen Verdacht?"

„Nun, es ist doch schon eine ganze Menge, findest du nicht? Aber natürlich gibt es auch noch mehr Anlässe, einige andere Hinweise. Es gibt eine ganze Reihe von Hinweisen, und das Merkwürdige daran ist: sie passen alle zusammen, sie fügen sich alle in ein bestimmtes Bild, sie machen sozusagen einen Bauplan aus, logisch und konsequent."

„Was für Hinweise?"

„Ich denke zum Beispiel an deine Neigung, deine so liebenswürdige Gewohnheit, deinen Liebsten, wenn er unterwegs ist, morgens im Hotel anzurufen. Ich meine mich damit, natürlich, zunächst einmal. Ich erinnere mich an deine Anrufe, wenn ich in Amerika war, du hast mich fast jeden Morgen geweckt, erinnerst du dich nicht mehr? Du hast es gemacht, bevor du in die Mittagspause gingst, zwischen zwölf und halb eins, sieben Uhr morgens war es drüben oder halb acht, ich war oft sogar ein bißchen ärgerlich, wenn ich zuwenig geschlafen hatte, und schon wieder dieses Telefon, aber dann löste sich das auf, so wunderschöne Dinge hast du mir gesagt, du hast mich ganz sanft aus dem Schlaf herausgeführt, und die Tage begannen, als wäre ich neugeboren. Ich bin voll von Lust an die Arbeit gegangen, voll von Kraft, ich wußte ja, du bist da und denkst an mich, und was kann mir denn passieren, ich hab dir das, glaube ich, auch einmal geschrieben, am Abend eines solchen Tages, erinnerst du dich? Ich erinnere mich an das Lincoln Plaza, das muß in unserem ersten Jahr gewesen sein, eine Woche lang habe ich da gewohnt, im Frühjahr, war es nicht um die Osterzeit, es war ein ziemlich großes Zimmer, langgestreckt, das Bett, ein Doppelbett war es, stand sozusagen im Hintergrund, an einer der Schmalseiten, und die Fensterfront war geschwungen, zur Rechten dieses Betts, ein sehr breites, geschwungenes Fenster, das sich auf einen Innenhof öffnete, ich konnte, morgens um sieben, die Sonne auf dem oberen Rand der Fensterwand gegenüber sehen, und darüber ein Stück blitzblauen Himmel, die Sonne schnitt ein längliches Dreieck aus der Wand gegenüber, sie schnitt es ab vom oberen Rand dieses Hauses, ein funkelndes Dreieck, und unterhalb dieses Dreiecks hielt sich noch die kühle Dämmerung, die Fenster blickten noch stumpf in den Hof, der Schlaf hielt sie noch gefangen, erinnerst du dich, ich bin sicher, daß ich es dir an irgendeinem Morgen beschrieben habe, ich lag auf dem Rücken in meinem Doppelbett, den Hörer am Ohr, ich warf, noch sehr träge, die Decke mit einem Bein zurück, und streckte mich und sah hinaus auf diesen Innenhof und ließ mich von dir ganz sanft aus dem Schlaf herausführen, erinnerst du dich? Nun ja, es ist schon lange her, schon sehr lange, und als ich das letzte Mal drüben war, dieses Jahr im September, da hast du mich nicht ein einziges Mal angerufen, ich weiß, ich war ja dauernd unterwegs, es war diese Rundreise, und ich hatte dir vor dem Abflug nicht die Liste der Hotels geben können und die Telefonnummern."

Sie weint. Ich habe sie eine ganze Weile lang nicht angesehen, und nun sehe ich, daß sie weint. Sie gibt dabei keinen Laut von sich, sie schaut stumm vor sich hin, auf ihre Hände, die noch immer ineinandergefaltet auf dem Schreibtisch liegen, vielleicht ein wenig fester ineinandergefaltet als zuvor, sie gibt keinen Laut von sich und die Tränen fließen, fließen über ihre Wangen.

„Es tut mir leid, Annegret, ich wollte nicht Erinnerungen in dir wecken, die dir anscheinend wenig Freude machen, ich wollte dir nur sagen, woran ich mich erinnert fühlte heute morgen, und warum es vielleicht doch nicht so unbegreiflich ist, daß ich auf den Gedanken kam, du könntest mit diesem Herrn telefonieren. Denn wenn wir einmal annehmen, er sei dein Liebster, wäre es dann nicht ganz selbstverständlich anzunehmen, aufgrund deiner Gewohnheit, die in früheren Zeiten in so angenehmer Weise mir zugute gekommen ist, wäre es dann nicht geradezu zwingend anzunehmen, daß du heute morgen ihn angerufen und mit ihm gesprochen hast, nicht, um ihn zu wecken natürlich, dazu war es ja schon ein wenig zu spät, aber doch, um ihm noch etwas Liebes zu sagen, ein paar Zärtlichkeiten, dem Liebsten, bevor er an die Arbeit gehen mußte?"

Sie sieht mich an, aus Augen, die in Tränen schwimmen, sie schüttelt den Kopf, es wirkt hilflos, fast verzweifelt. „Aber er ist doch nicht mein Liebster."

„Ich weiß, du magst ihn nur, mich hingegen liebst du, so hast du gesagt, nicht wahr? Aber du mußt mir doch einräumen, daß ich in diese deine Aussage ernste Zweifel setzen müßte, wenn du heute morgen tatsächlich ihn angerufen haben solltest."

„Aber ich habe ihn nicht angerufen."

„Ich weiß, du hast es schon gesagt. Aber wenn er dein Liebster wäre, hättest du ihn angerufen. Und ..."

Sie unterbricht mich wieder einmal, es klingt wie ein verzweifelter Appell: „Martin, Martin, aber das ist doch ein Zirkelschluß, in dem du dich da bewegst: Wenn sie ihn angerufen hat, ist er ihr Liebster. Wenn er ihr Liebster ist, hat sie ihn angerufen. Erkennst du das denn nicht, daß du dich im Kreise drehst?"

„Du hast recht, ich drehte mich im Kreise, wenn es nur das wäre. Aber es ist nicht nur das. Ich habe dir gesagt, daß es eine ganze Reihe von Hinweisen gibt. Ich will dir sagen, worüber ich nachdenke. Meine Überlegungen sind ausgelöst worden – wie du übrigens ja auch schon weißt und woran du dich jetzt hättest fairerweise erinnern sollen –, sie sind in Gang gesetzt worden durch die Tatsache, daß du ihn am Montag zwanzig Minuten lang in deinem Zimmer geduldet hast, obwohl du wußtest, daß ich damit nicht einverstanden war." Ich warte darauf, daß sie ihre Erklärung, die lendenlahme, dieser Plauderei wiederholt, aber sie tut es nicht. Sie läßt sich langsam in meinem Sessel zurücksinken, nimmt die Hände von der Schreibtischplatte und legt sie in ihren Schoß, blickt darauf nieder. Sie weint nicht mehr, aber sie hebt auch keinen Finger, um die Tränen von ihren Wangen und aus den Augen zu wischen.

Ich räuspere mich. „Es tut mir leid, Annegret, aber ich muß dir sagen, daß ich deine Erklärung für diese ... Plauderei nach wie vor lendenlahm finde. Ich finde sie jedenfalls nicht überzeugend. Und vor eben diesem Hintergrund hat mich, es war ein plötzlicher Einfall, dein so ausgedehntes Telefonat heute morgen stutzig gemacht. Du hast, als dein Anschluß dann endlich wieder frei war und ich dich erreichte und mit dir sprach, sehr wohl gemerkt, wie mir zumute war, du hast gemerkt, daß mit mir etwas nicht stimmte. Du hast gesagt: Ich komme gleich zu dir rüber. Aber du bist erst so spät gekommen, daß keine Zeit mehr blieb, darauf einzugehen, wir mußten sofort aufbrechen. Du bist nicht sofort gekommen, nach unserem Gespräch, sondern du hast noch einmal telefoniert, ich weiß es, weil ich noch einmal versucht habe, dich zu erreichen, dein Anschluß war schon wieder besetzt. Wenn ich dir nicht glauben wollte, nicht glauben könnte, ergäbe sich an dieser Stelle eine andere, eine weitere Vermutung: ich könnte vermuten, daß du sofort nach unserem Gespräch, in dem du behauptet hast, du hättest dein erstes, ausgedehntes Telefonat mit Erika geführt, daß du sofort nach dieser Festlegung, aber eben erst danach, tatsächlich Erika angerufen hast, um deine Behauptung abzusichern."

Ich lege eine Pause ein, stehe auf, nehme mein Glas in die Hand, betrachte es wie geistesabwesend, ich bin sehr gespannt, ich spüre die Spannung wie einen ziehenden Schmerz, jetzt kann sie doch nicht mehr stumm bleiben, sie kann diese Verdächtigung doch nicht, um Himmels willen, sie kann sie doch nicht unwidersprochen lassen. Die Sekunden verrinnen, es ist nun nicht länger möglich, dieses Glas wie geistesabwesend zu betrachten, ich stelle es ab, gehe hinaus ins Vorzimmer, spüre, höre in meinem Kopf, wie die Spannung krachend in sich zusammenbricht, sie löst sich auf in einen sausenden Wirbel, einen immer schneller rotierenden, saugenden Strudel, nichts bleibt übrig außer meiner Enttäuschung, die wie Feuer brennt, ich öffne den Kühlschrank, nehme eine Flasche Bier heraus, gehe zurück.

Als ich die Flasche öffne, sagt Annegret, sie sitzt regungslos in meinem Sessel, schaut auf ihre Hände, ihre Stimme ist flach, ohne jeden Ausdruck, sie sagt: „Ich habe Frankreich angerufen, nach unserem Gespräch, kurz vor neun. Aber ich kann es dir nicht beweisen. Ich bin nicht durchgekommen."

„Schade." Ich setze mich, trinke. „Du hast dich danach den ganzen Tag nicht mehr bei mir gemeldet, abgesehen von dem sehr kurzen und wortkargen Besuch, bevor du in die Mittagspause gingst. Ich war ein wenig enttäuscht, das muß ich gestehen, daß du auf meine Verstimmung nicht mit einem Wort mehr eingegangen bist, obwohl du das deutlich genug angekündigt hattest."

Sie sagt, regungslos, auf ihre Hände blickend: „Ich wollte dich jetzt fragen, warum du heute morgen böse warst. Deshalb bin ich doch gekommen."

„Schade. Wirklich schade, daß du nicht früher eine Gelegenheit gefunden hast, dich zu äußern. Es lag sicher an mir, ich habe dich überfallen mit meinen spitzen Vermutungen, ich habe dich wieder einmal kopflos gemacht, nehme ich an. Es tut mir leid."

Sie sagt: „Es braucht dir nicht leid zu tun." Und nun hebt sie, zum erstenmal hebt sie wieder den Blick und sieht mich an: „Ich verstehe dich doch."

Es verschlägt mir einen Augenblick lang die Sprache, ich muß eine jähe Angst hinunterwürgen, ich trinke das Glas leer, lege trinkend den Kopf nach hinten, so brauche ich sie nicht anzusehen. Ich stelle das Glas ab, beschäftige mich damit, es wieder vollzuschenken. „Das freut mich, ich danke dir. Wenn du mich also so weit verstehst, dann wirst du, so hoffe ich, auch den Rest verstehen." Es muß jetzt hinaus, alles muß hinaus, vielleicht will sie noch mehr sagen, es muß jetzt alles in einem Aufwaschen erledigt werden, ich muß es gesagt haben, bevor sie weiterspricht, ich darf keinen einzigen Punkt vergessen, ich will diese Geschichte loswerden, so oder so. „Ich mache es kurz. In der Verfassung, in der ich mich nun einmal befand, ist mir ein anderer Punkt aufgefallen. Der Bridgeabend mußte gestern überraschend abgesagt werden, deine Mutter fühlte sich nicht wohl. Ich fragte mich, ob er nicht heute abend nachgeholt werden würde, unter der Voraussetzung, daß es deiner Mutter wieder gut ginge. Es geht ihr wieder gut, wie du eben gesagt hast. Aber Bridge findet heute abend nicht statt, auch das hast du gesagt. Wie kommt das? Die nächstliegende Vermutung ist, daß der Bridgeabend für diese Woche bereits stattgefunden hat, am Montag nämlich. Die Vermutung ist, daß du bereits am Montag deinen freien Abend gehabt und verbraucht hast, daß du vielleicht ausgegangen bist, am Montag. Mit irgendeinem Herrn. Vielleicht …"

Ich lege eine Pause ein, beschäftige mich mit meinem Bier, jetzt aber müßte sie mir doch ins Wort fallen, sie müßte doch sagen: Um Gottes willen, was redest du denn da, du weißt doch, daß ich am Montagabend im Kino war, mit meiner Mutter, aber nichts geschieht, sie schweigt still. Den Blick hat sie wieder gesenkt.

Mein Gott, das brennt wie die Hölle. Ich kann nun auch diese Pause ganz einfach nicht mehr verlängern. „Allerdings wäre eine solche Vermutung ja völlig abwegig, nicht wahr? Es wäre ja geradezu absurd, annehmen zu wollen, daß du zwar am Montagabend im Kino gewesen bist, aber nicht mit deiner Mutter, die unterdessen Bridge spielte, sondern mit irgendeinem Herrn, du und so ein Herr, ihr würdet euch ja nicht ausgerechnet mit einem Sherlock-Holmes-Film die Zeit vertreiben, so angenehm das Kino als Aufenthaltsort im übrigen auch sein mag, warm und dunkel. Also warst du, wenn du im Kino warst, mit deiner Mutter im Kino. Du hast ihn also gesehen, diesen Film. Und nun frage ich dich, wie der Film denn gewesen ist. Und du antwortest. Und zwei weitere Punkte fallen mir auf, sie sind ganz unübersehbar: Dein Urteil deckt sich, bis in die Wortwahl hinein, mit der Rezension dieses Films, die am Samstag erschienen ist. Und zweitens antwortest du auf eine ganz konkrete Frage, die Schlüsselfrage dieses Films, vermute ich, du antwortest darauf ebensowenig wie die Rezension, auf die Frage nämlich: Warum griff Holmes zum Kokain? Du schweigst dich aus darüber, wie die Rezension."

Sie hebt den Blick, sieht mich an, ihre Lippen öffnen sich, aber kein Ton dringt hervor, sie holt einmal tief Luft, dann sagt sie, flach und ausdruckslos: „Du hast dir diese Filmkritik besorgt, du hast sie studiert und mich dann ins Verhör genommen? Hast du das wirklich getan?"

„Es tut mir leid, Annegret, ja: ich habe das wirklich getan. Ein Mensch sollte so etwas nicht tun, ich weiß. Ich habe es getan. Es war schäbig, es war unanständig, es war ein übler Trick, als ich dich über diesen Film ausfragte. Aber ich habe es, ich weiß nicht, ob du mich verstehen kannst, ich habe es getan in der verzweifelten Hoffnung, ich könne meinen üblen, unanständigen, schäbigen Verdacht ausräumen und ein für allemal entkräften. Die Hoffnung ist auch in diesem Fall fehlgeschlagen. Mein Verdacht hat sich nicht entkräften lassen. Er hat sich, das ist wahr, auch nicht erhärten lassen, jedenfalls nicht zweifelsfrei, aber das macht die Sache nicht besser. Ich lebe nach wie vor im Zweifel, und das ist, Annegret, du weißt es, denn du kennst mich ja doch, das ist das Schlimmste für mich. Ich kann nicht ohne die Wahrheit leben. Ich kann nicht mit einer Lüge leben. Und der Zweifel bringt mich um. Ich leide unter dem Gefühl, die Wahrheit nicht zu wissen, sie nicht erkannt zu haben und vielleicht niemals erkennen zu können, weil eine Lüge, ein ausgeklügeltes System von Lügen vielleicht zwischen mir und der Realität aufgebaut worden ist, es verstellt mir die Augen, ein dichtes Gespinst ist vor meine Augen gezogen worden, es verschleiert mir die Wahrheit und soll sie mir verschleiern. Der Zweifel, wenn ich ihn nicht ausräumen kann, wird mich umbringen. Ich kann mit dem Zweifel nicht leben. Ich könnte mit jeder Wahrheit leben. Wenn es die Wahrheit wäre, Annegret, daß du diesen Karl-Heinz Pauly liebst, daß du diese Liebe vielleicht sogar nicht nur empfindest, sondern ihm auch schon erwiesen hast und erweist, Annegret, sie träfe mich hart, diese Wahrheit, aber ich könnte mit ihr leben. Es träfe mich sehr hart, sehr schmerzlich, daß du mir bislang nicht die Wahrheit gesagt, daß du mich belogen, daß du mich, und hier wäre dieses Wort dann sinnvoll zu verwenden, betrogen hast. Aber es brächte mich nicht um. Umbringen könnte mich nur der Zweifel, wenn ich ihn nicht auszuräumen vermöchte. Und deshalb bitte ich dich, Annegret, es ist ja doch nicht zu viel verlangt, da du mich doch zumindest einmal geliebt hast, das weiß ich ja, ich bin ganz sicher, ich bitte dich, Annegret: sag mir die Wahrheit. Wenn du mich belogen hast, wenn du mich betrogen hast, dann zieh jetzt einen Strich und sag mir die Wahrheit. Ich bitte dich, Annegret."

Sie schluckt, sie schüttelt den Kopf, sieht zur Decke, Tränen sammeln sich wieder am unteren Rand ihrer Augen, die ersten quellen langsam hervor. Sie löst den Blick von der Decke und sieht mich an, starr. „Aber ich habe dich nicht betrogen. Ich sage die Wahrheit. Ich liebe dich."

Ich bewege mich im Sessel, ein wenig zu ungestüm, ich kann

es nicht verhindern, Zorn wallt in mir auf. „Ist das alles? Mehr hast du mir nicht zu sagen?“

„Was soll ich dir denn mehr sagen? Was kann ich dir denn mehr sagen?“

„Aber das weiß ich doch nicht. Ich weiß es doch nicht. Ich habe dir gesagt, was ich getan, was ich auf mich genommen habe, um meinen Zweifel auszuräumen, diesen schäbigen Verdacht. Mehr fällt mir dazu nicht ein. Mehr könnte nur dir dazu einfallen, findest du nicht?“

Sie sieht mich an, sehr fest. „Ruf meine Mutter an.“

Es verschlägt mir einen Augenblick lang die Sprache. „Was soll ich tun?“

„Ruf meine Mutter an, jetzt, sofort. Frag sie, ob wir am Montagabend im Kino waren.“

Ich fange an zu lachen, ich höre, wie ich lache, es ist ein dünnes Lachen, es klingt ein wenig künstlich. Ich beende es abrupt, ich schließe einen Seufzer an, wie man ihn ausstößt, nachdem man ausgiebig über einen Witz gelacht hat, aber auch dieser Seufzer klingt nicht sehr überzeugend, finde ich. Ich sage, und es klingt nun ein wenig härter, als es nötig wäre: „Was glaubst du, wie die Antwort wohl ausfallen würde?“

„Die Antwort? Sie wird dir bestätigen, daß ich mit ihr im Kino war.“

„Glaubst du das wirklich? Du glaubst, sie würde mir auf eine solche Frage überhaupt eine Antwort geben? Glaubst du nicht vielmehr, ebenso wie ich, daß sie diese Frage als eine unglaubliche Unverschämtheit empfinden und behandeln und daß sie mich fragen würde, was mich das überhaupt angeht, und ob ich nun auch noch den Rest deines Privatlebens mit Beschlag belegen will?“

„Dann werde also ich sie anrufen und sie bitten, dir zu sagen, wo ich am Montagabend war.“ Sie hebt tatsächlich den Hörer ab und beginnt zu wählen. Ich sage, sehr scharf: „Laß das.“

Sie sieht mich an, hält den Hörer in der Hand. Ich stehe auf, nehme ihr den Hörer aus der Hand, sie hält ihn nicht sehr fest, und lasse ihn auf die Gabel fallen. „Was soll dieser Unsinn? Was willst du ihr sagen, wenn sie dich fragt, warum sie mir diese Auskunft geben soll? Du bist doch wohl ebenso sicher wie ich, daß sie auf der Stelle ebendiese Frage stellen wird, mein Kind, wie soll ich das verstehen, was will dieser Mann von dir, du sagst mir jetzt sofort, was das bedeuten soll. Willst du ihr sagen, daß du mit mir ein Verhältnis hast? Und daß ich den Verdacht habe, daß du nun auch noch mit einem anderen ein Verhältnis hast, und daß du mit ihrer Hilfe diesen Verdacht ausräumen willst?"

Sie sieht mich an, ihre Augen schwimmen in Tränen, sie beißt sich auf die Lippen, sie sieht mich an wie ein Kind, das die Aussichtslosigkeit seiner Bitten erkannt hat und sie gleichwohl wiederholt, immer wieder, und die Androhung der Strafe mißachtend, weniger trotzig als zäh, verzweifelt.

„Dann ruf Erika an."

„Wen bitte?"

„Erika." Zwei Tränen quellen über die Augenränder, ihr Make-up hat schon gelitten, sie muß irgendwann doch einmal an die Augen gefaßt und darüber gewischt haben, die Wimperntusche ist verschmiert. Sie hebt den Hörer wieder ab und hält ihn mir entgegen. „Ruf sie an und frage sie, ob ich heute morgen mit ihr telefoniert habe."

Ich nehme ihr, sanft, den Hörer aus der Hand und lege ihn wieder auf. „Annegret, entschuldige, bitte ... aber jetzt wird es langsam lächerlich."

Sie sagt, ziemlich laut, aber ihre Stimme schwankt dabei, die Stimme wird hochgetrieben bis an den Rand eines Schluchzens: „Was ist lächerlich daran?"

„Es ist lächerlich, daß du mich aufforderst, Erika anzurufen."

„Und was ist so lächerlich daran?" Sie ist jetzt sehr laut geworden, und die Stimme klingt sehr dünn, auf eine peinigende, klägliche Weise dünn und hoch. „Ich versuche, dir zu beweisen, daß ich dir die Wahrheit gesagt habe, und du sagst, es ist lächerlich." Sie will anscheinend noch etwas hinzufügen, aber ein heftiges Aufschluchzen hindert sie daran.

„Beruhige dich, bitte. Beruhige dich. Es ist völlig sinnlos, in dieser Weise zu diskutieren, oder eben nicht zu diskutieren. Wir sollten dann lieber aufhören." Ich wende mich ab, ziehe fast den Kopf ein vor Furcht, daß sie sagt: Also gut, hören wir auf. Sie sagt es nicht. Ich setze mich wieder, verschränke die Hände vor dem Mund, warte ab, nicht sehr lange, sage dann: „Also gut, es war nicht lächerlich. Es tut mir leid, daß ich dieses Wort verwendet habe. Es war nicht lächerlich, aber es war ... unsinnig, und wenn du einen Augenblick lang in aller Ruhe nachdenken kannst, dann wirst du mir darin zustimmen."

Sie sieht mich an wie in einer trostlosen und doch gespannten Erwartung, sie hat die Zähne in die Unterlippe gesetzt und bewegt die Unterlippe mit den Zähnen.

Ich blicke auf meine Fingerspitzen. „Mich beschäftigt, wie du weißt, die Frage, ob du in deinem ersten oder nicht vielmehr erst in deinem zweiten Telefonat heute morgen mit Erika gesprochen hast. Die Frage, die an Erika zu stellen wäre, könnte also nur lauten, ob du sie gegen halb neun oder erst um sieben oder acht Minuten vor neun angerufen hast. Und du wirst mir einräumen, daß sie ebendiese Frage, wenn alles sich so verhält, wie du sagst, mit hoher Wahrscheinlichkeit nicht zu beantworten weiß. Denn mit hoher Wahrscheinlichkeit führt Erika nicht Buch über eure Gespräche, mit Uhrzeiten."

„Versuch's doch."

„Was?"

„Ob sie sich nicht doch zu erinnern weiß. Vielleicht hat sie zufällig auf die Uhr gesehen, als ich anrief, vielleicht weiß sie es doch noch."

Ich hole tief Atem. „Annegret, es tut mir leid, aber wenn du so insistierst, muß ich dir auch noch den zweiten Grund nennen, warum der Versuch sinnlos wäre, durch einen Anruf bei Erika meinen Verdacht auszuräumen. Wäre es nämlich tatsächlich so, daß du Erika erst um sieben oder acht Minuten vor neun angerufen hast, und das nur, um ein vorangegangenes Gespräch mit Herrn Pauly zu verschleiern, so wäre es auch durchaus vorstellbar, daß du ihr reinen Wein eingeschenkt und gesagt hast: Hör zu, es kann sein, daß Martin dich jetzt anruft und fragt, ob wir eben miteinander gesprochen haben, vielleicht denkt er sich irgendeinen Vorwand aus, vielleicht fragt er dich auch ganz direkt, ich weiß es nicht, ich bin in der Klemme, ich erkläre es dir später. Sag ihm bitte, daß ich dich vor halb neun angerufen habe, vor halb neun schon, hörst du, und daß wir bis zehn vor neun miteinander getratscht haben, hörst du? Ich danke dir, Erika. – Es könnte durchaus so gewesen sein. Du könntest ein solches Gespräch geführt haben in der Zeit, in der du, wie du sagst, Frankreich angerufen hast, jedoch nicht durchgekommen bist, bedauerlicherweise. Ich weiß nicht, ob ich irgendeinen Denkfehler begangen habe, vielleicht entdeckst du ihn und widerlegst meine Argumentation. Aber wenn ich keinen Denkfehler begangen haben sollte, dann wirst du mir, hoffe ich, zustimmen. Egal, welche Antwort Erika gäbe: Sie könnte nicht zwingend beweisen, daß mein Verdacht unbegründet ist."

Sie ringt die Hände ineinander. Es sieht so aus, als hätte sie Schwierigkeiten zu atmen. Sie schüttelt den Kopf, eine ganze Weile lang. Dann, zunächst leise klagend, aber schließlich immer lauter, sie setzt die einzelnen Wörter gegeneinander ab, steigert den Ton von Wort zu Wort: „Aber was soll ich denn noch tun, um dir zu beweisen, daß ich dir die Wahrheit sage, was – kann – ich – denn – noch – tun?"

Ich zucke die Schultern. „Ich weiß es nicht. Wie soll ich es wissen? Es tut mir leid, Annegret. Ich weiß wirklich nicht."

Jäh steht sie auf, der Sessel bekommt einen Stoß ab, er rollt ein wenig zurück. Sie steht da, steil aufgerichtet, hinter dem Schreibtisch, ringt die Hände ineinander, sieht mich starr an. Sie sagt: „Ruf Pauly an." Ich sehe sie an, ich kann es nicht fassen. Sie streckt einen Finger aus, zeigt aufs Telefon. „Ruf ihn an. Frag ihn, was er mit mir zu tun hat. Frag ihn, ob ich ein Verhältnis mit ihm habe. Frag ihn, ob ich am Montagabend mit ihm zusammen war, ob ich ihn heute morgen angerufen habe. Ruf ihn an. Laß ihn rausholen. Frag ihn."

Ich nehme mir Zeit. In mir ist das Feuer aufgelodert, kalt, eisig kalt und schmerzend, es brennt wie die Hölle. Ich lasse sie ziemlich lange da stehen, hoch aufgerichtet, aber sie rührt sich nicht, sie weicht nicht von der Stelle. Also gut.

Ich sage, und ich zeige ein leises Lächeln: „Ich muß gestehen, dieser Vorschlag ist in gewisser Hinsicht besser als die beiden ersten. Denn im Unterschied zu deiner Mutter und zu Erika würde Herr Karl-Heinz Pauly mir die Antwort nicht verweigern. Er würde mir auch nichts vorzumachen versuchen, jedenfalls nicht, wenn ich ihn so direkt anspräche. Es wäre ihm, wenn er ein Verhältnis mit dir hat, geradezu ein Genuß, so schätze ich ihn ein, mir die Frage danach zu bejahen: Ich weiß zwar nicht, wie Sie dahintergekommen sind, aber wenn Sie mich so direkt fragen – ich kann es nicht leugnen. Er würde bersten vor Stolz, er würde überquellen vor Genugtuung, mir endlich in aller Offenheit eins auswischen zu können. Ich will ihm das übrigens gar nicht vorwerfen, ich kann mir kaum einen Mann vorstellen, der eine solche Situation nicht genießen würde. Es ist, so stelle ich mir vor, schon eine besondere Art von Triumph, einem anderen Mann bekennen zu müssen, endlich bekennen zu können, daß man ihm die Frau ausgespannt hat. Ich glaube übrigens nicht, ich möchte das klarstellen, damit du mich nicht mißverstehst, ich glaube nicht, daß Herr Pauly, gesetzt den Fall, er hat ein Verhältnis mit dir, durchweg zu solcher Offenheit neigt. Ich nehme zum Beispiel an, daß er vor seiner eigenen Frau es bis zum letzten zu verheimlichen suchte und abstritte, ich bin sogar sicher, daß er dich so lange verleugnen würde, bis sie ihn unwiderleglich überführt hätte. Offen wäre er, so schätze ich ihn ein, nur mir gegenüber, und das allerdings mit großem Genuß. Und ohne die geringste Befürchtung übrigens, denn er könnte ja davon ausgehen, daß ich als der Gehörnte an der Verbreitung der Wahrheit nicht interessiert wäre. Und er könnte zu allem Überfluß auch noch davon ausgehen, sehr zu Recht, leider, daß ich mich nicht auf einem Umweg zu rächen versuchen würde, ich meine, daß ich ihm in seiner Karriere nicht schaden würde, wegen einer privaten Angelegenheit, ich wäre ganz einfach nicht fähig dazu, und er weiß das, er kennt mich mittlerweile gut genug, ich bin ihm, leider, offen entgegengetreten. Wie jedem anderen auch."

Sie steht noch immer da. Sie ist, obwohl ich sie ja nun weiß Gott strapaziert habe, regungslos stehengeblieben, den Blick ganz unverwandt auf mich gerichtet. Ich bange, ich zittere, ich versuche mein Lächeln, das mir irgendwann, während ich sprach, abhanden gekommen ist, wieder hervorzuholen, aber meine Gesichtsmuskeln versagen mir den Dienst, ich bange, ich kann mein Zittern kaum verbergen: Wird sie ihn verteidigen?

Sie sagt, mit einer sehr ruhigen, sehr dunklen Stimme: „Ich weiß nicht, woher du die Gründe nimmst, diesen Mann als einen so unglaublich miesen Vertreter deines Geschlechtes abzustempeln. Ich weiß nicht, woher du den Mut nimmst, ein solches Urteil über einen Menschen zu fällen, den du doch nur sehr flüchtig kennst. Aber wenn du so überzeugt bist, daß er ein solcher Schmutzfink ist: warum rufst du ihn dann nicht an?“ Und ganz unvermutet, fast wäre ich zusammengefahren, schreit sie: „Warum rufst du ihn nicht an?“

Also gut. Also gut. Wenn es so ist, ich kann nur sagen: wenn die Sache sich so verhält, dann habe ich auf diese Frage nur gewartet. Nichts ist, wenn es sich so verhält, mir lieber als ebendiese Frage. Ich sehe sie an, und dieses Mal brauche ich meine Stimme nicht zu regulieren, sie ist dieses Mal ohne jedes Dazutun voll von kaltem Zorn, sie enthält nicht die leiseste Spur von Schwäche, nicht einen Hauch von Bangen oder Zittern. Ich sage:

„Was glaubst du, wer ich bin? Für wen hältst du mich eigentlich? Sollte es möglich sein, daß du mich mit irgendwelchen Herrn verwechselst, die schwanzwedelnd durch die Gegend traben und jede Minute das Bein heben und ihre Visitenkarte ablassen und hinter jedem Hinterteil herschnuppern, das sie von weitem wittern, und sich beißen mit anderen Streunern, die ihren Weg kreuzen? Du glaubst doch wohl nicht im Ernst, daß ich einen Herrn wie diesen Karl-Heinz Pauly anrufe, um ihn, einen schnuppernden Streuner, um die Bestätigung zu bitten, daß die Frau, die ich liebe, sich von ihm nicht hat beschnuppern und besteigen lassen?“

Es kann sein, daß ich mich irre, aber ich meine, sie ist blaß geworden, sehr blaß, ich will aufstehen, ich will zu ihr gehen, ich will sie an beiden Schultern fassen und mich überzeugen, ich will sie fragen: Ist dir nicht gut?, mein Gott, es gibt gar keinen

Zweifel daran, sie ist leichenblaß geworden, aber ich sitze in diesem Sessel wie gelähmt und es treibt mich weiter, noch weiter, ich will jetzt aufhören, ich muß aufhören, sie wird mir gleich, kerzengerade, wie sie noch immer dasteht, umkippen und zu Boden fallen, Annegret, mein Schatz, was hast du, es ist ja gut, es tut mir leid, sie könnte auf den Schreibtisch aufschlagen, sie kann sich verletzen, ich muß damit jetzt aufhören, aber es treibt mich weiter, noch weiter, immer weiter, ich muß es aussprechen, es muß jetzt heraus, ein für allemal, und ich spreche es aus, ich höre mich sagen: „Und für wen hältst du eigentlich dich selbst? Wofür hältst du dich, muß ich dich fragen? Hältst du dich für irgendein Hinterteil? Glaubst du im Ernst, ich würde dich vor einem Herrn wie diesem Karl-Heinz Pauly so weit erniedrigen, daß ich ihn befragte, ob du dich von ihm hast beschnuppern und besteigen lassen? Gesetzt den Fall, du hättest, wie du mir ja doch versicherst, nichts mit ihm zu tun: soll ich dann tatsächlich ihn, soll ich eine quantité négligeable, soll ich irgendeinen belanglosen Herrn, der dir nichts bedeutet, zum Zeugen dafür anrufen, daß du mich nicht betrügst? Soll ich ihn fragen: Herr Dingsda, ist es wahr, daß Frau Dr. Fabian sich von Ihnen nicht hat beschnuppern und nicht hat besteigen lassen, oder lügt sie etwa und haben Sie etwa doch Ihren Spaß mit ihr gehabt? Glaubst du tatsächlich, ich mißachtete dich so sehr, daß ich irgendeinem Karl-Heinz erlauben würde, über dich Auskunft zu erteilen und sein Urteil abzugeben? Für wen hältst du mich, Annegret? Und für was hältst du dich? Hältst du dich tatsächlich nur für irgendein Hinterteil, das die kleinen geilen Streuner anzieht und sich ihnen auch noch bereitwillig unterwirft?“

Ich sehe sie an, ich schweige, und ich spüre die Kälte in meinen Augen, in meinem Kopf, in meiner Brust, sie brennt wie Feuer. Ich sehe sie an, sie blickt zurück, starr, ihre Augen sind von der Wimperntusche verschmutzt. Dann schluchzt sie einmal auf, wild, es ist ein Schluchzen wie ein zerborstener Schrei, es klingt, als käme es tief aus ihrer Brust. Sie wendet sich ab, heftig, stößt an der Ecke des Schreibtischs an, taumelt, fängt sich auf blind tappenden unbeholfenen Füßen, ich will aufspringen, ich kann es nicht, sie stürzt hinaus ins Vorzimmer, ich höre, wie sie die Tür des Wandschranks aufreißt, ein Kleiderbügel fällt zu Boden, ich höre, wie sie ihren Mantel überstreift, die Tür des Wandschranks schlägt zu, ihre Schritte entfernen sich, sie muß in ihr Zimmer gegangen sein, sie holt ihre Tasche und ihre Jacke vielleicht, es bleiben mir nur noch Sekunden, Bruchteile von Sekunden nur noch, mein Herz fängt an zu schmerzen, ich spüre es auf einmal warm und schwer in meiner Brust, was habe ich getan, ich werde sterben, wenn sie jetzt weggeht, ich erinnere mich, aber ich sitze in diesem Sessel wie gelähmt, ihre Schritte kommen zurück, hastig, eine wahnsinnige Hoffnung keimt noch einmal in mir auf, aber dann höre ich auch schon die Tür des Vorzimmers zuschlagen, heftig. Ich erinnere mich. Ich halte den Atem an, aber ich kann ihre Schritte auf dem Korridor nicht mehr hören, ich sitze da wie gelähmt, es ist auf einmal sehr still, totenstill, nur das Blut klopft dumpf in meinen Ohren.

Ich erinnere mich.

9

Ich erinnere mich.

Das Haus lag in der Vorstadt. Eine Straße nahe am Wald, Bungalows, sauber voneinander abgegrenzt. Feuchter Februarabend, aber kalt, und kälter werdend. Die gelben Höfe der Laternen, durchwebt von dünnen Schleiern, dahinter ein stumpfschwarzer eisiger Himmel. Glätte kündigte sich an.

Schimmernde Karosserien zu beiden Seiten der Straße, dicht an dicht, und noch immer wurden Türen zugeschlagen. Stimmen auf der Straße, stöckelnde Absätze, Frauenstimmen, animiert, hochgetrieben von gespannter und ein wenig unsicherer Erwartung, ein männliches Organ verschaffte sich Platz, ein Scherz in bemüht tiefer Stimmlage, der Selbstsicherheit verbreiten sollte. Zwei, drei Häuser weiter bellte ein Hund. Er legte lange Pausen ein. Er lauschte. Er wußte nichts anzufangen mit diesem ungewohnten Getriebe.

Die Tür, aus sorgfältig ineinandergepaßten Bohlen, kleines schmiedeeisernes Gitter vor dem runden Fenster, die Tür wich zurück, roter Lärm quoll hervor. Ein rhythmisches Stampfen, das den Boden erschütterte, Blasmusik aus vibrierenden Lautsprechern, die Augen ertranken in blutigen Farben.

Kein Raum für die Füße. Sie tasteten sich voran in ein stampfendes Gewühl aus Menschenleibern, ein nackter Oberschenkel begegnete der Hand, ein Bauch in gestreiftem Trikot brach sich rücksichtslos Bahn, und jäh bot sich ein halbentblößter Busen dar auf engste Distanz, ein Rücken drängte von der anderen Seite. Der Widerstand erlahmte.

Es war auf die Dauer kein Widerstand möglich in diesem zukkenden, stampfenden Gewühl, es war kein Raum vorhanden, der sich hätte verteidigen lassen. Dieses Haus war angefüllt von Wand zu Wand, der Überdruck des rotglühenden Lärms ließ die

Grundfesten erzittern, setzte sich hermetisch auf die schwarzen, kalten Fensterscheiben, preßte sich gegen die Decke. Die blutrote, fleischige, feuchte, dröhnende, vibrierende Materie, die dieses Haus ausfüllte und zu sprengen drohte, duldete keine Aussparungen, keine leeren Blasen, keinen Fremdkörper, sie fraß auf, was in sie eindrang, verdaute es in Sekundenschnelle, machte es sich gleich und zu eigen und quoll ein an die Stelle dessen, was einmal war.

Der halbentblößte Busen gehörte einer Blondine mit schwarzer Halbmaske, sie nahm Konturen an und blieb doch nur ein Schemen in der Materie, sie füllte das Gesichtsfeld, Auge in Auge, und hielt es besetzt, nackte, glänzende Schultern, sie hüpften rhythmisch auf und ab, beide Arme erhoben, die Hände drehten sich, abgewinkelt, der Mund geöffnet, die Zunge bewegte sich im Gesang, der nicht herauszuhören war aus dem purpurroten Lärm, der Kopf neigte sich leicht nach hinten, ein wenig zur Seite, Augen glitzerten in den Schlitzen der Halbmaske, ein Lächeln, der Mund hüpfte lächelnd auf und ab, Antwort heischend, also ein Lächeln her, und die Arme hochgestreckt. Die Mundwinkel verziehen sich spürbar, sie bleiben in der Lächelstellung stehen und hüpfen mit.

Wo ist Helga?

Läppische Frage. Niemand war irgendwo, jeder war überall in dieser entfesselten Vermischung. Erst als die Lautsprecher erloschen, ein neues Band wurde aufgelegt, erst als die kleinen, zierlichen erschöpften Seufzer ausgestoßen wurden, die saftigen Männerstimmen darunter, die das Alibi verkündeten: war es nicht ein toller Spaß?, erst als die Toiletten am Eingang und im Schlaftrakt Bestandteile der Materie an sich zogen und auf sich konzentrierten, erst als die Materie abzulaufen und sich zu lichten begann, fand Helga sich wieder. Sie stand mit einem alten Freund an der Bar und stieß ihr Sektglas an das seine. Sie war erhitzt, atemlos, animiert, glücklich. War das nicht ein toller Spaß?

Das nächste Band lief an, Tanzmusik, irgendeine swingende Bigband, laut und gut. Helga leerte ihr Glas mit einem Zug, stellte es ab, wandte dem alten Freund den Rücken zu. Sie wollte tanzen. Warum nicht? Jede andere Gelegenheit ist zwar besser zum Tanzen, aber warum nicht auch hier tanzen? Helga wurde zärtlich. Warum nicht? Jedes Auto, jeder Parkplatz bietet zwar mehr Stimmung dazu, aber warum nicht auch hier zärtlich sein?

Der Tanz: Ein Geschiebe, das auf sehr schnell wachsenden Widerstand stieß, die Materie strömte von den Toiletten zurück und verdichtete sich wieder. Bewegungen schließlich nur noch auf knappstem Raum, ein bißchen Pendeln, ein bißchen Wiegen. Aber gerade das war es ja, offensichtlich. Frauenhände gespreizt über Männerschultern. Männerhälse gebeugt und verdreht, dem Kontakt entgegen. Das Nackenhaar von Männern, schweißnaß, umspannt von Frauenarmen. Ein Frauengesäß, in praller Strumpfhose, bedeckt von Männerhänden. Wange an Wange, Unterkörper an Unterkörper, eng aneinandergepreßt, pendelnd, wiegend. Konturen, die vage aus der dumpfglühenden Materie hervortraten und sich wieder in ihr verloren, Schemen nur.

Helga spürte die Abwehr und gab es auf. Sie nahm den Kopf zurück und sah lächelnd zur Seite, ein starres Lächeln. Es bat, an niemanden und an jeden gerichtet, um Entschuldigung: Wir wollen uns gar nicht unterscheiden, ach wo, wir finden es doch auch ganz wunderbar. Seht her. Wir lächeln doch. Wir amüsieren uns, wirklich.

Der alte Freund stand bereit. Andere alte Freunde traten aus der Materie hervor. Freundinnen von einst. Ehepaare, gleichaltrig. Die Ehen hatten frühere Beziehungen beendet, man hatte sie nicht fortsetzen können, nicht fortsetzen wollen, man hatte sich aus den Augen verloren. Die alten, lange verschütteten Gefühle regten sich, sie fanden sich plötzlich und prickelnd freigesetzt in diesem glühenden Druckkessel. Neue Gefühle entsprangen dem hitzigen Prozeß. Paare trennten sich, neue Paare fanden sich zusammen. Warum nicht hier? Gerade hier doch, unter dem Gesetz dieses Festes, das alle Gesetze außer Kraft setzte, befristet, wohlgemerkt. Am Aschermittwoch ist alles vorbei. Gerade hier also. War es nicht wunderbar? Und war es vielleicht nicht gerade deshalb so wunderbar, weil viel weniger passieren konnte als auf einem Parkplatz? Der Geschmack, der köstliche Geschmack der Gesetzlosigkeit, und zugleich die beruhigende Gewißheit, daß die Materie Extravaganzen ihrer Bestandteile nicht zuließ, keine wirklich gravierenden Verwicklungen. War es nicht ein toller Spaß?

Stunde um Stunde in diesem rotglühenden Gefängnis, unter dem eisernen Gesetz dieses Festes. Mitternacht war lange vorbei, als die Materie die ersten Verfallserscheinungen zeigte. Hier und da wurden Menschen erkennbar. Sogar Tränen einmal, gegen drei Uhr früh. Die Spielregeln waren offenbar mißverstanden, sie waren nicht ernstgenommen worden. Und, hier und da in den Winkeln, einige wild-entschlossene Versuche, der sterbenden Nacht noch ein paar Minuten, nur ein paar Sekunden noch der Gesetzlosigkeit abzuringen. Umarmungen, die sich wenig Mühe gaben, den Ernst der Lage als tollen Spaß zu maskieren. Saugende Küsse. Der Gatte, schon im Mantel und das kleine schwarze Hütchen noch immer toll in die Stirn gerückt, näherte sich mit dem Mantel der Gattin über dem Arm.

Helga, zweimal auf die Heimfahrt angesprochen, zeigte sich zweimal unwillig. Es war doch gerade so wunderbar. Beim drittenmal war sie bereit. Sie ging voraus zur Garderobe, der alte Freund, bevor er zur Bar zurückkehrte, begleitete sie. Das letzte Bier noch mit einem anderen alten Freund, seiner Ehefrau, man sollte sich wirklich öfter sehen, und nicht nur bei diesem Fest, man sollte noch einmal richtig miteinander reden. Und auf Wiedersehen, ganz bestimmt, und viel Spaß noch.

Die Diele war leer. Der Vorhang zur Garderobe war geschlossen. Die Ringe des Vorhangs rasselten, als der Vorhang zur Seite geschoben wurde. Helga und der alte Freund brauchten eine, vielleicht sogar zwei Sekunden, bevor sie reagierten. Sie standen in der Garderobe, umschlungen, die Münder ineinandergesaugt, auf der Wange des alten Freundes zeichnete sich eine scharfe, angestrengte Falte ab.

Helga zog, indem sie sich löste, ihre Bluse straff, sie sah auf ihre Schultern. Der alte Freund räusperte sich und half Helga in den Mantel. Er hatte den Mantel schon über dem Arm gehalten. Der Mantel hatte in der Umarmung merkwürdig hilflos ausgesehen, gestaltlos, fast wie erwürgt, von der Klammer dieses Arms. Es war plötzlich sehr still. Niemand sagte ein Wort.

Die Heimfahrt war strapaziös, die Straße spiegelglatt. Der Wagen brach ein paarmal aus, auch bei geringem Tempo.

„Soll ich nicht doch lieber fahren? Du hast doch sicher einiges getrunken?"

Sie wollte doch wohl nicht sagen, daß sie nichts getrunken hatte?

„Doch, ich habe so gut wie nichts getrunken. Ich will dir doch nichts. Ich hab keine Angst, wenn du fährst. Aber wenn was passiert, wäre es doch sicher besser, wenn ich am Steuer sitze."

Faszinierend, diese Straße. Sie nimmt einen total in Anspruch.

„Bist du jetzt böse?"

Böse. Absonderliche Kategorien sind das, in denen solch ein Frauenhirn die Welt verarbeitet. Hier geht es doch nicht um Bösesein oder ... wie sagt man? Um Bösesein oder Liebsein. Hier geht es ganz schlicht und nüchtern um eine Erklärung. Wenn sie nicht betrunken ist: wie läßt sich dann dieser Kuß erklären?

„Mein Gott, was gibt es daran zu erklären? Er hat meinen Mantel vom Bügel genommen, und dann hat er mit dem Mantel vor mir gestanden, und dann hat er mich auf einmal in die Arme genommen und geküßt."

Aha, so war das. Es war also eine Art von Vergewaltigung. Nun, darüber wird man mit ihm ein deutliches Wort reden müssen.

„Was willst du denn mit ihm reden, um Himmels willen?"

Muß man denn nicht einen Mann zur Rede stellen, der die Frau eines anderen vergewaltigt?

„Was soll dieser Unsinn? Er hat mich doch nicht vergewaltigt!"

Wie das nun wieder? Er, er hat sie, so lautete doch die Auskunft, „auf einmal in die Arme genommen und geküßt". Daraus ergibt sich doch der Schluß, daß nicht sie ihn geküßt hat, daß sie es also gar nicht wollte? Oder ist das falsch gedacht?

„Mein Gott, soll ich mit ihm einen Ringkampf anfangen, wenn er mir einen Abschiedskuß geben will?"

Aha, so war das. Es war nur ein Abschiedskuß, von ihm zu ihr, hingenommen von ihr, umständehalber. Es muß ein langer, ein sehr langer Abschiedskuß gewesen sein. Es lagen mehrere Minuten zwischen ihrem Aufbruch zur Garderobe, in der Begleitung des treuen alten Freundes, der eigens die Bar verließ, um sie zu begleiten, es lagen gut fünf Minuten zwischen dem Aufbruch zur Garderobe und dem Ende dieses Kusses.

„Es tut mir leid, ich hab keine Stoppuhr dabei gehabt, ich kann es nicht sagen. Es interessiert mich auch gar nicht. Ich hab diesen Kuß schon vergessen, was liegt mir denn daran? Er bedeutet mir nichts, absolut nichts. Können wir das jetzt nicht endlich vergessen? Sei doch wieder lieb, bitte!"

Ihre Hand tastet herüber, legt sich auf den Oberschenkel. Man kann sie dort nicht liegen lassen, es stört, aus technischen Gründen. Das Bein muß frei sein, es kann anders das Gaspedal nicht mit der gebotenen Feinfühligkeit bedienen. Die Straße verlangt konzentrierte Aufmerksamkeit.

Man kann sich erschöpft geben, am glücklichen Ende dieser Heimfahrt. Man kann ein letztes Bier aus dem Kühlschrank nehmen, sich im Sessel niederlassen, ächzend die Beine ausstrecken und sich stumm auf dieses Bier konzentrieren. Man hat ja doch ein Recht darauf, nach dieser gefährlichen und gleichwohl gemeisterten Rutschpartie, ein wenig in Ruhe gelassen zu werden und sich schweigend zu entspannen.

„Kommst du noch nicht ins Bett? Komm doch, geh doch mit mir. Du bist doch nicht mehr böse, oder?"

Also gut. Wenn das so ist, wenn die Situation so total mißverstanden wird, dann muß ja wohl doch noch einiges zur Aufklärung unternommen werden. Hier wird ganz offensichtlich das Verlangen kundgetan, einen Fall, der nicht im geringsten aufgehellt und erklärt worden ist, wegen Geringfügigkeit zu den Akten zu legen, nein, mehr noch: ihn spurlos zu tilgen durch eine Art von ausdrücklicher Liebesbezeugung, die diesen Fall nicht einmal mehr erwähnt. Wenn das so ist, wenn hier auch noch derart deplacierte Forderungen gestellt werden, dann muß ja doch wohl einiges noch ausgesprochen werden.

„Was denn? Ich hab doch schon alles gesagt, was ich dazu sagen kann. Was soll ich denn noch sagen? Bitte, sag mir's doch."

Sollte nicht wenigstens die Frage erlaubt sein, sollte nicht sie wenigstens eine einleuchtende Antwort verdient haben, ob dieser Fall den Anspruch auf Einstellung wegen Geringfügigkeit rechtfertigt? Es gibt ja doch einige Indizien, die ihn alles andere als geringfügig erscheinen lassen. Dieser Kuß, nach einem Abschiedskuß sah er ja nun nicht gerade aus, es sah ja doch eher so aus, als würde er wider Willen abgebrochen, aus zwingendem, aber sehr unerwünschtem Grund, und es sah so aus, als sei er so intensiv, so weltvergessen gegeben und empfangen worden, daß er nur unter Mühen, mit einer jedenfalls beachtlichen Verzögerung abgebrochen werden konnte.

Unterstellt man aber einmal, es habe sich tatsächlich nur um einen Abschiedskuß gehandelt, so wirft das zwangsläufig die Frage nach der Rolle dieses alten Freundes auf. Er ist in den Gesprächen über voreheliche Erfahrungen nie erwähnt worden. Er trat immer nur auf in der Rolle des guten Kumpels, der in der Familie ein und aus geht. Käme ihm aber diese, und nur diese Rolle zu: was könnte ihn dann dazu angestachelt haben, so plötzlich aus der Rolle zu fallen und einen solchen Abschied zu nehmen? Drängt sich da nicht die Vermutung auf, dem alten Kumpel sei eine neue Rolle angeboten, ihm sei eine neue Perspektive der so alten Beziehungen eröffnet worden?

Lehnt man diese Vermutung, den Verdacht, sein Kuß sei auf eine überraschende und unwiderstehliche Weise provoziert worden, jedoch ab, wie ja auch bereits geschehen, dann stellt sich allerdings nun doch die Frage, ob nicht dieser alte Kumpel in den Gesprächen über die vorehelichen Beziehungen unterschlagen wurde, nein, pardon: vergessen wurde, wollen wir sagen. Der Fall ließe sich ja durchaus plausibel erklären, wenn der gute alte Kumpel zu dem runden halben Dutzend von Jünglingen gehört hätte, die sich in den vorehelichen Beziehungen abgewechselt haben.

Es wäre sehr plausibel, sehr verständlich. Es wäre doch nur ganz natürlich, wenn unter dem Gesetz dieses Festes die Erinnerung an frühere Sensationen übermächtig geworden wäre, der Wunsch, wenigstens noch einmal die Zunge des Partners von einst zu spüren und den süßen, kleinen, elektrischen Schlag, den sie einst in den empfindlichsten Nerven des Körpers auslöste, und wenn dieser Tanz, pendelnd, wiegend auf engstem Raum, Haut an Haut, eine sexuelle Erregung hervorgerufen hätte und den Wunsch, dieser Erregung Haut an Haut nachzugeben.

Wäre es dann aber nicht ebenso natürlich, daß ein anderer, der diese Erregung nicht hervorgerufen und nichts mit ihr zu schaffen, der keinen Anteil hat an den Erinnerungen daran, wie sie vor Zeiten köstlich kulminierten, daß dieser andere es ablehnt, Bedürfnisse zu befriedigen, die in diesem Druckkessel nur deshalb nicht befriedigt wurden, weil die Materie es nicht zuließ? Ist es nicht ganz natürlich, daß diesen anderen förmlich der Ekel packt in der Anwesenheit eines Körpers, der sich nur deshalb an ihn drängt, weil Erinnerungen an frühere Sensationen diesen Körper heimgesucht haben und ihn stacheln und ihm keine Ruhe lassen und ihn in eine Erregung versetzen, die befriedigt werden will, so oder so?

Helga, beide Hände an die Wangen gepreßt, tränennasse Augen, sprang so plötzlich auf, daß ich zusammenfuhr, sie stürzte aus dem Zimmer, auf bloßen Füßen. Ich hörte heftige Geräusche im Schlafzimmer, ich wußte mir keinen Reim darauf, ich hatte plötzlich Angst, sie würde aus dem Fenster springen, dann wurde mir klar, daß sie sich anzog, in fliegender Hast. Ich hörte ihre Schritte auf dem Flur, die Korridortür schlug zu. Es war halb sieben, an einem Sonntagmorgen im Februar. Auf den Fenstern des Hauses gegenüber spiegelte sich ein erster, schwacher, blaßroter Glanz. Ich spürte den übermächtigen Wunsch, ihr nachzulaufen, aber ich konnte es nicht. Ich ging an den Kühlschrank und nahm eine neue Flasche Bier heraus.

10

Mittwoch, 8. Dezember, 18.45

Ich habe jetzt vielleicht zehn Minuten lang oder länger auf das Telefon gestarrt. Ich möchte Annegret anrufen, ich müßte es. Ich möchte ihr sagen, daß es mir leid tut. Es zerreißt mir das Herz, daß ich sie so schändlich behandelt habe. Ich habe sie tief verletzt in meinem hemmungslosen Eifer, und ich habe sie einfach davonlaufen lassen, so hilflos. Ich habe ihr doch nicht wehtun wollen. Ich habe alle diese Infamien doch nur ausgesprochen in der verzweifelten Hoffnung, daß sie meinen Verdacht widerlegen werde, daß sie Argumente nennt, mir Schlüsse aufzeigt, die ich nicht bedacht habe.

Warum hat sie das nicht getan? Für den Bruchteil einer Sekunde regt sich, giftig, der Gedanke, daß sie es ja immer noch tun könnte, jetzt, in diesem Augenblick, wenn ihr solche Argumente zu Gebote stünden, hieb- und stichfeste Beweise dafür, daß mein Verdacht sich nicht halten läßt. Sie könnte mich doch anrufen. Aber dieser häßliche, giftige Gedanke kann sich nicht durchsetzen, ich spüre es mit Erleichterung. Zu groß ist meine Not, meine Sorge um diese Frau, die ich so sehr liebe, daß mir der Gedanke an sie das Herz zerreißt.

Wie soll sie denn anrufen können? Was soll sie dem Mütterchen als Anlaß dieses Anrufs nennen? Und was soll sie mir sagen, wenn das Mütterchen daneben sitzt und jedes Wort argwöhnisch registriert und jede Reaktion?

Ich müßte *sie* anrufen. Aber wäre das nicht ebenso sinnlos? Sie könnte ja auch dann nicht antworten, was soll sie denn erwidern in der Anwesenheit dieser aufmerksamen Zeugin? Ich würde ihre Lage ja nur noch verschlimmern. Selbst wenn ich ihr nur den dürftigen, viel zu dürftigen Satz sagte „Es tut mir von Herzen leid, ich möchte mich entschuldigen", selbst dann könnte sie doch nicht antworten. Jede Antwort, die auch nur halbwegs auf diesen Satz einginge, würde doch das Mütterchen dazu herausfordern, sie mit Fragen zu bedrängen. Ich würde ihre Lage nur noch verschlimmern.

In einem Winkel meines Hirns pocht ein Gedanke, ich möchte ihn nicht sich entwickeln lassen, den Gedanken, daß ich Dutzende von geschäftlichen Vorgängen heranziehen oder mir ausdenken könnte, um dieses Telefonat zu motivieren. Ich könnte ihr sagen „Hör zu, Annegret, sag dem Mütterchen, ich hätte wegen der Sache X angerufen, und gib mir jetzt, wenn ich zu sprechen aufhöre, irgendeine Auskunft darüber, aber laß mich dir vorher sagen, nur deshalb rufe ich an, laß mich dir sagen, daß es mir von Herzen leid tut. Ich möchte mich entschuldigen, mein lieber Schatz, ich bitte dich um Verzeihung."

Warum tue ich das nicht? Ich weiß es, ich glaube es zu wissen: Ich fürchte, daß ich den Bogen überspannt habe. Ich fürchte, daß sie sagt „Es tut mir leid, aber ich kann das nicht akzeptieren", und den Hörer auflegt. Es würde mich umbringen. Und es gibt eine andere Möglichkeit, die ich nicht minder fürchte: Was tue ich, wenn sie noch gar nicht zu Hause ist? Was tue ich, wenn sie irgendwo in der Stadt herumläuft, unauffindbar? Was tue ich, wenn auch Erika nicht weiß, wo sie steckt?

Und was wird aus mir, wenn sie sich etwas angetan hat in ihrem Leid, dem Leid, das ich ihr aufgeladen habe?

Ich wische mir den Schweiß von der Stirn. Ich strecke die Hand nach dem Telefon aus, ziehe sie wieder zurück. Ich stehe auf. Ich setze mich wieder, erhebe mich halb, greife nach den Vorgängen, die ich an die äußerste Ecke meines Schreibtischs geschoben hatte, heute nachmittag, weil sie mich anwiderten, als ich diese Filmkritik studierte. Ich blättere die Mappen so hastig durch, daß ein Blatt zu Boden fällt. Ich finde einen Vorgang, den Annegret bearbeitet hat, nichts ist leichter, als ihr dazu eine Frage zu stellen, die ihr Gelegenheit gibt zu einer detaillierten fachmännischen Antwort. Ich strecke die Hand schon nach dem Telefon aus, halte sie einen Augenblick noch darüber, während ich in dem Vorgang lese.

Das Telefon klingelt.

„Marquardt."

„Martin." Ihre Stimme ist halberstickt, sie spricht leise, aber ab und zu bricht ein Wort laut hervor, sie hat es offenbar nicht unter Kontrolle. „Martin ... ich halt's nicht aus. Ich kann so die Nacht nicht überstehen." Sie fängt an zu schluchzen.

„Annegret, lieber, lieber Schatz, bitte hör doch auf zu weinen. Ich hab's doch auch nicht ausgehalten, ich wollte dich gerade anrufen, ich hab's ja auch nicht ausgehalten, bitte, hör jetzt auf zu weinen."

„Martin." Die Stimme hat sich aufgehellt, als ob sie schon getröstet wäre. „Martin, es tut mir leid. Es war nicht richtig, daß ich einfach weggelaufen bin. Ich wollte dich nicht allein lassen, wirklich nicht, ich will nicht, daß du dich so abquälst mit –"

„Bitte, hör jetzt sofort auf. Du hast nicht den geringsten Anlaß, dich zu entschuldigen. Ich muß mich entschuldigen. Ich bitte dich von Herzen um Verzeihung, hörst du, Annegret?"

„Ja, ich höre es, du lieber Kerl. Du machst mich sehr glücklich damit. Aber ich war dir ja gar nicht böse. Du hast mich nur so ... so traurig gemacht, verstehst du, es hat mir so schrecklich weh getan, was du gesagt hast, ich wußte gar nicht ..."

„Annegret, bitte, hör jetzt auf. Ich versteh's selber nicht, wie ich das alles sagen konnte, es war so niederträchtig. Ich bitte dich um Verzeihung."

„Aber ich versteh dich ja, Martin. Ich hab doch verstanden, daß es dich quält, und ich will nicht, daß du dich quälst. Ich will es nicht, hörst du? Es macht mich so todunglücklich, wenn ich sehe, wie du dich quälst."

„Du bist sehr lieb, mein Schatz, ich danke dir."

„Du brauchst mir nicht zu danken. Ich kann doch gar nicht anders, du alter, dummer Kerl. Ich lieb dich doch so sehr."

„Mein Gott, Annegret. Wenn ich dir nur klarmachen könnte, wie sehr ich dich liebe."

„Ich weiß es doch. Hör zu, Martin, ich weiß nicht, wie lange ich noch reden kann, das Mütterchen wird jeden Augenblick zurückkommen. Könntest du vielleicht morgen abend? Vielleicht kannst du Helga irgend etwas sagen. Und vielleicht kannst du ihr ja auch sagen, wir wollten uns treffen. Wir könnten ins Apartment gehen. Ich würde dem Mütterchen sagen, ich müßte mit Erika essen gehen, ich hab's Erika tatsächlich schon lange versprochen. Wir könnten unseren Dienstag nachholen."

„Wunderbar, Annegret. Ja, das machen wir. Ich freue mich irrsinnig."

„Ich mich auch. Du, Martin."

„Ja, mein Schatz?"

„Die Welt ist hier auf einmal wieder ganz unglaublich schön."

„Hier auch, mein Schatz. Sie ist wirklich ganz unglaublich schön."

„Du, Martin."

„Ja, mein Schatz?"

„Ich sitze hier und ...", sie unterbricht sich, sie flüstert hastig: „Ich liebe dich!" Der Hörer wird aufgelegt.

Ich halte meinen Hörer noch eine ganze Weile am Ohr. Ich schließe die Augen. Ich lege den Hörer auf. Ich mustere meinen Schreibtisch. Ich greife den Stapel der Vorgänge, der noch vor mir liegt, und lasse die Mappen auf die Schreibtischecke fallen, von der ich sie aufgenommen habe. Wieder fällt ein Blatt zu Boden. Ich denke gar nicht daran, es aufzuheben. Nichts, gar nichts mehr werde ich auf diesem Schreibtisch und in diesem Zimmer aufräumen. Fräulein Kübler soll denken, was sie will. Ich ziehe meine Jacke an und singe, es bricht aus mir hervor, einen aufsteigenden Dreiklang: „La-la-la-la!" Der Nachtwächter, wenn er gerade auf dem Flur vorübergeht, wird denken, nun sei doch endlich einer verrückt geworden bei dieser Arbeit.

Ich schalte die Schreibtischlampe aus, schalte sie wieder ein, nehme den Telefonhörer ab und wähle.

„Helga Marquardt."

„Ich bin's."

„Ja? Bist du noch im Büro?"

„Ja. Aber ich komme jetzt."

„Fein. Ich freue mich."

„Ich mich auch. Was machst du?"

„Ich sitze hier und warte auf dich."

„Schon komme ich. Du kannst auf die Uhr sehen: In siebzehn Minuten, na: sagen wir achtzehn, bin ich da."

Sie lacht. „Es dürfen auch zwanzig werden. Es ist mir lieber, wenn du schön vorsichtig fährst."

„Ich bin der beste Fahrer der Welt."

„Also nun komm schon, du größter Quatschkopf der Welt."

11

Mittwoch, 8. Dezember, 20.30

Sie zieht die Hausschuhe wieder an, die sie ausgezogen hatte, und ächzt dabei. „Meine Güte, du kannst einen wirklich außer Atem bringen."

„Das freut mich. So soll es sein." Ich drehe, weit zurückgelehnt auf der Couch und beide Beine von mir gestreckt, das Weinglas in der Hand, sehe hindurch. Zum Essen habe ich, gleich als ich nach Hause kam, eine Flasche Rosé aufgemacht, Helga mag ihn so gern.

„Jetzt bist du richtig stolz auf dich, stimmt's?" Sie lächelt, fährt mir mit der Hand in die Haare, schüttelt meinen Kopf.

„Ich kann es nicht leugnen. Ist es verwerflich?"

„Überhaupt nicht." Sie legt sich auf die Couch. „Du hast ja allen Anlaß dazu. Bist schon ein großer Könner."

„Dieses Kompliment, gnädige Frau", ich klopfe ihr auf den Schenkel, „kann ich nur vollinhaltlich zurückgeben."

Sie lacht. „Ach, du Schätzchen." Sie wird wieder ernst. „Bist du denn auch zufrieden jetzt?"

„Zufrieden?" Ich nehme einen Schluck von dem Wein, drehe das Glas, sehe hindurch. „Ja, ich bin zufrieden."

Sie kommt, die Frage, die ich habe kommen sehen: „Keine Probleme mehr mit Annegret?"

„Mit Annegret? Nein."

„Und wie erklärt sich das?"

Ich versuche, ihr den Weg zu verlegen, obwohl ich weiß, daß es nichts nutzt. Ich würde so gern noch ein Weilchen schweben in dieser Abendstille, entspannt, weit hinausgehoben über das verwinkelte Labyrinth meiner Gedanken, getragen von der nicht zu examinierenden, nicht zu bezweifelnden Gewißheit, daß hier wie da alles in guter Ordnung ist, daß wunschlose, ruhige Zufriedenheit Platz gegriffen hat, hier wie da, und Glück, ja doch: das Glück, von mir so sehr geliebt zu werden und mit mir übereinzustimmen, endlich wieder. Ich versuche, Helga zur Ruhe zu bringen, aber ich weiß, daß es nichts nutzt. Sie ist zu stark, zu unnachgiebig, und sie wird mein Hirn ganz unbarmherzig wieder in Bewegung setzen.

„Was gibt es daran zu erklären? Du weißt doch, wie sich so etwas manchmal von selbst erledigt." Das war ein Fehler, ich weiß es in demselben Augenblick, in dem ich es ausspreche.

„Aber doch nicht bei dir." Sie greift nach ihren Zigaretten. „Also, red nicht drum herum. Hat diesen Herrn Pauly der Schlag getroffen, nein, das täte es ja nicht, hast du also einen Beweis gefunden, einen unumstößlichen, für ihre Unschuld?"

„Einen Beweis? Nein. Du wirst es wahrscheinlich nicht glauben, aber es ging nicht um einen Beweis."

„Worum denn?"

Es nutzt nichts. Diese Frau kann manchmal wirklich unerträglich sein. Warum konnte sie sich nicht zufriedengeben, eine Stunde lang wenigstens, warum hat sie sich dieser Abendstille, die sie doch selbst genossen hat, nicht wenigstens eine Stunde lang überantwortet? Mein Gehirn arbeitet, sie hat es in Gang gesetzt. Ich werde mich diesem Verhör, dem sie mich unterziehen möchte, auch noch willig aussetzen. Ich weiß ihre Fragen im voraus. Denn es sind meine eigenen Fragen. Es war eine Illusion zu glauben, diese Fragen hätten sich in der Abendstille aufgelöst wie Rauch, der zum schwarzen Himmel aufsteigt und zerfasert und verschwindet.

„Ich habe ihr zugesetzt. Ziemlich niederträchtig, du kennst mich ja. Ich habe ihr sehr weh getan. Sie ist weggelaufen. Sie war wohl sehr verzweifelt. Ich hätte mich umbringen können. Und dann hat sie, als ich noch im Büro saß und mir den Kopf zermarterte, wie ich das wieder in Ordnung bringen könnte, angerufen. Ich wollte sie in dem gleichen Augenblick anrufen, verstehst du, es hat mir wirklich leid getan, und das ist ein sehr schwacher Ausdruck für das, was ich empfand. Na ja, und dann hat sie gesagt, daß sie das nicht aushalte, und es tue ihr leid, daß sie weggelaufen sei. Wir haben uns versöhnt. Sie war sehr lieb. Sie war so lieb zu mir, wie ich es gar nicht verdient habe. Und ich war halt glücklich, es ist dir ja nicht verborgen geblieben. Ich hab's ja auch gar nicht verbergen wollen, übrigens."

Helga atmet einmal tief durch, ihre Stimme klingt dabei mit, wie ein Laut schwer zu ertragenden Überdrusses. „Sie hat also klein beigegeben."

Ich sehe sie an. Dann stelle ich mein Weinglas ab, ein wenig heftig. „Du hast manchmal eine wirklich unausstehliche Art. Was soll das denn heißen: klein beigegeben? Sie liebt mich, verstehst du? Es tut mir leid, ich weiß, daß es dir weh tut, wenn ich das so ausspreche, aber sie liebt mich nun einmal, ich weiß ja auch nicht, warum."

Sie wird geradezu laut: „Na, na. Nun sei doch nicht so bescheiden. Du wirst doch wohl nicht auf einmal Zweifel an deinen eigenen Qualitäten entwickeln."

„Siehst du, das ist auch wieder so eine Reaktion. Was soll denn diese Ironie: Nun sei doch nicht so bescheiden. Natürlich habe ich Zweifel an meinen Qualitäten, du müßtest es doch wissen. Du solltest mir, wenn du fair sein wolltest, wenigstens nicht bestreiten, daß ich auch an mich selbst sehr kritisch herangehe. Oder stimmt das nicht?"

„Doch, doch, natürlich stimmt das, halt dich nicht auf damit, mach weiter, ich finde es sehr interessant."

Ich muß mich zusammenreißen. Ich tue es. „Gesetzt den Fall, sie liebt mich, obwohl es allen Anlaß gibt, daran zu zweifeln, daß ich es verdiene: was hat dann ihr Anruf und ihr Wunsch, sich mit mir zu versöhnen, mit ‚klein beigeben' zu tun? Ist es nicht ganz natürlich, daß man einem Menschen, den man liebt, auf die Dauer nichts nachtragen kann, auch dann nicht, wenn er einem sehr weh getan hat?"

Sie wirft den Kopf in den Nacken und lacht, und es ist offensichtlich kein künstliches, kein aufgesetztes Lachen, es kommt aus vollem Herzen, und der Zorn, der darin mitschwingt, ist ebenso unüberhörbar.

Ich stehe auf. „Es tut mir leid, aber ich möchte das jetzt beenden. Es hat keinen Sinn, mit dir in der Verfassung, in der du dich befindest, weiterzudiskutieren. Es tut mir leid, ich weiß nicht, warum das so ist, an mir kann es dieses Mal ja nicht gelegen haben. Du wirst zumindest nicht bestreiten, daß ich heute abend ohne Vorbehalt und voller Bereitschaft für dich nach Hause gekommen bin, und daß das nicht –"

Sie unterbricht mich, es ist nicht zu fassen, sie ist anscheinend wie von Sinnen vor Zorn. „Ja, ja, ich weiß, du warst glücklich und zufrieden, und ich habe mir jetzt herausgenommen, dein Glück und deine Zufriedenheit zu stören. Also sei jetzt ungnädig und geh schlafen, oder nimm dir wieder deine Bücher vor, du hast heute abend ja noch gar nicht darin studieren können, aber vergiß nicht das, was du eben gesagt hast, es war zu schön. Und falls du es jetzt schon vergessen haben solltest, will ich es dir wiederholen, damit du dich daran erinnerst. Du hast gesagt, warte, du hast gesagt: Es ist doch nur natürlich, daß man einem Menschen, den man liebt, auch dann, wenn er einem sehr weh getan hat, auf die Dauer nichts nachtragen kann, und mit ‚klein beigeben' hat das doch nichts zu tun. Erinnerst du dich? Vergiß es nicht, mein Lieber."

Sie zündet sich schon wieder eine Zigarette an. Ich weiß, was sie meint, und dieser Vorwurf ist niederträchtig. Ich werde, ich kann ihn nicht hinnehmen. „Würdest du mir bitte erklären, was du daran so lächerlich findest?" Sie pafft an dieser Zigarette, nimmt sie aus dem Mund, betrachtet die Glut, hält das Feuerzeug wieder daran, pafft wieder.

„Würdest du bitte so freundlich sein –"

„Was hast du ihr vorgehalten?"

„Ich weiß nicht, was diese Frage soll." Ich weiß es sehr genau, sie hat mit einer widerwärtigen Präzision den Punkt getroffen.

„Womit hast du ihr zugesetzt? Du hast doch selbst gesagt, du hättest ihr ziemlich niederträchtig zugesetzt. Womit also? Welche kleinen, ungeklärten Fragen waren es, die du ihr gestellt hast?"

Ich nehme mein Weinglas und setze mich wieder. „Es wird nichts bei dieser Unterhaltung herauskommen, das kann ich dir jetzt schon sagen. Aber ich möchte dich doch wenigstens ein bißchen in deiner Selbstsicherheit, in deinen vorgefaßten Urteilen beunruhigen. Es scheint mir nötig."

Sie sieht mich stumm an. Ich drehe mein Weinglas in der Hand, stelle es dann ab, der Wein wird warm. „Welche Schlüsse würdest du aus den folgenden Fakten ziehen: Herr Pauly ist verreist. Heute morgen war Annegret sehr früh im Büro, sie hat sehr früh telefoniert, und sehr lange. Um die gleiche Zeit, oder jedenfalls während eines längeren Abschnittes dieser Zeit, hat auch Herr Pauly aus seinem Hotelzimmer ein Telefongespräch geführt. Als Annegrets Anschluß wieder frei war, war auch Herrn Paulys Anschluß wieder frei.

Es gibt einen zweiten Komplex von Fakten, den ich dir zur Beurteilung anheimstellen möchte. Gestern, Dienstag, mußte dieser Bridgeabend ausfallen, weil das Mütterchen sich plötzlich nicht wohl fühlte. Merkwürdigerweise ist er heute abend nicht nachgeholt worden. Wenn wir, um dieses auffällige Faktum zu erklären, einmal hypothetisch davon ausgehen, daß der Bridgeabend schon am Montag stattgefunden hat, dann könnten wir diese Hypothese tatsächlich dadurch bestätigt finden, daß weder das Mütterchen noch Annegret am Montagabend zu Hause waren. Allerdings sagt Annegret, daß sie mit dem Mütterchen im Kino war, sie hat das ja am Samstag auch angekündigt, du erinnerst dich, ‚Kein Koks für Sherlock Holmes'. Aber merkwürdigerweise weiß sie auf die Frage, warum Holmes, wie in diesem Film dargestellt, kokainsüchtig wurde, keine Antwort. Und merkwürdigerweise folgt sie bei ihrer Inhaltsangabe dieses Films fast wortwörtlich der Rezension, die am Samstag in der Zeitung stand.

Wenn du nun noch einen dritten, das heißt eigentlich den allerersten Komplex hinzunimmst, nämlich die Besuche und insbesondere den letzten Besuch des Herrn Pauly bei Annegret: welche Schlüsse würdest du dann aus der Gesamtheit dieser Fakten ziehen?"

„Schlüsse?"

„Ja, natürlich, Schlüsse nennt man das nun einmal. Findest du nicht, daß sich aus der Kombination dieser Fakten gewisse

Schlüsse ergeben? Willst du leugnen, daß sich gewisse Schlüsse unwiderstehlich aufdrängen?"

„Du glaubst gar nicht, wie viele Schlüsse sich mir aufdrängen." Die Zigarette wird in den Aschenbecher gestoßen. „Es drängt sich mir zum Beispiel unwiderstehlich der Schluß auf, daß Herr Pauly mit seiner Frau telefoniert hat, das soll es ja geben, und Annegret mit irgendeiner Freundin. Und der Schluß drängt sich mir auf, daß Annegret diesen Film, auf den das Mütterchen so scharf war, langweilig fand, und daß sie nicht aufgepaßt hat, als dieses Kokain-Rätsel gelöst wurde, weil ihre Gedanken woanders waren, zum Beispiel bei dir. Und der Schluß drängt sich mir auf, daß Annegret, wie viele andere Menschen auch, die von Filmen oder vom Theater oder von sonstwas nicht viel verstehen, mehr oder weniger unbewußt der Kritik folgt, die sie gelesen hat, auch das soll es ja geben, zwar nicht bei dir, aber ich zum Beispiel ertappe mich gelegentlich dabei. Vor allem aber drängt sich mir ganz unwiderstehlich der Schluß auf, daß du dich nicht geschämt hast, Annegret und diesem Pauly nachzuspionieren, daß du ihre Telefone durch ein paar kleine Anrufe kontrolliert hast, es müssen ja wohl mehrere gewesen sein, und daß du offensichtlich auch noch diese Filmkritik studiert hast, um Annegret ins Verhör nehmen und sie in die Enge treiben zu können. Und ich frage dich, ob es wahr ist, daß du dich nicht einmal schämst?"

Ich zucke die Achsel, schüttele, als wäre ich ratlos, den Kopf. „Entschuldige bitte, aber..." Ich schüttele noch einmal den Kopf. „Deine Reaktion ist unangemessen. Sie geht an der Sache vorbei. Ich habe, weil du ohne Kenntnis der Fakten und in deiner wirklich beängstigenden Selbstsicherheit mir einen massiven Vorwurf machtest, dir die Fakten aufgezählt und dich gefragt, welche Schlüsse sie nach deiner Meinung nahelegen."

„Ich habe dir meine Schlüsse genannt, du hast anscheinend nicht zugehört."

„Doch, das habe ich getan, und über das, was du Schlüsse nennst, könnte man vielleicht auch diskutieren, ich wäre bereit dazu, meine Vermutung zu begründen, daß deine Schlüsse, entschuldige bitte, aber daß sie ziemlich an den Haaren herbeigezogen sind."

„Ich frage dich noch einmal: Schämst du dich nicht?"

„Es ist wirklich absurd. Was hat das mit dem Problem zu tun, das mich beschäftigt und das ich dir vorgelegt habe? Aber ich will auf deine Frage eingehen: Ich habe dir ja doch gesagt, wie leid es mir getan hat, daß ich Annegret so zugesetzt habe. Das sollte dir, wenn du diesen Fall partout unter ethischen Gesichtspunkten betrachten willst, eigentlich genügen. Und im übrigen solltest du, wenn dir schon der ethische Aspekt so viel wichtiger ist als der logische, vielleicht auch einmal darüber nachdenken, ob die Fakten nicht Schlüsse nahelegen, die eher Annegret als mir Anlaß böten, sich zu schämen. Ich will mich mit diesem Hinweis nicht herausreden, ganz im Gegenteil. Ich habe dir ja gesagt, und ich sage es nun noch einmal, daß es mir unendlich leid getan hat, als Annegret blindlings hinausstürzte und davonlief, so hilflos, so verzweifelt. Es hat mir, nun ja, und auf die Gefahr hin, daß dir das nun zuviel ist und dir weh tut: es hat mir das Herz zerrissen."

„Ja. Ja. Es hat dir das Herz zerrissen. Und dann hat sie klein beigegeben, aus Liebe zu dir, wie ich es damals getan habe, als ich dir weggelaufen war, du erinnerst dich doch, nicht wahr, und es war alles wieder in Ordnung, du warst glücklich und zufrieden, du hast dein Büro abgeschlossen und bist nach Hause gefahren, Annegret war ja nun gut aufgehoben, sie hatte klein beigegeben, dein Herz tat gar nicht mehr weh, und du bist zu mir gekommen voller Lust und Laune, und ich hab's ja auch gemocht, ich hab's gemocht, obwohl ich ahnte, warum du auf einmal wieder so glücklich und zufrieden warst und so voller Lust und Laune, ich habe mitgemacht, gottverdammt, weil ich dich so gottverdammt liebe, und obwohl ich wußte, was passiert war, und genau weiß, wie es weitergehen wird."

„Du weißt erstaunlich viel." Mein Mund ist trocken.

„O ja, du kannst dich darauf verlassen. Hast du ihr etwa noch nicht zu verstehen gegeben, daß ihr Verhältnis zu diesem Mann zumindest den Anschein erweckt ... wenn auch zu Unrecht, du willst ja niemandem zu nahe treten, o nein, aber benimmt sie sich nicht so, als ob sie hemmungslos geil wäre auf diesen Mann? Hast du noch nicht beiläufig irgendeinen Vergleich aus dem Tierreich angebracht, die läufige Hündin zum Beispiel oder so etwas? Und hast du ihn noch nicht mit einem Hengst verglichen oder mit einem geilen Köter? Ist es nicht so, daß eine Frau, der du das Geschenk deiner Liebe darbringst, für einen anderen Mann nur dann etwas empfinden kann, wenn sie von Sinnen ist vor Geilheit? Bist du nicht, du, ausgerechnet du, davon überzeugt, daß schon der bloße Reiz, den ein anderer Mann auf sie ausüben könnte, ein Beweis ist für ihre Minderwertigkeit, für ihre Treulosigkeit, der Beweis dafür, daß sie dich in Wahrheit nicht liebt? Und ist es nicht, wenn du erst einmal einen solchen Verdacht geschöpft hast, ganz unmöglich, dich vom Gegenteil zu überzeugen?"

„Unmöglich? Warum unmöglich? Warum, bitte, wenn dieses Gegenteil wahr sein sollte? Warum sollte sie mich nicht überzeugen können, wenn es tatsächlich wahr sein sollte, daß sie mich liebt?"

„Weil eine solche Wahrheit sich ganz einfach nicht beweisen läßt. Jedenfalls nicht auf die Art, in der du Beweise verlangst."

„Das verstehe ich nicht."

„Nein, das verstehst du natürlich nicht. Kannst du dich denn wenigstens erinnern?"

„Erinnern? Woran, bitte?"

„Ich erinnere mich sehr genau. Dieser Kuß, nicht wahr, es war ja, als ich an diesem Sonntagmorgen zurückkam und klein beigab in meiner Verzweiflung und in meiner Liebe, es war ja akzeptiert worden, daß er nichts zu bedeuten hatte. Bitte, mein kleiner Schatz, kein Wort jetzt mehr von diesem Kuß, ich berufe mich jetzt aufs Patriarchat und verbiete dir ganz einfach, weiter davon zu sprechen. Nun sei gefälligst eine gehorsame kleine Frau, wir wollen diesen Kuß vergessen, er ist ja schon vergessen, ich weiß doch, daß er nichts zu bedeuten hat, kein Wort mehr jetzt darüber. Und nun hör bitte auf zu weinen, bitte, und sei ganz still und ruh dich ein bißchen aus, es tut mir so schrecklich leid, mein kleiner Schatz. Ja, so war das. Und ein paar Tage später, oder war es noch am Abend desselben Tages, es war jedenfalls nicht sehr lange nach dieser Versöhnung, als die eine kleine Frage, eine ganz beiläufige Frage auftauchte, die noch übriggeblieben war. Eine ganz kleine Frage nur: dieser Kuß, er muß doch irgendeine Empfindung ausgelöst haben?

War es zum Beispiel Abscheu?

Nun gut, warum sollte es auch Abscheu gewesen sein, er ist ja doch ein netter Junge, sauber gewaschen, soweit sich das erkennen läßt. Aber wenn es nicht Abscheu war, dann bedeutet das ja wohl doch, daß dieser Kuß eine angenehme Empfindung ausgelöst hat, angenehm in irgendeiner Weise. Mit welcher Empfindung ließe es sich vergleichen, in etwa?

Warum sollte es absurd sein, Empfindungen miteinander vergleichen zu wollen? Ein Kuß ist doch zumindest technisch nicht mehr als ein anderer Kuß, und nicht weniger. Zwei Lippen. Ein offener Mund, ein herbes Rasierwasser oder ein süßliches, ein hartes, vielleicht rauhes Kinn. Eine Zunge. Zwei Arme, ein Brustkorb. Ein Unterkörper, der drängend den Kontakt sucht. Eine Wölbung. Nun gut, da mögen manche Unterschiede beachtlich sein, aber im Prinzip ist es ja doch immer dasselbe. War die Empfindung ausgerechnet bei diesem Kuß denn so unvergleichlich, war sie tatsächlich einmalig?

Also bitte, wenn sie nicht einmalig und nicht unvergleichlich war, dann müssen sich doch andere Küsse nennen lassen, die ähnliche Empfindungen ausgelöst haben? Wir wollen ja nicht unbedingt von der Gegenwart reden, das wäre vielleicht zu strapaziös, für beide Seiten. Aber die früheren Küsse, die der vorangegangenen, der verflossenen Partner, darunter müßte doch irgendeiner gewesen sein, der sich mit diesem hier vergleichen läßt? Oder ist diese Frage zu indiskret, rührt sie vielleicht an irgendwelche Tabus, an einen Schrein, in dem gewisse Heiligtümer aufbewahrt werden?

Um so besser. Muß sich dann aber, nur des Interesses halber, nicht doch ein Vergleich ziehen lassen zwischen diesem hier und einem der vorangegangenen, der verflossenen Partner? Wie viele waren es eigentlich? Zwei, drei … einen Augenblick. Vier. Ach so, und der gehörte ja auch dazu, fünf also. Fünf sind bekannt, nicht wahr? Oder gab es noch sehr viele mehr?

Nicht sehr viele, aha. Also einige doch noch?

Nur zwei, aha. Ach ja. Und wer war das?

So. Nun ja, so passiert es halt schon mal. So etwas kann ja passieren. Wie man sieht. Sieben also. Der alte Kumpel gehörte also tatsächlich nicht dazu? Richtig, das war ja bereits erklärt worden.

Wohin diese Fragerei führen soll? Nun, der Ausgangspunkt war ja doch bloß dieser Abschiedskuß. Und die Frage, sie mag belanglos sein, aber sie ist doch nicht völlig uninteressant, die Frage lautete eben, ob die Empfindung bei diesem Kuß sich mit irgendeiner vorangegangenen Empfindung vergleichen läßt?

Richtig, der alte Kumpel ist ja nicht bis zum Koitus vorgedrungen, im Unterschied zu den sieben Verflossenen. Und insofern läßt sich die Empfindung, die er auslöste, in der Tat nur schwer mit den vorangegangenen vergleichen. Allerdings bedeutet das zugleich, daß die vorangegangenen Empfindungen heftiger gewesen sein müssen, nicht wahr? Sehr heftig doch wohl, vergleichsweise. Und heißt das nicht auch: unvergeßlich?

Wieso ist das Irrsinn? Das liegt lange zurück, das ist richtig. Aber daß es vorüber wäre, vergessen, belanglos, null und nichtig, das muß falsch sein. Es muß da Besonderheiten, unvergleichliche Details gegeben haben, die sich festgesetzt haben für immer. Ein Muttermal, das man immer wieder suchte, das ein Gesprächsthema war. Ein Kissen auf dem elterlichen Sofa, das immer wieder in einer besonderen Weise verwendet wurde. Eine Eigenheit des Partners, sein immer wieder geäußerter Wunsch, man möge eine bestimmte Haltung einnehmen, ein bestimmtes Kleidungsstück ablegen oder nicht ablegen, so oder so drapieren, man solle ihn da oder dort berühren. Ungewöhnlich schnelle Bewegungen, die einen besonders erregten, oder extrem langsame, mit dem gleichen Effekt.

Tatsächlich? Die Erinnerung gibt solche Details nicht mehr her? Sie sind verblaßt, ja mehr als das, nicht mehr vorhanden? Sie sind, wenn es sie je gegeben hat, belanglos, null und nichtig?

Nun gut. Aber können sie auch belanglos sein für jemanden, der sich aus gegebenem Anlaß bewußt wird, daß er in einer Reihe steht, einer nur von vielen ist, mit all seinen Besonderheiten, einer nur von vielen, von denen jeder seine Besonderheiten hatte und um seiner Besonderheiten willen geliebt wurde, wie er selbst? Wie könnten solche Details belanglos sein für jemanden, der sich nicht einmal mehr sicher ist, daß er die Reihe abschließt, daß sie mit ihm ihr Ende fand? Wenn diese Reihe nicht nur bis zu ihm hingeführt hat, sondern wenn sie auch noch über ihn hinaus fortgeführt werden sollte: Welchen Wert kann er sich dann noch innerhalb dieser Reihe zubilligen? (n–x), ganz offensichtlich. Ist dann aber der Tag nicht voraussehbar, an dem seine Besonderheiten wie die seiner Vorgänger für belanglos, null und nichtig erklärt werden?

Ja, ja, das ist ja bereits versichert worden, daß es sich nur um einen Abschiedskuß gehandelt hätte. Es fragt sich nur: Wo ist der Beweis dafür, daß der alte Kumpel nicht doch das nächste Glied der Reihe stellen wird? Es fragt sich ja sogar, wo der Beweis dafür ist, daß er nicht schon längst dieser Reihe angehört, ein Glied nur, dessen Besonderheiten längst vergessen wurden, das nun aber sich nachdrücklich geregt und in die Erinnerung gerufen hat. Gibt es Beweise dafür? Wo denn? Wo sind die Beweise?"

Sie schweigt, endlich. Sie sieht mich an. Dann steht sie auf. Sie räumt die Sachen vom Tisch, ihre Zigaretten, das Feuerzeug, ihr Weinglas, mein Weinglas, das schon lange leer ist, den Aschenbecher. Sie geht in die Küche, kommt zurück, bleibt stehen, verschränkt die Arme, sieht mich wieder an.

„Erinnerst du dich jetzt?"

„Ja, ich erinnere mich."

„Habe ich irgend etwas falsch dargestellt, habe ich dich unfair behandelt?"

„Du hast versucht, mich schlecht aussehen zu lassen. Die Kränkung, die ich dir damals angetan habe, schwang mit, sie war nicht zu überhören. Aber im wesentlichen entsprach dein Bericht den Fakten. Ich bin in der Tat vor nichts zurückgeschreckt damals. Ich habe alles getan, um die Wahrheit herauszufinden."

„Ja, das hast du versucht, monatelang, vielleicht hat es sogar länger als ein Jahr gedauert, ich weiß es nicht mehr. Ich habe mir den Kopf zermartert, um deine Fragen zu beantworten. Ich habe nicht verstanden, was das für eine Wahrheit sein sollte, die du suchtest, da ich doch nur eine Wahrheit wußte: daß ich dich liebte, dich allein. Aber weil ich dich liebte, habe ich verzweifelt in meiner Erinnerung herumgekramt und dir alles gesagt, was ich finden konnte, wie dumm und wie entwürdigend es auch sein mochte. Ich habe dir gesagt, daß der eine, wenn er mich liebte, im Rhythmus ächzte, was mir auf die Nerven ging, und daß der andere mir seine Fingernägel in die Schultern grub, was ich mochte. Und ich hätte dir beides besser nicht gesagt, denn beides hat dich nur zu neuen, ganz unsinnigen Zweifeln und Fragen getrieben. Du hast mich gefragt, ob es mir auch auf die Nerven gehe, daß du, wenn du mich liebtest, immer wieder sagtest ‚Oh, mein Schätzchen, oh, mein Schätzchen'. Und du hast mich gefragt, ob die Liebe mit dir mich in Wahrheit nicht völlig kaltlasse, weil du mir deine Fingernägel nicht in die Schultern gräbst und das auch nicht fertigbrächtest, aus Furcht, mir weh zu tun. Ich habe dir gesagt, daß es mich beglückte, was du mir sagtest, wenn du mich liebtest, und daß ich viel lieber deine Finger in meinem Nacken spürte, als deine Nägel an meinen Schultern. Aber da ich dir das nicht beweisen konnte, hast du es mir nicht geglaubt. Das hat sich dann irgendwann totgelaufen, nach ein paar Monaten oder nach einem Jahr oder vielleicht auch nach zweien, ich weiß es nicht mehr. Wahrscheinlich lag es daran, daß ich mich geradezu krankhaft bemühte, mein Desinteresse an anderen Männern zu dokumentieren. Einige Leute müssen mich damals, ich bin ganz sicher, für närrisch gehalten haben. Dein Mißtrauen ist jedenfalls ganz allmählich eingeschlafen, glaube ich. Es erhielt keine neue Nahrung mehr, und wahrscheinlich hat dich dann irgendwann selbst der Überdruß gepackt. Du hast es vergessen, zu deinem und meinem Glück."

Ich stehe auf. Sie sieht mich an. „Nun, mein Lieber? Hast du irgend etwas gelernt heute abend? Du warst sehr still, ganz gegen deine Gewohnheit. Was ist dabei herausgekommen?"

„Es tut mir leid, Helga."

„Was tut dir leid?"

„Das Fazit, das ich aus diesem Abend ziehen muß."

„Wie lautet es also?"

Ich sehe sie an. „Ich habe niemals die Wahrheit über dich herausgefunden. Ich habe es versäumt damals. Ich hatte eine gute Chance, aber ich habe es aufgegeben, es war mir am Ende wohl zu strapaziös. Ich habe es versäumt, und jetzt ist es wahrscheinlich zu spät. Ich hatte es vergessen, aber du hast mich daran erinnert. Ich habe niemals die Wahrheit über dich herausgefunden. Und nun werde ich sie wahrscheinlich nie mehr herausfinden."

Sie sieht mich an, stumm. Dann wendet sie sich mit einer heftigen Bewegung ab und verläßt das Zimmer.

12

Donnerstag, 9. Dezember, 21.00

Es geschieht, als sie anfängt, sich zu winden, als ihr Kopf sich krampfhaft weit nach hinten reckt, die Schultern sich heben von dem Kissen, es geschieht, als ihre Lider sich schließen bis auf einen schmalen Spalt und das Weiße ihrer Augäpfel sich nach oben kehrt, es geschieht, als ihre Lippen zu beben beginnen und stammelnde Laute hervorbringen, ein zerrissenes Wort, ein auf und ab gerütteltes Stöhnen.

Es geschieht, als träfe mich ein Blitz. Ich erlahme, ich sinke über ihr zusammen. Mein Kopf fällt schwer auf ihre Schulter. Sie wird ganz still, regungslos. Ich löse mich von ihr, stemme mich auf beiden Armen hoch, den Kopf abgewandt, stehe auf, gehe ans Fenster. Ich hebe den Vorhang hoch, völlig sinnlos. Wir haben die Rollade heruntergelassen. Ich sehe in den Spalten nur den schwachen, glitzernden Widerschein der Straßenlaterne.

Ich wende mich zurück und setze mich in den Sessel. Ich greife nach meinem Hemd. Ich bedecke meine Blöße. Ich breite das Hemd aus, als wäre mir zu kalt.

Sie liegt auf dem Rücken, regungslos. Sie sieht mich an.

„Sag es mir. Was ist passiert? Habe ich irgend etwas falsch gemacht?"

Fast hätte ich gegähnt, ein künstliches, unmotiviertes Gähnen, ich unterdrücke diese törichte Geste gerade noch. „Nein."

„Was ist es denn? Sag es mir, bitte."

Ich hebe dieses Hemd halbhoch, betrachte es, drapiere es dann wieder über meine Blöße, als ob das das Wichtigste wäre, was ich jetzt zu tun hätte. Ich betrachte dieses Hemd, ziehe noch eine Falte glatt. „Ich kann nicht. Ich kann einfach nicht. Das ist alles."

„Aber das hat doch ... Es war doch nicht so, daß du körperlich nicht konntest."

„Nein. Bis vorhin war das jedenfalls nicht so."

„Und warum konntest du trotzdem nicht mehr? Warum kannst du nicht?"

Ich spüre, daß sich meine Mundwinkel jäh verzerren. Ich verberge mein Gesicht in beiden Händen, senke den Kopf, presse die Hände gegen die Schläfen. Ich kann meine Stimme kaum erkennen. „Ich halte das nicht aus. Ich ertrage diese Vorstellung nicht. Ich halte das einfach nicht aus."

Sie springt auf, kommt auf den bloßen Füßen zu mir, mit ein paar langen, schnellen Schritten. Ich spüre ihre Hand auf meinen Haaren. Ihre nackte Hüfte berührt meine Schulter. „Bitte, bitte, Martin, sag mir doch, was du hast. Du machst mir angst. Sag mir, was du hast. Laß dir doch helfen, um Gottes willen."

„Faß mich nicht an. Entschuldige bitte, es geht sicher vorüber. Aber faß mich jetzt nicht an, bitte."

Sie weicht einen Schritt zurück. Ich sehe ihre Füße, die glatte, feste Haut, die rotlackierten Zehennägel. Sie wendet sich ab und setzt sich auf das Bett, die Schlafcouch, auf der wir gemeinsam das Laken ausgebreitet und festgesteckt haben. Sie schlingt die Hände ineinander, hält dabei die gestreckten Arme zwischen den Schenkeln, die sie zusammenpreßt.

Ich lehne mich in dem Sessel zurück, lasse den Kopf weit in den Nacken fallen, starre zur Decke empor. „Es tut mir leid, Annegret. Diese Vorstellung hat mich überfallen wie ein Alptraum, ich konnte mich ihrer nicht erwehren. Ich glaubte, ich sterbe."

„Welche Vorstellung?"

„Ich habe dich plötzlich mit diesem Herrn Pauly zusammen gesehen. Ich habe dein Gesicht gesehen, deine Schultern, ich habe die Laute gehört, die du ausgestoßen hast, und es war mir plötzlich, als wäre ich ein ungebetener Zuschauer, ein Lauscher, ein Voyeur. Derjenige, der dich hinaushob über dich selbst und dich alles vergessen ließ, war nicht ich, sondern es war dieser Herr Pauly, ich sah nur zu und hörte zu. Ich sah diesen Herrn Pauly, wie er lustvoll arbeitete, auf dir, in dir, ich sah ihn, wie er fachmännisch, konzentriert seinen Part absolvierte, und wie es dich von Sinnen machte und weit, weit forttrieb."

„Bist du wahnsinnig?“ Ihre Stimme ist ganz gepreßt, es scheint ihr die Kehle zuzuschnüren.

„Vielleicht bin ich wahnsinnig, ja.“ Ich sehe sie an. „Ich habe es nicht gewollt, aber ich kann mein Hirn nicht abschalten. Ich muß dir gestehen, daß ich weiter nachgedacht habe. Und dabei sind mir ein paar Punkte bewußt geworden, die ich bisher gar nicht registriert hatte. Es waren wohl diese Punkte, die sich mir aufgedrängt haben.“

„Punkte?“

„Ja. Ich könnte auch Fakten sagen. Ich habe sie überprüft, es gibt gar keinen Zweifel daran. Man kann sicher darüber streiten, wie diese Fakten auszulegen sind, welche Schlüsse sie erlauben. Aber an den Fakten selbst ist kein Zweifel möglich.“

Sie schauert zusammen. Sie streicht sich mit den Händen über die Schultern. Dann legt sie sich auf das Bett, zieht die Decke über sich. Sie nimmt den Zeigefinger der Rechten zwischen die Lippen und nagt daran. Ihre Augen sind sehr groß, weit geöffnet, groß, als habe sie Angst.

„Ich habe dir irgendwann in diesen Tagen beiläufig schon einmal gesagt, daß du mich auf meiner letzten Amerikareise nicht ein einziges Mal angerufen hast. Ich habe mir nichts dabei gedacht, die Erinnerung daran war mir wohl ein bißchen bitter, aber ich bin darauf nur beiläufig gekommen. Ich weiß, ich weiß, es gab zwingende Gründe. Dieser Punkt hat sich mir gleichwohl, du wirst es mir nicht übelnehmen, noch einmal aufgedrängt, er hat mich beschäftigt.

Und dabei fiel mir ein, daß ich selbst allerdings versucht hatte, dich anzurufen. Das war am Dienstag, dem 28. September. Ich habe meine Notizen durchgesehen. Und ich will gleich hinzufügen, daß ich heute morgen auch noch einiges andere durchgesehen habe. Ich habe Herrn Paulys Berichte durchgesehen, und seine Spesenabrechnungen. Ich bin bereit, darüber zu diskutieren, ob ich damit schon wieder Schuld auf mich geladen habe, und ob ich ein unmoralischer Mensch bin. Und ob ich mich schämen muß, dir in dieser Weise nachzuspionieren. Aber ich möchte dir zunächst die Fakten vorführen.

Ich war am Dienstag, dem 28. September, in Boston. Das Verlangen, mit dir zu sprechen, hatte mich in der Nacht zuvor ganz übermächtig gepackt. Ich bin am Morgen um halb acht aufgestanden und habe nicht sofort angerufen, weil es um diese Zeit bei dir schon halb eins war und ich dich in der Mittagspause vermuten mußte. Ich habe mir nach dem ersten Termin dieses Morgens ein Taxi genommen, bin zurückgefahren ins Hotel und habe dich angerufen. Das muß gegen zehn Uhr gewesen sein. Es war bei dir drei Uhr am Nachmittag. Fräulein Kübler hat mir gesagt, du seist zum Mittagessen außer Haus gegangen und noch nicht zurück. Ich war schrecklich enttäuscht. Ich mußte wieder weg, zu dem nächsten Termin.

Am darauffolgenden Tag, einen Tag vor meiner Rückreise, habe ich mit Helga telefoniert. Das Datum ist durch meine Hotelrechnung belegt. Ich habe Helga gefragt, ob sie etwas von dir gehört habe, und ob sie wisse, wie es dir gehe. Helga war ein bißchen ärgerlich. Sie sagte, du hättest am Vorabend, am Dienstagabend, zu ihr kommen wollen, aber du seiest nicht aufgetaucht.

Ich hatte das alles vergessen, im Trubel der Abreise und der ersten Tage hier, es ist damals drunter und drüber gegangen. Aber es ist mir jetzt wieder eingefallen. Und ich habe darüber nachgedacht, ich mußte darüber nachdenken, vielleicht verstehst du das. Das Folgende kann ich kurz machen, es sind nur ein paar Daten, sie rufen in mir keine Erinnerungen wach, jedenfalls nicht solche wie diese Reise.

Während ich in Amerika war, hat Herr Pauly seine Wochenberichte bei dir abgeliefert. Er hat es getan am Montag, dem 20. September. Er hätte es wieder tun sollen, am Montag, dem 27. September. Aber an diesem Tag hat er sich krank gemeldet. Er kam am darauffolgenden Tag wieder zum Dienst und hat seinen Wochenbericht mit einem Tag Verspätung bei dir abgeliefert. Du hast ihn mit dem Datum vom 28. September abgezeichnet.

Das war der Dienstag, an dem ich dich von Boston anzurufen versuchte, dich aber nicht erreichte, weil du zum Mittagessen außer Haus gegangen und um drei noch nicht zurückgekommen warst. Herr Pauly hat für diesen Tag eine Kundenbewirtung abgerechnet, ein Mittagessen für zwei Personen, fünfundsechzig Mark. Das war derselbe Dienstag, an dem du abends zu Helga hattest kommen wollen, aber nicht erschienen bist. Was Herr Pauly an diesem Abend gemacht hat, weiß ich nicht. Es gibt darüber keine Unterlagen.

Drei Wochen später hast du unseren Abend abgesagt. Das war am Dienstag, dem 19. Oktober. Ich weiß das Datum, weil ich die Gelegenheit nutzte und mit Helga ins Konzert ging. Ich habe das Programm gefunden, ich hatte es aufbewahrt, weil der Text zum Don Juan darauf abgedruckt ist, Richard Strauss, Lenau, du kennst es. Du hast, ich erinnerte mich, als ich das Programm fand, du hast gesagt, an diesem Abend müßtest du das Mütterchen begleiten, ausnahmsweise werde nicht Bridge gespielt, es gebe eine große Geburtstagsfeier, zu der du ebenfalls eingeladen seist, eine der Damen werde fünfundsechzig.

Das war am Dienstag, dem 19. Oktober. Für diesen Tag hat Herr Pauly eine Kundenbewirtung abgerechnet, ein Abendessen für zwei Personen, 110 Mark.

Knapp fünf Wochen später, am 21. November, bist du für drei Tage verreist. Ich weiß das Datum, weil ich am 23. November, Dienstag, in mein Notizbuch eingetragen habe: ‚Wehmeyers einladen? (Annegret noch in Aachen).' Erikas Mutter zog in eine neue Wohnung um, und du bist mit Erika sonntags nach Aachen gereist, um bei dem Umzug zu helfen. Das Mütterchen hatte diesen Anlaß als ausreichend anerkannt und dich ausnahmsweise beurlaubt. Du warst in Aachen nicht zu erreichen, das Telefon war noch nicht angeschlossen. Du warst vom Sonntag, dem 21., bis zum Mittwoch, dem 24. November unterwegs.

Herr Pauly war an ebendiesen Tagen in Berlin, zu einer großen Systemberatung. Er hatte den Kunden eigentlich schon eine Woche vorher besuchen wollen. Aber er kam kurz vor diesem Termin zu mir und sagte, der Kunde habe angerufen und gesagt, es passe ihm besser in der Woche vom 22. November. Herr Pauly ist, wie aus seiner Reiseabrechnung hervorgeht, am Sonntag, dem 21. November, nach Berlin abgereist, um die Beratung am frühen Montagmorgen aufnehmen zu können. Er hat sich am Mittwochnachmittag bei mir zurückgemeldet und mir Bericht erstattet. Du warst um die Mittagszeit mit Erika aus Aachen zurückgekehrt und hattest deine Arbeit wieder aufgenommen. Wir haben diesen Mittwoch nicht als Urlaubstag gezählt. Wir haben ... wir haben ein bißchen gemogelt."

Es verschlägt mir die Stimme, es ist idiotisch, aber es verschlägt mir auf einmal die Stimme. Ich stehe auf, räuspere mich. Ich halte das Hemd in der Hand, weiß nicht, wohin damit, ich kann mich ja doch nicht damit schürzen. Ich lege das Hemd ab, greife nach meinem Slip, steige hinein. Ich nehme mein Unterhemd, ziehe es an. Sie schweigt noch immer. Ich nehme das Hemd, fange an, es zuzuknöpfen. Während ich den Hals im Kragen recke, werfe ich einen Seitenblick auf das Bett. Sie liegt regungslos auf dem Rücken, beide Hände auf den Wangen, über den Augen.

Ich räuspere mich noch einmal. Ich denke, daß ich meine Stimme wieder unter Kontrolle habe. „Das sind die Fakten." Ja, es geht wieder, Gott sei Dank. „Ich bin, wie gesagt, bereit, darüber zu diskutieren, ob es unanständig von mir war, diese Fakten zusammenzustellen."

Sie schüttelt den Kopf hinter den vorgehaltenen Händen, stöhnt. „O nein, o mein Gott."

„Ich verstehe nicht, entschuldige bitte. Heißt das, du willst nicht darüber diskutieren, ob es unanständig von mir war?"

Sie schüttelt wieder den Kopf. Dann nimmt sie die Hände vom Gesicht, streckt die Arme lang zu beiden Seiten ihres Körpers aus, sieht zur Decke empor. „Ich verstehe dich doch."

Die Angst steigt in mir hoch, krallt sich von innen in meine Kehle hinein. „Was verstehst du?"

„Daß das alles dir ganz unbegreiflich sein muß. Ich begreife es ja selbst nicht."

Ich spüre, wie in meinen Achselhöhlen der Schweiß ausbricht, auf meiner Oberlippe, in meinen Händen. „Was begreifst du nicht?" Bitte, bitte, grundgütiger Himmel, nicht das Eingeständnis, nicht jetzt, bitte. Ein bißchen leugnen könnte sie doch noch, bitte.

Sie wendet den Kopf, sieht mich an, noch immer langausgestreckt auf dem Rücken liegend. „Ich werde dir nie beweisen können, daß dein Verdacht unbegründet ist. Es ist hoffnungslos. Es spricht alles dafür. Ich werde dir nie das Gegenteil beweisen können."

Ich räuspere mich. Kann es sein, daß dieser Kelch an mir vorübergeht, nur einmal noch, nur dieses eine Mal noch? „Das kommt doch auf einen Versuch an. Versuche es doch."

„Wie kann ich denn gegen diese Daten ankommen?"

„Nenne mir doch andere Daten, die dagegen sprechen. Nenne sie mir doch. Ich bitte dich darum, ich bitte dich von Herzen, Annegret."

Sie schlägt die Hände heftig vors Gesicht. „Aber ich kann dir doch keine nennen, was soll ich dir denn nennen? Ich kann mich ja nicht einmal an die Daten erinnern, die du mir genannt hast. Das ist ja doch Wahnsinn, das ist doch Irrsinn, daß es solche Zufälle gibt, wie soll ich denn dagegen ankommen?"

Sie schlägt jäh die Decke zurück, springt auf, macht ein paar ziellose Schritte, kehrt wieder zurück, setzt sich auf das Bett, greift nach der Decke und zieht sie fest um die Schultern. „Ich kann mich ja nicht einmal an die Daten erinnern, die du genannt hast. Mißversteh mich bitte nicht: Ich zweifle nicht daran, daß sie richtig sind, du hast es ja nachgeprüft, ich glaube dir. Aber ich hätte dir, wenn du mich gefragt hättest, diese Daten alle nicht nennen können, doch ja, diesen 65. Geburtstag von Tante Lotte, von Frau Kreutzer, meine ich, den natürlich, wann war das, am 17. Oktober –"

„Am Neunzehnten."

Sie sieht mich an, zuckt hilflos, fast so, als wolle sie um Verzeihung bitten, die Schultern, lächelt. „Das war jetzt keine Schau, wirklich nicht. Ich habe wirklich gedacht, es wäre der Siebzehnte gewesen. Daß es ein Dienstag war, das weiß ich natürlich noch, der Bridgeabend ist ja dafür ausgefallen. Aber sonst? Ja, doch, natürlich weiß ich auch noch, daß ich an einem Sonntag nach Aachen gefahren bin. Aber ich hätte überlegen und nachschauen müssen, um zu wissen, daß es am ... wann bin ich gefahren?"

„Am 21. November."

„Also gut. Das hätte ich herausgefunden. Aber diese andere Geschichte, daß es ein Dienstag war, an dem du versucht hast, mich anzurufen, und welches Datum, und daß ich ausgerechnet an diesem Tag zum Essen ausgegangen und erst so spät wiedergekommen bin, weißt du, Fräulein Kübler wird es mir ja gesagt haben, daß du angerufen hattest, aber ich habe absolut keine Erinnerung mehr daran, wann das gewesen sein könnte. Ich weiß wohl, daß ich an irgendeinem Dienstag, an dem du unterwegs warst, zu Helga gehen wollte und dann bei Erika hängengeblieben bin, aber daß das auch dieser Dienstag war ... wirklich, Martin: ich weiß es nicht mehr. Ich weiß nicht einmal mehr, warum oder mit wem ich denn so lange zu Mittag ...", sie greift sich jäh mit beiden Händen an den Mund, die Decke rutscht ihr von den Schultern, sie streckt den Kopf vor, sieht mich an wie in jäher, freudiger Erkenntnis: „Martin!"

Ich schließe meinen Gürtel, setze mich in den Sessel. „Es tut mir leid, Annegret. Du hast an diesem Tag kein Mittagessen abgerechnet."

Sie sinkt in sich zusammen, sieht auf ihre nackten Knie. Sie schnauft einmal auf. „Aber Herr Pauly hat eins abgerechnet. Ausgerechnet an diesem Tag. Und an Tante Lottes Geburtstag, ausgerechnet an Tante Lottes Geburtstag rechnet dieser Mensch ein Abendessen ab." Plötzlich schreit sie: „Das ist doch zum Wahnsinnigwerden!" Sie läßt sich auf das Bett fallen, wälzt sich hin und her, bleibt auf dem Bauch liegen, klagt in die Armbeuge hinein: „Ich werd' wahnsinnig. Das kann doch alles gar nicht wahr sein. Wie soll ich denn dagegen ankommen? Wie soll ich dir jemals beweisen können, daß das alles Zufälle gewesen sein müssen, irrsinnige Zufälle?"

„Denk doch nach. Vielleicht fällt dir doch irgend etwas ein."

Sie stützt den Kopf in die Hand, sieht mich an. „Was soll mir denn einfallen? Was könnte mir denn einfallen, was dich überzeugen könnte? Das ist kein Vorwurf, wirklich nicht. Ich sehe ein, daß die Fakten, die du zusammengetragen hast, und ich verstehe auch, daß du sie zusammengetragen hast, ich sehe ein, daß sie ganz eindeutig erscheinen. Und sieh mal: selbst wenn ich für jeden anderen Tag Fakten zusammentragen könnte, die beweisen, daß ich an allen diesen Tagen mit Herrn Pauly *nicht* zusammengewesen bin – es blieben ja doch die drei Tage, die beiden Tage, meine ich, und die Reise nach Aachen, und es bliebe die wirklich sehr merkwürdige Parallelität mit … mit Aktivitäten von Herrn Pauly. Und es blieben natürlich Paulys Besuche bei mir, und es bliebe, daß ich Idiot ihn am Montag nicht sofort verabschiedet habe, obwohl ich wußte, daß du diese Besuche nicht mochtest, und es bliebe das lange Telefonat von gestern morgen, und natürlich auch der ausgefallene Bridgeabend, und dieser Film, zu dem mir nicht viel mehr einfiel, als schon in der Zeitung –" Sie setzt sich plötzlich auf und sieht mich schon wieder so hoffnungsfroh an: „Martin! Willst du wissen, warum Holmes zum Kokain griff? Ich wollte dir's ja sagen gestern, sofort, als du mich danach fragtest, aber dann kam dieser schreckliche Streit, und ich bin auch noch weggelaufen. Soll ich dir's sagen, warum Holmes zum Kokain griff?"

Ich sehe sie an, sehr lange. Ist es möglich, daß diese Naivität nur gespielt ist? Und wenn nicht: Ist es möglich, daß ein erwachsener Mensch so naiv ist? Die freudige Spannung auf ihrem Gesicht schwindet, die Mundwinkel sinken hinab und beginnen zu zittern. Tränen füllen ihre Augen, ganz langsam, bis die ersten beiden schimmernden Tropfen über die Lidränder quellen. Sie senkt den Kopf, wendet ihn ab.

„Ja, ich weiß. Das war sehr dumm. Es könnte ja sein, daß ich mich informiert habe in der Zwischenzeit." Dann, sehr bitter: „Es ist zu spät, um dir zu beweisen, daß ich es wußte."

„Es tut mir leid, Annegret."

„Es braucht dir nicht leid zu tun. Du hast ja recht." Sie beugt sich über das Bett, greift nach ihrer Tasche, holt ein Taschentuch hervor und schneuzt sich. Sie tupft sich die Augen. „Aber siehst du auch, wie hoffnungslos das alles ist? Mir ist eben natürlich auch der Gedanke durch den Kopf geschossen, daß ich ja Zeugen habe, wenigstens für diese Geburtstagsfeier und für den Besuch in Aachen. Aber was würde es nutzen, wenn ich dir anböte,

Tante Lotte, Frau Kreutzer meine ich, anzurufen und Erikas Mutter, und sie zu fragen, ob ich dort war? Es könnte ja sein, nicht wahr, daß ich sie beide ins Vertrauen gezogen und gebeten hätte, mir notfalls ein Alibi zu liefern, nicht wahr? Und von Erika will ich erst gar nicht reden. Ich hab mir eben überlegt, daß ich wahrscheinlich mit ihr so lange gegessen habe, an diesem Dienstag, oder was für ein Tag war es, ja, ein Dienstag. Aber was würde es nutzen, wenn sie sich tatsächlich daran erinnern würde, an das genaue Datum auch noch, und wenn sie es dir bestätigen würde?"

Ich starre eine ganze Weile vor mich hin. Es ist sehr still. Dann bücke ich mich und greife nach meinen Schuhen.

Sie schluchzt einmal trocken auf. „Martin."

„Ja?" Ich binde mir den Schuh zu.

„Martin. Ich weiß, wie schwer es gerade dir fällt, an Zufälle zu glauben. Und ich muß dir auch sagen, daß ich selbst diese Häufung von Zufällen für ganz irrsinnig halte, sie läßt mich an meinem Verstand zweifeln, wirklich. Aber wenn ich dir sage, daß ich dich liebe und daß ich dir die Wahrheit sage: Martin, lieber Martin ... wäre es dir dann nicht doch vielleicht möglich, dich damit abzufinden, daß hier eine irrsinnige Häufung von Zufällen stattgefunden hat, und sonst nichts, nichts, effektiv nichts, nichts von Bedeutung, gar nichts? Lieber Martin ..."

Nein, nein, nein, das geht jetzt nicht, das geht nicht mehr, ich kann doch nicht schon wieder wider besseres Wissen dieses Problem beiseite schieben und so tun, als existiere es nicht, ich kann doch nicht schon wieder, nur weil eine Frau traurig ist, meinen Verstand vergewaltigen, es geht nicht, es ist nicht möglich, ich will das nicht, ich kann mich nicht schon wieder zum Gespött meiner selbst machen, aus, es kommt nicht in Frage, aus, es geht ganz einfach nicht, aus sage ich.

„Vielleicht kannst du mir ja eine kleine Hilfe geben." Ich binde mir den zweiten Schuh zu.

„Ja? Welche Hilfe?" Es ist nicht zu fassen, diese Stimme klingt schon wieder hoffnungsvoll.

„Nun, es gibt doch sicher eine Zufallstheorie, oder mehrere, oder läuft das unter der Wahrscheinlichkeitstheorie, du müßtest das doch wissen, das ist doch dein Fach."

„Meinst du mathematische Wahrscheinlichkeitstheorien?"

„Ja, natürlich. Du nimmst es mir doch nicht übel, daß ich von deinem Wissen profitieren möchte, von deinem Wissen in dieser Hinsicht, meine ich?"

„Das kann doch nicht dein Ernst sein. Soll ich dir jetzt etwa ein Referat über Kolmogorow oder Laplace oder Pascal halten, oder wie meinst du das?"

„Kolmogorow? Ist das dieser Russe?"

„Ja."

„Und Laplace ist der Astronom?"

„Ja."

„Sieh an. Ich wußte gar nicht, daß der sich auch mit der Wahrscheinlichkeitstheorie beschäftigt hat. Das muß doch dann ein ziemlich früher Vertreter gewesen sein?"

„Nicht so sehr früh. Martin."

„Ja?"

„Willst du mich jetzt auch noch verspotten?"

„Verspotten? Aber nicht im geringsten. Ich stimme mit dir insoweit überein, als es sich bei der Parallelität deiner und der Aktivitäten des Herrn Pauly tatsächlich um eine irrsinnige Häufung von Zufällen handeln könnte, und um sonst nichts, gar nichts, im Wortsinne nichts. Und eben deshalb würde es mich interessieren, wie diese Häufung unter dem Gesichtspunkt einer wissenschaftlichen Theorie einzuschätzen ist, und da ich das Glück habe, von einer Mathematikerin geliebt zu werden, bitte ich halt um Nachhilfe und Aufklärung. Das ist alles."

„Martin."

„Ja?" Ich stehe auf, gehe ins Bad und binde vor dem Spiegel meine Krawatte. Sie kommt hinter mir her, lehnt sich, noch immer nackt, an den Türpfosten. Aus dem Augenwinkel sehe ich, daß sie die gekrümmten Finger der Linken in ihre Unterlippe eingesetzt hat. Sie schüttelt den Kopf.

„Martin ... wenn es nicht der pure Hohn ist, dann ist es wirklich Irrsinn, was du da sagst. Es gibt doch ganze Bibliotheken über Zufall und Wahrscheinlichkeit, Dutzende von Theorien, nicht nur von Mathematikern, auch von Philosophen, das müßtest du doch besser wissen, und auch in anderen Disziplinen. Es gibt die verrücktesten, die komischsten Sachen darunter. Schau doch nur mal in den Bölsche rein, oder ..."

„Wilhelm Bölsche?"

„Ja. Die naturwissenschaftlichen Grundlagen der Poesie, ich glaube, ich hab's irgendwann mal bei dir gesehen. Martin, Wahrscheinlichkeitstheorien sind doch reine Abstraktionen, bloße Formalismen, du kannst damit doch nicht ein minimales, entschuldige bitte, aber das ist es nun mal, mathematisch gesehen, ein minimales konkretes Problem wie dieses kannst du mit der Wahrscheinlichkeitstheorie nicht bearbeiten und lösen."

„Warum denn nicht? Wenn diese Theorie mir sagen kann, wie groß die Wahrscheinlichkeit ist, daß ich mit zwei Würfeln bei einem Wurf zwei Sechsen werfen kann ... wie groß ist sie eigentlich?"

„Ein Sechsunddreißigstel."

„Also bitte, wenn die Wahrscheinlichkeitstheorie mir darüber eine exakte Auskunft geben kann, dann müßte sie mir doch auch sagen können, ob eine so irrsinnige Häufung von Zufällen wie die erörterte noch im Bereich der Wahrscheinlichkeit liegt. Warum sollte die Wahrscheinlichkeitstheorie ausgerechnet dieses Problem nicht lösen können?"

„Weil du ... Mein Gott, weil man mit Kanonen nicht auf Spatzen schießen kann."

„Bist du sicher, daß man das nicht kann? Es mag ja sein, daß das dem Spatz manchmal nicht bekommt." Ich habe meine Krawatte gebunden, wende mich vom Spiegel ab, wende mich ihr zu. „Aber dieses Risiko muß der Spatz eben in Kauf nehmen, nicht wahr? Das Leben ist nun mal gefährlich."

Sie steht sehr dicht vor mir, den Blick gesenkt. Die gekrümmten Finger ziehen noch immer an der Unterlippe. Sie sagt sehr leise: „Du sollst den Spatz nicht umbringen."

„Ich will ihn ja gar nicht umbringen. Ich möchte ihm nicht ein Federchen zausen. Aber was soll ich denn tun? Weißt du Rat?"

„Du sollst mir glauben. Du sollst mich liebhaben. Du sollst mir glauben, daß ich dich liebe. Du sollst mir glauben."

„Ja, mein Schatz. Ich weiß."

Sie steht vor mir, den Blick gesenkt. Ich rühre mich nicht. Nach fünf oder zehn Sekunden, nach einer langen, endlos langen Zeit wendet sie sich plötzlich ab und beginnt sich anzuziehen. Sie zerrt und reißt an den Kleidungsstücken, wie gehetzt, sie zieht sich an, als wolle sie nicht eine Sekunde länger einen Fleck ihrer Haut unbedeckt lassen. Schweigend räumen wir das Apartment auf, schweigend gehen wir hinaus, ich schließe ab. Die Luft ist kühl, der Himmel sternenklar. Einige der kleinen Häuser in der Vorstadtstraße sind schon dunkel.

Sie hat ihr Auto hinter dem meinen geparkt, im honiggelben Licht der Straßenlaterne. Ich gehe mit ihr und sehe zu, wie sie die Tür aufschließt. Sie will schon einsteigen, zögert, richtet sich wieder auf, sieht mich an.

„Martin."

„Ja?"

„Meinst du, das bleibt jetzt so?"

„Was?"

„Daß du ... daß du nicht kannst, meine ich. Weil du dich gegen diese Vorstellung nicht wehren, sie nicht abschütteln kannst?"

„Warum soll es so bleiben?" Ich küsse sie auf die Wange.

Ich fahre hinter ihr her, wie immer. Aber ich drücke nicht auf die Lichthupe, nicht ein einziges Mal. Sie öffnet ihr Fenster nicht, hält den Arm nicht heraus, mit gespreizten Fingern. Sie bewegt auch nicht die Hand vor ihrem Rückspiegel hin und her. Ich schalte meine Warnlichter nicht ein, sie tut es nicht.

Die Ampel, an der sie abbiegen muß, steht auf Rot. Ich fahre mein Auto neben das ihre, sehe zu ihr hinüber. Sie sieht geradeaus. Erst, als die Ampel auf Grün springt, erst als sie anfährt, wendet sie mir ihr Gesicht zu. Ihre Wangen sind naß von Tränen. Um ein Haar wäre ich mit ihr abgebogen, mein Auto macht einen wilden Schlenker. Ich fahre geradeaus, drücke heftig auf das Gaspedal.

13

Samstag, 11. Dezember, 02.15

„Was ist naturwissenschaftlich gesprochen – Zufall?

Nicht wenige, die sich im Allgemeinen an das Causalprincip gewöhnt haben, wie es die logische Wissenschaft lehrt, meinen in Folge dessen jeden Zufall, der als Factor in einer Dichtung auftritt, schlechtweg als unerlaubten deus ex machina verwerfen zu müssen…

Ich weiss recht wohl, dass sich das ganze Innere des logisch denkenden Kritikers auflehnt, wenn ein Poet uns eine Liebesgeschichte erzählt, die auf fünf oder sechs groben Zufällen, wie ungewolltes Begegnen, aufgebaut ist. Und doch spreche ich es rund als meine Ueberzeugung aus, dass man Bände füllen könnte mit der einfachen Aufzählung der grossen und kleinen Zufälle, die bei einer nicht annähernd gleich verwickelten Geschichte im wahren Leben bei peinlicher Beobachtung sich ergeben würden, denn mit jedem Schritt, den wir thun, kreuzen wir fremde ungeahnte Causalitätsreihen, die in Folge der neuen Reihe, die aus dem Contact hervorgeht, eine Macht innerhalb unserer eigenen Linie werden. Ein ganzes Menschenleben bis in dieses feine Gewebe seines Schicksals hinein zu zergliedern: das wäre ein Kunstwerk, wie wir es noch nicht einmal ahnen.“ (Wilhelm Bölsche, *Die naturwissenschaftlichen Grundlagen der Poesie,* 1887)

Nach der Lehre des Herrn Bölsche hätte Annegret also sogar noch zwei oder drei Würfe frei, drei weitere Begegnungen, Kreuzungen ihrer „Causalitätsreihe“ mit der dieses Streuners, ohne daß Herr Bölsche Anlaß sähe, sich zu wundern. Ein so schrulliges Buch habe ich schon lange nicht mehr in der Hand gehabt.

Da also der Herr Bölsche mir keinen Rat wußte, muß ich weiter zurückgreifen. Ich hab's getan und will das ordnen:

Den Zufall (zuoval) hat der Meister Eckhart in das Arsenal

deutscher Philosophie eingebracht, als er damit das lateinische *accidens* übersetzte, und dieses verdanken wiederum die Lateiner dem Aristoteles und seinem συμβεβηκότα (symbebekota), welches bedeutet „das, was einem Gegenstand zukommt und was man von ihm aussagen kann, aber nur das, was ihm nicht notwendig und nicht meistenteils zukommt".

Das Wort ist mehrdeutig, und ich will mich auf diejenige Bedeutung konzentrieren, in der es auf den Fall Annegret angewendet werden kann (und auf den Fall Helga vielleicht auch, übrigens, wenn diese Anmerkung gestattet und nicht zu niederträchtig sein sollte).

Ausscheiden kann ich das überspitzte Verständnis des Wortes, wonach Zufall eine Durchbrechung des Kausalgesetzes bedeutet (was ja sogar der Herr Bölsche auf seine Weise bestreitet), eine Wirkung also, die ohne Ursache eintritt, zum Beispiel den Zufall, daß Wasser zu kochen begänne, ohne daß ihm Wärme zugeführt oder die atmosphärischen Bedingungen, unter denen es sich befindet, verändert worden wären.

Ich will weiter ausscheiden die alte Bedeutung im Sinne von *accidens,* als des Unwesentlichen, einer Eigenschaft also, die ein Gegenstand nicht kraft des inneren Gesetzes seiner Existenz hervorkehrt und erkennen läßt, sondern die ihm von außen und beiläufig zukommt, zum Beispiel die gelbliche Färbung, die dieses Papier annähme, wenn ich meine Kaffeetasse umstieße und den Kaffee über das Papier verschüttete.

Vielmehr will ich unter Zufall zunächst einmal nur verstehen „die Unberechenbarkeit, Unvoraussagbarkeit eines Geschehens" (Johannes Hoffmeister), oder, welche Definition freilich auch nicht viel bestechender ist, ein „Ereignis, das nicht notwendigerweise, nicht gesetzmäßig eintreten muß, sondern das auch nicht hätte eintreten können" (Georg Klaus).

Ich kann jedoch auch mit derlei Definitionen noch nicht an die Arbeit gehen. Denn sie haben zumindest für meine Zwecke den Mangel, daß sie nur von einem einzigen, isolierten Geschehnis sprechen, das für sich allein schon den Tatbestand des Zufalls erfüllte.

Ihre Bedenklichkeit, ihre Fragwürdigkeit läßt sich unter dem Gesichtspunkt meiner Zwecke jedenfalls sehr einfach darlegen: Daß der Herr Pauly für Dienstag, den 28. September, ein Mittagessen für zwei Personen zum Preis von 65 Mark abrechnete, verlangt noch nicht nach der Erklärung, es sei ein Zufall gewesen; es kann nicht ein in irgendeiner Weise ungewöhnliches Geschehnis genannt werden. Ebensowenig ungewöhnlich, ebensowenig erklärungsbedürftig ist, von Herrn Paulys Mittagessen isoliert, die Tatsache, daß Annegret an dem gleichen Tage zum Mittagessen außer Haus war.

Auch alle anderen Geschehnisse, die hier zur Untersuchung stehen, werfen, jedes für sich betrachtet, die Frage, ob die Kategorie des Zufalls auf sie anzuwenden sei, noch gar nicht auf: nicht Annegrets unentschuldigtes Ausbleiben am Abend des 28. September, nicht Tante Lottes Geburtstagsfeier und daß Annegret daran teilnahm, nicht Herrn Paulys Kundenbewirtung am gleichen Abend, zum Preise von 110 Mark, nicht Annegrets Reise nach Aachen, nicht Herrn Paulys auf den gleichen Zeitabschnitt verschobene Reise nach Berlin.

Erst das Zusammentreffen, erst die Kombination solcher Geschehnisse ist ungewöhnlich, auffällig und – wie ich allerdings meine – erklärungsbedürftig.

Annegrets Erklärung lautet: irrsinnige Zufälle.

Ich könnte, wenn ich mir diese Erklärung zu eigen machen und zugleich meinen Bedenken gegen Definitionen wie die genannten Rechnung tragen wollte, das Wort Zufall wie folgt definieren: Ich verstehe unter Zufall das wiederholte Zusammentreffen von Geschehnissen, deren wiederholtes Zusammentreffen unter gegebenen Umständen nicht zu erwarten war und deshalb, jedoch fälschlich, den Eindruck erweckt, als sei es planmäßig verursacht.

War es also tatsächlich nur Zufall, und nichts von weiter reichender Bedeutung, was mir ungewöhnlich und auffällig erschien? Wenn ich diese Frage anhand meiner Definition mit Ja beantworten kann, dann sind die bewußten Geschehnisse hinreichend erklärt, nämlich als Zufall, und es bedarf zu ihrer Erklärung nicht mehr der Annahme, Annegret unterhalte eine Liebesbeziehung zu dem Streuner Herrn Pauly.

Auf der Stelle macht sich aber eine Schwäche, eine höchst bedenkliche, meiner eigenen Definition bemerkbar: ich versuche nämlich, einem im wesentlichen mathematischen Problem (darum handelt es sich, wie ich glaube) mit Wörtern der Umgangssprache beizukommen. Ich nähere mich ihm nicht mit einem Instrumentarium präziser, unzweideutiger Größen und Formeln, sondern mit Wörtern, die dehnbar, auslegbar, ja: zweideutig und mehrdeutig sind. Was besagt zum Beispiel das Wort „wiederholt“ in meiner Definition? Setzt es irgendeine exakte, eine meßbare Grenze? Offensichtlich nicht.

Meine Definition bedient sich der gleichen Krücken, auf denen die Väter der Wahrscheinlichkeitstheorie die ersten unsicheren Schritte auf ein unbekanntes und schlüpfriges Terrain unternahmen, sie bedient sich vager psychologischer Maßstäbe. Jakob Bernoulli operierte mit dem „Grad der Gewißheit“ (wie mißt man so etwas?), Laplace nannte seine „gleich-wahrscheinlichen“ Fälle solche, „über deren Eintreffen wir in der gleichen Ungewißheit sind“ (wie mißt man die?).

Ich will feststellen, ob etwas „nicht zu erwarten“ gewesen sei (von wem?), und ob es deshalb einen bestimmten „Eindruck“ (bei wem?) erweckt. Verirre ich mich damit nicht in eine Methode, über deren Ergebnisse jeder eine andere, nämlich seine subjektive Meinung, behaupten kann, ohne daß er durch objektive Befunde zu widerlegen wäre? Herr Bölsche hätte ja hinsichtlich der Berührungspunkte zwischen Annegret und dem Herrn Pauly gewiß ganz andere Überraschungen erwartet als ich, und er hätte daraus gewiß einen ganz anderen Eindruck gewonnen als ich, nämlich gar keinen außer dem einer Bestätigung seiner voluptuösen Zufallstheorie.

Es ist evident, daß meine Definition, weil ich sie nicht abstrakt, nicht in einer Symbolsprache (als Programm für einen Rechner, zum Beispiel), sondern in der Alltagssprache, der Wortsprache formuliert habe, nicht nur schwer zu handhaben ist, sondern mich auch zu falschen Ableitungen führen kann. „Bei einer

Ableitung in der Wortsprache geschieht es sehr häufig, daß Voraussetzungen, die nicht angeführt sind, unvermerkt mit eingeschmuggelt werden" (Rudolf Carnap). Werde ich bei einer Ableitung aus meiner wortsprachlichen Definition nicht unvermerkt Voraussetzungen, die ich nicht genannt habe, einschmuggeln?

Eifersucht, zum Beispiel?

Ich kann dieses Bedenken nicht mit dem sauberen, schnellen Schnitt loswerden, nach dem es mich verlangt. Denn der Ausweg in die Symbolsprache einer der neueren Wahrscheinlichkeitstheorien ist für mich nicht gangbar. Ich bin nicht sicher, ob es tatsächlich daran liegt, daß man mit Kanonen nicht auf Spatzen schießen kann, oder nur daran, daß meine Kenntnisse nicht ausreichen.

Ich habe mich in der vergangenen Nacht, so gut ich es in der Eile konnte, über Kolmogorows Theorie informiert, aus einer populären Darstellung, die ich unter meinen Büchern fand. Ich habe die Relation verstanden, die Kolmogorow herstellt zwischen der Menge der „elementaren Ereignisse" und den darin enthaltenen Teilmengen der „zufälligen Ereignisse". Aber wenn ich Kolmogorows Theorie auf den Fall Annegret anwenden und konkret die Wahrscheinlichkeit der in diesem Fall bisher beobachteten „zufälligen Ereignisse" bestimmen wollte, so müßte ich zuvor ebenso konkret die Menge seiner „elementaren Ereignisse" bestimmen: alle Geschehnisse, an denen, grob gesprochen, Annegret hier und der Herr Pauly dort in den vergangenen Monaten beteiligt waren, alle kausal verknüpften Punkte ihrer jeweiligen „individuellen Linien", um mit dem Herrn Bölsche zu reden. Ich müßte mit meinen Beobachtungen den Raum und die Zeit ausfüllen, bis in die letzte Sekunde, den letzten Winkel.

Daß der Andrej Nikolajewitsch Kolmogorow sich meinen Zwecken versagt, ist – wahrscheinlich hat Annegret eben doch recht – auch gar nicht verwunderlich, denn: „Was die Elemente dieser Mengen sind, ist dabei für die rein mathematische Entwicklung der Wahrscheinlichkeitsrechnung völlig gleichgültig", so sagt er. Ein Satz von solcher Eiseskälte erweckt, ich muß es gestehen, einen großen Zorn in mir, einen kindlichen Zorn, den ich selbst belächeln muß. Zum erstenmal in meinem Leben vielleicht packt mich Zorn auf diese gefühllosen Denker, die sich an ihren Formalismen, Strukturen, Axiomen, impliziten Relationen begeilen und sich den Teufel darum scheren, ob ein Mensch mit der Bitte um Lebenshilfe sich an sie wenden könnte.

Dem Kolmogorow waren und sind konkrete Zufallsereignisse, wie sie mich bewegen, „völlig gleichgültig". Für David Hilbert war die praktische Seite der Geometrie „mathematisch belanglos". Der Alfred Tarski, dem ich in meiner ersten Notiz vom Dienstagabend noch zugute hielt, er habe sich bei seiner Definition einer wahren Aussage nur stilistisch vergaloppiert, entpuppt sich mir mehr und mehr als ein Esoteriker, den es überhaupt nicht interessiert, wie die Dinge des banalen Lebens sich verhalten, sondern dem es genügt, daß sich in seinen Sprachstrukturen eine Formel findet, welche besagt, die Dinge verhielten sich so und so. Ludwig Wittgenstein, in dessen Sprachphilosophie wie in der seiner Konsorten ich zuvor schon hoffnungsvoll herumgestöbert habe, entläßt mich aus seinem *Tractatus* unter Ziffer 6.54 mit der Zusammenfassung, seine Sätze seien so beschaffen, „daß sie der, welcher mich versteht, am Ende als unsinnig erkennt, wenn er durch sie – auf ihnen – über sie hinausgestiegen ist. (Er muß sozusagen die Leiter wegwerfen, nachdem er auf ihr hinaufgestiegen ist.)" Wo befinde ich mich, am Ende der Wittgensteinschen Leiter, und nachdem ich sie weggeworfen habe? Ziffer 7, und damit das letzte, was der Philosoph im Tractatus zu sagen hatte: „Wovon man nicht sprechen kann, darüber muß man schweigen."

Sie ergehen sich, diese Olympier, wo immer sie sich zum Sprechen berufen fühlen, in Wenn-dann-Aussagen, aber wenn sie *wenn* sagen, dann meinen sie nicht einen akuten, beunruhigenden, quälenden, vitalen, lebensbedrohenden, mörderischen Sachverhalt der Realität, sondern sie meinen ihre ehernen, ihre windigen, die von ihnen gesetzten Axiome, und wenn sie *dann* sagen, dann meinen sie nicht einmal die Anwendung dieser Axiome auf die Realität, das Leben, wie mörderisch es auch den, der es zu leben hat, an der Kehle packen mag, sondern sie meinen nichts als die

Verknüpfung ihrer höchsteigenen Axiome, die impliziten Relationen, ihre lupenreinen Ableitungen, denen sie die Wahrheitswerte W oder F verleihen, was groteskerweise für wahr oder falsch steht, oder sie erfinden einen dritten Wahrheitswert, weder W noch F, oder auch einen vierten, fünften, n-ten Wahrheitswert, was alles auf dasselbe hinausläuft, weil es ihnen in Wahrheit nicht darum geht, ob eine Sache wahr oder falsch ist, sondern nur darum, daß ihre Feststellungen die Strukturen des logischen Denkens repräsentieren.

Ich lächle. Ich lächle über mich selbst und meinen kindlichen Zorn. Fassen wir also zusammen, was uns übrigbleibt.

Ich weiß nicht, ob die Geschehnisse, die mich beunruhigt und gequält haben, Zufall waren und insofern erklärt sind und mir keinen Anlaß bieten, mich von ihnen beunruhigen und quälen zu lassen. Weder die Wahrscheinlichkeitstheorie noch zum Beispiel die Sprachphilosophie liefern mir die Hilfen, jedenfalls habe ich daraus die Hilfen bisher nicht gewinnen können, die ich brauchte, um zu entscheiden, ob meine Definition des Zufalls auf die bewußten Geschehnisse anwendbar ist oder, Gott soll es verhüten, sie nicht abzudecken vermag.

Wie oft, konkret gefragt, darf das wiederholte Zusammentreffen von Geschehnissen, deren wiederholtes Zusammentreffen unter gegebenen Umständen nicht zu erwarten war, sich wiederholen, bevor der Koeffizient seiner Wahrscheinlichkeit auf Null schrumpft, will heißen: bevor es sich nicht mehr als Zufall erklären läßt? Wenn ich nun aber diese Frage konkret nicht zu beantworten weiß: bedeutet das, daß ich schon am Ende bin?

Nein. Wenn auch die Vergangenheit sich mir entzieht, so steht mir doch die Zukunft zur Verfügung. Ich kann die Annahme, ich kann meine Hypothese, ‚Annegret unterhält eine Liebesbeziehung zu Herrn Pauly', die mir durch gewisse vergangene Geschehnisse nahegelegt wird, nicht durch die totale Ausforschung der Vergangenheit, die lückenlose Ausfüllung des Raumes und der Zeit erhärten. Aber ich kann meine Hypothese, unter der Voraussetzung, daß diese Liebesbeziehung nicht nur bestanden hat, sondern fortbesteht, anhand zukünftiger Geschehnisse überprüfen. Ich muß mich dazu einer realwissenschaftlichen, einer naturwissenschaftlichen Methode bedienen (die übrigens ja sogar nach dem erhabenen Urteil der Esoteriker des Wiener Kreises ihre Berechtigung hat), nämlich der empirischen Methode. Ich muß experimentieren.

Ich muß Versuche anstellen.

Das Wort „Versuche" löst, ich bin durch die Art, in der Helga neuerdings mit mir umzuspringen versucht, doch erheblich sensibilisiert, das bloße Wort „Versuche" löst in mir das Bedürfnis aus, meine Absicht zu rechtfertigen. Ist es nicht ganz unmenschlich, Annegret (den Herrn Pauly darf ich mir hier vielleicht schenken) zum Gegenstand eines Versuchs zu machen? Will ich sie zum Versuchskaninchen degradieren?

Ich könnte, um mein Gewissen zu beruhigen, immerhin eine Autorität wie Heinrich Hertz beanspruchen. Ich habe ein Zitat von ihm gefunden, das Absichten wie die meine geradezu als eine ethische Forderung proklamiert: „Es ist die nächste und im gewissen Sinne wichtigste Aufgabe unserer bewußten Naturerkenntnis, daß sie uns befähigt, zukünftige Erfahrungen vorauszusehen, um nach dieser Voraussicht unser gegenwärtiges Handeln einrichten zu können. Als Grundlage für die Lösung jener Aufgabe der Erkenntnis benutzen wir unter allen Umständen vorangegangene Erfahrungen, gewonnen durch zufällige Beobachtungen oder durch absichtlichen Versuch" (*Die Prinzipien der Mechanik*, 1876).

Ich werde auf der Grundlage meiner Beobachtungen einen absichtlichen Versuch anstellen.

14

Samstag, 11. Dezember, 04.50

Doch, doch, doch!

Nicht nur die Naturwissenschaften, verkörpert durch die nackten Notwendigkeiten der Mechanik, liefern mir ein Alibi für die angeblich so unmenschliche Behandlung, die ich einem Menschen angedeihen lasse, nein, auch die Philosophie stattet mich damit aus, und nicht nur damit, nicht nur mit einem Alibi, sondern mit dem Lebensnotwendigen, nämlich mit einer Begründung, einer förmlich sittlichen, jawohl: sittlichen Begründung für das, was ich tue und tun will; und es ist ein richtiger Philosoph, ein echter, der mich damit ausstattet, nicht nur so ein Epigone, der mir seine dünnsprossige Leiter hinhält und mich mühselig und unter Lebensgefahr hinaufsteigen läßt und mir dann, wenn ich endlich diese Leiter erklommen habe, kalt lächelnd auferlegt, nun solle ich alles, was ich auf diesem halsbrecherischen Wege hinter mich gebracht habe, als Unsinn erkennen und die Leiter von mir stoßen und fortan leben und atmen in dem Vakuum, das seine Entleerungen übriggelassen haben von der Philosophie, nein, nein, nein, es ist nicht nur solch ein dünnlippiger Epigone, sondern ein echter, ein richtiger Philosoph, ein Mensch, der das Leben ernstgenommen hat, und die Menschen, und die Philosophie, die Philosophie nämlich ernstgenommen als eine Wissenschaft, die den Menschen zu dienen hat, und nicht dem Philosophen.

Ich war im Begriff, ins Bett zu gehen, ich bin todmüde, ich habe meine Papiere geordnet, das Schreibgerät abgelegt, die Bücher gestapelt, abgestellt diejenigen, von denen ich glaube, daß ich sie nun nicht mehr brauche (den *Tractatus logico-philosophicus,* zum Beispiel, da bin ich ganz sicher), ich stehe an meinem Schreibtisch, todmüde, kann mich noch nicht von diesen Materialien trennen, obwohl mir die Augenlider heruntersinken, greife noch einmal blindlings nach einem Buch, ich schwanke, stoße im Stehen gegen die Schreibtischkante, fange mich, schlage dieses Buch auf, die *Pensées,* will nur noch einen flüchtigen Blick hineinwerfen, bevor ich nun endlich doch zu Bett gehe, schlage es auf, werfe den Blick hinein, und was finde ich? Das finde ich, und mir wird so leicht ums Herz wie an einem Samstagabend ganz früher einmal, wenn ich gebeichtet hatte und die blaue Abendluft die Glocken herantrug von weither, so leicht wird mir ums Herz, denn das hier habe ich gefunden:

„Der Mensch ist nur ein Schilfrohr, das schwächste Wesen in der Natur; aber er ist ein Schilfrohr, das denkt. Es ist nicht nötig, daß das ganze Weltall sich rüstet, um ihn zu vernichten: ein Dunsthauch, ein Wassertropfen genügt, um ihn zu töten. Wenn ihn aber auch das Weltall vernichten würde, wäre der Mensch immer noch erhabener als das, was ihn tötet, weil er weiß, daß er stirbt, und die Überlegenheit kennt, die das Weltall über ihn hat; das Weltall weiß das nicht.

Unsere ganze Würde beruht also auf dem Denken. Von dorther muß unser Selbstbewußtsein kommen, nicht aber vom Raum und von der Zeit, die wir nicht ausfüllen können. Bemühen wir uns also darum, richtig zu denken: das ist die Grundlage für alle Sittlichkeit." (Blaise Pascal, *Pensées,* 347)

15

Samstag, 11. Dezember, 16.00

(Das Eßzimmer im Hause der Marquardts. Am Tisch sitzen Helga Marquardt, Annegret Fabian und Martin Marquardt. Sie haben Kaffee getrunken, das Geschirr steht noch auf dem Tisch, auch eine Platte mit dem Rest eines Kuchens. Ein Tannengesteck mit vier roten Kerzen, zwei davon brennen.)

ANNEGRET *(erhebt sich halb, schaut in Martins Kaffeetasse):* Möchtest du noch Kaffee?

MARTIN: Ja, danke, ein Täßchen nehme ich noch.

ANNEGRET *(gießt ihm den Kaffee ein)*

HELGA *(zündet sich eine Zigarette an)*

MARTIN: Wie wär's, wenn wir ein gemütliches kleines Scrabble spielten? Wir setzen uns rüber, ich lege eine schöne Platte auf, abräumen können wir später.

HELGA: Wieso wir?

MARTIN: Na, ich helfe doch.

HELGA: Übernimm dich nicht.

ANNEGRET: Also, ich spiele mit. Das heißt ... wieviel Uhr haben wir denn?

MARTIN: Gerade vier. Du hast noch Zeit.

HELGA: Dann spielt ihr beide mal. Ich räume in der Zeit ab.

ANNEGRET: Spiel doch mit. Abgeräumt haben wir nachher doch schnell.

MARTIN: Mein Gott, was sind das denn für Probleme. Wir können den Tisch ja auch umkippen, dann hat sich das erledigt.

HELGA: Ich hab jetzt aber keine Lust, Scrabble zu spielen. Und ich glaube übrigens nicht, daß Annegret Lust dazu hat.

ANNEGRET: Ach, ich würde schon mitspielen.

MARTIN: Na gut, dann lassen wir's halt. War ja nur so eine Idee von mir.

ANNEGRET *(greift nach seiner Hand):* Mußt doch nicht traurig sein jetzt.

HELGA: Traurig? Sieh ihn dir mal an. Todtraurig ist er jetzt, untröstlich, der kleine Schatz.

MARTIN: Was soll denn das: todtraurig, untröstlich? Weil ich nicht Scrabble spielen darf?

HELGA: Nein.

MARTIN: Warum also?

HELGA *(zieht an ihrer Zigarette):* Weil du uns glücklich machen wolltest, du kleiner Schatz.

ANNEGRET *(lacht und patscht auf Martins Hand):* Ja, ich glaube, das wolltest du wirklich, mit deinem Scrabble. Sei mal ehrlich.

MARTIN: Na und? Das will ich doch permanent, euch glücklich machen.

HELGA: Eben. Und das ist halt nicht so einfach mit zwei Frauen. Mit Scrabble schaffst du das nicht.

MARTIN: Daß ich das mit Scrabble nicht schaffe, das ist mir schon lange klar geworden.

ANNEGRET *(lacht wieder, patscht wieder auf Martins Hand):* Solltest du etwa auf dem Wege der Besserung sein?

HELGA: Vielleicht ist er auf dem Wege der Erkenntnis. Er strengt sich ja ziemlich an, das muß man schon sagen. Er opfert sogar seinen Nachtschlaf dafür.

ANNEGRET *(sieht unsicher von Helga zu Martin):* Wirklich?

MARTIN *(sieht Helga scharf an):* Sag mal, Helga, du suchst doch nicht etwa Streit?

ANNEGRET: Ach, bitte, können wir nicht ...

HELGA: Was?

ANNEGRET: Ja. Entschuldige bitte, Helga. Es tut mir leid. *(Sie steht auf)* Ich gehe dann jetzt. Der Kuchen war hervorragend, wie immer.

MARTIN: Was soll der Unsinn? Du hast doch noch Zeit. Willst du das Mütterchen aus dem Schlaf reißen?

ANNEGRET: Bitte, Martin.

HELGA: Entschuldige, Annegret. Ich hab das nicht so gemeint, das weißt du doch. Setz dich.

ANNEGRET *(bleibt stehen, schiebt ihr Gedeck hin und her)*

HELGA: Ich möchte dich was fragen. Setz dich doch bitte.

MARTIN *(nachdrücklich):* Helga ...

ANNEGRET *(setzt sich)*

HELGA: Ich wollte dich schon lange fragen, Annegret, ob du das für möglich hältst, daß dieser Mensch zwei Frauen liebt, gleichermaßen.

MARTIN: Was soll denn das jetzt?

HELGA: Ich weiß, daß er das sagt, er hat es dir gesagt und mir gesagt, und er hat es sogar uns beiden zusammen gesagt. Wir haben es beide hören können, daß er der anderen nichts anderes sagt. Und wahrscheinlich glaubt er das ja auch, was er sagt. Aber mich würde wirklich interessieren, was du davon hältst. Mich würde interessieren, ob du das glaubst, daß er uns beide gleichermaßen liebt. Wir beide haben nie miteinander darüber gesprochen. Wir sind dem Thema ausgewichen, glaube ich.

MARTIN: Soll ich gehen?

ANNEGRET *(sieht ihn bittend an, greift nach seiner Hand, läßt sie sofort wieder los, faltet die Hände im Schoß)*

HELGA: Glaubst du, daß er uns beide gleichermaßen liebt, Annegret?

MARTIN: Weißt du, Helga, ich finde das reichlich unfair, das ist ja fast ein Überfall.

HELGA: Herrgott noch mal, nun laß sie doch mal antworten, ich tue ihr doch nichts, ich will ihr doch nichts Böses, sie ist doch ein erwachsener Mensch. Willst du ihr auch noch vorschreiben, ob und wann sie den Mund aufzumachen hat?

MARTIN: Nun erlaube aber bitte, ich denke doch ...

ANNEGRET *(greift nach Martins erhobener Hand und drückt sie auf den Tisch):* Bitte, Martin, bitte ... Ihr sollt euch doch nicht streiten, und schon gar nicht um meinetwillen, ich finde das ganz schrecklich. Bitte. Das ist ja kein Überfall, Martin. Helga ist nicht unfair. Daß sie wissen möchte, wie ich darüber denke, das ist doch ganz natürlich.

MARTIN: Also bitte. Wie denkst du darüber?

HELGA: Das ist doch wirklich schrecklich mit diesem Kerl,

jetzt hat er schon wieder das Kommando übernommen. Nun halt dich doch endlich mal eine Minute lang heraus und laß mich wenigstens meine Fragen allein stellen, verdammt noch mal!

MARTIN *(steht auf und verläßt das Zimmer)*

ANNEGRET *(sieht ihm nach. Dann sieht sie Helga an):* Weißt du, Helga: Ich glaube es ihm wirklich. Ich habe… ich möchte das jetzt nicht so sagen, aber es gehört zu der Antwort, sei mir nicht böse, bitte, ich will dir nicht weh tun. Aber ich habe keinen Zweifel daran, daß er mich liebt. Auf der anderen Seite habe ich…

MARTIN *(kommt zurück, eine Zeitung in der Hand, setzt sich wieder auf seinen Stuhl am Tisch, betrachtet die Zeitung)*

ANNEGRET: Ich habe ebensowenig Zweifel, daß er dich liebt.

HELGA: Und das tut dir weh, nehme ich an, daß er mich liebt? Oder ist es dir gleichgültig?

ANNEGRET *(sieht in ihren Schoß):* Nein. Es tut mir weh.

HELGA: Aber du findest dich damit ab?

ANNEGRET *(sieht sie an):* Wie meinst du das?

HELGA: Ich meine, ob du dich innerlich damit abfindest. Oder ist es nicht vielmehr so, daß du insgeheim hoffst, er liebt dich doch mehr als mich, wenn er es vielleicht auch noch gar nicht weiß und gar nicht glaubt?

ANNEGRET *(setzt die gekrümmten Finger der Linken in die Unterlippe ein, sieht Helga an)*

HELGA: Und zieht eines Tages endlich die Konsequenz daraus und trennt sich von mir, und du kannst endlich mit ihm zusammenleben, so, wie es sich gehört, wenn zwei Menschen sich lieben, und wie jeder Mensch es sich wünscht, der einen anderen liebt?

MARTIN: Also, mir ist das Wort zwar noch immer nicht erteilt worden, aber ich erlaube mir dennoch, es zu ergreifen, ich muß sagen, ich finde das ganz phantastisch, wirklich ganz unglaublich.

HELGA: Was?

MARTIN: Wir sitzen hier an einem schönen Samstagnachmittag im Advent friedlich beisammen, trinken Kaffee, erfreuen uns unseres Lebens –

HELGA: Ach ja?

MARTIN: Ach ja, Annegret und ich erfreuen uns also unseres Lebens, und dann eröffnest du aus heiterem Himmel ein hochnotpeinliches Gericht und ein Verhör, in dem du offenbar vor keiner Frage, und sei es die aufdringlichste, zurückzuschrecken gesonnen bist. Phantastisch!

ANNEGRET *(sehr still):* Natürlich hoffe ich insgeheim, daß er mich mehr liebt als dich. Daß er nur mich wirklich liebt. Und daß ich eines Tages mit ihm zusammenleben kann.

MARTIN *(sitzt einen Augenblick starr. Dann schlägt er die Zeitung auf und betrachtet die Innenseiten)*

HELGA: Es wird dich nicht überraschen, daß ich für mich das gleiche hoffe.

ANNEGRET: Nein. Es überrascht mich nicht.

HELGA: Ich weiß, daß du ihn ziemlich auf den Kopf gestellt hast, vor drei Jahren, als ihr euch kennenlerntet. Das ist jetzt kein Vorwurf. So etwas kann passieren. Und es passiert ja ziemlich oft bei Männern in seinem Alter.

MARTIN *(läßt die Zeitung sinken und sieht Helga an)*

ANNEGRET: Aber es war ja nicht nur auf seiner Seite so. Er hat mich ja auch ziemlich auf den Kopf gestellt. Total, glaube ich.

HELGA: Das nehme ich an, das glaube ich dir. Ich kenne ihn ja lange genug. Ich will das auch gar nicht beiseite schieben, aber mich interessiert wirklich vor allem anderen jetzt diese eine Frage, sei mir nicht böse, bitte.

ANNEGRET: Ich kann dir doch nicht böse sein.

MARTIN *(hebt die Zeitung wieder)*

HELGA *(zündet sich eine Zigarette an):* Ich meine, es wird dich nicht überraschen, daß ich hoffe, du bist nur eine Episode in seinem Leben. Eine sehr beachtliche zwar, eine sehr tiefreichende, die heftigste bisher und wahrscheinlich auch die heftigste für den Rest seines Lebens. Aber eben doch nur eine vorübergehende Erscheinung. Das war es ja, was ich gleich am Anfang eurer Geschichte gehofft habe, von dem ersten Abend an, als er nach Hause kam und mir erzählte, was passiert war und wie sehr es ihn umgekrempelt hatte. Ich habe es nicht nur gehofft, ich habe sogar darauf vertraut, daß du bloß eine Episode sein würdest. Und wenn ich das nicht getan hätte, dann hätte ich eure Geschichte ja gar nicht ertragen können, denn ich liebe ihn ja. Ich habe darauf vertraut, daß dieser Gefühlssturm sich eines Tages ausgegeben haben würde, daß er abflaut, verweht. Ich hätte sonst diese Geschichte ja nicht ertragen können. Und ich hätte sie vor allem nicht so tolerieren können, wie ich's getan habe, ich habe dabei ja auch noch mitgespielt, du gehst hier ein und aus. Ich habe eure Liebesgeschichte ja in einem Maße toleriert, daß manche Leute mich für meschugge erklärt haben. Leute, die noch nie in einer solchen Situation waren, die so was bestenfalls im Kino erlebt haben.

ANNEGRET: Helga, bitte ... Es tut mir so leid. Vielleicht fällt es dir schwer, mir zu glauben, aber es tut mir so schrecklich leid.

HELGA: Laß mal, darum geht es jetzt gar nicht, entschuldige bitte, das war nicht böse gemeint. Es ist lieb von dir, daß du das sagst. Aber mir geht es jetzt wirklich nur um diese eine Frage.

MARTIN: Könntest du sie nicht endlich einmal stellen?

ANNEGRET: Nun laß sie doch mal!

MARTIN *(sieht sie erstaunt an)*

ANNEGRET: Bitte, Martin. Man kann doch so etwas wirklich nicht in Ungeduld und ... und unduldsam bereden. Helga hat übrigens diese Frage schon gestellt.

HELGA: Ja, ich habe sie schon gestellt, aber das hat er überhört, der kleine Schatz. Sieh mal, Annegret, ich meine: Wenn du insgeheim hoffst, daß er in Wahrheit dich liebt, nur dich wirklich liebt, obwohl er einstweilen sich noch etwas anderes einredet, ich meine, wenn du glaubst, daß seine Liebe zu mir sich verbraucht hat, und daß er für dich eine neue, frische Liebe empfindet, und wenn ich auf meine Art das gleiche hoffe, ich meine, daß seine Liebe zu mir noch immer so stark ist wie früher, und wenn ich glaube, daß du nur eine Episode bist in seinem Leben: dann ist es doch gar nicht wahr, daß wir beide ihm das glauben, was er uns sagt, daß er nämlich uns beide gleichermaßen liebt?

ANNEGRET *(sieht Martin an):* Es ist schon ziemlich schwer, es sich vorzustellen ...

HELGA: Kannst du dir vorstellen, daß du zwei Männer lieben könntest, gleichzeitig, gleichermaßen?

MARTIN *(blättert seine Zeitung um)*

ANNEGRET: Gleichermaßen?

HELGA: Gleichermaßen.

MARTIN: Wie mißt man das, gleichermaßen?

HELGA: Wie mißt du das?

MARTIN *(schlägt die Zeitung zusammen, sieht Helga an, beugt sich vor):* Kannst *du* dir vorstellen, daß *du* zwei Männer lieben könntest?

HELGA: Ich denke darüber nach, seit einiger Zeit.

MARTIN: Glaubst du, diese Frage ließe sich auf dem Wege des Nachdenkens lösen? Wäre es in diesem Fall nicht sehr viel empfehlenswerter, sich auf praktische Erfahrungen zu stützen?

HELGA: Ich habe in diesem Fall keine praktischen Erfahrungen.

MARTIN: Oh.

HELGA: Ja, oh. Ich habe, falls du darauf anspielen solltest, hin und wieder Beziehungen zu zwei Männern gleichzeitig gehabt. Bevor ich dich heiratete. Geheim natürlich, denn sonst hätten sie ja vielleicht sich gegenseitig umgebracht, und mich womöglich dazu. Vielleicht waren es irgendwann sogar einmal drei, mit denen ich gleichzeitig zu tun hatte. Ich weiß es nicht mehr.

MARTIN: Das weißt du nicht mehr?

HELGA: Nein, ich weiß es nicht mehr. Wenn das auch in deinen Kopf nicht hineinpaßt. Und ich denke gar nicht daran, die Daten auszugraben und zu rekonstruieren, aus denen ich es vielleicht erkennen könnte. Sie sind belanglos. Ich habe sie vergessen. Ich habe übrigens auch vergessen, was ich dir auf deine Fragen irgendwann einmal an Daten genannt habe, die ich damals schon nur unter großen Mühen ausgraben konnte. Du hast sie wahrscheinlich alle behalten. Wahrscheinlich könntest du jetzt auf Anhieb sagen, ob ich irgendwann einmal sogar mit drei Männern gleichzeitig zu tun hatte.

MARTIN: Ich könnte es.

HELGA: Dann tu's, oder laß es sein.

MARTIN *(schweigt)*

HELGA: Also gut. Wahrscheinlich denkst du jetzt, ich habe es vergessen, weil ich mir die Daten damals nur ausgedacht habe. Es waren, so wirst du denken, nicht die richtigen Daten. Denn die müßten ja fest in meine Erinnerung eingegraben sein. Aber ich wollte sie dir nicht preisgeben, denkst du. Du irrst. Vielleicht habe ich damals tatsächlich in meiner Not, in dem Verlangen, dich zu beruhigen, vielleicht habe ich mir tatsächlich das eine oder andere Datum nur eingeredet und dir dann genannt. Du solltest nicht glauben, ich wollte dir etwas verschweigen. Mir fällt ein, daß du mich ja ein paarmal bei Widersprüchen ertappt hast, damals. Du hast das natürlich als Beweise meiner Schuld angesehen. Als Beweis dafür, daß ich dich absichtlich belogen hatte, daß ich die wesentlichen Dinge verschleiern wollte. Und daß ich den Überblick über meine Lügen verloren hatte.

MARTIN: Das soll vorkommen, wenn man lügt.

HELGA: Ja, es kommt vor, und wahrscheinlich ist es auf die Dauer sogar unvermeidlich, wenn man lügt. Aber ich hatte nicht gelogen. Ich hatte nur auf viele deiner Fragen ganz einfach keine Antwort gewußt.

MARTIN: Du bist, glaube ich, ein bißchen vom Thema abgekommen.

HELGA: Ich war verzweifelt, weil ich erkannte, daß ich dich von der einzigen Wahrheit, die mir wichtig war, nicht überzeugen konnte: der Wahrheit, daß ich dich liebte, dich allein, und daß eben deshalb das, was vorher war, für mich jede Bedeutung verloren hatte. Es war weder wahr noch falsch, es war ganz einfach belanglos. Ich hatte es tatsächlich vergessen. *(Sie zündet sich eine Zigarette an)* Und was das Thema angeht, an das du mich erinnerst: Natürlich habe ich mir in den Zeiten, in denen ich mit zwei Männern gleichzeitig zu tun hatte oder meinetwegen auch mit dreien, natürlich habe ich das Liebe genannt, hier wie da, und dort vielleicht auch noch. Es verlangte mich ja nach jedem von ihnen, gleichzeitig. Ich wollte ja auf keinen von ihnen verzichten. Nur: Liebe kann das nicht gewesen sein.

ANNEGRET: Warum nicht?

HELGA: Weil ich sehr wohl verzichten konnte und weil ich

alles, was vorher war, so total vergessen habe in dem Augenblick, in dem ich mich für diesen Mann da entschied. Ich weiß nicht, ob es der Normalfall ist, daß eine Frau das Glück hat, oder auch das Pech, wer weiß, sich völlig sicher zu fühlen, wenn sie heiratet, und in diesem Augenblick zu erleben, daß wirklich alles, was vorher war, ihr unwichtig wird, belanglos. Aber ich glaube schon, daß eine Frau, die einen anderen Mann heimlich mit in die Ehe bringt und ihn nicht vergißt und nicht vergessen kann, ich glaube schon, daß so eine Frau den falschen Mann geheiratet hat. Zumindest nicht den richtigen. Ich habe eine ganze Reihe von Männern gekannt, bevor ich heiratete, wie viele waren es noch, Martin?

MARTIN *(schweigt)*

HELGA: Es waren ziemlich viele. Aber es ist ja doch nichts davon zurückgeblieben, keiner von allen diesen Freunden, die mich so in Atem gehalten haben, nichts, kaum eine Erinnerung, keine Spur von Verlangen, kein Schmerz, keine Sehnsucht. Es ist mir nicht unangenehm, es ist mir nicht im geringsten peinlich, wenn ich dem einen oder anderen noch einmal begegne, und ebensowenig regt es mich auf, es reizt mich nicht. Sie sind mir gleichgültig.

MARTIN: Und was war es, was dich vorher so in Atem gehalten hat an allen diesen Freunden?

HELGA: Was mich daran in Atem gehalten hat? Sie waren mir lieb. Sie haben mir etwas geboten, jeder auf seine Weise. Einer war besonders schön, groß, schlank, ein Bild von einem Mann, und so ruhig, so gelassen, so überlegen.

MARTIN: Christian?

HELGA: Ja, natürlich. Du wirst nicht leugnen, daß er noch immer ein Bild von einem Mann ist, mit leichten Fettansätzen allerdings, aber dafür nun mit grauen Schläfen. Leider war er schon immer ein kleiner Egoist, sehr klein bei all seiner Größe. Nun gut, er war ein schöner Mann. Und andere waren anders, nicht so schön, einer sogar ausgesprochen häßlich, aber dafür hatten sie andere Vorzüge. Kenntnisse auf einem bestimmten Gebiet, das mir neu war und das ich aufregend fand. Eine

Schwäche, um die ich mich kümmern konnte. Ich hatte Verlangen nach ihnen. Sie interessierten mich, jeder auf seine Art. Und sie haben, natürlich, meine sexuellen Bedürfnisse befriedigt, oder auch nicht, was den Reiz ja nicht mindern muß. Und sie haben mir gesagt, daß sie mich liebten. Bei dem einen oder anderen hat's sogar gestimmt, glaube ich. Es hat mich befriedigt, daß sie mich begehrten. Und es hat mich besonders stolz gemacht in Zeiten, in denen ich mit zweien gleichzeitig zu tun hatte. Ich bin mir ganz toll vorgekommen in solchen Zeiten, unwiderstehlich, das war ja doch nicht zu bezweifeln, wenn zwei Männer gleichzeitig mir ihre Liebe erwiesen, auf ganz unterschiedliche Art. Und daß es mir gelang, zwei Männer gleichzeitig an mich zu binden, ohne daß der eine etwas von dem anderen ahnte, das hat mich unheimlich stolz gemacht.

MARTIN: Kannst du das bitte nochmal sagen? Ich habe mich verhört, glaube ich. Was, sagst du, hat dich das gemacht?

HELGA: Unheimlich stolz.

MARTIN: Das kann doch nicht dein Ernst sein.

HELGA: Doch, ist es. Ich weiß, ich hätte Skrupel haben sollen, den einen mit dem anderen zu betrügen und umgekehrt. Habe ich auch gehabt, ein schlechtes Gewissen war immer dabei. Aber nicht allzuviel davon, jedenfalls lange nicht so viel, daß es mich davon hätte abhalten können, beide gleichzeitig hinters Licht zu führen. Der Stolz darauf, daß es mir gelang, war größer.

MARTIN: Das ist abenteuerlich. Das ist wirklich abenteuerlich. Ich glaube, ich träume.

HELGA: Du träumst nicht. Du bist es nur nicht gewöhnt, daß ich so etwas ausspreche. Ich bin es ja selbst nicht gewöhnt. Ich hab mir das selbst ja bisher nicht auf diese Weise klarmachen können. Jetzt weiß ich es: Ich kann diese Männer nicht geliebt haben. Hätte ich einen von ihnen geliebt, dann hätte ich ihm das nicht antun können. Ich hätte ihn nicht hinters Licht führen, ihn nicht betrügen können. Ich hätte nicht, ohne daß er es ahnte, einen Narren aus ihm machen können. Es hätte mir das Herz zerrissen. Es hätte mir selbst zu weh getan. Es hat mir nicht das Herz zerrissen. Ich war stolz, unheimlich stolz.

MARTIN: Ich finde es, entschuldige bitte, aber ich finde es ganz unglaublich, daß du auf dieser Erklärung auch noch bestehst.

HELGA: Ich will dir mal was erzählen, dir und Annegret. Ich will euch beiden mal was erzählen. Unter diesen Freunden war einer, nicht Christian, obwohl der auch, aber ich meine einen anderen, der hat mit mir das gleiche Spiel getrieben wie ich mit anderen. Ich hatte ihn immer schon ein bißchen in Verdacht gehabt. Er hatte so eine besondere Art mit Frauen, er kam ganz mühelos an sie heran, auf eine ganz unschuldige Art. Und ich hatte immer den leisen Verdacht, daß er manchmal auch zugriff. Und dann hat er sich einmal verplappert, besonders intelligent war er nicht, leider, das kleine Dummerchen mit den weißen Zähnen, und so kam es heraus, daß er die Sekretärin seines Vaters, das Büro lag sehr bequem im Wohnhaus, daß er dieses Mädchen hin und wieder nach Büroschluß vernascht hat, oder auch schon einmal in der Mittagspause. Immer ganz heimlich, immer zwischen Tür und Angel. Denn sein Vater hätte ihm die Ohren langgezogen und hätte das Mädchen rausgeschmissen, wenn er dahintergekommen wäre. Ich habe ihm diese kleinen Seitensprünge, als er sich verplappert hatte, auf den Kopf zugesagt, und er hat überhaupt nicht den Versuch unternommen, es zu leugnen. Ganz im Gegenteil: er hat dann ausgepackt in einer Weise, daß mir die Haare zu Berge standen. Er hat nicht nur dieses Mädchen gehabt, gleichzeitig mit mir und immer abwechselnd, sondern noch zwei oder drei andere, ich weiß es gar nicht mehr. Eine Nachbarin, bei der er schon mal klingelte. Sie war eine ganze Reihe von Jährchen älter als er, aber das muß ja dem Vergnügen keinen Abbruch tun. Sie war verheiratet. Und eine Studienkollegin, die er ab und zu nach Hause brachte, zu einem Täßchen Tee auf ihrer Bude. Ach so, ja, und das stärkste Stück war überhaupt, daß er es auch mit einer Freundin seiner Mutter hatte, ebenfalls verheiratet. Er nannte sie Tante. Und den Ehemann Onkel. Ich hatte davon nicht einen blassen Schimmer gehabt, wie sollte ich auch. Ich habe ihm nie so richtig getraut, aber ich hätte das nie herausgefunden, was dieser Junge da alles gleichzeitig trieb und bewältigte. Niemand hätte das herausfinden können. Aber er war ganz einfach nicht zu bremsen, nachdem er sich einmal verplappert hatte. Er hat ausgepackt, alles. Ich habe immer wieder gesagt: ‚Nun hör doch auf, nun hör doch auf', ich fand es unerträglich, aber er war ganz einfach nicht zu bremsen. Und wißt ihr, warum das so war? Es ging ihm nicht darum, reinen Tisch zu machen, einen Strich zu ziehen, o nein. Ich habe damals schon begriffen, was ihn antrieb, mir eine dieser Liebesgeschichten nach der anderen zu erzählen, und alle auf einmal, und gerade das war es, was mir so weh tat und was ich so unerträglich fand: er war stolz darauf. Er war unbändig stolz, so ein toller Hecht zu sein. Er war so maßlos erleichtert, dieser kleine Heimlichtuer, daß ihm endlich jemand auf die Sprünge gekommen war, und daß er nun auspacken mußte, auspacken durfte. Und natürlich langte ihm die Sekretärin nicht, nun konnte er, nun mußte er ja doch alles auf einmal auspacken, die ganze Herrlichkeit. Er war unbändig stolz. Versteht ihr das?

MARTIN: Was ist daran nicht zu verstehen?

HELGA: Ach. Wirklich?

MARTIN: Natürlich. Dieser Typ Mann ist doch nicht unbekannt. Er sammelt die Frauen wie Trophäen. Das ist seine Art von Selbstbestätigung. Und natürlich ist er stolz, wenn es ihm gelingt, sich auf diese seine Art bestätigt zu finden.

HELGA: Und warum findest du es so unglaublich, so abenteuerlich, daß ich stolz darauf war, nicht nur einen Mann fesseln zu können?

MARTIN: Weil ich mir nicht vorstellen kann, daß du dich mit einem Herumtreiber wie diesem Jüngling vergleichen möchtest.

HELGA: Bist du stolz darauf, neben mir auch Annegret zu haben?

MARTIN: Ja, ich bin stolz darauf. Aber ich bin in einer anderen Weise stolz als dieser Herumtreiber, der zu deinen Freunden gehört hat.

HELGA: Könntest du uns den Unterschied erklären? Ich nehme an, daß das für Annegret ebenso interessant ist wie für mich.

MARTIN: Ja, ich kann den Unterschied erklären. Ich respektiere euch. Ich respektiere dich und ich respektiere Annegret. Und weil ich euch respektiere, habe ich sowohl dir als auch Annegret stets die Wahrheit gesagt. Ich habe Annegret in der ersten Stunde gesagt, daß ich verheiratet bin, und nicht nur das, sondern auch, daß ich glücklich verheiratet bin, nach meiner Meinung jedenfalls, und daß ich nicht daran denke, mich von dir zu trennen. Und ich habe dir schon am Abend des Tages, an dem ich Annegret kennengelernt hatte, gesagt, was geschehen war, und daß ich mich in Annegret verliebt hatte, sehr gründlich verliebt, und daß ich diese Beziehung fortsetzen wollte. Du hast diesen Herumtreiber, der zu deinen Männerbekanntschaften gehört hat, einen kleinen Heimlichtuer genannt. Ich bin nie ein Heimlichtuer gewesen. Ich habe euch nie versteckt, aber ich habe euch auch nie zu Markte getragen. Ich habe nie unter dem Bedürfnis gelitten, euch beide wie Trophäen vorzuzeigen und mit Hilfe solcher Sammelobjekte anderen und mir selbst zu beweisen, was für ein toller Hecht ich sei. Ich liebe dich und ich liebe Annegret, und ich respektiere euch, die eine wie die andere. Und ich bin stolz darauf, von zwei solchen Frauen geliebt zu werden. Und ich bitte dich sehr nachdrücklich, meinen Stolz nie mehr zu vergleichen mit dem Stolz dieses Jünglings, der die Frauen als Trophäen mißbraucht hat, und von dem sie sich auch noch willig mißbrauchen ließen. *(Er greift nach der Kaffeekanne und gießt sich Kaffee ein)*

ANNEGRET: Vielleicht haben die Frauen ihn mißbraucht?

MARTIN *(konsterniert)*: Wie bitte?

ANNEGRET: Ich meine ... woher willst du wissen, daß dieser Junge, Helgas Freund, meine ich, daß er die Frauen mißbraucht hat? Vielleicht haben sie ihn mißbraucht? Nicht alle, natürlich, entschuldige, Helga. Aber einige könnten doch ihn mißbraucht haben? Diese Freundin seiner Mutter, zum Beispiel. Oder die Nachbarin. Oder die Sekretärin. Vielleicht wollte sie den Sohn ihres Chefs heiraten, ich weiß es ja nicht, vielleicht hat sie ihn auch geliebt, ich weiß es doch nicht. Aber wie willst denn du das wissen? Kannst du wirklich so sicher sein, daß er ein so schlechter Mensch war?

MARTIN: Es tut mir leid, ich dachte, ich hätte mich verständlich ausgedrückt. Aber bitte, wenn du aus diesem Knaben unbedingt einen Unschuldsengel machen willst – ich habe nichts dagegen. Bitte sehr. Ich sehe ihn förmlich vor mir, mit seinen Flügelchen und in seinem weißen Hemdchen, und die Frauen drängen sich um ihn und heben ihm immer das Hemdchen hoch, eine nach der anderen. Bitte sehr, warum nicht. Und er kann gar nichts dagegen machen, weil er ja beide Hände braucht, um die Leier zu schlagen, immerzu. Zum Totlachen, wirklich.

HELGA: Nun lach dich mal nicht tot und laß vor allem dieses Unschuldsengelchen wieder aus. Versuch doch nicht, dich daran festzuhalten. Wir haben dich sehr gut verstanden, du warst gar nicht mißzuverstehen. Es war ja doch keineswegs absurd, was Annegret dich gefragt hat.

MARTIN: Also bitte sehr, Annegrets Frage war keineswegs absurd, warum nicht. Sie hat mich sehr gut verstanden, recht so. Und du hast mich natürlich auch sehr gut verstanden. Welche keineswegs absurde Frage möchtest du an mich richten, bitte sehr?

HELGA: Ich verstehe dich so: daß ich zeitweise Beziehungen zu zwei Männern unterhalten habe, gleichzeitig, das kann nicht Liebe gewesen sein, nicht wahr?

MARTIN: Das habe nicht ich gesagt, sondern du selbst. Du erinnerst dich doch, daß das deine eigene Formulierung war?

HELGA: Ja, ich erinnere mich. Aber du stimmst ihr doch zu, dieser Formulierung, oder?

MARTIN: Du hast es in der Tat sehr überzeugend dargelegt. Ich stimme dir zu, ja. Und ich möchte dich dabei an den ausschlaggebenden Punkt erinnern, den du selbst hervorgehoben hast, daran nämlich, daß du es heimlich betrieben hast und daß du beide belogen hast, betrogen, darf man in diesem Fall wohl sagen, den einen wie den anderen, und daß du dazu nicht fähig gewesen wärst, wenn du den einen oder den anderen wirklich geliebt hättest.

HELGA: Richtig. Und das war, wenn ich dich richtig verstanden habe, ja auch ausschlaggebend für dein Urteil über meinen Freund, den Herumtreiber: daß er es heimlich gemacht und alle seine zahlreichen Freundinnen belogen und damit betrogen und daß er die Wahrheit nur gesagt hat, weil er erwischt wurde, und dann auch noch, um sich damit zu brüsten. War es so?

MARTIN: Richtig, so war es. Du hast das, was ich über deinen Freund gesagt habe, ein bißchen abgekürzt, aber es trifft den entscheidenden Punkt. Ich bin ganz überrascht. Ich scheine mich doch nicht so mißverständlich ausgedrückt zu haben.

ANNEGRET *(gibt einen unartikulierten Laut von sich, legt die Hand über die Augen)*

HELGA *(faßt nach Annegrets Schulter, schüttelt sie sanft):* Laß mal, Annegret. So ist er nun mal, der kleine Schatz. *(Sie zündet sich eine Zigarette an)* Martin.

MARTIN: Bitte?

HELGA: Wie fändest du es, wenn ich mich in einen anderen Mann verliebte, sehr gründlich, aber in allen Ehren sozusagen. Das heißt: ich würde ihm in unserer ersten Stunde eröffnen, daß ich verheiratet bin, und zwar glücklich verheiratet. Und daß ich dich liebe, ebenfalls liebe, und keinen Anlaß habe, nun ja, sagen wir mal: daß ich mich jedenfalls nicht von dir trennen will. Und wenn ich dann nach Hause käme, würde ich dir sagen, daß ich mich in einen anderen Mann verliebt habe, sehr gründlich, und daß ich diese Beziehung zu ihm fortzusetzen gedenke. Wie fändest du das?

MARTIN: Ich weiß nicht: soll das jetzt eine hypothetische Frage sein, oder setzt du zu einem Bekenntnis an? Du solltest dich vielleicht ein bißchen klarer ausdrücken.

ANNEGRET: Was ist denn daran so unklar?

MARTIN: Ich möchte, bevor ich mich äußere, wissen, wenn du erlaubst, ob Helga ein Verhältnis mit einem anderen Mann hat, oder ob sie einstweilen nur mit dem Gedanken daran spielt, das Wörtchen „nur“ in Anführungszeichen übrigens.

ANNEGRET: Aber das macht doch keinen Unterschied, davon war doch gar nicht die Rede. Das war doch nicht die entscheidende Frage.

MARTIN: Ach, das macht keinen Unterschied? Das finde ich allerdings hochinteressant. Es ist also nach deiner Meinung keine entscheidende Frage, ob Helga ein Verhältnis mit einem anderen Mann hat? Ich muß schon sagen, du offenbarst hier Maßstäbe, die mich nicht nur überraschen, sondern auch erschrecken, sehr tief erschrecken.

ANNEGRET *(verzweifelt)*: Aber das ist doch ...

HELGA: Laß mal, Annegret. Er wehrt sich halt, auf seine Art. Such es dir aus, Martin.

MARTIN: Was soll ich mir aussuchen?

HELGA: Ob es der Ansatz zu einem Bekenntnis war, oder nur eine hypothetische Frage, das „nur" in Anführungszeichen. Such dir das aus, was dir lieber ist, aber antworte jetzt endlich.

MARTIN: Phantastisch. Ich soll mir aussuchen, was mir lieber ist. Nun gut. Der Mangel an Präzision, durch den dein Ansinnen sich auszeichnet, ist zwar kaum noch zu unterbieten, aber ich werde mich trotzdem bemühen, dir präzise zu antworten. Und zwar werde ich mich mit den beiden Möglichkeiten, die du hier aufgeworfen hast, auseinandersetzen, mit der einen wie der anderen.

HELGA: Tu das.

MARTIN: Ich werde es tun, du kannst dich darauf verlassen.

HELGA: Also?

MARTIN: Gesetzt den Fall, es war der Ansatz zu einem Bekenntnis, was du gesagt hast. Dann frage ich mich, warum du jetzt, in diesem Augenblick und in diesen Umständen, damit herkommst. Deine erste Begegnung mit diesem Mann muß dann ja schon geraume Zeit zurückliegen. Seit gestern abend sind wir in diesem Haus zusammen. Du müßtest dich ihm also spätestens gestern nachmittag zum erstenmal hingegeben haben. Und dann frage ich mich allerdings, warum du mir das nicht gestern abend gesagt hast. Warum diese Verzögerung? Könnte es sein, daß du zunächst gar nicht die Absicht hattest, mir die Wahrheit zu sagen? Daß du aus irgendeinem Anlaß jetzt aber fürchten mußt, ich hätte sie entdeckt? Daß also dieser Ansatz zu einem Bekenntnis nichts wäre als eine Flucht nach vorn, vergleichbar der

Flucht nach vorn, die dein kleiner Freund antrat, nachdem er sich verplappert hatte, und möglicherweise eine Flucht unter dem gleichen zusätzlichen Antrieb, unter dem auch er gelitten hat, nämlich der hemmungslosen Sucht, sexuelle Erfolge zur Schau zu stellen, um anderen damit zu imponieren?

ANNEGRET *(erstickt):* Martin, das ist doch nicht möglich, so kannst du doch nicht mit Helga reden!

HELGA: Stör ihn nicht, Annegret, er ist noch nicht fertig.

MARTIN: Nein, ich bin noch nicht fertig, sehr richtig. Ich würde mich also fragen müssen, was ich von dieser Art von Wahrheit zu halten hätte.

HELGA: Bleibt die hypothetische Frage.

MARTIN: Ich wollte eben darauf zu sprechen kommen. Gesetzt den Fall also, du hättest mir die Frage, was ich davon hielte, wenn du einen anderen Mann liebtest, ohne mir die Wahrheit darüber zu verheimlichen, du hättest mir diese Frage nur interessehalber gestellt. Dann muß ich mich allerdings fragen, welcher Art dein Interesse daran ist. Lassen irgendwelche unbefriedigten Gefühle dir keine Ruhe? Leidest du so stark unter einer Art von Juckreiz, daß der Gedanke dich gefangennimmt, du könntest ein Verhältnis mit einem anderen Mann haben, und daß du die Konsequenzen erfragen möchtest, die sich ergeben würden, wenn du ein solches Verhältnis aufnähmest? Wenn es diesen anderen Mann noch gar nicht gibt, dann kann es sich doch nur um Gefühle dieser besagten Qualität handeln, ich möchte hier nicht von Geilheit sprechen, aber Liebe, Liebe um Himmelswillen ist ja doch an einen bestimmten Menschen gebunden und äußert sich nicht in der Form eines unbestimmten Juckreizes, eines Bedürfnisses, dem es völlig gleichgültig ist, wer es befriedigt, wenn es nur befriedigt wird. Wenn ich mir aber nicht vorstellen kann, daß du unter Gefühlen solcher Qualität leidest, und ich kann es mir nicht vorstellen, dann gibt es mir allerdings um so mehr zu denken, daß du mir eine solche hypothetische Frage stellst. Warum tust du das? Willst du mich beunruhigen? Willst du mich unter Druck setzen? Willst du dich rächen? Ich kann, und damit fasse ich zusammen, den Grund für die Frage, die du mir gestellt hast, nicht erkennen – es sei denn, ich wollte annehmen, du hast heimlich ein Verhältnis mit einem anderen Mann angefangen oder du leidest unter ziemlich ordinären Empfindungen oder du willst dich an mir rächen und mich auf eine ziemlich unfreundliche Weise unter Druck setzen. Ich will mir keine dieser möglichen Erklärungen zu eigen machen, und deshalb bleibt mir nur die Feststellung: du hast keinen Anlaß, mir eine solche Frage zu stellen.

ANNEGRET: Du bist ihrer Frage ausgewichen. Du hast ihre Frage nicht beantwortet.

MARTIN: Es tut mir leid, Annegret, aber diese lichtvolle Bemerkung läßt mir nur den Schluß übrig, daß du die ganze Zeit nicht zugehört hast.

ANNEGRET *(empört)*: Ich habe zugehört!

HELGA: Martin.

MARTIN: Ja?

HELGA: Martin: Gibt es einen Unterschied zwischen Männern und Frauen?

MARTIN: Ich muß schon sagen, dieser Tag steckt voll von Überraschungen, sie wollen anscheinend kein Ende nehmen. Aber bitte, warum sollen wir unsere Diskussion nicht auch auf diesem Niveau fortführen. Jawohl, es gibt einen Unterschied zwischen Männern und Frauen. Ich könnte, wenn das nicht wieder zu Mißverständnissen Anlaß gäbe, den Beweis auf der Stelle und sozusagen handgreiflich vorweisen. Aber ich kann natürlich auch, wenn das gewünscht wird, das Konversationslexikon herbeiholen und unter dem Stichwort „Mensch" die Farbtafeln aufschlagen, links die Frau und rechts der Mann, oder meinetwegen anders herum, und kann mit dem Finger den Unterschied aufzeigen, er ist mit bloßem Auge erkennbar.

HELGA: Laß doch das Lexikon, Martin. Laß doch die Witzchen. Du weißt doch ganz genau, daß ich dich nicht nach dem anatomischen Unterschied fragen wollte.

MARTIN: So, wolltest du das nicht. Dann will ich dir einmal etwas sagen, liebe Helga, und der lieben Annegret auch, vielleicht hat auch sie das noch nicht begriffen: die ganze Sache fängt mit dem anatomischen Unterschied an. Und im Grunde genommen hört sie damit auch schon auf. Wir können uns hier noch stundenlang, denn darauf läuft diese ganze Bohrerei ja doch hinaus, das habe ich durchaus verstanden, viel besser als du glaubst, wir können hier noch tagelang und nächtelang über die Gleichberechtigung der Frau oder auch über ihre Diskriminierung durch die Gesellschaft oder speziell durch die Männer diskutieren: Es wird uns nicht gelingen, wie edel und liberal unsere Absichten auch sein mögen, es wird uns nicht gelingen, den anatomischen Unterschied wegzudiskutieren, und damit zum Beispiel auch die Tatsache nicht, daß ein Geschlechtsakt für eine Frau weit gravierender ist als für einen Mann.

HELGA: Aha.

MARTIN: Ja, aha. Und oho und hihi meinetwegen auch noch. Er ist nämlich deshalb gravierender für die Frau, weil er für sie die Konsequenz haben kann, daß sie davon schwanger wird, und es neun Monate lang bleibt und ein Kind zur Welt bringt, das seine Mutter auch noch über diese neun Monate hinaus festlegt, weil es nämlich ihrer bedarf, und nicht, zum Beispiel, der Kinderkrippe oder eines Vaters, der sich eine Schürze umbindet und sich als Mutter verkleidet. Und nun haltet mir bitte nicht die Pille vor und die sexuelle Befreiung der Frau, denn ihr werdet weder mir noch euch selbst einreden wollen, daß eine Innovation dieser Art, ein Fortschritt meinetwegen, von heute auf morgen das Verhalten einer Frau, die Struktur ihres Erlebens und Empfindens verändern, revolutionieren könnte, eine Struktur, die auf eben diesem lächerlichen, aber nicht wegzudiskutierenden anatomischen Unterschied beruht und so alt ist wie dieser Unterschied, nämlich einige Jahrmillionen, und ebenso fest gefügt. Und haltet mir jetzt bitte auch nicht irgendwelche Ausnahmen vor, Frauen zum Beispiel, entschuldige bitte, Helga, die keine Kinder haben können, oder Frauen, die wie Annegret keine Kinder haben oder noch nicht haben. Denn das Erleben, Empfinden, das Verhalten einer Frau in dieser Hinsicht jedenfalls, wird weniger durch die vergleichsweise lächerlichen Erfahrungen oder Nicht-Erfahrungen eines Menschenlebens bestimmt als durch die Verhaltensstruktur der Frau, die auf biologischen Grundtatsachen ebenso wie auf den Erfahrungen einiger Millionen Jahre beruht.

HELGA: Und das Verhalten von Männern natürlich auch?

MARTIN: Natürlich.

HELGA: Was lernen wir daraus?

MARTIN: Ich dachte, das hätte ich klar genug gesagt.

HELGA: Noch nicht ganz. *(Sie sieht ihn an)* Kann eine Frau zwei Männer lieben?

MARTIN: Helga, ich fürchte, ich muß, wenn du so insistierst, sehr deutlich werden.

HELGA: Das ist es, was ich möchte: Werde deutlich.

MARTIN: Nun gut. Ich meine in der Tat, daß das Liebesverlangen einer Frau, oder sagen wir doch ruhig: daß ihr Sexualtrieb durch die biologischen Grundtatsachen ... eingeschränkt ist, normalerweise jedenfalls. Eine Frau ist mit gewissen natürlichen Bremsen ausgestattet, die im Ernstfall greifen, greifen sollten zumindest. Ich meine damit nicht einen Akt des Denkens, der bewußten Steuerung, sondern einen unbewußt ablaufenden, einen ganz und gar natürlichen, einen vitalen Prozeß.

ANNEGRET: Und Männer verfügen über diese Bremsen nicht?

MARTIN: Ich will sagen: Sie sind damit nicht ausgestattet.

HELGA: Der liebe Gott hat sie ihnen nicht eingebaut, verstehst du.

MARTIN: Bitte sehr, warum nicht so. Es wäre auch im Rahmen des Konstruktionsplans unlogisch gewesen. Denn der Geschlechtsakt bedeutet biologisch für den Mann eben eine weit geringere Implikation als für die Frau, er belastet ihn nicht entfernt mit solchen Konsequenzen, wie die Frau sie auf sich zu nehmen hat, biologisch gesehen jedenfalls, und aufs große Ganze.

ANNEGRET: Entschuldige bitte, aber dann kann ich nur sagen, daß Helgas Freund, den du einen kleinen Herumtreiber nennst, sich offenbar ganz normal verhalten hat, nämlich genauso, wie der liebe Gott es gewollt hat.

MARTIN: Ich weiß es nicht. Vielleicht hat er sich tatsächlich nur ganz normal verhalten. Er hätte sich freilich dann ganz unnormal verhalten, wenn man ihn an dem Grundsatz mißt, daß die Beziehung eines Mannes zu einer Frau nicht vom Sexualtrieb bestimmt sein sollte, jedenfalls nicht von diesem Trieb beherrscht sein sollte.

ANNEGRET: Und diesen Grundsatz würdest du dir immerhin zu eigen machen?

MARTIN: Annegret, ich weiß nicht, warum du so aggressiv wirst. Hast du jemals Zweifel daran haben können, daß meine Beziehung zu dir sich nicht im Sexuellen erschöpft?

ANNEGRET: Entschuldige.

HELGA *(zündet sich eine Zigarette an)*

MARTIN: Ein Mann sollte in seine Beziehung zu einer Frau weit mehr einbringen als seine Sexualität. Er tut das normalerweise auch, er muß sich dazu nicht überwinden, nicht einen moralischen Akt setzen. Er hat vielmehr ein Verlangen danach. Aus der biologischen Tatsache, daß der Mann physisch stärker ist als die Frau, resultiert sein Verlangen, Fürsorge zu gewähren, Schutz zu bieten, zum Beispiel. Aber auf der anderen Seite resultiert aus der biologischen Tatsache, daß ein Geschlechtsakt ihn weit weniger impliziert als die Frau, auch seine Fähigkeit, die Beziehung zu einer Frau nicht nur weit ungehemmter aufzunehmen, sondern auch weit unberührter aus ihr hervorzugehen.

ANNEGRET: Unberührter?

MARTIN: Ja. Unberührter.

ANNEGRET: Du meinst, er kann mal hier und mal da, und das alles berührt ihn gar nicht?

MARTIN: Ich sage nicht, daß es so sein soll, aber es kann so sein, und es gibt genug Männer, die sich genauso verhalten. Helgas Heimlichtuer wird als Beispiel ja wohl genügen, ich glaube nicht, daß es empfehlenswert wäre, wenn wir uns in diesen Gedankengang nun auch noch vertieften.

ANNEGRET *(setzt sich aufrecht):* Jetzt möchte ich, bitte, von dir aber einmal klipp und klar hören, wie ich es zu verstehen habe, wenn du mir sagst, daß du mich liebst.

MARTIN *(seufzt):* Ich wollte gerade darauf kommen.

ANNEGRET: Also bitte.

MARTIN *(nimmt seinen Kaffeelöffel auf und betrachtet ihn):* Ich glaube, daß ein Mann imstande ist, mehr als eine Frau zu lieben, weil nämlich die Liebesbeziehung ihn nicht in dem gleichen Maße beansprucht, wie das bei einer Frau aus biologischen Gründen der Fall ist. Es muß seine Liebe zu einer bestimmten Frau nicht schmälern, es kann diese Liebe völlig unberührt lassen, wenn er sich mit einer anderen Frau auf ein Abenteuer einläßt. Und mehr als das, nach meiner Erfahrung: es kann ihm widerfahren, daß in dem Freiraum, der ihm trotz seiner Liebe zu einer bestimmten Frau erhalten geblieben ist, sich die Liebe zu einer anderen Frau entwickelt, eine Liebe, meine ich, nicht bloß ein sexueller Reiz, nicht bloß ein erotisches Abenteuer, sondern eine Liebe, mit allem, was dazugehört, mit dem uneingeschränkten Verlangen zum Beispiel, für die Frau zu sorgen, ihr Fürsorge und Schutz zu gewähren, und zwar sowohl der einen wie der anderen, mit dem sehr drängenden Verlangen, sich der Frau zu widmen, mit ihr zusammenzusein, vierundzwanzig Stunden am Tag, in jeder Sekunde für sie dazusein, sie um sich zu haben, und zwar sowohl die eine wie die andere, Tag und –

ANNEGRET: Aber das ist doch unmöglich, das geht doch nicht.

MARTIN: Ja, ich weiß ja doch, daß das unmöglich ist, ich bin doch nicht von gestern, ich wollte ja auch nur sagen, was einem Mann widerfahren kann, und ich wollte darlegen, daß ein Mann tatsächlich zwei Frauen lieben kann, lieben, nicht wahr, und nicht nur mal hier und mal da begatten, sondern lieben, mit allem, was dazugehört, und ich wollte sagen, daß die eine Liebe die andere nicht einschränkt, nicht schmälert, nicht aushöhlt. *(Er betrachtet den Kaffeelöffel)* Ein Mann kann zwei Frauen lieben.

ANNEGRET *(legt ihre Hand auf Martins Hand, zieht sie aber sofort wieder zurück)*

HELGA: Das war jetzt sehr schön, und sehr deutlich auch. Und nun möchte ich auch etwas Deutliches sagen: Ich kann zwei Männer lieben.

MARTIN *(betrachtet noch immer den Kaffeelöffel, legt ihn schließlich irritiert ab):* Könntest du das ein bißchen näher erläutern?

HELGA: Natürlich kann ich das, das ist schnell geschehen. Ich leide nicht unter den biologischen Bremsen, den natürlichen Hemmungen, mit denen du mich so gerne ausgestattet sähest. Stell dir vor, der liebe Gott hat bei mir einen falschen Griff in sein Materiallager getan, ist das nicht fabelhaft? Der Sex mit einem anderen Mann macht mir Spaß, tatsächlich, und ich gehe ganz unberührt daraus hervor, stell dir das mal vor. Bei mir ist das nämlich anders als bei deinen Affenweibchen, verstehst du, diesen da von vor Millionen von Jahren, die prompt schwanger wurden, wenn der Affenvater sie bestieg. Ich bin nämlich unfruchtbar, weißt du, und wäre ich's nicht, dann wäre ich clever genug, zu verhindern, daß ich schwanger werde, wenn ich mich von einem Mann besteigen lasse oder wenn ich einen Mann besteige, das nicht zu vergessen, ich lasse mich nämlich nicht nur besteigen, sondern ich besteige auch, mal oben, mal unten, verstehst du, gerade so, wie es mir Spaß macht.

ANNEGRET *(greift mit beiden Händen nach Helgas Hand):* Bitte, Helga, bitte, tu's nicht, sag so etwas nicht, bitte.

HELGA: O nein, Annegret, dieser Mann da, mußt du wissen, der kann nur leben, wenn er die Wahrheit weiß, und nun soll er sie endlich auch einmal hören, wer möchte ihn schon umbringen, den kleinen Schatz, man würde ihn ja umbringen, wenn man ihm die Wahrheit vorenthielte, o nein, er soll leben. Die Wahrheit, mein Lieber, die Wahrheit ist, daß die biologische Grundtatsache und die Jahrmillionen meine Verhaltensstruktur nicht im geringsten geprägt haben, sie sind spurlos an mir vorübergegangen, ich bin selbst ganz überrascht, nachdem ich deinen Vortrag gehört habe. Und was lernen wir daraus? Das ist ganz einfach: Ficken macht Spaß, Martin. Auch mir.

ANNEGRET *(erstickt):* Helga, um Gottes willen. Tu das doch nicht! Hör jetzt auf, bitte. Bitte, Helga!

HELGA: Aber die Sache geht noch weiter. In dem Freiraum, der mir bewahrt geblieben ist, weil ich Gott sei Dank mit diesen biologischen Bremsen nicht ausgestattet bin, in diesem Freiraum kann sich nicht nur die Geilheit, sondern auch die Liebe zu einem anderen Mann entwickeln, mit allem Drum und Dran, und sie schmälert meine Liebe zu dir nicht im geringsten, stell dir das vor. Ich liebe dich, Martin, aber ich liebe diesen anderen Mann nicht minder, meine Liebe zu dir hindert mich überhaupt nicht daran, Gott sei Dank, ich liebe diesen anderen Mann, und ich möchte für ihn sorgen und ihn beschützen, in diesem Punkt nämlich, mein Lieber, irrst du dich, ausnahmsweise. Das Verlangen, Fürsorge und Schutz zu gewähren, das resultiert nämlich nicht aus der biologischen Grundtatsache, daß der Mann physisch stärker ist als die Frau, o nein, das resultiert ganz schlicht aus der Liebe, verstehst du, aus der Liebe. Mein anderer Mann, der hat nämlich *(sie schlägt sich mit der Linken auf den rechten Oberarm)*, solche Muskeln hat der, von allem anderen ganz zu schweigen, und trotzdem möchte ich ihn beschützen, genauso wie dich, und ich möchte immer für ihn da sein, vierundzwanzig Stunden am Tag, genauso wie für dich, und ich möchte ihn um mich haben, Tag und Nacht, genauso wie dich. Weißt du, Martin, ich überlege mir, ob wir drei nicht zusammenziehen und zusammenleben könnten, in seinem Haus, oder meinetwegen auch in dem unseren, was gehen uns denn die Leute an, letzten Endes? Ich könnte für euch beide sorgen, ich würde das schaffen *(sie fängt an zu weinen)*, ganz bestimmt, nichts würde euch fehlen, ihm nicht und dir natürlich auch nicht, und ihr könntet mich beide lieben, und ich würde euch beide lieben, jede Nacht, und natürlich auch morgens, und abends, und überhaupt vierundzwanzig Stunden am Tag, wann immer uns die Geilheit packte, und wenn du müde wärst, hätte er vielleicht gerade Lust zum Lieben, und umgekehrt natürlich. Verstehst du mich, Martin? Verstehst du das? *(Sie sieht Martin an, die Tränen laufen ihr über die Wangen)* Martin, ich liebe dich. Aber ich liebe diesen anderen Mann nicht minder. Ich liebe zwei Männer, Martin. Ich kann zwei Männer lieben. Ist das nicht fabelhaft? Was sagst du dazu?

MARTIN *(sehr kalt)*: Du bist von Sinnen. Du bist nicht mehr bei Verstand. Ich habe nur eine Erklärung für diese unglaubliche, für diese skandalöse Vorstellung.

HELGA: Welche, Martin?

MARTIN: Du bist außer dir vor Geilheit. Die Geilheit hat dich gepackt, eine widerwärtige, eine ekelhafte Torschlußpanik. Das kommt ja nicht selten vor bei Frauen in deinem Alter.

ANNEGRET *(entsetzt)*: Martin!

MARTIN: Die Geilheit hat dich so unwiderstehlich gepackt, daß du dich aufführst wie eine Nutte. Schlimmer als eine Nutte. Denn du verlangst ja offenbar nicht einmal Geld dafür.

HELGA *(steht auf und verläßt das Zimmer)*

ANNEGRET *(stößt ihren Stuhl zurück)*: Wie konntest du das sagen! Wie kannst du so etwas tun! *(Sie läuft hinter Helga her)*

MARTIN *(greift nach seiner Zeitung, schlägt sie auf, blättert ziellos darin herum)*

Vorhang

16

Samstag, 11. Dezember, 23.00

Vor fast dreihundert Jahren hat Francis Hawksbee, Instrumentenmacher zu London, ein elektrisches Licht erzeugt, das erste wahrscheinlich, das auf dieser Erde von Menschenhand hervorgebracht wurde. Hawksbee ließ in einem Vakuum Quecksilber auf Glas spritzen. Der Quecksilberstrahl rieb das Glas, er produzierte Reibungselektrizität, die den Hawksbeeschen Apparat zum Aufleuchten brachte.

Hawksbee fußte auf vorangegangenen Erfahrungen, gewonnen teils durch zufällige Beobachtungen, teils durch absichtlichen Versuch. Schon Thales von Milet soll – zweitausenddreihundert Jahre vor Hawksbees Experiment – beobachtet haben, daß Bernstein, so man ihn mit Fell oder Wolle reibt, eine Vogelfeder anzieht, als wäre er ein Magnet und die Feder ein Stück Eisen.

Diesen Pseudo-Magnetismus, einen Effekt der Reibungselektrizität, haben andere, darunter William Gilbert, Leibarzt Elizabeths I. von England, und der Magdeburger Bürgermeister Otto von Guericke, auf dem Wege absichtlicher Versuche erforscht. Dem Experiment Hawksbees ging wiederum eine zufällige Beobachtung voran, die Beobachtung nämlich, daß von dem Vakuum im oberen Teil eines Thermometers, wenn dieses Instrument einer Erschütterung ausgesetzt wird, zuweilen ein schwaches Leuchten ausstrahlt.

Hawksbees Hypothese: Dieses Leuchten entsteht, weil das Quecksilber im Thermometer, angestoßen, sich am Glase reibt. Der Instrumentenmacher ordnete sein Experiment so an, daß er gewissermaßen ideale, von zufälligen, täuschenden Einflüssen freie Bedingungen für diesen Vorgang schuf. Unter solchen Bedingungen lief der Vorgang genauso ab, wie Hawksbee es vermutet hatte. Seine Hypothese hatte sich als wahr erwiesen. Er wußte, was er bis dahin nur hatte vermuten können.

Ich habe einige merkwürdige Beobachtungen gemacht, die mir – wenn ich von der Erklärung, es habe sich um irrsinnige Zufälle gehandelt, einmal absehe – die Vermutung nahelegen, Annegret unterhalte eine Liebesbeziehung zu dem Herrn Pauly. Ich mache diese Vermutung zu meiner Hypothese.

Herr Pauly ist am Dienstagabend verreist und gestern am späten Abend, vielleicht auch heute morgen erst zurückgekommen. Er wird, so nehme ich an, das ganze Wochenende im Dienst seiner Familie verbringen. Ebenso schwer wie ihm dürfte es Annegret fallen, eine Ausrede zu finden, die eine Abwesenheit von zu Hause an diesem Wochenende plausibel erscheinen ließe.

Das bedeutet, daß die Liebesleute, wenn sie es sind, eine Trennung von mehr als fünf Tagen zu ertragen haben. Annegret und der Herr Pauly werden, wenn sie Liebesleute sind, die erste Gelegenheit suchen, sich wenn nicht zu vereinigen, so doch ungestört wiederzusehen.

Wir haben am Montag um 9.30 Uhr unsere Halbmonatsbesprechung. Nicht nur die Abteilungsleiter nehmen daran teil, sondern auch die Kundenberater, soweit sie nicht durch dringende Termine entschuldigt sind. Laut Terminvorschau auf die nächste Woche, die Fräulein Kübler mir am Freitagnachmittag vorgelegt hat, wird der Kundenberater Herr Pauly am Montag erst um 11.15 Uhr bei einem potentiellen Kunden erwartet.

Ich selbst stehe in der Vorschau mit einem Termin am Montag um 11.00 Uhr verzeichnet. Ich habe die Absicht, mich persönlich eines potentiellen, sehr interessanten Kunden anzunehmen, der sich auf der Durchreise befindet und behauptet hat, seine Zeit reiche nicht aus, um zu unserer Niederlassung zu kommen. Wir haben solche Unverschämtheiten in Kauf zu nehmen, natürlich, die Konkurrenz in unserer Branche ist sehr hart. Ich habe diesem Großkotz zugestanden, ihn am Montag um 11.00 Uhr in seinem Hotel aufzusuchen.

Unsere Halbmonatsbesprechung dauert normalerweise eine Stunde. Ich lege Wert auf diese zeitliche Begrenzung, weil manche Leute, leider auch in unserem Stab, ihrer Neigung zu überflüssigem Geschwätz nachgeben, wenn man sie nicht an die Kandare nimmt.

Ich könnte, wenn wir pünktlich um 10.30 Uhr schließen, meinen Kunden sehr bequem bis um 11.00 Uhr erreicht haben. Herr Pauly hat sogar noch ein wenig mehr Spielraum, bevor er zu seinem Termin aufbrechen muß. (Die Anmerkung, die ich an dieser Stelle nicht zu unterdrücken vermag, hat mit den Voraussetzungen und mit der Anordnung meines Versuchs nicht das geringste zu tun, sie ist von geradezu widerlicher emotionaler Art, aber sie mag begründen, warum ich auf dieses Experiment unter gar keinen Umständen verzichten werde: der Gedanke, daß dem Herrn Pauly nach meinem Aufbruch noch Zeit verbliebe, in unserem Hause herumzulungern, dieser Gedanke ist mir schlechterdings unerträglich. Er schnürt mir die Kehle zu, er treibt mir den Schweiß aus den Achseln, er läßt mich mein Herz spüren, schwer und warm in der Brust. Ich werde unter allen Umständen, so oder so, verhindern, daß dieser Streuner in meiner Abwesenheit eine gewisse Fährte aufnimmt und ihr mit aufgestellter Rute folgt, ohne daß ich meinerseits ihm zu folgen und ihm jäh eins überzuziehen vermöchte. Ich werde, so oder so, Herrn Pauly an der Leine halten, an die er gehört.)

Ich werde Annegret am Montagmorgen sagen, daß ich den Arzt aufsuchen müsse. Sie wird fragen, was denn sei, ob ich mich nicht gut fühle, sie habe so etwas befürchtet, und nun solle ich bitte nicht länger den starken Mann spielen, sondern ihr die Wahrheit sagen, es sei doch wohl nichts Ernstes? Nein, nein, alles in Ordnung. Der alte Knöchelbruch nur, diese Skiverletzung, sie habe in den vergangenen Wochen hin und wieder geschmerzt, es könne durchaus am Wetter liegen. Jedenfalls sei ich am Sonntagmorgen auf meinem Waldspaziergang dem Arzt und seiner Frau begegnet, und ich hätte es ihm beiläufig gesagt und gefragt, ob noch einmal ein paar Massagen angebracht seien, und der hätte nun gleich Ernst gemacht und gesagt, ich solle heute, Montag, nach halb elf in seine Praxis kommen und auch die alten Röntgenbilder mitbringen, er wolle sich das noch einmal ansehen.

Das bedeute nun allerdings, daß ich diesen Kunden, den Großkotz, nicht zu dem verabredeten Termin aufsuchen könne. Ob ich sie darum bitten dürfe, an meiner Stelle zu ihm zu fahren, wahrscheinlich sei sie ja ohnehin viel eher geeignet als ich, diesen Kerl für unser Produkt zu erwärmen. Ich könne natürlich auch dem Arzt absagen, es werde ja doch nichts dabei herauskommen, so ein Knöchelbruch schmerze halt immer wieder einmal.

Sie wird darauf bestehen, daß ich zum Arzt fahre. Sie wird an meiner Stelle den Großkotz aufsuchen.

Ich werde kurz vor halb elf die Halbmonatsbesprechung verlassen, mit der Entschuldigung, daß ich einen Termin hätte, und mit dem deutlichen Hinweis, daß das Wesentliche ja nun auch besprochen sei. Ich werde in mein Büro gehen, meinen Mantel anziehen und die Röntgenbilder auf meinem Schreibtisch liegen lassen. Ich werde in den Garagenkeller hinunterfahren, in meinen Wagen steigen, aus der Garage hinausfahren, in die nächste Seitenstraße einbiegen und dort anhalten. Ich werde warten bis um 10.40 Uhr. Dann werde ich in die Garage zurückfahren. Ich habe ja die Röntgenbilder vergessen, sie sind mir unterwegs eingefallen.

Wenn meine Hypothese zutrifft, dann wird sowohl Herrn Paulys wie Annegrets Wagen noch in der Garage stehen. Und mehr als das: Ich werde Annegret und Herrn Pauly in der Garage finden. Müssen sie nicht ungefähr um die gleiche Zeit die Garage aufsuchen, um zu ihren jeweiligen Verabredungen zu fahren?

Die Garage liegt verlassen um diese Zeit. Sie ist nur schwach erleuchtet. Wenn Liebesleute, die mehr als fünf Tage aufeinander verzichten mußten, sich wenn schon nicht vereinigen, so doch ungestört wiedersehen wollten: diese Garage wäre ein geradezu idealer Treffpunkt. Die Liebesleute müßten sich nicht einmal in irgendeinem Winkel herumdrücken. Sie könnten sich sogar in ein Auto setzen, in Annegrets Auto zum Beispiel, oder in das Auto des Herrn Pauly, und auf bequemen Sitzen wenigstens ein paar der Zärtlichkeiten austauschen, die sie so lange entbehren mußten. Ein Koitus wäre vielleicht ein wenig zu riskant. Aber alles andere ließe sich an diesem Ort und in der zur Verfügung stehenden Zeit abwickeln. Und ein Auto böte zum Zwecke der Abwicklung sogar noch mehr Sicherheit als irgendein Winkel dieser Garage.

Es unterliegt, ob meine Hypothese nun zutrifft oder nicht, gar keinem Zweifel, daß der Herr Pauly, nachdem ich gegangen bin und sobald die Halbmonatsbesprechung beendet ist, sich an Annegret heranmachen wird. Trifft meine Hypothese zu, dann wird Annegret ja auch nichts dringlicher wünschen, als daß er sich an sie heranmacht. Sie werden gemeinsam das Besprechungszimmer verlassen, plaudernd. Herr Pauly wird ein paar Scherze machen, die für die Ohren der anderen bestimmt sind. Er wird Annegret bis an die Tür unseres Vorzimmers begleiten. Sie wird ihm, wenn meine Hypothese zutrifft, sagen, nun außerhalb der Hörweite der anderen, daß sie mich bei einem Termin vertrete und jetzt schon losfahren könne. Er wird sagen „wunderbar" (sagt dieser Mensch „wunderbar"? Ich weiß es nicht. Ich vermute, daß er in diesem Fall eher mit „okay" oder „das hast du gut gemacht, Kleines" reagiert, mit seiner ein wenig gepreßten Stimme). Er wird sagen: „Ich gehe voraus. In meinem Auto?"

Annegrets Abstellplatz im Garagenkeller liegt neben dem meinen. Säßen die Liebesleute in Annegrets Auto: ich fiele, nachdem ich unerwartet zurückgekehrt bin, beim Aussteigen geradezu über sie.

Herrn Paulys Abstellplatz liegt dem meinen schräg gegenüber. Die Scheinwerfer meines Autos erfassen Herrn Paulys Auto, wenn ich auf meinen Abstellplatz einbiege. Meine Scheinwerfer bestreichen Herrn Paulys Auto vom Kofferraum bis zur Kühlerhaube, sie gleiten beim Einbiegen langsam darüber hinweg. Sie tauchen auch den Innenraum von Herrn Paulys Auto in ihr Licht. Säße Herr Pauly in seinem Auto mit einer Frau, die es nicht unter ihrer Würde gefunden hätte, im Garagenkeller zu Herrn Pauly ins Auto zu kriechen, ich könnte die beiden erkennen.

Ich könnte sogar ihre letzte Chance, einen verzweifelten, panischen Versuch, unentdeckt zu bleiben, vereiteln. Ich könnte, wenn ich sie weder in Annegrets Auto noch beim Einbiegen in dem seinen hätte erkennen können, die zehn Schritte zu Herrn Paulys Auto hinübergehen und durch die Scheiben blicken. Hätten sie sich auf den Sitzen zusammengekauert, die Köpfe aneinandergedrückt und ihren ängstlichen Atem vermischend: ich würde sie gleichwohl entdecken.

Sie könnten mir die Wahrheit nicht länger verbergen. Es bliebe ihnen keine Chance. Es bliebe ihnen nicht der Hauch einer Chance.

Was mag Francis Hawksbee empfunden haben, als seine Apparatur aufleuchtete? Es ist gut, es ist so unglaublich befreiend, es ist so erleichternd, den Irrsinn des Zufalls auszumerzen.

17

Montag, 13. Dezember, 10.35

Es verlangt mich nach einer Zigarette. Es ist ganz absurd, ich rauche seit fünfzehn Jahren nicht mehr, und diese Gewohnheit anderer, dieser ihr kläglicher Versuch, der Konzentration auf das Wesentliche aus dem Wege zu gehen, sich in eine andere Tätigkeit, irgendeine Aktion zu flüchten, das Päckchen aufzureißen, eine Zigarette herauszuschütteln, sie festzuklopfen (ein tief eingefressener, sinnleerer Ritus bei manchen Rauchern), sie anzuzünden, den Rauch zu inhalieren, als sei dies ein Problem, das Konzentration verlangt, ihn auszublasen, ihn womöglich auch noch mit einem ganz bestimmten, stereotyp wiederkehrenden Geräusch auszublasen, ihm nachzusehen, als ließen sich aus der blauen, beizenden Wolke Erkenntnisse, die man sucht, herauslesen, dieses stumpfsinnige Laster, der pure Aktionismus, geht mir seither auf die Nerven, vom Geruch ganz zu schweigen.

Aber es verlangt mich nach einer Zigarette, es ist ganz absurd. Ich sehe mich tatsächlich um, löse den Sicherheitsgurt und blicke über die Kopfstütze nach hinten, auf der Suche nach einem Zigarettenautomaten. Ich kann keinen finden in dieser Straße. Vielleicht gibt es einen an der Ecke. Ich will, ärgerlich auf mich selbst, den Gurt wieder ins Schloß schieben, zögere. Das da vorn an der Ecke sieht aus wie ein Lebensmittelladen. Eine alte Frau mit einer Einkaufstasche tastet sich das verschnörkelte Geländer der kleinen Freitreppe hinab, nähert sich, an den verschnörkelten Gittern der schmalen Vorgärten vorbei, meinem Auto. Ja, sie hat eingekauft, ein Brot schaut steil aus der Tasche hervor. Ich will schon den Gurt zurückrollen lassen und aussteigen, als mir klar wird, daß ich nur noch vier Minuten Zeit habe. Der Schweiß bricht mir aus. Ich starre regungslos, den Gurt festhaltend, die alte Frau an. Sie schlurft vorüber.

Noch vier Minuten. Aber es könnte jetzt schon zu spät sein. Annegret könnte Angst bekommen haben. Sie könnte, nach einem einzigen gierigen Kuß im Stehen, gleich hinter der Garagentür, ihn von sich geschoben haben, „Ich kann jetzt nicht, ich bin zu nervös, entschuldige bitte. Ich habe Angst, daß jemand kommt". Sie könnte ihm im Weitergehen, mit halber Stimme, den Kopf geradeaus gewandt, aber mit Seitenblicken die dunklen Winkel – Steht da nicht jemand? – absuchend, sie könnte ihm ein Rendezvous für später vorgeschlagen haben, am Nachmittag zum Beispiel, wenn sie nach Hause fährt. Sie könnte mit einem verstohlenen, aber innigen Händedruck, oder nach einem schnellen, krallenden Griff an seinen Arm in ihr Auto eingestiegen und losgefahren sein, sehr schnell, und er hätte ihr nachgesehen, sein Lächeln aufgesetzt, belustigt den Kopf geschüttelt („Ein bißchen zickig sind sie alle"), wäre zu seinem Auto gegangen, eingestiegen, hätte sich eine Zigarette angezündet für die Fahrt und den Motor gestartet.

Es könnte jetzt schon zu spät sein. Es könnte sein, daß ich jetzt schon die Garage verlassen fände. Ich fände weder Annegret noch den Herrn Pauly. Annegrets Abstellplatz wäre leer. Schreckliche, tödliche Leere, die mir das Herz herauszöge, Schmerz, wo ist sie in aller Welt, wo kann ich sie finden, Verzweiflung, Sehnsucht. Und der Abstellplatz des Herrn Pauly wäre leer. Höhnische, grinsende Leere, nun rate mal, wo wir sind, Hawksbee, und versuche, das Vakuum zum Leuchten zu bringen, es will nicht, ei was denn, solltest du nicht scharf genug gedacht haben, Hawksbee?

Ich lasse den Sicherheitsgurt los, zerre den Ärmel meines Mantels zurück, ich vergleiche zum dritten- oder viertenmal meine Armbanduhr mit der Uhr auf dem Armaturenbrett, ich habe beide heute morgen nach dem Radio noch einmal nachgestellt, auf die Sekunde. Es ist noch immer 10.36 Uhr, die Zeit steht still, es kann doch nicht sein, daß beide Uhren gleichzeitig stehengeblieben sind, ich fixiere meine Armbanduhr, nein, es gibt keinen Zweifel, der Sekundenzeiger läuft.

Wenn ich zu früh losfahre, kann ich alles verderben. Es kann sein, daß die Besprechung, nachdem ich gegangen war, doch ein bißchen ausgefasert ist, es kann sein, daß Annegret von dem einen oder anderen Schwätzer festgehalten wurde und nicht sofort loskam, obwohl es ihr unter den Nägeln brannte, obwohl sie nach der Gelegenheit gierte, sich von dem Herrn Pauly, Karl-Heinz, den Wiedersehenskuß aus dem Munde saugen, kitzeln zu lassen, die Zunge dieses Menschen, er läßt sie sehen, wenn er seine kleinen Scherze macht, ein ziemlich breites, feuchtes Stück Fleisch, breit und glänzend wie eine breite glänzende Eichel, so schmutzig-rot, er läßt sie sehen in den Pausen seiner kleinen Scherze, in denen sich die Effekte einstellen sollen, der Beifall, das Lachen, er hält inne im Sprechen, läßt die Lippen offen, wartet auf den Beifall, und unterdessen ist diese Zunge zu sehen, dieser ekelhafte animalische Körperteil, es kann sein, daß diese Zunge sich gedulden mußte und noch nicht in den Platz eindringen konnte, der sich diesem breiten Stück Fleisch breit eröffnet, es kann sein, daß ich, wenn ich zu früh losfahre, die beiden Autos noch in der Garage finde, aber leer, und es kann sein, daß sich, wenn ich neben dem Auto des Herrn Pauly stehe und durch die Scheiben blicke, daß gerade in diesem Augenblick die Garagentür sich öffnet und Annegret mit dem Herrn Pauly kommt, sie haben ja doch den gleichen Weg; um ungefähr die gleiche Zeit, hätte sie ihm etwa sagen sollen „Warten Sie bitte auf den anderen Aufzug"? Es kann sein, daß ich alles verderbe, wenn ich zu früh losfahre.

Ich spüre den Schweiß in den Achselhöhlen. Ich schiebe den Mantelärmel zurück und vergleiche die beiden Uhren. 10.37 Uhr. Noch drei Minuten.

Ich greife jäh nach dem Sicherheitsgurt, stoße ihn auf das Schloß hinunter, verfehle es zweimal, dann erst rastet der Riegel ein, ich drehe den Zündschlüssel herum, fürchte einen panischen Augenblick lang, der Motor könne nicht anspringen. Er springt an. Ich biege an der Ecke in einem halsbrecherischen Manöver in die Hauptstraße ein, ein Lastwagen, der hinter mir herkommt, hupt wie wild. Unser Haus, die öden Reihen gleichförmig spiegelnder Fenster, in gleichförmiger Öde übereinandergeschichtet.

Die gespreizten Betonsäulen, die das Vordach des Eingangs tragen. Die beschnittenen Sträucher in den Betonkästen. Die Einfahrt zum Garagenkeller. Ich biege ein.

Als mein Auto sich vornüberneigt, hinabtaucht dem dunklen Schlund entgegen, sehe ich Annegrets Auto mir entgegenkommen. Sie verlangsamt die Fahrt, hält an, Seite an Seite mit mir. Ich halte den Fuß so krampfhaft auf der Bremse, daß die Wade mich schmerzt.

Sie kurbelt ihr Fenster hinunter, ich kurble mit schweißnassen Fingern mein Fenster hinunter. Sie sieht mich ganz betroffen an. „Aber Schätzchen, warst du denn schon beim Arzt?"

Ich ringe mir ein Lächeln ab. „Nein. Ich hab die Röntgenbilder vergessen. Eben ist es mir eingefallen."

Sie schlägt sich mit der Hand leicht vor die Stirn, neigt dann den Kopf tief auf das Lenkrad, lacht, ihre Schultern zittern, sie sieht mich wieder an, mit einem Ausdruck liebevollen Bedauerns, ja wirklich, liebevollen, heiteren Bedauerns. „Aber was bist du doch für ein kleiner Dummkopf. Siehst du jetzt endlich ein, daß du mich brauchst? Ich darf dich doch nicht eine Minute lang allein lassen, siehst du das wenigstens ein?"

Sie streckt den Arm aus dem Fenster, klopft mir mit der Linken in dem feinen braunen Lederhandschuh auf den Ellbogen, den ich auf die Fensteröffnung gestützt habe, greift dann mit allen fünf Fingern zu und drückt meinen Arm. „Jetzt fahr schön vorsichtig, hörst du, der Arzt hat Zeit." Mein Lächeln schmerzt mich, die Wade schmerzt mich, mein ganzer Körper ist verkrampft. Ich werfe einen schnellen Blick geradeaus, es müssen doch nun endlich die Scheinwerfer des Herrn Pauly aus dem dunklen Schlund auftauchen.

Sie zieht die Hand zurück, wirft mir eine Kußhand zu, fährt lachend an. Ich lockere den Tritt auf die Bremse, lasse mein Auto in den Schlund hineinrollen. Im Rückspiegel sehe ich, daß sie auf der Höhe der Steigung anhält und mir noch einmal winkt.

Herrn Paulys Auto steht auf seinem Platz. Meine Scheinwerfer tasten es ab. Es ist leer. Ich schließe mein Auto ab, zögere einen Augenblick, gehe dann sehr schnell zu Herrn Paulys Auto, werfe einen Blick durch die Scheiben. Nein, es ist tatsächlich leer, er hat sich nicht auf dem Sitz zusammengekrümmt, auch auf dem Boden vor den Rücksitzen hält er sich nicht verborgen. Ich gehe zurück, auf die Garagentür zu, kehre wieder um, versuche in einem schnellen Rundblick alle Ecken dieser schwach erleuchteten, lautlosen, toten Betonschachtel zu erfassen. Nichts. Herr Pauly steht in keinem dieser Winkel, halb abgewandt, den Mantelkragen hochgeschlagen, die Glut seiner Zigarette in gekrümmter Hand abschirmend.

Ich verlasse die Garage, sehe mich wieder um, obwohl es da gar nichts zu sehen geben kann, die Eisentür ist hinter mir ins Schloß gefallen. Ich stiere wie gebannt durch das Fenster des Aufzugs, als die erleuchtete Kabine sich absenkt. Herr Pauly tritt noch immer nicht hervor. Der Aufzug ist leer.

Als ich auf unserer Etage den Aufzug verlasse, sehe ich Herrn Pauly. Er steht mit drei, vier Teilnehmern der Halbmonatsbesprechung vor der offenen Tür des Konferenzzimmers. Die Szene ist eindeutig. Sie lungern dort seit dem Ende der Besprechung herum und schwätzen. Pauly steht anscheinend im Mittelpunkt. Er macht seine kleinen Scherze, nehme ich an. Ich meine, ich sähe sogar auf diese Entfernung, es sind gut fünfzehn Meter, die Zunge zwischen den lächelnd geöffneten Lippen, das ziemlich breite, feuchte Stück Fleisch, breit und glänzend, schmutzig-rot, mit einem leichten Stich ins Prall-Violette.

18

Montag, 13. Dezember, 22.30

Es ist „bis heute nicht gelungen, einen wirklich adäquaten klassifikatorischen Begriff der induktiven Bestätigung einzuführen, also eine befriedigende Antwort auf die Frage zu geben ‚Unter welchen Bedingungen ist eine erfahrungswissenschaftliche Hypothese als bestätigt anzusehen?‘“ (Wolfgang Stegmüller).

Ich will es mir nicht zu einfach machen. Ich könnte ja aus diesem Satz, den ich auf einer ziemlich fieberhaften Suche heute abend schließlich in einem philosophischen Taschen-Lexikon, einem noch ziemlich frischen, aufstöberte, mit einem starken Gefühl der Erleichterung, ich muß es gestehen, ich könnte aus diesem Satz ja den Umkehrschluß ziehen, daß bis heute auch noch niemand zu sagen weiß, unter welchen Bedingungen eine erfahrungswissenschaftliche Hypothese als widerlegt anzusehen ist. Ich will – und kann, natürlich – es mir so einfach nicht machen.

Aber die peinliche Verwirrung, in der ich mich heute morgen befand, als mein Experiment nicht das von mir erwartete, nein: nicht das von mir befürchtete Ergebnis gehabt hatte, dieser ratlose Aufruhr von Gefühlen war jedenfalls stark übertrieben. Und das bedeutet, leider, zugleich, daß ich meine Zweifel und meinen Kummer nicht beiseite schieben kann. Sie sind nicht ausgeräumt, sie können es nicht sein dadurch, daß es mir heute morgen erspart geblieben ist, Annegret mit dem Herrn Pauly im Garagenkeller zu erwischen.

Sie wären es nur dann, wenn ich dieses Rendezvous als das Schlußglied einer Kausalkette hätte ansehen können und angesehen hätte, die Annegret und den Herrn Pauly aneinanderschmiedet. Natürlich habe ich das nie getan. Wie schwer eine Trennung von mehr als fünf Tagen für Liebesleute auch zu ertragen sein mag, wie sehr die Liebesleute am Ende auch danach gieren mögen, sich wenn nicht bei der erstbesten Gelegenheit zu vereinigen, so doch ungestört wiederzusehen: Natürlich kann nicht die Rede davon sein, daß dieses Rendezvous mit zwingender Notwendigkeit hätte zustande kommen müssen.

Ich will hier, um mir selbst Gerechtigkeit widerfahren zu lassen, anführen, daß ich umgekehrt meine Hypothese ja auch nicht als unumstößlich bewiesen angesehen hätte, hätte mein Versuch einen positiven Befund erbracht. Gewiß, es war eine Situation vorstellbar, in der jeder begütigende Zweifel zuschanden geworden wäre. Hätte ich sie auf den Vordersitzen ineinandergekrallt gefunden, womöglich nur auf einem der Vordersitze, bei zurückgeklappter Lehne, ächzend, so wäre jeder weitere Gedanke kritischer Prüfung überflüssig geworden. Aber wenn ich sie in der Garage nur beieinander angetroffen hätte, im Gespräch, zum Beispiel vor Annegrets Auto stehend, sie auf dem Wege zu ihrem Termin und er zu dem seinen: hätte ich dann etwa sagen können, hätte ich etwa behauptet, daß meine Hypothese bewiesen sei? Keineswegs. Es wäre ein Befund mehr gewesen, der diese Hypothese stützte, aber ein Beweis beileibe nicht.

Insofern kann ich mir nun auch keinen Vorwurf daraus machen, daß ich meine Hypothese, obwohl mein Experiment negativ ausgegangen ist, keineswegs als widerlegt ansehe. Der Fehlschlag ist erklärbar: ich habe für den Ablauf dieses Experiments nicht solch ideale Bedingungen herstellen können wie einst Francis Hawksbee. Ich habe zufällige, täuschende Einflüsse nicht auszuschalten vermocht.

Ein täuschender Einfluß hätte zum Beispiel dadurch entstehen können, daß Annegret schon in dem Augenblick, in dem Herr Pauly lächelnd und in dem vollen Bewußtsein seiner Potenz als Mensch und Streuner das Besprechungszimmer betrat, von Angst vor Entdeckung ergriffen worden wäre, und nicht erst bei einem gierigen Wiedersehenskuß gleich hinter der Garagentür. Sie hätte, wäre es so gewesen, Herrn Pauly am Ende der Besprechung im Vorübergehen mit dem halblauten Satz „Jetzt nicht, heute nachmittag?“ warnen und auf vorsichtige Distanz verweisen, ihm ein bißchen Geduld abverlangen können, um der Sicherheit willen.

Umgekehrt hätte Herr Pauly die Lust verspüren können, Annegret nach der Trennung von mehr als fünf Tagen noch ein bißchen zappeln zu lassen. „Mal sehen, was sie macht, wenn ich ganz unbeteiligt tue." Ein kleiner Scherz. Die Allüre des Paschas. Es ist sogar vorstellbar, daß der Herr Pauly auf seiner Reise eine andere wohlfeile Gelegenheit wahrgenommen und – das Wiedersehen mit der Gattin hatte er ja in jedem Fall zu absolvieren gehabt – an diesem Montagmorgen seine Bedürfnisse als zunächst noch hinreichend befriedigt empfunden hat, und sich selbst als ein wenig wundgescheuert. Dann hätte Annegret, als alles aufstand, vergeblich seinen Blick gesucht, und wäre am Ende, da sie, ohne Aufmerksamkeit zu erwecken, nicht länger suchen konnte, gegangen, beschleunigten Schrittes, gesenkten Hauptes, die Unterlippe nagend, ratlos und verletzt.

Die Möglichkeit solcher störenden Einflüsse habe ich nicht ausschalten können, ja: die Möglichkeit solcher Zufälle, das ist es. Ich erkenne, indem ich jetzt noch einmal über dieses Wort nachdenke, sehr deutlich die Unzulänglichkeit, Einseitigkeit der Definition, die ich in der Nacht zum Samstag aufgeschrieben habe: „Ich verstehe unter Zufall das wiederholte Zusammentreffen von Geschehnissen, deren wiederholtes Zusammentreffen unter gegebenen Umständen nicht zu erwarten war und deshalb, jedoch fälschlich, den Eindruck erweckt, als sei es planmäßig verursacht."

Auf den vorliegenden Fall, auf den überraschenden Ausgang meines Experimentes angewendet, erweist sich diese Definition als untauglich, um nicht zu sagen als Galimathias. Ich frage mich, ob sie mir diktiert worden ist von nichts anderem als dem verzweifelten, dem blinden Bemühen, mir Annegrets Erklärung der absonderlichen Parallelen zwischen ihren Aktivitäten und denen des Herrn Pauly zu eigen zu machen, koste es, was es wolle.

Wenn meine Hypothese zutrifft, oder wenn sie zumindest bisher nicht widerlegt ist (und ich kann nicht sehen, daß sie widerlegt wäre), dann legt der Sprachgebrauch zweifellos das Wort

„Zufall" nahe zur Charakterisierung der Tatsache, daß Annegret und der Herr Pauly nicht die erste beste Gelegenheit nutzten, ihr Wiedersehen in der angemessenen Weise zu begehen. Und zwar „Zufall" in einem ganz anderen Sinn, als ich ihn zu definieren versuchte.

Ich will mir jetzt nicht eine neue Definition zurechtschustern, die auf den vorliegenden Fall anwendbar wäre. Täte ich es, so könnte diese Definition etwa lauten: Unter Zufall verstehe ich das Ausbleiben (Eintreten) eines Geschehnisses, dessen Ausbleiben (Eintreten) unter gegebenen Umständen nicht zu erwarten war.

Das wäre wohl reichlich windig, seine Definitionen den jeweils gegebenen Umständen anzupassen.

Ich will auch den Gedanken nicht vertiefen, der sehr wohl erklären könnte, warum meine erste Definition offenbar Galimathias spricht, während die zweite eine solche Schwäche nicht erkennen läßt: daß ich nämlich mit meiner ersten Definition versucht habe, Geschehnisse als Zufälle zu erfassen, die alles andere als Zufälle waren, mit meiner zweiten Definition jedoch einem Tatbestand gerecht werde, der der pure Zufall war, dem Tatbestand nämlich, daß meine Hypothese heute morgen in der Garage keine Bestätigung fand – zufällig, eben.

Ich will mich darein nicht vertiefen. Ich will nur festhalten, daß ich gute Gründe habe, meine Hypothese nicht dadurch, daß mein Experiment heute morgen negativ ausging, als widerlegt anzusehen. Nach dem Indifferenzprinzip war die Wahrscheinlichkeit, daß meine Hypothese durch dieses Experiment bestätigt würde, nicht größer als $1/2$, nämlich genau $1/2$: Es war möglich, daß sie bestätigt wurde – es war möglich, daß sie nicht bestätigt wurde. Die Chancen standen gleich. (Das ist ja die Malaise des Spielers, dessen Chance, mit zwei Würfeln zwei Sechsen zu werfen, auch nach hundert Würfen, in denen dieser Pasch ausblieb, noch immer nicht größer ist als beim ersten Wurf, nämlich ganz unverändert $1/36$).

Ist es ungerechtfertigt, ist es Schwindel, daß ich den Zufall, den ich nicht zu definieren vermochte, nun in Anspruch nehme, um meine Hypothese aufrechterhalten zu können? Ist der Zufall überhaupt eine Größe, mit der man rechnen muß? Und umgekehrt: Ist er eine Größe, mit der man rechnen darf?

„Im ganzen kann man schätzen, daß sich in der gegenwärtigen menschlichen Bevölkerung (3×10^9) bei jeder Generation einige hundert bis tausend Milliarden Mutationen vollziehen ... Bedenkt man die Dimensionen dieser gewaltigen Lotterie und die Schnelligkeit, mit der die Natur darin spielt, dann ist das schwer Erklärbare, wenn nicht beinahe Paradoxe, nicht mehr die Evolution, sondern im Gegenteil die Beständigkeit der ‚Formen' in der belebten Natur." (Jacques Monod)

Freilich: Der Langfisch hat sich seit vierhundertfünfzig Millionen Jahren dem Zufall der Mutationen verweigert, er ist seiner Art treu geblieben. Die Auster hatte vor hundertfünfzig Millionen Jahren „das gleiche Aussehen und zweifellos den gleichen Geschmack wie jene, die man heute in den Restaurants serviert" (Monod): aber das sind eklatante Ausnahmen von der Regel, der Regel nämlich der ungeregelten Veränderung, der Mutation, der Regel des Zufalls.

Schwer erklärbar wäre die Bestätigung meiner Hypothese gewesen. Schwer erklärbar wäre eine ungebrochene Konsequenz der Entwicklung gewesen, die ich beobachtet habe.

Erklärbar ist, daß diese Entwicklung heute morgen im Garagenkeller nicht bestätigt wurde.

Mache ich es mir zu leicht? Schustere ich mir eine Theorie zurecht zu keinem anderen Zweck als dem, einen häßlichen Verdacht aufrechterhalten zu können?

Ich kann mir das nicht vorwerfen. Ich prüfe mich, aber ich kann mir das nicht vorwerfen. Ich habe Anlaß dazu, meine Hypothese aufrechtzuerhalten, solange sie nicht widerlegt ist. Und sie ist nun einmal bisher nicht widerlegt worden, es gibt daran keinen Zweifel.

Dennoch ist mir nicht wohl bei den Begriffen, mit denen ich arbeite, und bei den Methoden, derer ich mich zu bedienen versuche. Sie sind unpräzise, sie sind nicht zwingend. Ich fürchte, sie versagen angesichts des Problems, das ich lösen muß, wenn ich weiterleben will: die Wahrheit an den Tag zu bringen.

Ich werde noch einmal darüber nachdenken. Ich bin zu müde jetzt. Es muß eine Methode geben, die Wahrheit ganz unzweifelhaft an den Tag zu bringen. Was der Raimundus Lullus aus Katalonien gedacht hat, kann doch so falsch nicht gewesen sein. Ich werde diese Methode finden. Und ich werde sie anwenden.

19

Dienstag, 14. Dezember, 0.40

Ich habe Annegret natürlich die Wahrheit gesagt, ich habe sie ihr ja doch nicht vorenthalten dürfen. Ich habe ihr mein Experiment eingestanden, gleich nach ihrer Rückkehr, und dessen Fehlschlag. Sie war offensichtlich sehr betroffen. Es hat sie eine beachtliche Zeit gekostet, diese Eröffnung zu verarbeiten. Sie hat, sehr in sich gekehrt, sehr lange nachgedacht. Sie hat mir nicht den leisesten Hinweis gegeben, welcher Art ihre Gedanken waren. Schließlich hat sie, was mich ein wenig verwunderte, gesagt, sie verstehe mich. Und sie könne und werde es mir nicht nachtragen. Aber sie bitte mich von ganzem Herzen, so etwas nie wieder zu tun.

Ich werde es nie wieder tun.

20

Samstag, 18. Dezember, 15.30

Ich weiß nicht, warum das sie vor allem anderen interessiert. Aber es ist die erste Frage, die sie stellt: „Wo ist Helga?"

„Sie ist nicht da."

„Nicht da?"

„Ja. Nicht da. Du hast mit mir allein zu tun." Ich strecke meine offene Hand nach ihr aus. Ich habe ein sehr starkes Verlangen danach, daß sie mich in die Arme schließt.

„Wo ist sie denn?"

„Es gibt leider auch keinen Kuchen, sie hat keinen gebacken." Ich stehe immer noch da mit meiner ausgestreckten Hand, mit meinem Verlangen.

„Ist irgend etwas mit ihr? Stimmt etwas nicht?"

„Wenn du willst, fahre ich schnell zum Konditor."

„Martin!"

„Ja?"

„Nun laß doch diesen Unsinn. Was ist mit Helga?"

Es ist ganz schrecklich mit diesen Frauen. Wenn die Situation es erfordert, nüchtern miteinander umzugehen und sich ein paar Gedanken zu machen, dann rauben Emotionen ihnen den Verstand. Wenn aber ein Augenblick der Ruhe möglich wäre, dringend nötig wäre, Frieden, Stille, dann fangen sie an zu denken, zu grübeln, und bohren neue Probleme auf, oder die alten aufs neue. Ich lasse meine Hand sinken und setze mich in meinen Sessel.

„Sie ist nicht da. Das ist alles."

„Und wo ist sie?" Annegret bleibt tatsächlich stehen, als ob das nun ein auf der Stelle zu klärendes Problem wäre, das es nicht einmal erlaubte, sich hinzusetzen.

„Ich weiß es nicht."

„Was soll das heißen? Das hat es bei euch doch noch nie gegeben?"

„Nein. Das hat es noch nie gegeben. Mit einer Ausnahme. Aber das ist schon sehr lange her."

„Nun red doch schon. Was ist passiert?" Endlich setzt sie sich, auf die Couch, nahe zu mir. Aber jetzt ist das nicht der Ausdruck von Entspannung, die Einleitung einer normalen Unterhaltung. Sie setzt sich, als könne die Auskunft, die sie von mir erwartet, den Untergang der Welt bedeuten. Sie setzt sich, man glaubt es zu sehen, mit schwachen Knien. Also gut, also gut, die Hoffnung, sie werde mich tröstend in ihre Arme schließen und mir einen Augenblick der Ruhe schenken, mich bergen nur für einen Augenblick, diese Hoffnung war vergebens. Also gut.

„Ich weiß nicht, wo sie ist. Sie verweigert mir darüber die Auskunft, und zwar erklärtermaßen." Ich lege die Fingerspitzen an die Nase. „Das hat am Dienstagabend angefangen. Sie hat mir, als ich losfahren wollte ins Apartment, eine Riesenszene gemacht. Deshalb übrigens bin ich zu spät gekommen. Sei mir bitte nicht böse, wenn ich dir ausnahmsweise einmal nicht sofort die Wahrheit gesagt habe. Ich wollte dich nicht damit belasten."

Es ist merkwürdig, daß sie einen so gravierenden und ja auch ziemlich peinlichen Punkt, wie ich ihn hiermit gestehe, gar nicht zur Kenntnis nimmt. Sie geht nicht darauf ein, sondern fragt: „Was meinst du damit: Riesenszene?"

„Sie hat von mir verlangt, ich solle nicht zu dir fahren, sondern hierbleiben. Sie sei nicht mehr bereit, sich mit diesen Rendezvous abzufinden. Ich habe ihr gesagt, daß das unmöglich sei. Nicht nur unlogisch, nach allem, was vorher war, sondern ganz einfach unmöglich. Ich könne dich nicht mehr anrufen, du seist wahrscheinlich schon unterwegs. Sie hat gesagt, dann solle ich ins Apartment fahren, dir die Sache erklären und wieder zurückkommen. Ich habe ihr gesagt, ich sei nicht bereit, dich in einer solchen Weise zu behandeln. Und ob sie nicht einsehe, daß sie mich zu einem Verhalten zwingen wolle, das ganz skandalös unfair wäre. Und daß ich abgesehen davon auch nicht daran dächte, mit mir selbst in dieser Weise umspringen zu lassen. Ja." Ich schlage ein Bein über das andere. „Und dann kam der unglaublichste Teil dieser Szene."

Annegret atmet einmal schwer auf, streicht sich mit der Hand die Haare aus der Stirn, stützt sich auf einem Arm ab. Sie sitzt sehr steif. „Was denn noch?"

„Sie hat gesagt: Gut. Tatsächlich: gut, hat sie gesagt, gut also, dann werde sie auch zu einem Rendezvous gehen. Ich habe gesagt, sie solle tun, was sie nicht lassen könne. Und ich bin weggefahren."

„Sie hat gesagt: zu einem Rendezvous?"

„Ich habe gedacht, sie redet einfach daher in ihrer Erregung. Und wenn ich fahre und wenn sie einsehen muß, daß dieser ... Erpressungsversuch, es tut mir leid, das sagen zu müssen, aber das war es nun einmal, ich habe nie geglaubt, daß sie so etwas fertigbrächte, wenn sie also einsieht, daß dieser Erpressungsversuch gescheitert ist, dann wird sie, habe ich geglaubt, wieder zu Verstand kommen und erkennen, daß sie einen Fehler gemacht hat, einen schweren Fehler."

„Aber?"

„Sie war nicht zu Hause, als ich zurückkam. Ich war kurz nach halb elf hier. Sie ist um drei Uhr morgens nach Hause gekommen. Um sieben Minuten nach drei."

Annegret steht auf. Sie setzt sich wieder. Sie sieht hinter sich, sieht mich wieder an. „Mir wird ganz kalt." Sie legt sich lang auf die Couch, läßt die Füße seitlich herunterhängen.

„Nun reg dich nicht auf, bitte. Ich habe sie natürlich zur Rede gestellt. Das heißt: ich habe versucht, sie zur Rede zu stellen. Aber es war nichts zu machen. Es war ganz einfach nichts zu machen. Ich konnte es ja schließlich nicht aus ihr herausprügeln. Sie hat gesagt, es gehe mich nichts an, wo sie gewesen sei, das sei ihre Privatsache, und sie werde es mir auch nicht sagen, wenn sie wieder weggehe. Und außerdem sei sie müde und wolle schlafen."

„Und was hast du gemacht?"

„Ich bin ins Gästezimmer umgezogen. Und dort schlafe ich auch seither."

„Ist sie noch öfter weggegangen?“

„Nein. Erst heute nachmittag wieder. Und das aber wahrhaftig ohne jede Ankündigung. Ich habe ein paar Briefe zum Briefkasten gebracht, um drei, und als ich zurückkomme, sehe ich sie gerade noch wegfahren.“

„Hast du sie –“

„Ich kann da natürlich nicht mehr lange zusehen. Ich mache mich nicht gerne lächerlich, verstehst du. Ich habe geglaubt, dieser Ausflug in der Nacht zum Mittwoch sei eine Kurzschlußhandlung gewesen. Ich habe sie nach dieser unglaublichen Szene im Schlafzimmer und nachdem ich dort ausgezogen war, natürlich nicht mehr angesprochen. Es wäre ihre Aufgabe gewesen, darin wirst du mir hoffentlich zustimmen, zu kommen und die Sache ins reine zu bringen, so oder so. Sie hat nicht ein Wort an mich gerichtet seit dem Mittwochmorgen. Nun gut, das Notwendigste: Möchtest du ein Ei, und dergleichen. Aber sonst nicht ein Wort. Ich habe mich in der Tugend der Geduld geübt, obwohl mir das sehr schwergefallen ist. Aber nun, nach dieser neuerlichen Eskapade, kann ich natürlich nicht mehr lange zusehen. Ich kann nicht zusehen, wenn jemand versucht, einen Narren aus mir zu machen. – Ich habe dich vorhin unterbrochen, entschuldige, bitte.“

„Hast du sie gefragt, ob sie bei einem anderen Mann war?“

„Natürlich.“

„Und was hat sie gesagt?“

„Eben das sei ihre Privatsache, hat sie gesagt. Und die grundsätzliche Auskunft habe sie mir ja bereits gegeben, vergangenen Samstag, du erinnerst dich, an unserer gemeinsamen Kaffeetafel, im Schein der Adventskerzen. Sie habe mir ja gesagt, daß sie imstande sei, zwei Männer zu lieben, gleichzeitig, gleichermaßen. Sie liebe mich unverändert. Aber sie habe erkannt, daß sie imstande sei, zwei Männer zu lieben. An dieser grundsätzlichen Auskunft habe sich nichts geändert. Alles andere sei ihre Privatsache, und ich solle bitte nicht versuchen, darin herumzuspionieren.“

Annegret richtet sich halb auf. „Aber wie stellt sie sich das denn vor? Wie soll das denn weitergehen?“

Ich zucke die Schulter. „Sie hat gesagt, sie werde derlei Ausflüge einstellen, sobald ich mich von dir trenne. Das war übrigens der Augenblick, in dem ich dieses Gespräch beendet und ihrem Wunsch nach Ruhe Rechnung getragen habe und ins Gästezimmer gezogen bin."

Sie läßt sich langsam wieder nach hinten sinken, legt den Arm über die Augen.

„Ach so, ja, und sie hat noch gesagt, daß dieses Angebot, Angebot hat sie gesagt, nicht unbefristet gelte. Wenn ich mich nicht sehr bald von dir trenne, so habe ich das verstanden, dann will sie sich von mir trennen, oder etwas Derartiges. Ich habe das nicht zu eruieren versucht. Ich bin ausgezogen."

Sie schweigt.

Ich lausche.

Ich glaube, ich hätte eine Autotür zuschlagen hören. Aber das muß weiter weg gewesen sein. Es war kaum zu hören. Wahrscheinlich habe ich mich getäuscht. Ich lausche, ob vielleicht Schritte sich nähern. Man kann das, wenn die Welt so still ist wie heute, sehr gut hören, man hört die Schritte schon, bevor sie die Stufen vor dem Eingang erreicht haben. Es passiert schon einmal abends, wenn unerwartet noch jemand zu Besuch kommt, Helga und ich sitzen hier und sehen gleichzeitig von unseren Büchern auf und sehen uns an, wir hören die Schritte aus der Nacht herankommen, fast konnte man glauben, wir ahnten sie.

Ich muß mich getäuscht haben.

Nach einer sehr langen Zeit sagt Annegret: „Ich verstehe sie. Ich verstehe sie sehr gut."

Ich räuspere mich. „Was meinst du damit?"

„Ich verstehe sie."

„Soll das etwa heißen, daß du diese Art von ... Aufführung billigst?"

„Ich verstehe sie, soll das heißen. – Vielleicht billige ich es sogar."

„Das kann doch nicht dein Ernst sein."

„Doch, das ist mein Ernst. Was kann man ihr denn vorwerfen?" Sie richtet sich auf, stützt sich auf den Ellbogen, sieht mich an. „Selbst wenn sie bei einem anderen Mann gewesen wäre: was könntest du ihr denn vorwerfen? Sie täte dir doch nichts anderes an als das, was du ihr antust, gemeinsam mit mir."

„Es tut mir leid, Annegret, aber du müßtest mich eigentlich gut genug kennen, um zu wissen, daß es da einen wesentlichen Unterschied gibt, zumindest einen wesentlichen Unterschied nach meinen Wertmaßstäben."

„Die Wahrheit."

„Richtig. Die Wahrheit. Stell dir vor: nichts als die Wahrheit. Aber dieses Nichts bedeutet für mich eben, wenn schon nicht alles, so doch eine Voraussetzung, ohne die ich nicht leben kann. Und Helga weiß das. Sie kennt mich. Wenn ich nicht annehmen will, daß sie in irgendeiner Weise tatsächlich von Sinnen ist, unzurechnungsfähig, ich weiß, das ist ein hartes Wort, und ich möchte so etwas ja auch nicht annehmen, aber wenn ich es nicht annehme, dann kann ich das, was sie tut, nur als unglaublich niederträchtig bezeichnen."

„Was ist so niederträchtig daran?"

„Niederträchtig, unglaublich niederträchtig daran ist, daß sie mich nicht etwa nur belügt, mir die Wahrheit nur vorenthält, mich nur einen Teil der Wahrheit wissen läßt, um mich in die Irre zu führen, was ja fast schon läßliche Sünden wären im Vergleich zu dem, was sie tut. Nein, was sie tut, ist unglaublich niederträchtig: sie erklärt ausdrücklich, daß sie mir die Wahrheit nicht offenbaren wird. Und sie weiß, daß sie mir damit die Kehle zuschnürt, die Lebensgrundlage entzieht. Sie weiß, daß sie mich damit, wäre ich zu schwach, mich zu wehren, umbrächte. Ich kann mit einer solchen Frau nicht zusammenleben."

Annegret läßt sich wieder zurücksinken, legt langsam den Arm wieder über die Augen. Sie schweigt. Ich überlege sehr angestrengt, wie ich diesen meinen letzten Satz erläutern, wie ich ihn in einen Zusammenhang rücken, ihn einbinden, ihn von der Mißverständlichkeit befreien könnte, unter der er zweifellos leidet.

Noch bevor ich damit zu Rande komme, sagt sie: „Glaubst du, daß Helga bei einem anderen Mann war?"

Ich räuspere mich. Dann ändere ich die Beinstellung, schlage das andere Bein über, lege beide Hände auf die Sessellehnen. „Nein."

„Warum nicht?"

„Ich glaube, daß sie nur den Anschein erwecken will, als habe sie ein Verhältnis mit einem anderen Mann. Sie will mich eifersüchtig machen. Sie will mich unter Druck setzen. Sie will mich zu einer Entscheidung zwingen, die sie natürlich von einigen Problemen befreien würde."

„Bist du eifersüchtig?"

„Eifersüchtig, mein Gott." Ich lache, ein kurzes Auflachen.

„Bist du es?"

„Ich habe doch schon gesagt, ich glaube nicht, daß sie ein Verhältnis mit einem anderen Mann hat."

„Martin."

„Ja?"

„Bist du sicher, daß es dir immer nur um die Wahrheit geht?"

„Wie bitte?"

„Geht es dir wirklich immer nur um die Wahrheit, und nicht in Wahrheit um etwas ganz anderes?"

„Willst du auf mein Experiment anspielen?"

„Nein, das hast du mir ja erklärt, und ich habe es auch akzeptiert, es ist ja plausibel. Es ging dir bei deinem Experiment eben nicht darum, mich hinters Licht zu führen, mir etwas vorzumachen, sondern ganz im Gegenteil darum, in unseren Beziehungen die Zweifel auszuräumen, die dich so sehr quälten. Ich habe das ja akzeptiert."

„Dann verstehe ich deine Frage nicht."

„Ich meine, ob es dir wirklich darum geht, daß Helga dir die Wahrheit sagt. Ich frage mich, was dir lieber wäre: daß Helga einen anderen Mann liebt und dir die Wahrheit darüber nicht vorenthält. Oder daß sie gar keinen anderen Mann hat, dir aber vorschwindelt, dich glauben machen will, sie hätte einen."

„Das verstehe ich noch weniger." Ich habe sie sehr gut verstanden.

„Ich frage mich, ob es dir nicht völlig egal wäre, daß Helga dir etwas vorschwindelt, daß sie dich belügt, wenn sie nur in Wahrheit keinen anderen Mann hätte. Ich frage mich, ob es dir in Wahrheit gar nicht darum geht, ob Helga lügt oder die Wahrheit sagt, sondern nur darum, daß sie keinen anderen Mann hat. Daß sie nur dich, dich allein liebt. Und das gleiche gilt dann für mich. Ich frage mich, ob es dir in Wahrheit nicht nur darum geht, daß deine Frauen nicht nach anderen Männern sehen. Ganz egal, ob sie nun lügen oder nicht. Wenn sie nur dich, dich allein lieben. Wenn sie nur keine fremden Götter neben dir haben."

„Was war das: fremde Götter?"

„Na ja, das fiel mir gerade so ein. Das steht doch in der Bibel."

„Dv solt dir keine gegossen Götter machen. Ja, das steht im zweiten Buch Mose."

„Nicht das, was ich gesagt habe?"

„Doch, das auch. JCH BJN DER HERR / DEJN GOTT / der ich dich aus Egyptenland / aus dem Diensthause gefürt habe. DV SOLT KEJNE ANDERE GÖTTER NEBEN MJR HABEN. Willst du mich mit dem Jahwe vergleichen?"

„Ich will nur wissen, ob du selbst glaubst, daß es dir immer nur um die Wahrheit geht."

„Ich glaube es nicht nur. Ich weiß es. Und deshalb trifft deine Frage mich. Ich, Jahwe. Ich der Herr, der die Gesetze aufstellt. Deine Frage trifft mich sehr tief. Ich weiß, daß ich ohne die Wahrheit nicht leben kann. Und wenn du das ebensowenig wie Helga verstanden haben solltest und ebensowenig bereit sein solltest, das zu respektieren, dann ist das für mich eine sehr, sehr bittere Erkenntnis. Ich will dir versichern, und das mag einen Satz erläutern, den ich vorhin einmal gesagt habe, ich versichere dir in allem Ernst, daß ich mit Helga, wenn sie weiterhin den unglaublichen Versuch machen sollte, statt der Wahrheit die Ungewißheit, den Zweifel, die Unaufrichtigkeit zum erklärten Prinzip unseres Zusammenlebens zu machen, daß ich dann mit Helga nicht mehr zusammenleben könnte. Ich könnte mit ihr so wenig zusammenleben wie mit einem Menschen, der mir heimlich die Wahrheit vorenthält, der mich hinters Licht zu führen versucht, mich belügt."

Sie richtet sich sehr plötzlich auf, steht auf von der Couch, kommt zu mir, stolpert fast, so stürmisch ist diese Bewegung, wirft sich in meinen Schoß, umschlingt mich mit beiden Armen, fährt mit ihren Lippen über mein Gesicht, meine Haare, erstarrt dann plötzlich, den Mund ganz dicht an meinem Ohr. Ein paar Sekunden lang ist sie ganz still. Dann flüstert sie: „Wenn es wirklich wahr ist, daß Helga einen anderen Mann hat: wirst du dann zu mir kommen?"

Ich löse ihre Arme von meinen Schultern, sehr sanft, biege ihre Schultern ein wenig zurück, so daß ich ihr ins Gesicht sehen kann, lächle, schüttle den Kopf: „Sei mir nicht böse, Annegret. Aber das war es nicht, wovon ich gesprochen habe. Ich habe nicht davon gesprochen, daß Helga einen anderen Mann hätte. Ich habe von der Möglichkeit gesprochen, daß sie darauf beharrt, die Wahrheit ginge mich nichts an."

Sie sieht mich an aus sehr großen Augen, reckt dann den Kopf ein wenig vor, nähert ihn meinem Gesicht und flüstert, sie flüstert so eindringlich, als müßte sie mich heimlich und sehr schnell überzeugen, ein Einverständnis mit mir herstellen: „Aber das ist doch ganz egal, das spielt doch keine Rolle, für dich ist doch ausschlaggebend, daß sie dir nicht die Wahrheit sagt, und wenn sie es weiter ablehnt, dir die Wahrheit zu sagen, Martin: Martin, wirst du mich dann heiraten?"

Ich schüttle wieder den Kopf, lächelnd, lehne den Kopf nach hinten, wende meine Augen zur Decke, bewege den Kopf hin und her wie in ratloser Verwunderung: „Annegret, also wirklich, das ist doch eine Frage..."

Jäh umschlingt sie mich wieder, sie preßt ihr Gesicht an das meine, hebt es wieder ab, bedeckt mein Gesicht mit schnellen Küssen, zitternden, bebenden Küssen, und stammelt, zwischen diesen Küssen, ihre Stimme bebt, sie schwankt, zwischen Schluchzen und Flehen: „Heirate mich – bitte – heirate mich – ich liebe dich – du sollst mich heiraten – du sollst mich lieben – mich ganz allein – ich liebe dich – Martin – bitte – du sollst nur mich lieben – du sollst mich heiraten – bitte."

Sie greift mir mit fliegenden Fingern an die Brust. Sie nestelt mein Hemd auf. Sie fährt mit der Hand hinein. Der Griff um meinen Nacken lockert sich. Sie schmiegt sich an mich. Ihre Fingerspitzen umfahren meine Burstwarze. Sie beginnt, an mich geschmiegt, sich zu winden. Ihre Lippen umfassen mein Ohr, sie setzt ganz leicht die Zähne ein. Ich spüre ihre Zungenspitze in meiner Ohrmuschel.

Mein Gott, mein Gott, sie hat nichts begriffen, nichts hat sie begriffen, gar nichts. Sie glaubt, ich könne hier jetzt mit ihr Liebe machen. Sie möchte, daß ich das Siegel setze unter unser Einverständnis. Sie will, alles andere hintangestellt und vergessen, auf der Stelle den Beweis meiner Liebe haben, und dieser Beweis soll sein, daß ich mich mit ihr vereinige. Sie hat diesen Herrn Pauly total vergessen, nun gut, vielleicht könnte auch ich den vergessen, ich habe ihn ja vergessen können vergangenen Dienstag im Apartment, dieser Schemen hat sich ja nicht abermals auf mich gelegt, die widerwärtige Erscheinung hat nicht noch einmal unser Zimmer verpestet, aber wie soll ich denn jetzt Helga vergessen können, in diesem Augenblick, wie soll ich Liebe machen können in einem Augenblick, in dem ich nichts, absolut nichts weiß von dem, was Helga tut, nichts von dem, was sie denkt, empfindet, spricht, hört, riecht, schmeckt, zwischen ihren Fingern fühlt, auf der Haut ihres Körpers, mit ihren Augen umfängt, nichts weiß ich, ich weiß nicht, ob Helga mich in diesem Augenblick verrät, verkauft, zum Narren, zum Gespött eines anderen macht und diesen anderen auch noch dafür belohnt, indem sie sich ihm ausliefert, sich ihm als Beute hinwirft und ihn in sich eindringen und ihr Innerstes beschmutzen läßt, und ich soll Liebe machen in einem solchen Augenblick, o mein Gott, mein Gott, sie hat nichts begriffen, absolut nichts.

21

Samstag, 18. Dezember, 18.00

Ich habe ihr nachgewinkt, von der obersten Stufe vor dem Eingang. Sie hat im Wegfahren zu mir hinübergesehen und gewinkt. Ich schließe die Tür. Ich gehe sofort ins Schlafzimmer.

Wenn Helga die Nacht außer Haus verbringen will, muß sie irgend etwas eingepackt haben. Ich bleibe vor dem Bett stehen, starre es an. Ich sehe auf meine Uhr. Ich drehe mich um und starre den Kleiderschrank an. Ich öffne die Türen, eine nach der anderen, streiche dann mit der Hand an den Kleidern vorbei.

Ich finde eines, das sie sehr lange nicht mehr angezogen hat. Ich hatte es ganz vergessen. Sie hat mir darin immer sehr gut gefallen. Ich fasse den Ärmel zwischen Daumen und Zeigefinger. Es ist ein feiner Stoff, sehr weich. Und irgendwie warm. Ich hebe den Ärmel heraus und rieche daran. Ich meine, ich könne einen ganz schwachen Hauch ihres Parfums erkennen.

Ich lasse den Ärmel sinken, er steht vor. Ich füge ihn, mit einer von oben nach unten streichenden Handbewegung, wieder in die Reihe ein. Ich fahre mit der Fingerspitze weiter an dieser weichen Reihe vorbei, die Stoffe folgen meinem Finger, entziehen sich ihm, einer nach dem anderen. Dieser Rock, o ja. Ich ziehe ihn halb heraus, betrachte ihn, vom Saum, dem kräftig abgesetzten, bis zu den beiden schräg eingeschnittenen, aufeinander zulaufenden breiten Taschen. Sie passen sich der Wölbung des Bauches an. Wenn Helga diesen Rock trägt, wirken die abgesetzten Taschen nicht wie schnurgerade Linien, nicht so wie jetzt, sondern wie zwei ganz sanft geschwungene Kurven. Ich stopfe den Rock jäh wieder zwischen die anderen Kleider, Hitze durchfährt mich.

Ich presse beide Fäuste an die Stirn, stehe da, fünf oder zehn Sekunden lang, schwanke leicht auf meinen Füßen. Dann lasse ich die Fäuste sinken. Es dauert eine Weile, bis sich die Finger wieder lösen. Ich schließe die Türen des Kleiderschranks. Ich gehe ins Badezimmer.

Ich merke, daß ich lächerlicherweise nicht weiß, welche Zahnbürste Helga benutzt. Ich finde neben der meinen drei andere, alle gebraucht, und eine neue, noch verpackt in der Zellophanhülle. Kann es sein, daß eine von den gebrauchten meine alte Zahnbürste ist? Oder daß alle drei von mir stammen? Ich kann mich nicht daran erinnern. Sollten wir, ohne daß es mir bewußt geworden wäre, so viele Zahnbürsten in diesem Badezimmer gehabt haben, daß immer noch, nachdem sie eine eingepackt und mitgenommen hat, fünf übrig sind? Die Überlegung ist müßig. Ob es nun fünf oder sechs oder auch sieben waren: ich habe nicht den Schimmer einer Erinnerung.

Ein Herr von Welt wird, nehme ich an, in seinem Badezimmer auch jederzeit frische Zahnbürsten vorrätig haben. Ich trete heftig gegen den Wäschekorb. Der Deckel taumelt herunter. Während ich ihn aufhebe, fällt mir ein, daß ich auch Helgas Unterwäsche durchmustern könnte, mit einer ebensogroßen Chance, einen Hinweis zu entdecken – nämlich gar keiner. Wie viele Slips mag Helga haben?

Ich schlage mit beiden Händen auf den Rand der Badewanne, zweimal, die Wanne gibt ein dumpfes Dröhnen von sich, die Handteller tun mir weh. Ich krampfe die Hände um den Rand der Wanne, stehe da, zusammengekrümmt.

Ihr Make-up. Ja, ihr Make-up, wenn ich wüßte, welches von den Töpfchen und Tiegelchen dem täglichen Gebrauch dient. Benutzt sie das, was man eine Nachtcreme nennt? Wahrscheinlich nicht, es müßte mir doch irgendwann aufgefallen sein. Ich habe nicht die Spur einer Erinnerung daran.

Ich gehe zurück ins Schlafzimmer, stelle mich vor den Frisiertisch und mustere die verwirrende Fülle von Kleinigkeiten, die auf der Glasplatte aufgebaut sind. Kann es sein, daß sie mit allen diesen Dingen umgeht, sie wenn nicht täglich, so doch jede Woche, jeden Monat einmal in die Hand nimmt? Ich weiß es nicht.

Ich weiß es nicht, nichts weiß ich, gar nichts. Helga: ist das ein leerer Fleck in meinem Bewußtsein? Ich werfe mich quer über das Bett, bleibe eine Weile auf dem Bauch liegen, den Kopf in den Händen vergraben, die Stirn in die weiche Decke gepreßt. Dann rolle ich mich auf den Rücken und sehe nach oben. Ich stöhne, und weil es niemand hört, weil niemand sich darum kümmert, stöhne ich noch einmal, laut, absichtsvoll. Ich lasse meine Augen wandern. Als sie das Kofferfach über dem Kleiderschrank erreichen, fällt mir die hellbraune Reisetasche ein, ein elegantes Stück, das sie sich einmal selbst gekauft hat, um mich zu ärgern, hat sie gesagt, ich dächte leider nie daran, ihr einmal etwas Überflüssiges zu schenken, und so überflüssig sei diese Tasche gar nicht, sie könne sie sehr gut gebrauchen, wenn sie vielleicht einmal auf einen oder zwei Tage verreise, außerdem sei die Tasche besonders schön.

Ich zerre an den Koffern, ich kann diese Tasche nicht sehen, kann es sein, daß sie an der Rückwand des Fachs steht, hinter den Koffern, die Koffer klemmen, sie verkanten sich, ich reiße schließlich den obersten heraus, lasse ihn von der Höhe der Trittleiter auf den Fußboden fallen, den nächsten hinterher, dann den untersten, dann die Koffer auf der anderen Seite des Fachs, sie schlagen dumpf zu Boden, Schlösser springen auf.

Nichts. Das Fach ist leer. Die Reisetasche ist nicht darin. Ich stütze mich mit beiden Händen am Kleiderschrank ab. Meine Knie sind plötzlich sehr schwach geworden, ich glaube fast, sie zittern. Ich taste mich die Trittleiter hinunter. Die Koffer, übereinandergetürmt, einer der Deckel halb zurückgeklappt, verlegen mir den Weg. Ich schiebe sie mit dem Fuß beiseite.

Ich sehe die Reisetasche. Sie liegt in dem aufgesprungenen Koffer.

Postskriptum: Ich bin fast drei Stunden lang in der Stadt herumgefahren. Bis in zwei Vororte auf der anderen Seite bin ich hinausgefahren. Der Himmel ist klar heute abend, tiefschwarz und übersät mit Sternen. Da draußen, nahe am Wald, dehnt die

Welt sich immer weiter aus, in einem lautlosen, gigantischen Prozeß, die schwarze Kuppel weicht immer weiter zurück, sie zieht die Sterne mit sich, zieht sie auseinander, zieht sie immer weiter hinaus in die Schwärze, es schwindelt einen, wenn man nach oben sieht und versucht, einen dieser Sterne festzuhalten.

Es ist kalt heute abend. Ich bin eine Weile an der Endhaltestelle eines Omnibusses gestanden. Ich habe den Fahrplan gelesen. Ein wenig weiter steht ein großes Apartmenthaus am Waldrand. Viele Fenster waren erleuchtet. Viele Leute haben rötliche Lampenschirme, oder Vorhänge, die dem Lampenlicht einen rötlichen Schimmer verleihen. Als es mir zu kalt wurde, bin ich in mein Auto gestiegen und weitergefahren.

Ich bin, zwischen den beiden Vororten, auf drei Parkplätze gefahren. Sie liegen gleich am Wald, sie sind für Spaziergänger bestimmt. Jedesmal, wenn ich in einen dieser Parkplätze einfuhr, habe ich gespürt, wie mein Körper sich verkrampfte. Ich bin jedesmal eine weite Schleife gefahren, über knirschenden, unebenen Boden, und habe durch die Scheibe gestarrt und auf das Fragment der Welt, das meine Scheinwerfer im Drehen mir aus der Dunkelheit herausbrachen, das Gestrüpp, die steilen Stämme, das Astwerk, die roh behauenen Hölzer der Einzäunung, einen Papierkorb aus breiten Latten, eine verlassene Bank, und jedesmal habe ich gefürchtet, meine Scheinwerfer legen Helgas Auto bloß, es steht da, starr, erschreckt, unsicher blinzelnd, und ein anderes steht dicht daneben, und die Scheiben dieses Autos sind beschlagen.

In der Innenstadt bin ich in drei Restaurants und in zwei Weinstuben gegangen. Die Wärme, der schwere, satte Geruch, das halblaute Stimmengewirr. Ich bin, ohne ein Wort der Begründung, dreimal kam jemand hinter mir her, um mir den Mantel abzunehmen, ich bin jedesmal bis nach hinten durchgegangen, habe mich umgesehen und bin ohne ein Wort wieder hinaus, und jedesmal wäre ich, sobald ich vor der Tür stand, fast wieder umgekehrt, ich war mir nicht sicher, ob ich mich auch wirklich gründlich genug umgesehen hatte.

Ich bin durch ein halbes Dutzend Straßen der Stadt im Schritttempo gefahren. Häuser aus der wilhelminischen Zeit, neue Wohnblöcke, Fenster, Fenster, auch hier wieder viele rötlich schimmernd. Ich habe die Reihen der parkenden Autos auf beiden Seiten abgesucht, die dichtgefügten Blechbuckel, die den Schein der Straßenlaternen widerspiegeln.

Diese Fenster. Rötlich schimmernd, stumm. Undurchdringlich. Sie weisen jeden Blick erbarmungslos ab. Kein Laut dringt hervor, nur dieser rötliche Schimmer. Ich habe in einer dieser Straßen angehalten, mitten auf der Fahrbahn. Es war ein breites Fenster, im Hochparterre, ein still glimmender Vorhang verhüllte es. Eine schmale Freitreppe, verschnörkeltes Geländer, führte zur Eingangstür dieses Hauses empor. Zwei Türflügel im Halbschatten, vergitterte schmale Fenster, der Flur dahinter dunkel. Ich habe die Versuchung, auszusteigen und an dieser Tür zu rütteln, nur mit Mühe hinunterkämpfen können. Ich bin weitergefahren, und die Kehle brannte mir.

Als ich nach Hause kam, als ich in die Garageneinfahrt einbog, sah ich, daß die Tür hochgeklappt war. Helgas Auto stand in der Garage.

22

Dienstag, 21. Dezember, 19.00

(Das Wohnzimmer im Hause der Marquardts. Helga Marquardt sitzt auf der Couch. Sie trägt ein blaues Jackenkleid, Schmuck. Ihre Schuhe, Abendschuhe, liegen vor ihr auf dem Boden. Sie hat die Füße seitlich angezogen. Sie raucht. Martin Marquardt kommt herein, im Mantel, den er noch nicht zugeknöpft hat. Er geht zu einem Schrank, öffnet die Tür und schaut suchend hinein.)

HELGA: Was suchst du?

MARTIN *(greift in den Schrank hinein)*

HELGA: Gehst du schon?

MARTIN *(in den Schrank sprechend):* Ich habe gestern neue Scheckhefte mitgebracht.

HELGA: Sie liegen noch auf dem Regal, links neben dir. Ich hab vergessen, sie wegzuschließen. Entschuldige.

MARTIN *(nimmt die Scheckhefte vom Regal, steckt eines ein, ein anderes legt er in den Schrank. Er schließt den Schrank ab, wendet sich, seinen Mantel zuknöpfend, zur Tür)*

HELGA: Gehst du schon?

MARTIN *(bleibt an der Tür stehen, wendet sich zurück):* Ja. Warum?

HELGA: Ich möchte mit dir sprechen.

MARTIN: Wäre dazu nicht reichlich Zeit gewesen?

HELGA: Ich möchte jetzt mit dir sprechen.

MARTIN: Hast du dich dazu so ... *(er hebt eine Hand halbhoch)* elegant angezogen?

HELGA: Nein.

MARTIN: Du wolltest doch ausgehen, nehme ich an?

HELGA: Ja.

MARTIN: Dann tu das bitte. *(Er wendet sich zur Tür)*

HELGA: Martin, bitte! Ich wollte ausgehen, aber ich will es nicht mehr. Ich möchte mit dir reden.

MARTIN *(wendet sich ihr noch einmal zu):* Das hättest du dir, bitte, ein wenig früher überlegen sollen. Ich bin mit Annegret verabredet. Ich möchte sie nicht warten lassen.

HELGA: Martin, es ist wichtig.

MARTIN: Das glaube ich. Das glaube ich dir aufs Wort. Ich warte seit jetzt genau sieben Tagen darauf, daß du mir etwas Wichtiges zu sagen hast. Du hast das eine ganze Woche lang nicht für nötig gehalten. Gibt es irgendeine Erklärung dafür, warum es ausgerechnet jetzt nötig sein sollte?

HELGA: Ich habe halt so lange gebraucht. Es tut mir leid. Ich muß dir etwas Wichtiges sagen. Jetzt.

MARTIN: Hat dein Freund dir abgesagt?

HELGA: Martin.

MARTIN: Ja?

HELGA: Willst du die Wahrheit wissen oder nicht?

MARTIN: Du weißt, daß ich die Wahrheit wissen will.

HELGA: Dann hör sie dir an und lauf nicht weg.

MARTIN: Ich laufe nicht weg. Ich laufe jedenfalls nicht vor der Wahrheit weg, falls du das sagen wolltest.

HELGA: Dann sag Annegret ab und hör dir die Wahrheit an.

MARTIN *(sieht auf seine Uhr):* Ich kann Annegret jetzt wahrscheinlich gar nicht mehr zu Hause erreichen. Sie fährt ihre Mutter zu diesem Bridgeabend, bevor sie ins Apartment kommt. Sie ist wahrscheinlich schon unterwegs.

HELGA: Dann fahr ins Apartment und erkläre es ihr und komm zurück, ich warte.

MARTIN: Das ist ein ganz törichter Vorschlag. *(Er räuspert sich)* Ich könnte allenfalls versuchen, ob sie noch zu Hause ist.

HELGA: Tu es.

MARTIN: Das heißt ... es wäre, wenn wir es versuchen wollten, wahrscheinlich besser, wenn du es versuchtest. Für den Fall, daß dieses Mütterchen ans Telefon geht. Ich möchte Annegret auf jeden Fall eine überflüssige Szene ersparen.

HELGA *(steht auf, geht ans Telefon, wählt):* Annegret, bist du's? – Hier ist Helga. – Ich übergebe mal an Martin, er will dir etwas sagen. Es dauert nicht lange. *(Sie hält Martin den Hörer hin)*

MARTIN *(hat nicht damit gerechnet, daß er so schnell beansprucht wird. Er nimmt den Hörer, schüttelt empört den Kopf)*

HELGA *(geht zurück zur Couch, setzt sich, schlägt die Beine wieder unter. Sie zündet sich eine Zigarette an)*

MARTIN: Annegret, mein Schatz. Es tut mir schrecklich leid ... aber ich kann jetzt nicht kommen. – Das weiß ich nicht. – Das ist möglich, es tut mir wirklich sehr leid. – Ich muß mit Helga sprechen. – Nein, es war ihr Wunsch. Sie sagt, es sei sehr wichtig. – Ich weiß es nicht, Annegret. Aber du wirst verstehen ... – Ja. – Ja. – Mach dir keine Sorgen. – Nein. – Ich melde mich, sobald ich kann, ja? Sei mir nicht böse, bitte. Es tut mir schrecklich – *(er bricht ab, hält den Hörer noch einen Augenblick lang ans Ohr, legt ihn dann auf)*

HELGA: Hat sie aufgelegt?

MARTIN *(knöpft seinen Mantel auf, die Knöpfe betrachtend, zieht den Mantel aus, hängt ihn über einen Sessel)*

HELGA: Hat sie aufgelegt?

MARTIN: Ich nehme an, das Mütterchen ist hereingeschneit. *(Er setzt sich, lehnt sich zurück)* Also?

HELGA *(zieht an ihrer Zigarette):* Hast du einmal über das nachgedacht, was ich dir am vergangenen Dienstag gesagt habe?

MARTIN: Nachgedacht?

HELGA: Ja. Nachgedacht.

MARTIN: Worüber, bitte?

HELGA: Ich habe dir gesagt, daß ich dein Verhältnis mit Annegret nicht mehr ertrage. Und ich habe dich gebeten, dich von Annegret zu trennen. Hast du darüber einmal nachgedacht?

MARTIN: War es etwa das, was du mir mitzuteilen hattest? Soll das die wichtige Mitteilung gewesen sein, um derentwillen du mich so dringlich gebeten hast, heute abend hierzubleiben?

HELGA: Warum beantwortest du meine Frage nicht?

MARTIN: Ich werde sie beantworten, ganz gewiß. Aber zuvor möchte ich in aller Deutlichkeit feststellen, daß du offenbar einen ganz üblen Trick angewendet hast, um das zu erreichen, was dir heute vor einer Woche nicht gelungen ist, nämlich mich so weit zu bringen, daß ich Annegret absage und hierbleibe. Dieses Mal hast du Erfolg gehabt, leider. Ich werde dir diesen Trick nicht vergessen. Und nun zu deiner Frage: Hast du im Ernst geglaubt, ich würde mich unter Druck setzen lassen und unter Druck darüber nachdenken, ob ich mich von Annegret trennen kann? Deine Erinnerung trügt dich nämlich, bemerkenswerterweise. Du hast mich keineswegs gebeten, mich von Annegret zu trennen. Du hast vielmehr verlangt, daß ich hierbleibe. Und du hast gesagt, wenn ich nicht hierbleibe, dann wirst du ebenfalls zu einem Rendezvous fahren. Und du bist tatsächlich weggefahren, spurlos verschwunden, zweimal, ich weiß nicht, wohin. Und du hast erklärt, du wirst damit erst aufhören, wenn ich mich von Annegret trenne. Du hast nicht die Spur einer Bitte geäußert. Du hast vielmehr in einer unglaublich infamen Weise versucht, mich unter Druck zu setzen, um mich zu einer Entscheidung zu zwingen, über die nachzudenken ich jederzeit bereit wäre, allerdings nur dann, wenn es sich um eine faire Auseinandersetzung handelte und nicht um das, was du mit mir versucht hast, nämlich eine Erpressung. Du hast versucht, mich zu erpressen. Und da kommst du daher und hast die Stirn, mich zu fragen, ob ich über deine Forderung, eine erpresserische Forderung, nachgedacht habe.

HELGA: Martin ...

MARTIN *(sieht sie starr an)*

HELGA: Martin ... Hat es dich geschmerzt?

MARTIN: Was?

HELGA: Hast du gelitten, wenn ich weggefahren bin? Hat es dir weh getan?

MARTIN: Möchtest du dir noch einen zusätzlichen Genuß verschaffen? Genügt dir die Erpressung nicht? Muß noch ein kleiner Kitzel hinzugefügt werden?

HELGA: Ich will doch nur wissen, ob es dir weh getan hat. Martin ...

MARTIN: Ja, es hat mir weh getan. Es hat mich ganz schrecklich geschmerzt. Ich habe gelitten wie ein Tier. Bist du nun zufrieden?

HELGA: Martin ... Dann hast du aber doch nachgedacht. Und

dann wirst du doch jetzt auch verstehen, wie sehr ich leide, wenn du wegfährst. Nicht wahr, du verstehst es jetzt, viel besser als vorher. Du konntest es vielleicht gar nicht verstehen, vorher, wie sehr ich gelitten habe.

MARTIN *(läßt den Kopf auf die Sessellehne zurücksinken, legt beide Fäuste auf die Augen):* Es ist unglaublich. Es ist ganz unglaublich.

HELGA: Was ist so unglaublich?

MARTIN: Das, was in deinem Gehirn vorgeht. Es ist ganz, ganz unglaublich.

HELGA: Aber warum denn?

MARTIN *(richtet sich auf und sieht sie an):* Weil du dich offenbar hinweglügst über den Unterschied, den ganz wesentlichen Unterschied zwischen dem, was ich tue, und dem, was du getan hast, einen Unterschied, den du bei deiner Intelligenz ja doch wahrnehmen mußt, wahrgenommen haben müßtest.

HELGA: Welchen Unterschied meinst du?

MARTIN *(atmet schwer):* Ich meine den Unterschied, daß ich, wenn ich weggefahren bin, dich niemals in Ungewißheit zurückgelassen habe, niemals im Zweifel. Du jedoch bist weggefahren in der erklärten Absicht, mich in Zweifel und Ungewißheit zu stürzen, mir gerade damit zuzusetzen. Es war deine erklärte Absicht, meiner Phantasie völlig freien Lauf zu geben, mir jede, schlechthin jede peinigende Vorstellung zu eröffnen, mir keine, nicht eine einzige der Qualen zu ersparen, die solche Vorstellungen einem Menschen auferlegen müssen, der einen anderen liebt. Ich habe dir die Wahrheit gesagt. Du hingegen hast es zum Prinzip erhoben, mir die Wahrheit nicht zu sagen.

HELGA: Und deshalb, meinst du, hast du so viel mehr gelitten?

MARTIN *(atmet schwer):* Ich weiß nicht, wie sehr ich gelitten habe, ich kann dir keine Maßzahl dafür nennen, ich kann es dir nicht exakt beziffern bis auf die Stelle hinter dem Komma, so weit ist die Menschheit noch nicht gekommen. Aber ich weiß, daß ein Mann, dessen Frau auf Abenteuer ausgeht, ich weiß, daß ein Mensch, der einen anderen Menschen liebt, Höllenqualen leidet, wenn dieser Mensch sich ihm entzieht mit der zynischen

Erklärung, es handle sich, sobald er spurlos verschwindet, lediglich um sein Privatleben, das niemanden etwas angehe. Niemanden? Wirklich niemanden? Und was ist mit dem, den diese Frau in aller Heimlichkeit aufsucht, was ist mit dem, der dieses Privatleben mit ihr teilt, nein: der es total besitzt, dem sie es darbringt als ein Geschenk, das ihm allein gehört und niemanden sonst etwas angeht? Genießt er es, das Geschenk, dieser andere? Zeigt er sich erkenntlich, lohnt er es ihr? Wie? Auf welche Weise? Verschafft er ihrem Körper unvergleichliche Sensationen? Schmeichelt er ihrer Seele? Hört er ihr verständig zu, wenn sie ihm ihr Leid klagt mit dem einen? Gibt er ihr recht, tröstet er sie? Verschafft er ihr das Gefühl, daß es wenigstens einen Menschen auf der Welt gibt, der sie versteht? Spielt sich diese rührende kleine Szene an dem weißgedeckten Tisch im Winkel eines Restaurants ab, bei Kerzenlicht? Hält er ihre Hand dabei? Oder vertraut sie sich ihm in einem Hotelbett an, nackt an seiner nackten Brust ruhend? Oder vielleicht auf einem nächtlichen Parkplatz, am Waldrand, auf dem Rücksitz oder auf den weit zurückgeklappten Vordersitzen eines Autos, dessen Scheiben noch beschlagen sind von den Ausdünstungen der hechelnden Anstrengung, die diesem liebevollen Austausch der Seelen voranging? Oder besteht vielleicht gar kein Bedürfnis nach einem solchen Austausch gehobener Art? War's ihr vielleicht mit dem bloßen Verschluß gedient? Bedeutet ihr der hechelnde Akt, das Gewicht seines Körpers auf dem ihren, das spreizende Eindringen und die totale Ausfüllung, die allmählich sich steigernde rhythmische Bewegung dieser Masse Mensch, sich steigernd, bis die Masse grunzend in sich zusammenfällt, das Gewicht dieser Masse Mensch ganz atemberaubend auf ihr lastet, bedeutet das ihr schon Glücks genug? Gräbt er ihr seine Fingernägel in die Schultern? Versteht er es, seine Masse in extrem schnelle Bewegungen zu versetzen, oder läßt er das massige Gewicht vielleicht in extrem langsamen Bewegungen arbeiten, und ist gerade das das Köstliche daran? Läßt er sie in Ruhe, sobald er sich ausgepumpt und ausgegrunzt hat, packt er sein Werkzeug ein und verabschiedet sich, weil er es auf einmal eilig hat, nach

Hause zu kommen, und schätzt sie vielleicht gerade das so sehr an ihm, die rücksichtslose Beschränkung auf den nackten Akt, das animalisch Notwendige, und daß er sie danach nicht mit Reflexionen quält und aufhält, sondern sich, noch naß von Schweiß und Sperma, auf dem schnellsten Wege verzieht, was ungemein erleichternd ist, weil man ihn zu diesem Zeitpunkt offengestanden nicht mehr riechen kann? Oder ist er ganz umgekehrt ein unerschöpflicher Plauderer, ein geistvoller, witziger Mensch, von dem man nie genug bekommt, ein Spötter vielleicht, ein Spaßvogel, mit dem man tausend kleine, boshafte, spaßige, amüsante Gespräche führen kann, zum Beispiel über den einen, den Ahnungslosen, und über seine skurrilen Eigenheiten – Wie ist er eigentlich, dein Mann? Wie soll er sein? Was trägt er zum Beispiel? Was er trägt? Pyjamas trägt er! –, und man kann miteinander ausbrechen in ein kleines boshaftes Gelächter, und dann steht er unversehens auf im Bett, in seiner ganzen gewaltigen, männlichen Nacktheit, und stellt sich an das Fußende des Bettes, fast wäre er an die Lampe gestoßen, sieh her, ich ziehe jetzt meinen Pyjama an, mich friert, und ich mag es nicht, so nackt im Bett zu liegen!, und er hebt ein nacktes Bein und tut so, als streife er sich eine Pyjamahose über, und dann das andere Bein, das nackte Genital gerät in pendelnde Bewegung, das imposante Geschröte, und dann tut er so, als ziehe er sich die Pyjamahose hoch bis an die Brustwarzen, und man bricht in ein großes Gelächter aus, miteinander, o Gott, o Gott, und plötzlich läßt er sich vornüberfallen, und wirft sich auf einen, und man schreit spitz auf, vor Entsetzen und Entzücken, diese Masse Mensch, o mein Gott, eine solche Masse Mensch, es ist – *(Er bricht ab. Er steht auf, wendet sich ab. Er fährt sich mit der Hand an die Augen. Er geht ein paar Schritte ins Zimmer hinein, weg von Helga, die Hand an den Augen)*

HELGA *(springt auf, geht schnell zu ihm, stellt sich vor ihn hin, faßt ihn an beiden Schultern):* Martin, hör jetzt auf damit, bitte, hör jetzt sofort auf. Warum denkst du dir so etwas aus? Warum quälst du dich damit?

MARTIN: Ich? Ich quäle mich? Ich denke mir so etwas nur aus? Aber ist es nicht das, was du wolltest? Und kannst du mir sagen, was mich hindern könnte, mir so etwas auszudenken, Dutzende, Tausende, Millionen solcher widerlichen Szenen, ein Universum voll von Alpträumen? Wo liegt die Grenze, über die hinaus ich nicht nachzudenken brauchte? Hast du sie etwa markiert? Hast du mir irgendein Faktum genannt, ein Datum hinterlassen, hast du mir irgendeine Versicherung gegeben, die meiner Phantasie einen Riegel vorschöbe? Hast du nicht vielmehr alle Riegel, die mich hätten schützen können, absichtlich aufgebrochen, bevor du gegangen bist?

HELGA: Ja, Martin, ich habe das getan, und es tut mir leid. Es tut mir schrecklich leid. Aber verstehst du jetzt denn nicht auch, wie mir zumute ist, wenn du weggehst, jeden Morgen, und Dienstag abends, und wann auch immer?

MARTIN *(wendet sich ihr zu, nimmt nun auch die Hand von den Augen, sieht sie starr an)*

HELGA: Sieh mich jetzt nicht wieder so an, bitte. Und sag mir jetzt nicht wieder, es sei hoffnungslos, und es sei ganz unglaublich, daß ich noch immer nicht den Unterschied begreife zwischen dem, was du tust, und dem, was ich getan habe. Erkennst du nicht, daß dieser Unterschied in Wahrheit nicht existiert, daß es überhaupt keinen Unterschied gibt, jedenfalls nicht den Unterschied, den du dir einredest?

MARTIN *(wendet sich von ihr ab, setzt sich in seinen Sessel, läßt den Kopf nach hinten fallen, legt beide Hände auf die Lehnen, schließt die Augen)*

HELGA: Du sagst mir die Wahrheit, ja, du hast sie mir immer gesagt. Aber was ist das für eine Wahrheit? Martin, was verstehst du denn nur unter Wahrheit? Du hast mir gesagt, du liebst diese Frau. Du sagst mir, wenn du Dienstag nachmittags nach Hause kommst: Ich bin heute abend mit Annegret verabredet. Ich frage: Wann? Du sagst: Wir haben nichts Besonderes vor. Ich denke, daß ich um Viertel vor acht losfahre. Ich bin spätestens um Viertel vor elf wieder zu Hause. Und du fährst dann auch um Viertel vor acht, und du bist um fünf nach halb elf zu Hause. Du hast mir die Wahrheit gesagt, nicht wahr, ich kann es ja doch selbst nachprüfen, anhand der Uhr. Aber was ist das für eine Wahrheit? Was ist mit den Stunden, den Minuten, den Sekunden, die zwischen deiner Abfahrt und deiner Rückkehr liegen? Was weiß ich davon? Sind sie nicht wahr? Gehören sie nicht zur Wahrheit? Sind sie nicht ein viel wichtigerer Teil der Wahrheit? Wichtiger als die Zeit deiner Abfahrt und die Zeit deiner Rückkehr? Aber was weiß ich davon? Nichts. Du sprichst nicht darüber. Du lügst mir nicht irgend etwas vor über das, was zwischen deiner Abfahrt und deiner Rückkehr passiert. Aber du sagst mir auch nichts darüber, kein Wort. Und ich verstehe das auch. Du willst Annegret mir nicht ausliefern. Du willst sie mir so wenig ausliefern, wie du mich Annegret ausliefern willst. Du kannst gar nicht anders. Du schweigst. Aber brichst du damit nicht auch alle Riegel auf? Was ist mit meiner Phantasie? Mit meinem Universum voll von Alpträumen? Ich sehe um Viertel nach neun auf die Uhr, an einem Dienstagabend. Um neun Uhr, fünfzehn Minuten, siebzehn Sekunden. Und ich frage mich, was du in dieser Sekunde tust. Ich frage mich, was du sprichst, denkst, empfindest. Und was sie, o ja, was sie in dieser Sekunde spricht, denkt, empfindet, was sie tut, frage ich mich, ich will es wissen. Fährt sie dir mit der Fingerspitze über den Rücken? Studiert sie deinen Körper? Sie muß deinen Körper mittlerweile doch ebensogut kennen wie ich, nicht wahr? Vielleicht kennt sie ihn sogar besser? Sie soll ihn nicht besser kennen als ich, sie soll ihn überhaupt nicht kennen, er soll ihr verschlossen bleiben. Aber vielleicht kennt sie ihn schon viel besser als ich, vielleicht hat sie Stellen entdeckt, Besonderheiten, die ich nie wahrgenommen habe? Vielleicht tut sie dir gut mit ganz bestimmten Zärtlichkeiten, auf die ich nie verfallen bin, von denen ich keine Ahnung habe? Bist du glücklich, in dieser ganz bestimmten Sekunde? Hat Annegret dich glücklich gemacht? Glücklicher, als ich dich je gemacht habe? Weiß sie dich auf eine Art anzufassen, die mir auf ewig verborgen bleiben wird? Hat sie dich ausgefüllt, ganz und gar, mit Glück? Ist irgendwo, irgendwo in dir noch ein Gedanke an mich zurückgeblieben, nur die Spur eines Gedankens, bitte? Du wirst es vielleicht nicht glauben, es ist ja vielleicht auch lächerlich, aber ich frage mich oft sogar, was du riechst, ob du irgend etwas schmeckst in einer bestimmten Sekunde, in der ich auf die Uhr sehe. Ich möchte es wissen, um alles in der Welt will ich es wissen. Nicht sie soll es wissen. Ich will es wissen, ich allein. Kannst du dir vorstellen, ja, du mußt es dir jetzt doch vorstellen können, wie man die Welt absucht, wenn der Mensch gegangen ist, den man liebt? Und kannst du dir vorstellen, wie unendlich groß die Welt wird, wie verzweiflungsvoll unendlich, wie zum Sterben unbegreiflich die Welt einem wird, wenn man weiß, daß der Mensch, den man liebt, einem in dieser Sekunde, jetzt, eben jetzt, die Treue bricht? Wenn man weiß, daß er sich einem anderen ganz überantwortet? Ich weiß nicht, ob es dich überrascht, vielleicht sagst du ja auch, es sei ganz töricht gewesen, und das war es ja wohl auch, aber kannst du dir vorstellen, jetzt, wie oft ich anfangs, als ihr euer Apartment noch nicht hattet, und später dann, als ich noch nicht wußte, wo ihr es hattet, wie oft ich ziellos, aber in höchster Eile durch die Stadt gefahren bin, auf der verzweifelten Suche nach dir? Und kannst du dir vorstellen, kannst du es verstehen, daß ich manchmal, nachdem ich wußte, wo ihr euer Apartment hattet, daß ich ein paarmal am Abend eines Dienstags, unwiderstehlich angezogen, daran vorbeigefahren bin? Und dann, sobald ich diese Straßenlaterne sah und die geschlossene Rollade, ich war besessen von dem Wunsch, anzuhalten und mit den Fäusten gegen diese Rollade zu hämmern und Einlaß zu verlangen und zu sehen, was ihr da treibt, und Annegret an den Haaren zu packen und hinauszuzerren und ihr einen Tritt in den nackten Hintern zu geben, o Martin *(sie fängt an zu schluchzen, geht zu ihm, sinkt vor seinem Sessel in die Knie, bettet beide Arme auf eine Lehne, auf seine Hand, bettet ihren Kopf in die Arme, spricht in die Armbeuge)*, o Martin, einmal hattet ihr die Rollade nicht heruntergelassen, nur den Vorhang zugezogen, an einem Abend im Sommer, das muß irgendein schwerer Stoff sein, das Licht brannte, aber man konnte nichts sehen, nur diesen Vorhang, er glühte ganz rot, aber er ließ nichts durch, das Licht ließ er durch, aber sonst nichts, er war so dicht wie die Rollade, so erbarmungslos dicht, o Martin, verstehst du denn jetzt, was ich gelitten habe, jetzt mußt du es doch endlich verstehen, nicht wahr, und ich verstehe dich ja doch so gut, es tut mir so schrecklich leid, daß ich dich so habe leiden lassen, aber ich wollte, daß du mich endlich einmal verstehst, und deshalb habe ich dir alles vorgespielt und habe dich glauben machen, daß ich zu einem anderen Mann gehe.

MARTIN *(hebt den Kopf, den er noch immer, mit geschlossenen Augen, auf der Sessellehne hatte ruhen lassen, und öffnet die Augen)*

HELGA: Ich war ja doch nirgendwo, am Dienstagabend nicht, und auch am Samstagnachmittag nicht, ich könnte es doch gar nicht, Martin, mein Lieber, ich weiß ja doch, was ich dir damit antäte, wenn ich zu einem anderen Mann ginge, ich habe es ja alles doch am eigenen Leibe erfahren, ich brächte es ja doch nicht fertig. Es war ja doch alles nur Schau, alles nur vorgetäuscht. Kannst du mir verzeihen, Martin, mein Lieber? *(Sie hebt den Kopf und sieht ihn an)* Ich hab's ja doch nur getan, damit du mich endlich ein bißchen besser verstehst. Verstehst du mich jetzt denn wenigstens ein bißchen besser? Martin, mein Lieber?

MARTIN *(greift mit der Hand in ihren Nacken und fährt sanft durch ihre Haare):* Wo warst du denn, heute vor einer Woche? Und am Samstagnachmittag? Du kleines, törichtes Frauenzimmer? Was hast du denn nur für einen Unsinn gemacht?

HELGA: Ich bin in der Stadt herumgefahren. Und am Samstag bin ich durch den Wald gelaufen. Und dann bin ich auf den Friedhof gegangen. Gibst du mir mal dein Taschentuch, bitte? Und als der Friedhof geschlossen wurde, bin ich noch einmal in die Stadt gefahren, bevor ich nach Hause kam.

MARTIN *(zieht mit der freien Hand sein Taschentuch heraus, tupft ihr sehr sanft die Tränen aus den Augen, gibt ihr dann das Taschentuch):* Und was hast du in der Stadt gemacht?

HELGA *(schneuzt sich):* Herumgefahren. *(Sie schneuzt sich noch einmal)* Und Schaufenster angesehen.

MARTIN: Aber doch nicht die ganze Nacht? Am Dienstag, meine ich?

HELGA: Nein. Ich bin auf einen Parkplatz gefahren. Und als mir zu kalt wurde, bin ich in eine Kneipe gegangen.

MARTIN: In was, bitte?

HELGA *(Sie lacht, tupft sich die Augen aus):* In eine Kneipe.

MARTIN: War dir denn nicht klar, was für ein Risiko du damit auf dich genommen hast?

HELGA: Ach, weißt du … Mir war überhaupt nichts klar an diesem Abend. Mir ist dann schon was klargeworden, nachdem zwei Kerle mir lästig gefallen sind.

MARTIN: Lästig gefallen?

HELGA: Der erste hat mich auf der Straße angequatscht, ziemlich unverschämt. Und der zweite dann in der Kneipe, auch nicht viel feiner.

MARTIN: Und was hast du gemacht?

HELGA: Ich bin wieder auf einen Parkplatz gefahren. *(Sie tupft sich die Augen aus)*

MARTIN: Hast du etwa geglaubt, dort sei das Risiko kleiner?

HELGA *(Sie betrachtet das Taschentuch, tupft dann wieder einen Augenwinkel ab)*: Nein.

MARTIN: Aber? Bist du etwa bis um drei Uhr auf diesem Parkplatz geblieben?

HELGA *(Sie reicht ihm das Taschentuch)*: Nein.

MARTIN *(nimmt das Taschentuch, hält es in der Hand, sieht sie an)*

HELGA: Ich bin in ein Hotel gegangen.

MARTIN: In ein Hotel? In welches denn, um Himmels willen?

HELGA *(Sie steht auf)*: Martin, ich weiß es nicht mehr. Ich hab den Namen vergessen. Ich hab ihn überhaupt nie zur Kenntnis genommen, glaube ich. Und die Quittung hab ich gleich weggeworfen, weil du sie ja nicht finden solltest.

MARTIN: Und du weißt nicht einmal mehr, wo es war? *(Er greift nach ihrer Hand, schüttelt sie sanft)*

HELGA *(Sie geht zur Couch, zündet sich eine Zigarette an)*: Es war irgendwo hinter dem Marktplatz, in einer dieser kleinen Seitenstraßen, die zum Wall hinauf führen, ich weiß nicht einmal den Namen dieser Straße, ich bin an einer Kirche vorbeigelaufen, und dann habe ich das Schild gesehen.

MARTIN *(steckt das Taschentuch ein)*: Und warum bist du, nachdem du dich schon einmal eingemietet hattest, nicht die ganze Nacht dort geblieben?

HELGA: Martin. Weil ich kein Auge zutun konnte. Weil ich's

nicht ausgehalten habe. Natürlich wollte ich bis zum Morgen in diesem Hotel bleiben, du solltest ja glauben, ich hätte die ganze Nacht mit ihm, mit diesem anderen Mann verbracht. Aber ich dachte, ich werde wahnsinnig in diesem Hotelzimmer. Ich hab's nicht ausgehalten. Ich hab's ja doch nicht fertiggebracht. *(Sie stößt die Zigarette in den Aschenbecher, wirft sich auf die Couch, vergräbt den Kopf in den Armen, stöhnt)* Oh, Martin, Martin, Martin.

MARTIN *(steht auf, geht zu ihr, setzt sich neben sie auf die Couch, streichelt ihre Haare, ihren Rücken, sehr zart):* Es ist ja gut. Komm, nun weine nicht mehr, du kleines, törichtes Frauenzimmer. Hör jetzt auf zu weinen, bitte. Komm, es ist ja gut. *(Er faßt sie sanft an beiden Schultern, rüttelt sie ein wenig, wendet sie dann sehr behutsam um, hilft ihr auf)*

HELGA *(setzt sich neben Martin. Die Ärmel ihrer Jacke sind hochgerutscht, die Jacke sitzt nicht mehr, ihre Frisur ist durcheinandergeraten, der Lidschatten ist verschmiert. Sie sieht Martin an, umschlingt ihn dann mit beiden Armen):* Verstehst du mich denn jetzt ein bißchen?

MARTIN: Ja, mein Herz. Natürlich verstehe ich dich.

HELGA: Und wirst du jetzt einmal nachdenken, ich meine: Wirst du einmal darüber nachdenken, ob du dich nicht doch von Annegret trennen mußt?

MARTIN: Ja, mein Herz. Ich werde darüber nachdenken.

HELGA *(drückt ihr Gesicht an seinen Kopf):* Oh, Martin. *(Sie seufzt sehr tief auf)* Oh, Martin. Oh, Martin, Martin, mein Lieber. *(Plötzlich faßt sie seinen Kopf mit beiden Händen und preßt ihre Lippen auf die seinen)*

MARTIN *(erwidert den Kuß, zieht Helga an sich, liebkost ihren Rücken. Nach einer Weile löst er ihre Hände von seinem Kopf, hält sie mit seinen beiden Händen fest, sieht Helga an):* Helga, mein Herz. Ich weiß, wie dir jetzt zumute ist. Und du weißt, wie mir zumute ist. Aber es gibt da eine Sache, die mich jetzt bekümmert und die ich gern in Ordnung bringen möchte. Es wird nicht lange dauern.

HELGA: Was denn?

MARTIN: Annegret war in einer schrecklichen Verfassung, vorhin, am Telefon, als ich unsere Verabredung abgesagt habe. Sie schien mir sehr verzweifelt. Ich möchte jetzt gern noch ein

Wort mit ihr reden und das in Ordnung bringen. Verstehst du das? Ich möchte nicht, daß sie während dieser ganzen Nacht sich zerquält. Verstehst du das?

HELGA *(sieht einen Augenblick lang vor sich hin. Dann greift sie nach ihren Zigaretten):* Ja. Ich verstehe das.

MARTIN *(erhebt sich, geht ans Telefon, nimmt unterwegs den Mantel auf, wirft einen Blick auf seine Uhr):* Ich sage ihr nur gerade Bescheid. Ich werde zu ihr fahren, das Mütterchen ist ja Gott sei Dank außer Haus. *(Er wirft sich den Mantel über die Schulter, hebt den Telefonhörer ab und wählt)* Es wird nicht lange dauern.

Vorhang

23

Freitag, 24. Dezember, 15.00

Sie sagt es mir zwischen Tür und Angel. Sie sagt es mir, als sie sich verabschiedet, am Ende dieses Besuchs, der uns das Miteinander am Weihnachtsabend ersetzen muß. Sie sagt es mir ausgerechnet in dieser Minute.

Es ist das vierte Weihnachtsfest, an dem mir, und ihr ja wohl auch, so schmerzlich bewußt wird, daß die Bindungen, denen wir unterliegen, es uns verwehren, dieses Fest gemeinsam zu verbringen. Wie sehr sie auch an ihrem Mütterchen hängen und diese Bindung bejahen mag, wie unvorstellbar es mir auch erscheint, mich von Helga zu trennen: es ist nun einmal eine sehr schmerzliche Sache, mit einem Menschen, den man liebt, gerade an einem solchen Abend nicht zusammensein zu können. Ich wäre heute abend gern mit Annegret zusammen.

Sie ist, wie in den drei Jahren vorher, am frühen Nachmittag gekommen. Sie hat ihre Geschenke für Helga und für mich mitgebracht. Wir haben ein paar Kerzen angezündet, Helga und ich haben unsere Geschenke für sie auf den Tisch gelegt, sie hat ihre Geschenke für uns danebengelegt. Wir haben uns mit Ahas und Ohos über das ein wenig peinliche, aber ganz unvermeidliche Gefühl hinwegzuhelfen versucht, daß jetzt eigentlich der Zeitpunkt gekommen sei, gemeinsam ein Lied zu singen. Ich bin mit einem „Also, dann!" der Gefahr, daß sich ein Augenblick der Stille breitmachen könnte, entgegengetreten und habe nach meinem Geschenk gegriffen und habe es ausgepackt.

Es ist sehr schön, mit sehr viel Geschmack und Liebe ausgesucht, wie in jedem der vorangegangenen Jahre. Und auch Helga kann sich wieder nicht beklagen, ganz im Gegenteil, es steckt unglaublich viel Aufmerksamkeit in diesem Geschenk, das Annegret ihr gemacht hat. Wir haben uns umarmt, auch Helga hat

Annegret umarmt, Annegret hat Helga umarmt, wir haben uns auf die Wangen geküßt, und dann haben wir uns wieder gesetzt und unsere Geschenke betrachtet, und jeder hat zu seiner Zeit den Kopf geschüttelt und gesagt, wie sehr er überrascht sei und wie sehr er sich freue (ich war sehr überrascht, und ich habe mich sehr gefreut).

Wir haben, ein wenig verfrüht, aber anders ist es ja nicht möglich, miteinander eine Tasse Kaffee getrunken und ein Stück von Helgas Christstollen gegessen. Und dann hat Annegret gesagt, nun müsse sie aber gehen, sonst werde das Mütterchen sehr böse werden. Helga hat ein Stück Stollen für das Mütterchen und für Annegret abgeschnitten und eingepackt, und dann hat sie sich entschuldigt und ist in die Küche gegangen, sie bereitet ein großes Abendessen vor, für uns beide, für heute abend, das Weihnachtsabendessen.

Ich war mit Annegret noch zwei oder drei Minuten allein im Wohnzimmer. Sie hat mir nicht einmal eine Andeutung gemacht in dieser Zeit. Sie hat mich, als ich sie in die Arme schloß, geküßt, als ginge es um ihr Leben, und sie hatte, als sie sich von mir löste, die Augen voller Tränen. Ich habe gedacht, es sei wegen des Weihnachtsabends, mir selbst war das Herz ja schwer genug. Sie hat mir nicht den kleinsten Wink gegeben, daß es einen ganz anderen Grund hatte.

Erst am Ende dieses Besuchs, der uns den Weihnachtsabend ersetzen muß, erst als ich sie schon zur Tür gebracht habe, die Tür steht schon offen, der unsanfte Wind jagt ein paar wäßrige Schneeflocken in die Diele hinein, es friert mich in meinem dünnen Pullover, erst als sie sich verabschiedet, sagt sie es mir, zwischen Tür und Angel.

Sie sagt: „Ich wünsch dir einen ruhigen, einen zufriedenen Abend. Und denk ein bißchen", die Stimme bricht ihr, sie setzt die Zähne in die Unterlippe und bringt dann schwach heraus: „... an mich. Wenn du kannst. Ja?" Schon wieder schießen ihr die Tränen in die Augen, sie wendet den Kopf ab. Ich fasse mit meiner Rechten ihre Wange, drehe ihren Kopf zu mir, ich denke, es ist dieser Weihnachtsabend, ich tätschle ihre Wange, lächle sie an, und dann sagt sie, mit großen, weitaufgerissenen, nassen Augen: „Martin, meine Regel ist ausgeblieben."

Ich lasse ihre Wange los, sehe sie an. „Was sagst du?"

Sie nickt, ein paarmal, schnell hintereinander, mit weitaufgerissenen Augen, sie macht ganz unwiderstehlich den Eindruck eines Kindes, das stumm und eifrig im nachhinein die Wahrheit dessen beteuert, was es soeben gesagt hat.

Ich räuspere mich, sehe hinüber zur Küchentür, sie ist geschlossen, ich dämpfe meine Stimme. „Deine Regel ist ausgeblieben?"

„Ja." Sie nickt schon wieder in dieser Art, heftig. Zwei, drei Tränen werden aus ihren Augen herausgeschüttelt, sie kullern über die Wangen hinab.

Ich fasse ihren Arm, ziehe sie in die Diele zurück, schließe die Tür, sehe noch einmal zur Küche hin. Es wäre besser, wenn ich sie zurück ins Wohnzimmer brächte, aber Helga wird dann noch eher auf den Gedanken kommen, daß etwas Besonderes geschehen sein muß bei diesem Abschied. „Seit wann?"

„Bitte?" Die weitaufgerissenen Augen sehen mich ganz verständnislos an, ratlos, verständnislos, aber eifrig.

„Seit wann ist deine Regel fällig?"

„Seit einer Woche."

„Seit einer Woche? Aber kommt das nicht häufig vor bei dir? Solche Schwankungen, meine ich?"

„Ja, schon." Jetzt fängt sie auch noch zu flüstern an, in einem angestrengten Ton: „Aber heute vor einer Woche war das allerletzte Datum. Am 17. hätte ich sie allerspätestens bekommen müssen."

„Wann hattest du sie zum letztenmal? Ich meine, wann ist sie zum letztenmal eingetreten?"

„Ich weiß es nicht mehr ganz genau. Am 15. November, meine ich. Es kann auch der Vierzehnte gewesen sein. So um den Zwanzigsten herum war es jedenfalls vorbei. Es muß spätestens am 15. November gewesen sein."

„Und wie groß ist die Schwankung bei dir?"

„Zwischen vierundzwanzig und zweiunddreißig Tagen." Um

Gottes willen, jetzt wiederholt sie das auch noch einmal, angestrengt flüsternd, mit akzentuierenden Lippen: „Vierundzwanzig. Zweiunddreißig."

„Da bist du ganz sicher? Du weißt diese Daten genau? Zweiunddreißig Tage, das ist das absolute Maximum?"

Sie nickt, heftig.

Ich fange an zu rechnen. Ich kann mich nicht lange an dieser Rechnung festhalten, sie ist sehr einfach. Der Vierzehnte würde die Sache nur noch schlimmer machen. Vom 15. November bis zum 17. Dezember sind es nicht weniger als zweiunddreißig Tage. Und bis heute sind es genau neununddreißig Tage.

Ich sehe zu Boden. Ich stemme die Hände in die Hüften. „Annegret, ich weiß jetzt nicht, was ich sagen soll. Ich bin überrascht. Aber ich..."

„Martin." Ich sehe sie an. Die großen Augen hängen an mir, als sei ich der Weltenlenker, der auf jede Frage Antwort weiß. „Martin, kann es sein, daß wir nicht aufgepaßt haben?"

„Wir? Wann?"

„Am 30. November, Dienstagabend, erinnerst du dich nicht mehr? Im Apartment?"

„Ach so, ja. Ich weiß das Datum nicht mehr, offengestanden. Aber ich kann es natürlich nicht ausschließen. Ich war zwar ganz sicher, daß ich... Aber man kann so etwas natürlich nicht völlig ausschließen. Ich denke noch einmal darüber nach, Annegret."

„Martin."

„Ja? Du brauchst übrigens nicht so zu flüstern, das wird Helga höchstens mißtrauisch machen, wenn sie von unseren Stimmen nichts mehr hört."

„Martin." Sie flüstert unverändert. „Würdest du dich denn ein bißchen freuen?"

„Freuen?" Ich lache, ich tätschle ihre Wangen, ich lache, aber es ist mir, und sie könnte es gar nicht überhören, wenn sie nicht so in ihre eigenen Empfindungen verstrickt wäre, es ist mir eiskalt bei diesem Lachen. Freuen. Wie passend. In dulci jubilo. Nun singet und seid froh.

„Du hast dir doch immer so sehr ein Kind gewünscht, Martin.

Martin, lieber Martin", und auf einmal bricht sich ein ganz hemmungsloses, hysterisches Schluchzen Bahn, sie schluchzt ganz unversehens so laut auf, daß ich zusammenfahre, und dann packt sie ein regelrechter Weinkrampf, er schüttelt sie durch vom Kopf bis zu den Füßen, ihre Schultern zittern, dieser ganze armselige Mensch bebt wie ein Rohr im Wind, sie steht mit hängenden Armen vor mir, das Gesicht halb zur Seite und zu Boden gewandt, und die Tränen stürzen ihr nur so aus den Augen. Ich ziehe sie an mich, schließe sie in meine beiden Arme ein. Helga erscheint, bleibt stehen, schaut uns mit großen Augen an. Ich schüttle über Annegrets Schulter hinweg den Kopf, winke ab. Helga zieht sich zurück.

„Komm, mein Schatz, komm, es ist ja gut. Es wird alles gut, mach dir keine Sorgen. Es wird alles gut, du kannst dich darauf verlassen. Hör jetzt auf zu weinen, bitte."

Sie beruhigt sich ganz allmählich. Ich tupfe ihr die Tränen aus den Augen, ich küsse ihre Nasenspitze. „Es wird alles gut, hörst du?" Sie nickt, eifrig, gläubig. „Wir werden in aller Ruhe darüber sprechen, hörst du? Und wenn wir in den nächsten beiden Tagen keine Gelegenheit dazu haben, dann darfst du trotzdem nicht unruhig werden und grübeln und traurig werden oder vielleicht sogar verzweifeln, das wäre ganz falsch, verstehst du? Ich werde über alles nachdenken, und spätestens am Montag sprechen wir beide in aller Ruhe miteinander." Ich küsse sie auf die Nasenspitze.

Sie schluchzt noch einmal auf, ein Nachwehen nur, sie lächelt sofort. Sie wischt sich mit Daumen und Mittelfinger die Augenwinkel aus. „Du, jetzt muß ich aber gehen."

Ich bringe sie hinaus an ihr Auto. Ich fühle den kalten Wind im Rücken. Sie steigt ein, zieht die Tür halb zu, öffnet sie noch einmal. „Du, Martin."

„Ja, mein Schatz?"

„Es ist völlig verrückt, aber ..." Sie sieht mich an, aus dem Auto heraus, halb gebückt. „Manchmal freue ich mich, wenn ich daran denke. Tatsächlich. Ist das nicht völlig verrückt? Ich freue mich richtig manchmal."

„Was soll daran verrückt sein?“ Ich lege meine Hand an ihre Wange.

Sie kurbelt im Wegfahren das Fenster hinunter, trotz der Kälte, streckt den Arm heraus, bewegt die gespreizten Finger ein wenig auf und ab. Ich winke ihr, bis sie abgebogen ist. Der Wind treibt mir das Wasser in die Augen.

24

Freitag, 24. Dezember, Weihnachtsabend

„Unsere ganze Würde beruht also auf dem Denken. Von dorther muß unser Selbstbewußtsein kommen, nicht aber vom Raum und von der Zeit, die wir nicht ausfüllen können. Bemühen wir uns also darum, richtig zu denken: das ist die Grundlage für alle Sittlichkeit." (Pascal, *Pensées,* 347)

25

Samstag, 25. Dezember, 15.00

(Das Arbeitszimmer im Hause der Marquardts. Martin Marquardt sitzt am Schreibtisch und schreibt, sieht dabei ab und zu in ein Buch, das aufgeschlagen vor ihm liegt. Auf dem Schreibtisch steht ein kleines Tannengesteck mit einer dicken, brennenden Kerze. Ein Telefon. Helga Marquardt betritt das Zimmer, auf Strümpfen. Sie trägt ein Tablett mit zwei Tassen und zwei Kognakgläsern)

HELGA: Möchtest du gleich Kaffee trinken?

MARTIN *(schreibt weiter)*: Ja, sehr gern. Ich bin sofort fertig.

HELGA: Und wie wär's mit einem Kleinen vorher, nur zum Anwärmen? *(Sie tritt neben ihn und zeigt ihm das Tablett)*

MARTIN *(sieht ein wenig abwesend auf das Tablett, läßt dann den Stift sinken, lehnt sich zurück, lacht)*: Fabelhaft. Ich muß schon sagen, deine kleinen Einfälle machen das Leben schöner. *(Er nimmt eine Tasse und ein Kognakglas von dem Tablett, stellt sie auf den Schreibtisch)*

HELGA *(stellt das Tablett auf den Rauchtisch, setzt sich in den Sessel und streckt die Beine von sich)*

MARTIN *(hebt das Kognakglas)*: Also, dann ...

HELGA *(prostet ihm zu)*

MARTIN: Zwei Sekunden noch?

HELGA: Laß dir Zeit. *(Sie nimmt eine Zigarette und zündet sie an. Sie betrachtet Martin)*

MARTIN *(läßt den Stift fallen, lehnt sich zurück)*: So. Fertig. Also ... dann noch einmal. *(Er hebt das Kognakglas)*

HELGA *(prostet ihm zu. Sie stellt ihr Glas ab, dreht es ein wenig auf dem Tablett)*: Was machst du da?

MARTIN *(stemmt beide Hände gegen die Schreibtischkante, starrt auf seine Notizen)*: Ja, was mache ich da? *(Er nimmt die Blätter, stößt sie mit der Unterkante auf, legt sie beiseite, schlägt das Buch zu, legt es auf seine Notizen)* Was habe ich da gemacht?

HELGA: Studieren? Philosophie?

MARTIN: Nein. Diesmal keine Philosophie. Viel einfacher. Ein mathematisches Problem. Ach Unsinn, noch immer zu anspruchsvoll. Ein bißchen Rechnen. Und ein bißchen Biologie. *(Er sieht sie an)* Eine Mischung aus Biologie und Rechnen. Sehr einfach.

HELGA: Entschuldige, aber das ist mir zu hoch.

MARTIN *(starrt auf seine Notizen, nimmt dann den Kaffeelöffel und rührt in seiner Tasse):* Helga, ich muß dir etwas sagen.

HELGA *(atmet einmal tief durch):* Ja?

MARTIN *(sieht sie an):* Dieser Weinkrampf, den Annegret gestern nachmittag bekommen hat, bevor sie nach Hause fuhr... Ich habe dir gesagt, es sei wegen des Weihnachtsabends gewesen. Das war nicht die Wahrheit. Es tut mir leid, ich bitte dich um Verzeihung. Ich mußte selber erst einmal damit fertig werden. Ich wollte dich nicht damit überfallen. Nicht so überfallen, wie Annegret mich damit überfallen hat.

HELGA: Was war es also? *(Sie streicht sich mit beiden Händen über die Augen, faltet dann die Hände im Schoß)*

MARTIN: Annegrets Regel ist ausgeblieben. Sie ist seit einer guten Woche überfällig, selbst wenn man den alleräußersten Zeitpunkt in Rechnung zieht, zu dem sie hätte kommen müssen.

HELGA *(faßt sich mit einer Hand an den Mund, preßt die Finger tief in die Wange)*

MARTIN *(schiebt das Buch von seinen Notizen weg, nimmt das oberste Blatt der Notizen auf, hält es halb hoch und sieht darauf):* Sie wäre schon am 9. Dezember nicht zu früh eingetreten. Nun gut, damit war nicht unbedingt zu rechnen. Aber sie ist jetzt seit acht Tagen überfällig. Seit einer Woche und einem Tag.

HELGA *(springt plötzlich auf. Sie geht auf die Tür zu, als wolle sie das Zimmer eilig verlassen, hält auf halbem Wege inne, kehrt um, bleibt neben Martin stehen, aber halb von ihm abgewandt, preßt beide Hände an die Schläfen, sieht angestrengt zu Boden, sagt dann, mehr zu sich als zu Martin):* Also gut. Also gut.

MARTIN *(beobachtet sie beunruhigt, aber auch unwillig):* Was hast du denn?

HELGA: Also gut. *(Sie atmet einmal tief auf)* Ich hab verloren. *(Sie löst die Hände von den Schläfen, sieht um sich, als erwache sie, geht dann zu dem Sessel, läßt sich sehr langsam darin nieder. Sie greift nach dem Zigarettenkasten, nimmt eine Zigarette, legt sie wieder in den Kasten, lehnt sich zurück, lehnt den Kopf zurück)* Ich hab' verloren. Also gut.

MARTIN *(sehr befremdet)*: Was soll das? Entschuldige bitte, ich kann verstehen, daß diese Eröffnung dir zusetzt, ich habe sie dir ja auch keineswegs gern gemacht. Aber ich verstehe diese Reaktion nicht. Ich weiß damit nichts anzufangen.

HELGA *(sieht ihn an, aber noch immer geistesabwesend)*: Ich habe verloren. Ich hab immer gefürchtet, daß es passieren könnte. Ich hab's immer gewußt. Ich war mir darüber im klaren. Aber ich habe versucht, es beiseite zu schieben. Nun ist es passiert. *(Sie preßt wieder die Hände an die Schläfen, sieht zur Decke, als dächte sie über eine Rechenaufgabe nach und stünde kurz vor der Lösung)* Ich habe verloren. Ich – habe – verloren.

MARTIN: Also, Helga, bitte, kannst du das jetzt nicht lassen? Willst du mich nicht zunächst einmal ausreden lassen? Diese stereotype Wiederholung –

HELGA *(in einem plötzlich ganz kläglichen Ton)*: Ich habe verloren. O, Martin. *(Ihre Mundwinkel verzerren sich, sie fängt an zu weinen, das Weinen verzerrt ihr ganzes Gesicht)* O, Martin, mein Lieber. *(Sie schlägt die Hände vors Gesicht, ihre Schultern beben)*

MARTIN *(seinen Unwillen nur noch mit Mühe unterdrückend)*: Also, Helga, bitte. Ich muß dich wirklich sehr bitten. Ich bitte dich von Herzen. Ich kann verstehen, daß das für dich ein ... eine sehr unangenehme Eröffnung ist, und schmerzlich natürlich auch. Ich verstehe das ja. Aber diese Reaktion ist, entschuldige bitte, sie ist übertrieben. Sie ist fast ein wenig theatralisch, sei mir nicht böse. Laß mich doch erst einmal ausreden, ja?

HELGA *(löst die Hände von den Augen, legt sie ans Kinn, sieht ihn an)*: Was willst du mir denn noch sagen, Martin? Es ist doch alles gesagt. Sie bekommt ein Kind von dir, Martin. Ich habe verloren. Sie bekommt ein Kind von dir, du wirst sie heiraten. Du wirst dich von mir trennen und sie heiraten. Ich habe verloren, Martin. *(Plötzlich lächelt sie)* Martin, du wirst ein Kind haben, endlich.

MARTIN *(kann nicht länger an sich halten):* Würdest du mich jetzt bitte endlich ausreden lassen?

HELGA *(lächelnd):* Was willst du mir denn noch sagen? *(Plötzlich läßt sie die Hände sinken, sieht ihn starr an)* Willst du sie etwa zu einer Abtreibung veranlassen? Martin?

MARTIN: Ich bitte dich jetzt zum letztenmal, Helga: laß mich ausreden.

HELGA: Das kann doch nicht sein. Das ist doch nicht möglich, du würdest ihr so etwas doch nicht vorschlagen, Martin? Du würdest so etwas doch nicht von ihr verlangen, nachdem du sie in diese Situation gebracht hast? Nicht wahr, Martin, das würdest du doch nicht tun?

MARTIN *(sieht sie stumm und erbittert an)*

HELGA: Martin. Oder willst du ... *(Sie greift jäh nach dem Zigarettenkasten, nimmt wieder eine Zigarette, greift nach dem Feuerzeug, läßt es, legt die Zigarette wieder ab, sieht ihn an)* Du hast ihr doch nicht etwa gesagt: Bring dieses Kind zur Welt, mach dir keine Sorgen? Bring dieses Kind zur Welt, ich werde dafür geradestehen, ich werde dafür sorgen. So etwas hast du ihr doch nicht gesagt, Martin, nicht wahr? Du hast ihr doch nicht etwa Geld angeboten? So etwas würdest du doch nicht tun? Du wärest doch nicht fähig dazu? Du würdest ihr doch nicht etwa Geld anbieten und dir einreden, du wärst damit die Verpflichtung los, die du auf dich genommen hast? Nicht wahr, Martin, so etwas tätest du doch nicht? Du wärest doch nicht fähig, so etwas zu tun? Martin?

MARTIN *(schreit):* Würdest du mich jetzt endlich ausreden lassen? *(Er greift schweratmend nach seinen Papieren, schiebt sie hin und her, schiebt sie beiseite. Dann, in normalem Ton)* Entschuldige bitte. Es tut mir leid. *(Er sieht sie an)* Bist du jetzt bereit, mir zuzuhören?

HELGA *(sehr ruhig):* Ich höre. *(Sie nimmt die Zigarette auf, zündet sie an)*

MARTIN *(räuspert sich. Er will nach den Papieren greifen, hält inne, nimmt die Papiere dann aber auf. Er sieht die Papiere durch. Er räuspert sich noch einmal):* Ich habe hier alle wesentlichen Daten zusammengestellt. Aufgrund dieser Daten läßt sich, wenn Annegret tatsächlich schwanger ist, mit einiger Sicherheit die Zeit eingrenzen, innerhalb derer die Befruchtung stattgefunden haben kann. Ich habe mich darüber noch einmal so genau wie möglich informiert. Wenn ich alle Faustregeln und Daten berücksichtige, dann komme ich im Fall Annegret zu dem Ergebnis, daß die Befruchtung an jedem Tag vom 21. November bis zum 7. Dezember stattgefunden haben könnte. Das ist eine ziemlich simple Rechnung, ich will dich damit jetzt nicht aufhalten. Du kannst es nachrechnen, wenn du willst, ich habe es hier *(er hebt ein Blatt hoch)* ziemlich übersichtlich dargestellt. Ich kann danach nicht mit völliger Sicherheit ausschließen, daß ich, wenn sie tatsächlich schwanger sein sollte, der Erzeuger bin. *(Er stutzt, rafft dann die Blätter zusammen, stößt sie mit der Unterkante auf, hält sie, während er weiterspricht, in der Hand und betrachtet sie)* Entschuldige bitte. Ich muß jetzt diesen Punkt berühren, ich möchte dir nicht weh tun, aber es ist wichtig. Es ist unerläßlich. Ich bin mit Annegret am 30. November, das war ein Dienstag, ich bin ... ich war mit ihr zusammen, am Abend dieses Tages. Im Apartment. Die Umstände waren so, daß es dabei hätte passiert sein können. Ich habe zwar, ich habe mich, wie man so sagt, in acht genommen. Aber mit letzter Sicherheit kann man ja, unter gewissen Umständen, meine ich, nicht ausschließen, daß es zu einer Befruchtung kommt. Nach den Daten ihres Zyklus wäre es jedenfalls bei dieser Gelegenheit möglich gewesen. *(Er legt die Blätter wieder auseinander, mustert sie)*

HELGA: Also?

MARTIN: Nach den Daten ihres Zyklus wäre es allerdings auch möglich gewesen, daß Annegret geschwängert wurde zwischen dem Abend des 21. November, Sonntag, und dem Morgen des 24. November, Mittwoch. Oder am Abend des 6. Dezember, Montag.

HELGA *(sehr ruhig)*: Ja?

MARTIN *(sieht Helga an)*: Annegret war vom 21. bis zum 24. November angeblich mit ihrer Freundin Erika bei deren Mutter in Aachen. Der des öfteren erwähnte Herr Karl-Heinz Pauly war vom 21. bis zum 24. November ebenfalls abwesend, auf einer

Dienstreise nach Berlin. *(Er rafft seine Blätter wieder zusammen)* Und am Abend des 6. Dezember war Annegret angeblich im Kino, um sich mit ihrer Mutter einen Film anzusehen, von dem sie nur das weiß, was darüber in der Zeitung stand, das allerdings bis in einzelne Wendungen hinein. Zu welcher Unternehmung Herr Pauly am Abend des 6. Dezember unterwegs war, weiß ich nicht. *(Er sieht Helga an)* Ich habe darüber allerdings eine bestimmte Vermutung. *(Er schweigt)*

HELGA: Das ist ganz unglaublich.

MARTIN: Was meinst du, bitte? – Daß Annegret sich von diesem Herrn Pauly hat schwängern lassen? Oder meinst du die Rechnung, die ich angestellt habe? Du kannst das nachprüfen, bitte sehr. *(Er nimmt seine Blätter auf und hält sie ihr hin)*

HELGA: Du willst dich vor deiner Verantwortung drücken.

MARTIN: Ich will mich nicht vor meiner Verantwortung drücken. Ich habe das nie getan, das ist nicht meine Art, du solltest das wissen. Allerdings bin ich nicht im geringsten bereit, eine Verantwortung zu übernehmen, die mit einiger Wahrscheinlichkeit nicht mich, sondern einen anderen trifft. Eine Verantwortung, von der zumindest nicht feststeht, ob sie mich oder nicht vielleicht diesen anderen trifft.

HELGA *(sehr ruhig)*: O nein, mein Lieber. So einfach ist das nicht. Du hast, du ganz persönlich hast Verantwortung für Annegret übernommen. Und alle Herrn Paulys dieser Welt, wie viele es davon auch geben mag, es gibt sicher eine ganze Menge davon, aber alle zusammen reichen nicht aus, dir ein Alibi zu liefern. Daß es hier einen Herrn Pauly gibt, der dir unangenehm aufgefallen ist, und daß es rings um Annegret herum andere Paulys geben könnte, dutzendweise gibt, die dir bisher nur nicht aufgefallen sind, das genügt nicht, mein Lieber, um dir den bequemen Abgang aus der Verantwortung zu ermöglichen, die du selbst, du ganz persönlich, übernommen hast. Und zwar übernommen hast ungeachtet der Binsenwahrheit, daß an jeder Straßenecke irgendein Pauly herumsteht, der auf seine Gelegenheit wartet.

MARTIN *(sehr kalt)*: Du glaubst doch nicht im Ernst, daß ich bereit wäre, für das Pläsier der Bruderschaft Pauly aufzukommen? Du glaubst doch nicht im Ernst, daß ich bereit wäre, für einen Herrn Pauly, Karl-Heinz, geradezustehen und für ihn die Zeche zu zahlen? Was du mir vorschlägst, bedeutet, grob gesagt, daß ich die Bordellrechnung des Herrn Pauly übernehmen soll.

HELGA: Ich hätte nie gedacht, daß du auf eine so billige, auf eine so ordinäre Art versuchen würdest, dich vor der Verantwortung für einen anderen Menschen zu drücken. Ich hätte nie gedacht, daß du ein so mieser, so billiger kleiner Feigling wärst, der nach jedem, selbst nach dem ordinärsten Vorwand greift, im allerersten Augenblick, in dem es für ihn brenzlig wird.

MARTIN *(stößt seine Blätter mit der Unterkante auf):* Helga, ich bin nicht gesonnen, mir diese hemmungslosen und völlig sinnlosen Beleidigungen auch nur eine Minute länger anzuhören. *(Er stößt die Blätter auf, heftig, erbittert, tief verletzt)* Mies also. Billig. Ordinär, nicht wahr? Und was würdest du von einer Frau halten, die einem Mann erklärt, sie liebe ihn, und die diesen Mann dann mit einem anderen, einem hergelaufenen Streuner betrügt, die sich von diesem Streuner beschnüffeln und besteigen läßt und vor Wonne aufwinselt dabei und die dann, wenn dieser Streuner sie gedeckt und seinen Samen in ihr abgesetzt und sie beiläufig geschwängert hat und befriedigt seines Weges gezogen ist, die sich dann zu dem Mann flüchtet, den sie liebt, wie sie sagt, und ihn mit unschuldsvollem Augenaufschlag fragt: Freust du dich denn auch ein kleines bißchen, ei, über was denn wohl, nun, über das Kind, das ich von dir unter dem Herzen trage? Und wirst du denn auch …

HELGA *(Sie fällt ihm ins Wort, beherrscht, aber mit sehr großem Nachdruck):* Red nicht so weiter, Martin. Hör sofort auf, in dieser Art zu reden. Sag nicht ein einziges Wort mehr in dieser Art, Martin. Du weißt nicht, was du damit kaputtmachst.

MARTIN: Ach ja? Ich mache damit etwas kaputt? Und wie fändest du es, wenn ich etwas ganz anderes kaputtmachte, wenn ich deinem Vorschlag folgte, deiner theatralischen Geste, und etwas kaputtmachte, an dem doch eigentlich auch dir gelegen sein müßte? Ja, bist du denn von Sinnen, hat dieser Anfall von weiblicher Solidarität oder um welche Krankheit es sich auch handeln mag, hat dieser Paroxysmus dich denn völlig blind gemacht? Bist du vor lauter Gefühlsduselei nicht mehr imstande, deine eigenen, wohlbegründeten Interessen zu erkennen? Erwartest du im Ernst von mir, daß ich wegen einer solchen Frau meine Ehe kaputtmache, daß ich um ihretwegen einen Menschen aufgebe und im Stich –

HELGA *(schreit):* Red jetzt nicht von deiner Ehe! Red nicht ausgerechnet jetzt von mir! *(Wieder ruhig, aber mit sehr großem Nachdruck)* Laß mich aus deinem Spiel. Du sollst nicht und du wirst nicht, das versichere ich dir, du wirst nicht auch noch mich als Alibi für deine Feigheit und Niederträchtigkeit mißbrauchen.

MARTIN: Also bitte. Reden wir nicht mehr von unserer Ehe. Ich denke, daß dieses Gespräch damit sein Ende gefunden hat. *(Er steht auf)*

HELGA: Martin, liebst du Annegret?

MARTIN: Weißt du, Helga, es ist sinnlos, daß du jetzt einen neuen Einstieg suchst. Einen Einstieg auch noch, der dich ja mit Sicherheit nicht zu neuen Erkenntnissen führen wird.

HELGA: Liebst du Annegret?

MARTIN: Möchtest du zum guten Schluß auch noch dir selbst weh tun? Also bitte: Ja, ich liebe Annegret. Und eben deshalb nehme ich diesen ganzen Fall so ernst.

HELGA: Würdest du, wenn sie tatsächlich ein Verhältnis mit diesem Pauly hätte, auch sein Gefühl für sie Liebe nennen? Ich meine: kannst du dir vorstellen, daß dieser Mann Annegret liebt, so wie du, oder vergleichbar jedenfalls?

MARTIN *(sehr kalt):* Kannst du dir vorstellen, daß ein Streuner das Hinterteil liebt, das er besteigt?

HELGA: Nein, das kann ich nicht. Was denkst du, wie dieser Mann reagieren würde, wenn Annegret ihm sagte, daß sie schwanger ist?

MARTIN *(wirft den Kopf in den Nacken und lacht):* Mein Gott, das sind wirklich Fragen, die Kopfzerbrechen bereiten. *(Er sieht sie an. Kalt):* Herr Karl-Heinz Pauly würde sagen, mit seinem gepreßten

Organ: Mach dir keine Sorgen, Kleines. Ich stehe gerade dafür. Und dann würde er die erste Gelegenheit wahrnehmen, sich aus dem Staub zu machen. Die allererste, verstehst du?

HELGA: Ja, ich verstehe. Und dann wäre Annegret in großer Not, nicht wahr?

MARTIN: Das wäre sie wohl, in der Tat.

HELGA: Aber das wäre, obwohl du im Unterschied zu diesem Herrn Pauly sie liebst, für dich kein zwingender Grund, ihr zu verzeihen und dich zu ihr zu bekennen und ihr beizustehen in ihrer Not?

MARTIN: Nein, das wäre es in der Tat nicht. Denn sie hätte, wenn es so wäre, das Risiko, in solche Not zu geraten, aus vollem Herzen bejaht, in dem Augenblick, in dem sie diesen Streuner an sich heran- und über sich ließ und das auch noch genoß. Und ich denke gar nicht daran, in die Konsequenzen eines Aktes einzutreten, aus dem ich mit voller Absicht ausgeschaltet worden bin, der mir vorenthalten und verheimlicht wurde, weil Annegret daraus ihre köstliche Privatsache machen wollte, die niemanden etwas anging, und die ihr allein gehören sollte, ihr und ihrem Streuner. Ich mische mich nicht ein in anderer Leute Privatsachen. Und nun will ich dir noch etwas sagen, bevor du dein Fazit aus diesem kleinen Verhör ziehst und mir vorhältst, daß ich einen Menschen, den ich zu lieben behaupte, eiskalt im Stich lasse, wenn er in Not geraten ist. Ich will dir sagen, auf die Gefahr hin, daß das nun wieder dir weh tut, ich kann dir sagen, daß ich mein Leben opfern würde, wenn das nötig wäre, um Annegret aus einer Notlage zu befreien. Ich liebe Annegret mehr als mein Leben, so wie dich. Aber ich werde keinen Finger rühren, wenn sie in diese Notlage auf die Weise hineingeraten sein sollte, wie du es in deinem kleinen Verhör unterstellt hast, natürlich nur hypothetisch, und um mich in die Enge zu treiben. Ich drücke mich nicht vor der Verantwortung, die mich betrifft. Aber bevor ich die Verantwortung für den Fötus übernehme, den sie nun mit sich herumzutragen hat, unter ihrem Herzen, bevor ich einen so folgenschweren Schritt tue, will ich wissen, ich will es mit absoluter Sicherheit wissen, ob ich der Erzeuger dieses Fötus bin.

HELGA: Das wirst du nie mit absoluter Sicherheit erfahren können. Selbst wenn es dir gelingen sollte, diesen Pauly hier zu vergessen, selbst wenn du es fertigbrächtest, dir den Beweis zu konstruieren, daß er es nicht war, selbst dann könnte es jeder andere Pauly gewesen sein. Dutzende von Paulys, von denen du gar keine Ahnung hast. Wissen kannst du es nicht, du kannst es nur glauben und anerkennen, daß du der Vater dieses Kindes bist. Solange du nach Beweisen suchst, solange du Annegret nicht vertraust, wirst du deine Zweifel nicht loswerden. Du wirst es niemals, niemals mit absoluter Sicherheit wissen.

MARTIN: Dann werde ich niemals, niemals auch nur einen Finger rühren, um Annegret aus dieser Not herauszuhelfen.

HELGA: Martin.

MARTIN: Ja?

HELGA: Martin, so kannst du nicht weiterleben. Du machst die Menschen kaputt und dich selbst. Du kannst so nicht weiterleben. Und ich kann es auch nicht.

MARTIN: Und was soll das bedeuten?

HELGA: Martin. *(Sie steht auf)* Ich habe Angst vor dir. *(Sie verläßt das Zimmer)*

Vorhang

26

Samstag, 25. Dezember, 1945

„Wenn verschiedene Personen in Wertfragen unterschiedlich urteilen – die eine hält etwas für gut oder richtig, die andere für schlecht oder falsch –, durch welche Diskussions- oder Untersuchungsmethoden kann ihre Meinungsverschiedenheit dann beseitigt werden? Kann dies durch wissenschaftliche Methoden geschehen, oder sind Methoden anderer Art erforderlich, oder gibt es überhaupt keine rationale Lösung? ...

Der Unterschied zwischen den beiden Bedeutungen von ‚Meinungsverschiedenheit' ist im wesentlichen dieser: Im einen Fall handelt es sich um gegensätzliche Überzeugungen, die nicht beide wahr sein können, im anderen Fall um gegensätzliche Einstellungen, denen nicht beiden entsprochen werden kann ...

Es ist wohl einleuchtend, daß ein Streit insoweit den üblichen Methoden der Wissenschaft zugänglich ist, als er eine Divergenz in der Überzeugung enthält. Wenn diese Methoden die *einzigen* rationalen Methoden zur Begründung von Überzeugungen sind ..., dann sind die Methoden der Wissenschaft die einzigen rationalen Methoden zur Behebung von Divergenzen in der *Überzeugung*, die in der Auseinandersetzung über Werte enthalten sein können." (Charles L. Stevenson, *Facts and Values*)

„Genauso wie die Wissenschaft, wenn man sie ernsthaft betreibt, aus der Suche nach Hypothesen und deren Prüfung dadurch besteht, daß der Wahrheitsgehalt ihrer einzelnen Konsequenzen auf die Probe gestellt wird, genauso besteht die Moral, wenn man sie ernst nimmt, in der Suche nach Grundsätzen und deren Prüfung durch ihre Anwendung auf einzelne Fälle. Jede rationale Tätigkeit hat ihr eigenes Gesetz, und dies ist das Gesetz des moralischen Denkens: Die moralischen Grundsätze, die sich uns anbieten, zu prüfen, indem wir auf ihre Konsequenzen schließen und dann erwägen, ob wir *diese* akzeptieren können." (Richard M. Hare, *Freedom and Reason*)

„Marquardt."

„Martin, ich bin's. Annegret."

„O ja. Wie geht es dir?"

„Es geht so."

„Wie kommt es denn, daß du um diese Zeit anrufen kannst? Ist das Mütterchen ..."

„Sie ist gerade mal rausgegangen. Ich hab nicht viel Zeit. Sie kann jeden Augenblick zurückkommen."

„O ja."

„Was machst du, Martin?"

„Ich lese ein bißchen."

„Ist Helga nicht bei dir?"

„Nein. Ich sitze im Arbeitszimmer."

„Martin."

„Ja?"

„Hast du schon einmal nachgedacht?"

„Worüber?"

„Das weißt du doch."

„Wenn du das meinst, was du mir gestern nachmittag eröffnet hast: Ja, Annegret, ich habe nachgedacht. Und ich bin noch immer dabei. Ich tue nichts anderes mehr als nachdenken. Und ein bißchen lesen."

„Und?"

„Was und?"

„Bist du zu einem Ergebnis gekommen?"

„Ich sagte dir ja, Annegret, daß ich noch immer dabeibin nachzudenken. Und das heißt, daß ich noch kein Ergebnis vorzuweisen habe. Es tut mir leid, Annegret. Ich weiß nicht, ob du das verstehen willst. Aber es handelt sich ja wirklich um eine sehr komplizierte Situation, nicht wahr?"

„Ja, natürlich. Martin."

„Ja?"

„Martin, ist es möglich, daß du darüber nachdenkst, ob ... ob ich mich zu Recht an dich gewandt habe in dieser Situation? Ist es möglich, daß du darüber nachdenkst, ob ich mich nicht an jemand anders hätte wenden müssen?"

„Was heißt hier möglich?"

„Martin, bitte. Gib mir Antwort."

„Ich gebe dir ja Antwort. Natürlich gebe ich dir Antwort. Du fragst mich, ob es möglich sei, daß ich über einen gewissen Punkt nachdenke. Was heißt hier möglich? Hast du etwa nicht über alle möglichen Punkte, alle möglichen Fragen nachgedacht, seit du glaubst, schwanger zu sein?"

„Doch. Das habe ich."

„Also bitte. Die Situation ist ja nun weiß Gott so, daß man sich genötigt fühlen sollte, über jede nur erdenkliche Frage nachzudenken. Eine solche Situation wird man ja nicht gerade mit der linken Hand behandeln, nicht wahr, es geht ja schließlich und nicht zuletzt um ein Kind, es könnte zumindest um ein Kind gehen, nicht wahr, um einen unschuldigen kleinen Menschen, der ... Annegret? Hallo? Annegret?"

„Wenn das, was wir *moralisches Urteil* nennen, kein wirkliches Urteil ist, sondern nur ein Gefühl, dann folgt daraus, daß die Prinzipien der Moral, die wir als unwandelbare und für alle intelligenten Wesen geltende Gesetze zu betrachten gelernt haben, in nichts anderem begründet sind als in der zufälligen Struktur und Zusammensetzung des menschlichen Geistes; so daß eine Veränderung unserer Struktur dazu führen könnte, daß das, was jetzt unmoralisch ist, moralisch wird und sich Tugend in Laster und Laster in Tugend verwandelt. Und Wesen, die von anderer Struktur wären, könnten – der Andersartigkeit ihrer Gefühle entsprechend – andere und sogar entgegengesetzte Maßstäbe von Gut und Böse besitzen ...

Wenn jedoch das moralische Urteil ein wahres und wirkliches

Urteil ist, dann gründen sich die moralischen Prinzipien auf das unwandelbare Fundament der Wahrheit und verändern sich nicht je nach der Struktur oder Zusammensetzung derer, die über sie urteilen. Es mag zwar Wesen geben, und es gibt sie, die unfähig sind, moralische Wahrheiten zu verstehen und die Vortrefflichkeit moralischer Werte einzusehen, genauso wie es Wesen gibt, die unfähig sind, mathematische Wahrheiten einzusehen; aber keine Unzulänglichkeit, kein Irrtum des Verstandes kann Falsches machen aus dem, was wahr ist." (Thomas Reid, *Essays on the Active Powers of Man, V, of Morals)*

„Unsere ganze Würde beruht also auf dem Denken. Von dorther muß unser Selbstbewußtsein kommen, nicht aber vom Raum und von der Zeit, die wir nicht ausfüllen können. Bemühen wir uns also darum, richtig zu denken: das ist die Grundlage für alle Sittlichkeit." (Pascal, *Pensées,* 347)

27

Montag, 27. Dezember, 17.15

Ich will zu ihr. Ich will zu ihr, und ich kann es nicht.

War es das, was Tantalus empfand? Er stand bis zum Hals im Wasser, es netzte kühl sein Kinn. Aber sobald er den Kopf beugte, um es einzuschlürfen und seinen Durst zu lindern, die rissigen Lippen zu erfrischen, wich das Wasser träge zurück, unerreichbar. Früchte hingen bis auf seinen Scheitel herab. Aber sobald er die Hand nach ihnen ausstreckte, erhob sich der Wind und hob die Früchte, seine Hand griff ins Leere, immer wieder.

Dem Tantalus ist es gut ergangen im Vergleich mit mir. Ich wollte auf alles Wasser dieser Welt und auf alle ihre Früchte verzichten, wenn ich nur zu meinem kleinen, armen Schatz gelangen könnte. Ich wollte gern verhungern und verdursten, wenn ich nur eine Stunde, nur eine Minute lang sie in meinen Arm nehmen und bergen und ihr sagen könnte, wie sehr ich sie liebe.

Ich erinnere mich an die Nacht, in der ich schon einmal solch höllische Qualen durchlitten habe. Das war vor vielen Jahren, damals, als Helga ihre schwere Operation hinter sich gebracht hatte. Höllenqualen. Ich war am Morgen um neun in die Klinik gefahren. Die Operation dauerte noch an. Ich saß im Flur vor diesem Operationssaal. Operationsabteilung hieß das. Eine ganze Flucht von gekachelten Kabinetten und Räumen, durch Dutzende von breiten weißen Türen abgeschottet, und irgendwo ganz hinten standen sie um den hohen Tisch herum, auf dem sie Helga festgeschnallt hatten, unter gleißenden Lampen, die weißvermummten Gestalten, und setzten ihre blitzenden Messer an und schnitten in Helgas Fleisch.

Ich saß dort bis um elf. Dann kam der Arzt, der leitende, frisch gewaschen und frisiert, wieder hergerichtet nach der Strapaze. Es gehe ihr den Umständen entsprechend gut, doch. Die

Operation sei gelungen. Aber nun müsse man halt ein wenig Geduld haben. Ich fragte, ob ich sie sehen könne. Das habe wenig Sinn, sie sei ja nicht ansprechbar, und das dauere wohl auch noch eine Weile. Ich bestand darauf. Schließlich führte er mich, achselzuckend und ein wenig ärgerlich, auf die Intensivstation. Ein langer, endlos langer Saal, durch viele weiße Vorhänge aufgeteilt in viele helle Kammern. Viele Vorhänge standen offen, weißgekleidete Menschen gingen zwischen den Kammern hin und her. Ich sah nicht hinein in die Kammern im Vorübergehen, aber ich konnte meine Ohren nicht versperren gegen das unablässige leise Pumpen und Schnarchen der Apparate, die die Bewohner dieser Kammern am Leben hielten, ein sanfter Strom von geregelten Geräuschen, wie in einer hochtechnisierten, gedämpft auf vollen Touren laufenden Fabrik.

Helgas Kopf lag, wie von einem schweren Schlag zurückgetrieben, auf weißem Kissen. Die Lider geschlossen, bleischwer, über sich wölbenden Augäpfeln. Ein kurzer Atem, zwischen offenstehenden Lippen ein- und ausfahrend, die Ränder der Zähne lagen bloß. Schweißverklebtes Haar. Schläuche, aus Apparaten herunterhängend, sich hochwindend, eindringend in die blasse Haut der nackten Arme, unter die Bettdecke sich verkriechend. Irgendein Flackerlicht, das Signal dafür, daß in diesem Körper irgendwo noch ein Bewußtsein vorhanden sein mochte, eingekerkert, von finsteren Alpträumen, phantastischen Fetzen der Erinnerung im Kreise gejagt und geängstigt.

Am Abend, nachdem ich noch einmal angerufen hatte, Intensivstation, Schwester Margret, ja, es sei soweit alles in Ordnung, nein, das könne man nicht sagen, dafür sei es noch zu früh, man müsse Geduld haben, doch, jedenfalls keine Verschlechterung, von einer Verschlechterung könne man nicht reden, es sei insgesamt recht zufriedenstellend, nun müsse man geduldig die Nacht abwarten, am Abend betrank ich mich. Ich stieg nach Mitternacht betrunken in mein Auto und ich fuhr zur Klinik, ich überfuhr zweimal ein Rotlicht. Ich stellte mich, in der schwarzen, lautlosen Nacht, an das Gitter, das den Park der Klinik von der Straße abtrennt, ich hielt mich mit beiden Händen an den kalten

Stäben fest, ich preßte mein Gesicht dazwischen, die Kälte der Gitterstäbe stach in meine Wangen, ich suchte in dem erleuchteten Flügel der Intensivstation, da hinten, irgendwo zwischen den schwarzen Stämmen der Bäume, ich suchte das Fenster, hinter dem Helgas Bett, die hochgehobene weißbespannte Bahre stehen mußte, auf der sie sie ausgestreckt hatten, und ich fand es, es mußte das letzte sein, das am Ende dieses langen Saales, es war nur schwach erleuchtet, dieses Fenster, aus anderen drang ein viel helleres Licht hervor, Helgas Fenster schimmerte nur schwach, war es ein gutes Zeichen? War es ein schlechtes Zeichen?

Ich wollte zu ihr, ich wollte meine Hand auf ihre Wange legen, um alles in der Welt. Ich konnte nicht zu ihr. Sie war mir verlorengegangen, ich konnte sie nicht mehr erreichen. Sie war mir in der schwarzen, stillen Welt verlorengegangen, und ich wußte nicht einmal, ob dieses matte Licht mir einen letzten Wink gab, bevor sie für immer still verschwand. Ich preßte meinen Kopf zwischen die Gitterstäbe, meine Hände krampften sich um das kalte, unnachgiebige Eisen.

Meine Tränen rannen.

Habe ich so viel mehr gefrevelt als Tantalus, daß ich so viel mehr leiden muß?

Als ich heute morgen kurz nach halb neun in den Garagenkeller einfuhr, ich hatte mich ein wenig verspätet, stand Annegrets Auto noch nicht auf seinem Platz. Einer dieser häßlichen kleinen Gedanken fuhr mir durch den Kopf. Ich blieb in meinem Auto sitzen und wartete fünf Minuten. Dann spürte ich plötzlich eine starke Beunruhigung. Ich beeilte mich, in unser Büro zu kommen. Ich trat Fräulein Kübler entgegen, als hätte ich von ihr die Nachricht des Weltuntergangs zu erwarten.

„Frau Dr. Fabian kommt heute nicht."

„Warum? Ist etwas …"

Dieses Mädchen kann von einer unglaublichen Unverschämtheit sein. Sie starrt mich an, zwei, drei Sekunden lang. Um ein Haar hätte ich gesagt: „Wollen Sie nicht endlich Ihre Klappe aufmachen?"

„Sie ist krank. Ihre Mutter hat eben angerufen."

„Was fehlt ihr denn?"

„Ich weiß nicht. Ihre Mutter hat nichts Genaues gesagt. Sie fühlt sich schlecht. Sie ist heute morgen schon zum Arzt gefahren. Jedenfalls wird sie heute nicht kommen können, hat ihre Mutter gesagt."

Ich habe bis um halb zwölf wiederholte, aber völlig unsinnige Versuche unternommen, meine Arbeit zu tun. Es hat mich ein Schreckensbild nach dem anderen heimgesucht. Um halb zwölf habe ich es nicht mehr ausgehalten. Ich habe angerufen. Es war, wie erwartet, die kleine, scharfe Stimme, die sich meldete.

„Fabian."

„Guten Tag, Frau Fabian, hier ist Martin Marquardt. Verzeihen Sie bitte, wenn ich –"

„Meine Tochter ist nicht zu sprechen."

„Ja, natürlich, das dachte ich mir, ich wollte auch nur –"

„Sie müssen heute auf sie verzichten, sie ist krank."

„Ich weiß, das ist mir ausgerichtet worden. Ist sie schon vom Arzt zurück?"

„Ja, das ist sie."

„Und ... wie geht es ihr?"

„Sie ist sehr erschöpft. Sie ruht."

„Aber es ist doch hoffentlich nichts Ernstes?"

„Das kann ich Ihnen nicht sagen. Es würde mich nicht wundern, wenn es etwas Ernstes wäre. Sie hat sich leider für ihren Beruf völlig ausgegeben. Ihr Pflichtbewußtsein ist völlig übertrieben. Sie ist schon seit längerer Zeit total überarbeitet. Das dürfte Ihnen ja wohl nicht entgangen sein."

„Nein, natürlich nicht, es tut mir leid."

„So, das tut Ihnen leid? Dann sollten Sie bitte auch die Konsequenzen daraus ziehen, gefälligst."

Es hat keinen Sinn. Bevor das so weitergeht, will ich es wenigstens versucht haben. „Kann ich sie bitte einmal sprechen?"

„Nein, das können Sie nicht. Ich habe Ihnen ja bereits gesagt, daß sie ruht. Ich hoffe nur, daß sie nicht durch das Klingeln des Telefons gestört worden ist. Sie braucht Ruhe, sehr dringend, und ich möchte Ihnen übrigens jetzt schon sagen, daß sie auch morgen nicht ins Büro kommen kann." Sie legt auf, dieser widerliche kleine Drachen.

Ein Schreckensbild nach dem anderen hat mich heimgesucht. Was habe ich nur getan? Ich habe sie in Verzweiflung gestürzt. Ich habe, ich kann es nicht glauben, aber es ist wahr, ich habe gesagt, ich werde keinen Finger rühren, um ihr aus ihrer Not zu helfen. Und ich habe sie das spüren lassen. Ich war so kalt wie ein Stein, vorgestern abend, als sie in ihrer Verzweiflung mich anrief, und ich war es in voller Absicht. Drei kleine Wörter hätten genügt, um sie glücklich zu machen und alle ihre Not zu beenden: Ich freue mich.

Ich hätte ihr das sagen können, und es wäre kein billiger Trost, es wäre keine Lüge, es wäre die Wahrheit gewesen. Heute mittag, als ich wie blind in meinem Zimmer herumlief, ist es mir auf einmal bewußt geworden: Ja, ich freue mich. Es ist mir heiß geworden bei dem Gedanken, daß ich nun doch noch der Vater eines Kindes werden soll. Mir ist plötzlich ganz heiß geworden bei dem Gedanken, was das bedeutet. Ich habe mich auf meinen Sessel gesetzt, habe die Hände ineinandergekrampft, habe mir immer wieder mit den Händen auf die Knie geschlagen: „Ich freue mich. Mein Gott, ich freue mich."

Ich habe ihr das nicht gesagt. Ich war kalt wie ein Stein. Ich habe ihr in voller Absicht ein Rätsel aufgegeben, das Rätsel, wie ich mich nun verhalten werde. Ich wollte sie quälen, ja, gewiß doch, ich wollte nichts anderes, als ihr zusetzen und sie quälen. Und ich habe sie damit so in Verzweiflung gestürzt, daß es ihr sogar körperlich schlecht geht. Ich habe sie mit meiner Grausamkeit so zugerichtet, daß sie den Arzt aufsuchen mußte, verzweifelt, ein paar Pillen wenigstens, Tropfen, um die Not zu lindern, die Vorspiegelung wenigstens einer Hilfe in dieser Not. Was bin ich für ein Mensch?

Ich will nicht verschweigen, daß auch böse, unglaublich böse Gedanken mich heimgesucht haben in diesen Stunden voller Qual. Sie haben sich nicht in mir festkrallen können, sie haben sich nie länger als ein paar Sekunden halten können, sie sind jedesmal erdrückt, hinweggefegt worden von jähem Zorn auf mich selbst und von schmerzlicher Reue über das, was ich getan habe.

Aber sie haben sich hervorgewagt, in all ihrer unverschämten Nacktheit, solche Fragen: Kann es sein, daß sie mir diese Krankheit, diesen Schwächeanfall nur vorspielt, um mich unter Druck zu setzen? Ist es vielleicht sogar möglich, daß dieser Beginn einer Schwangerschaft nur vorgetäuscht ist, um das durchzusetzen, was sie ja schon von mir verlangt hat, nämlich mich von Helga zu trennen und sie zu heiraten? Vielleicht hat sie ihre Regel schon lange gehabt, wie wollte ich das kontrollieren? Und wie wollte ich, wenn ich unter dem Eindruck dieser Schwangerschaft den Bruch mit Helga vollzöge, und wenn danach dann die vermeintlich werdende Mutter zu mir käme und sagte, Martin, lieber Martin, sei nicht enttäuscht, aber es war wohl nichts, ich habe meine Regel bekommen, ich bin so traurig – wie wollte ich denn das kontrollieren?

Böse, abgrundtief böse Gedanken. Sie haben sich nicht festkrallen können, aber es ist schlimm genug, daß sie sich hervorwagen konnten. Daß sie es konnten, macht meine Qal nur noch unerträglicher. Was habe ich getan? Was bin ich nur für ein Mensch?

Ich habe es mir schon um zwei Uhr vorgenommen, und ich werde es jetzt tun. Ich halte es nicht mehr aus. Ich muß und ich werde jetzt zumindest diesen Versuch unternehmen. Ich wähle jetzt diese Nummer. Es kann nicht sein, es darf nicht sein, daß schon wieder dieses böse alte Weib sich meldet.

„Fabian."

„Verzeihen Sie, Frau Fabian, hier ist noch einmal Martin Marquardt. Ich bitte um Entschuldigung, aber ich mache mir wirklich ernste Sorgen um Ihre Tochter. Kann ich sie jetzt bitte einmal sprechen?"

„Ich muß Ihnen sagen, daß ich Ihr Benehmen ganz unerhört finde. Ich habe Ihnen heute vormittag schon gesagt, daß sie sehr erschöpft ist und daß sie ruht und daß sie durch das Klingeln des Telefons in ihrer Ruhe gestört wird. Ich finde Ihr Benehmen ganz unerhört."

Aufgelegt. Wie kann ein Mensch nur so grausam, so unerbittlich sein? Was geht nur vor in diesem kleinen, vertrockneten, alten Drachen? Glimmt in diesem eingeschrumpften Herzen kein Funke mehr von Verständnis und Mitgefühl?

Ich presse mein Gesicht zwischen die Gitterstäbe. Ich krampfe meine Hände um die kalten Stäbe. Ich will zu ihr. Ich kann nicht zu ihr. Ich habe sie verloren. Sie ist mir verlorengegangen in der stillen, schwarzen, kalten, in der unendlichen Welt.

28

Montag, 27. Dezember, 19.00

(Das Wohnzimmer im Hause der Marquardts. Helga Marquardt sitzt auf der Couch. Sie liest in einem Buch. Sie hebt den Kopf und lauscht. Martin Marquardt tritt ein)

MARTIN *(reibt sich die Hände):* Guten Abend.

HELGA: Guten Abend. *(Sie legt das Buch beiseite)* Möchtest du essen? Ich könnte dir ...

MARTIN: Nein, danke. Ich habe keinen Hunger. *(Er reibt sich die Hände)* Ich habe eine Bitte.

HELGA *(sieht ihn stumm an)*

MARTIN: Annegret ist krank. Sie ist heute morgen nicht ins Büro gekommen. Ihre Mutter hat sie entschuldigt. Sie fühle sich nicht gut und habe zum Arzt gehen müssen. Ich habe zweimal versucht, sie anzurufen, um etwas Genaueres zu erfahren. Aber dieses verdammte Mütterchen läßt mich nicht an sie heran. Könntest du vielleicht einmal bei ihr anrufen und hören, wie es ihr geht? Und was ihr denn eigentlich fehlt?

HELGA: Ich habe eben mit ihr gesprochen.

MARTIN *(konsterniert):* Du ...? Hast du sie angerufen?

HELGA: Nein. Sie hat mich angerufen. Aber ich hatte schon vorher mit ihr gesprochen. Und mit ihrer Mutter. Ich war heute mit Annegret zusammen.

MARTIN: Ich verstehe kein Wort.

HELGA: Martin, ich muß dir etwas sagen. Setz dich, bitte.

MARTIN: Was soll das?

HELGA: Setz dich.

MARTIN *(Er zögert einen Augenblick, schüttelt dann den Kopf, setzt sich in den Sessel):* Also bitte?

HELGA: Ich habe vorgestern nachmittag Annegret angerufen, nachdem du mir ... deine Berechnung dargelegt hattest. Du bist danach spazierengegangen. Das Mütterchen schlief noch. Ich habe Annegret angerufen und sie gefragt, wie es ihr ginge. Es ging ihr sehr schlecht. Du hattest offenbar schon am Tag vorher, am Weihnachtsabend, als sie dir sagte, was mit ihr los war, in einer Weise reagiert, die ihr wenig Hoffnung ließ.

MARTIN: *Was* habe ich?

HELGA: Versuch selbst, dir darüber klarzuwerden. Ich kann dir nur das sagen, was Annegrets Eindruck war und was sie mir davon vermittelt hat. Sie hat mich gefragt, ob du etwa glaubtest, daß sie mit einem anderen Mann geschlafen habe und daß es dabei passiert sei. Ich habe ihr gesagt, du dächtest darüber nach, und du hättest diese Möglichkeit auch ausgerechnet.

MARTIN *(beugt sich vor): Was* hast du ihr gesagt? Das ist doch wohl nicht dein Ernst?

HELGA: Natürlich ist es das. Oder meinst du etwa, daß ich Annegret hätte belügen sollen? Du willst doch wohl nicht sagen, daß Annegret keinen Anspruch auf die Wahrheit hätte?

MARTIN: Versuch bitte nicht, die Sache zu verdrehen. Selbstverständlich hat sie einen Anspruch auf die Wahrheit. Und du weißt, daß ich der letzte wäre, der ihr diesen Anspruch verweigerte. Aber solltest du nicht so viel Anstand und Taktgefühl besitzen, es mir zu überlassen, ihr das zu sagen? Wie kommst ausgerechnet du dazu, dich dazu berufen zu fühlen?

HELGA: Weil sie mich danach gefragt hat. Nun laß diese Ausweichmanöver. Laß mich ausreden. Ich bin noch nicht fertig.

MARTIN: Hast du noch mehr Mitteilungen dieser Qualität?

HELGA: Sie hat mir schon bei diesem ersten Gespräch gesagt, sie wolle dieses Kind nicht mehr haben. Und ob ich ihr nicht helfen könne. Ob ich nicht einen Arzt wisse, der ihr helfen könne.

MARTIN *(beugt sich ganz langsam wieder nach vorn. Er sieht Helga starr an)*

HELGA: Ich habe ihr gesagt, sie solle sich nicht mit solchen Gedanken beschäftigen. Sie komme wahrscheinlich nur darauf, weil sie sich jetzt schlecht fühle und total verwirrt sei von dieser ganz neuen Situation. Sie müsse sich erst einmal daran gewöhnen.

Nein, hat sie gesagt, sie will dieses Kind nicht mehr. Ich habe ihr gesagt, sie solle sich das dreimal überlegen. Und vor allem solle sie zunächst einmal in aller Ruhe mit dir reden. Sie hat es dann nicht ausgehalten und dich am Abend dieses Tages angerufen, vorgestern, du wirst dich daran erinnern. Sie hat dich gefragt, ob es möglich sei, daß du gewissen Zweifeln nachgingest. Du bist ausgewichen, du hast sie hingehalten. Und dann hast du am Ende tatsächlich auch noch versucht, dich hinter diesem ungeborenen Kind zu verstecken, du hast etwas gefaselt von einem kleinen, unschuldigen Menschen, um den es ja schließlich gehe.

MARTIN *(tonlos):* Das soll sie dir gesagt haben?

HELGA: Das hat sie mir gesagt. Stimmt es etwa nicht? Willst du ihr einen Vorwurf daraus machen? Sie hatte keine Menschenseele, mit der sie darüber sprechen konnte. Du bist so lange einer klaren Antwort ausgewichen, bis es zu spät war. Nach deiner Reaktion war sie ganz fest überzeugt davon, daß du dieses Kind nicht anerkennen würdest. Und ich konnte ihr nicht widersprechen.

MARTIN *(tonlos):* Du bist ein Ungeheuer.

HELGA: Sie hat sich die ganze Nacht herumgequält und den ganzen Morgen, gestern. Und am frühen Nachmittag, als du wieder auf deinem Spaziergang warst, nach deinen Studien, hat sie mich angerufen. Sie hat mir gesagt, sie habe sich das alles überlegt, und sie sei jetzt fest entschlossen. Sie wolle dieses Kind unter gar keinen Umständen haben. Und ich solle ihr bitte helfen. Ich habe ihr noch einmal gesagt, sie solle nichts unternehmen, ohne mit dir gesprochen zu haben. Sie könne doch zu uns kommen, sehr lange würdest du vielleicht nicht unterwegs sein. Sie hat nein gesagt, und sie hat mir das Versprechen abgenommen, dir nichts von ihrer Absicht zu sagen. Sie wolle unter gar keinen Umständen, daß du dich unter Druck gesetzt fühltest. Sie hat mich noch einmal gefragt, ob ich ihr helfen könne, und zwar sofort. Und wenn ich es nicht könne oder nicht wolle, dann werde sie einen anderen Ausweg suchen, und auch finden.

MARTIN *(starr):* Sprich weiter.

HELGA: Ich habe nach diesem Gespräch den Arzt angerufen.

Ich werde dir den Namen nicht sagen, es wäre sinnlos, mich danach zu fragen. Ich wußte von … von einer Bekannten, daß er in solchen Fällen hilft. Er hat mir für heute morgen einen Termin gegeben. Ich habe Annegret Bescheid gesagt. Ich habe sie heute morgen abgeholt und zu diesem Arzt gebracht. Er hat ihr eine Spritze gesetzt. In diesem frühen Stadium müßte das genügen. Er war ganz sicher. Es steht ja nicht einmal mit letzter Gewißheit fest, daß sie schwanger ist. Ich habe sie danach nach Hause gebracht. Sie hat, als sie mich vorhin anrief, gesagt, daß sie sich ein bißchen besser fühlt. *(Sie schweigt)*

MARTIN *(als erwache er langsam):* Du bist ein Ungeheuer. Ist dir klar, was du getan hast? Du hast dich der Beihilfe zum Mord schuldig gemacht. Zum Mord an einem unschuldigen Kind.

HELGA: Das du nicht haben wolltest.

MARTIN *(schreit):* Aber ich wollte es ja haben! Ich wollte es ja haben! *(Er läßt sich in den Sessel zurücksinken, legt beide Fäuste aufs Gesicht, stöhnt)* Ich wollte doch dieses Kind haben. Oh, mein Gott, ich wollte es doch haben. Ich habe mich gefreut, ich habe mich so sehr auf dieses Kind gefreut. Ich wollte es doch haben. *(Seine Schultern beginnen zu zittern)*

HELGA *(unsicher):* Martin. Martin, bitte. *(Sie steht auf, geht zu ihm, legt eine Hand auf seine Schulter)*

MARTIN *(fährt auf):* Rühr mich nicht an! *(Er steht auf, weicht einen, dann einen zweiten Schritt vor ihr zurück)* Mich packt ein Grausen, wenn du mich anrührst.

HELGA: Aber, Martin, bitte … Und warum hast du das nicht gesagt?

MARTIN: Hätte ich es nicht zuerst einmal Annegret sagen sollen?

HELGA: Aber warum hast du es ihr dann nicht gesagt?

MARTIN: Wie konnte ich das? Wie konnte ich das, da du doch bereits eingegriffen und die Rolle des Schicksals übernommen und über Leben und Tod entschieden und sie zur Schlachtbank dieses Arztes, des sogenannten, abgeführt und sie nach geschehenem Mord wieder der Obhut dieses Drachens übergeben hattest? Du hast mir ja doch nicht den Rest einer Chance gelassen.

HELGA *(den Tränen nahe, sie sieht zu Boden, fängt plötzlich an, an ihrer Unterlippe zu nagen):* Welcher Chance?

MARTIN *(ein wenig irritiert, aber noch immer aus dem vollen Register des Abscheus und der Empörung):* Welcher Chance?

HELGA: Ja. *(Sie fängt an, an der Rücklehne des Sessels zu nesteln)* Was wolltest du denn tun, Martin?

MARTIN *(in unverändertem Orgelton):* Was ich tun wollte?

HELGA: Ja.

MARTIN: Sollte dich das noch interessieren, nachdem du deine Rolle als Norne absolviert hast?

HELGA: Ja. Es interessiert mich.

MARTIN: Nun gut. Ich will es dir sagen. Ich wollte dieses Kind haben.

HELGA: Aber wie?

MARTIN: Aber wie?

HELGA: Ja.

MARTIN: Nun gut, du sollst es wissen. – Ich hatte mich entschlossen, Annegret zu heiraten.

HELGA *(Sie sieht ihn an, aus Augen, die sich mit Tränen füllen)*

MARTIN: Hattest nicht du selbst mir gesagt, das sei die Konsequenz dessen, was ich getan hätte? Hattest du nicht indirekt gesagt, das sei ich diesem Kind schuldig? Hattest du nicht gesagt, ich sei ein niederträchtiger kleiner Feigling, wenn ich diese Konsequenz nicht zöge?

HELGA *(nickt, unter Tränen)*

MARTIN: Das hattest du doch gesagt, nicht wahr? Und jetzt erst begreife ich, was das zu bedeuten hatte, es fällt mir wie Schuppen von den Augen. Ja, natürlich: Es war nichts als ein völlig skrupelloses Täuschungsmanöver.

HELGA *(verzweifelt):* Martin, bitte.

MARTIN: Es war Theater, dieses immer wieder ausgestoßene: Ich habe verloren! Ich habe verloren! In Wahrheit hast du angestrengt darüber nachgedacht, wie du diesen Grund, den so plötzlich aufgetretenen Grund, mich von dir zu trennen, beseitigen, wie du ihn ausräumen könntest.

HELGA *(ungläubig, entsetzt):* Martin.

MARTIN: Und du wußtest auch schon wie. Du kanntest ja diesen Arzt, den sogenannten. Und dann hast du, sobald ich das Haus verlassen hatte, Annegret angerufen und hast sie unmerklich in die Enge getrieben, bis sie am Ende davon überzeugt war, daß ihr nichts anderes übrigbliebe als eine Abtreibung, der Mord an diesem Kind. Und damit ich nie auf diesen Verdacht käme, hast du mir, bevor du das alles in Gang setztest, diese theatralische Szene vorgeführt: Ich habe verloren! Nicht wahr, ich sei ein niederträchtiger kleiner Feigling, wenn ich nicht die Konsequenz zöge und dieses Kind als das meine anerkenne und Annegret heirate. Ich habe mich gleich über diesen penetranten Edelmut gewundert. Es war ja doch nicht zu fassen, daß du deine eigenen Interessen so selbstlos zurückstelltest. Es ist sehr wohl zu fassen. Es war nichts als ein skrupelloses, gemeines Täuschungsmanöver.

HELGA *(atmet durch, sieht ihn fest an):* Bist du fertig?

MARTIN: Noch nicht ganz. Wie war das doch: Ich habe verloren! Nicht wahr? Und jetzt denkst du, du hättest gewonnen. Ich muß dich enttäuschen: Du irrst dich. Du irrst dich gewaltig. Glaube nicht, daß du mich durch einen so schmutzigen Trick an dich fesseln könntest. Du irrst dich.

HELGA *(wendet sich jäh ab und verläßt das Zimmer)*

MARTIN *(schreit hinter ihr her):* Du irrst dich gewaltig! *(Er fängt an, durch das Zimmer zu wanken, wankt ausdrucksvoll hin und her, stöhnt laut, bleibt an der Wand stehen, schlägt mehrmals mit der Faust gegen die Wand, stöhnt)* O, mein Gott, o, mein Gott. Ich wollte doch dieses Kind haben. Ich habe mich doch so irrsinnig auf dieses Kind gefreut. O, mein Gott. *(Er wankt wieder in die Mitte des Zimmers, stets mit dem Rücken zur Tür)*

HELGA *(erscheint in der Tür. Sie trägt einen Mantel, hält in der Hand eine hellbraune Reisetasche. Sie kämpft sekundenlang mit den Tränen, kämpft sie hinunter, bringt mit erstickter Stimme heraus):* Ich gehe, Martin. Ich komme noch einmal wieder, um meine Sachen zu packen. Aber es ist aus. Es ist aus, Martin.

MARTIN *(von ihr abgewandt, legt beide Fäuste vors Gesicht, stöhnt):* Oh, mein Gott. Wie kann ein Mensch so etwas tun? Wie ist es nur möglich?

HELGA *(nach einem Zögern, schließt die Tür hinter sich)*

MARTIN *(bleibt ein paar Sekunden lang in der beschriebenen Haltung stehen, nimmt dann die Fäuste vom Gesicht und geht zur Tür. Er neigt den Kopf zur Seite. Er lauscht. Dann greift er jäh nach der Türklinke. Er erstarrt. Er läßt die Hand auf der Klinke liegen. Dann senkt er den Kopf, sehr langsam. Er schließt die Augen. Er senkt den Kopf, bis sein Kinn auf der Brust ruht. Seine Schultern beginnen zu zittern)*

Vorhang

29

Montag, 27. Dezember, 23.45

„Es gibt ... zwei Arten von Wahrheiten: Vernunftwahrheiten und Tatsachenwahrheiten. Die Vernunftwahrheiten sind notwendig, und ihr Gegenteil ist unmöglich, die Tatsachenwahrheiten sind zufällig, und ihr Gegenteil ist möglich." Aber für die Tatsachenwahrheiten gilt gleichwohl das Prinzip, „wonach nichts ohne zureichenden Grund geschieht, das heißt, daß sich nichts ereignet, ohne daß es dem, der die Dinge hinlänglich kennte, möglich wäre, einen zureichenden Bestimmungsgrund anzugeben, weshalb es so ist und durchaus nicht anders." (Leibniz)

„Das Verhältnis meiner Begriffsschrift zu der Sprache des Lebens glaube ich am deutlichsten machen zu können, wenn ich es mit dem des Mikroskops zum Auge vergleiche. Das letztere hat durch den Umfang seiner Anwendbarkeit, durch die Beweglichkeit, mit der es sich den verschiedensten Umständen anzuschmiegen weiß, eine große Überlegenheit vor dem Mikroskop ... Sobald aber wissenschaftliche Zwecke große Anforderungen an die Schärfe der Unterscheidung stellen, zeigt sich das Auge als ungenügend. Das Mikroskop hingegen ist gerade solchen Zwecken auf das vollkommenste angepaßt ..." (Frege)

Liebt Helga einen anderen?

Wenn ich prüfen will, ob die Aussage „Helga liebt einen anderen" wahr oder falsch ist, dann muß das möglich sein, indem ich diese Aussage mit bestimmten anderen, Helga betreffenden

Aussagen verknüpfe, vorausgesetzt, der Wahrheitswert der anderen Aussagen ist mir bekannt und ich nehme die Verknüpfung auf logisch einwandfreie Weise vor.

Ich beginne mit einer Aussage, deren Wahrheitswert ich mit W unterstellen, das heißt, die ich als wahr unterstellen kann:

(p) Helga leistet Beihilfe zum Mord an Martins Kind.

Ich nehme eine zweite Aussage hinzu, deren Wahrheitswert ich zunächst offenlassen muß:

(q) Helga liebt Martin.

Um den Mangel auszugleichen, daß ich den Wahrheitswert der zweiten Aussage zunächst offenlassen muß, um also sicherzustellen, daß meine Beweiskette nicht ein brüchiges Glied enthält, führe ich als dritte Aussage die Negation der zweiten ein:

($\bar{q}$) Helga liebt Martin nicht.

Die vierte Aussage ist schließlich diejenige, deren Wahrheitswert – ob W (wahr) oder F (falsch) – ich durch ihre Verknüpfung mit den vorangestellten Aussagen ermitteln will. Diese vierte Aussage lautet:

(r) Helga liebt einen anderen.

Ich verknüpfe zunächst die erste, nicht zu bezweifelnde Aussage (p) mit der zweiten (q), allerdings auch, um sicherzugehen, mit der dritten ($\bar{q}$). Zur Verknüpfung kann ich sinnvollerweise nur die Konjunktion oder die Implikation verwenden.

Die Konjunktion würde besagen:

(p & q): Helga leistet Behilfe zum Mord an Martins Kind und liebt Martin.

Oder, wenn ich ($\bar{q}$) unterstelle:

(p & $\bar{q}$): Helga leistet Beihilfe zum Mord an Martins Kind und liebt Martin nicht.

Die Implikation, der zweite in Frage kommende Modus der Verknüpfung also, würde besagen:

($p \rightarrow q$): Wenn Helga Beihilfe zum Mord an Martins Kind leistet, dann liebt sie Martin.

Oder, wenn ich ($\bar{q}$) unterstelle:

($p \rightarrow \bar{q}$): Wenn Helga Beihilfe zum Mord an Martins Kind leistet, dann liebt sie Martin nicht.

Mich interessiert nun der Wahrheitswert der vierten Aussage, die ich mit Hilfe dieses Kalküls behandle, das heißt, mich interessiert die Frage, ob die Aussage (r) „Helga liebt einen anderen“ wahr oder falsch ist. Ich könnte auch sagen: Mich interessiert die Frage, ob (r) gilt oder vielmehr nicht-r, ($\bar{r}$).

Ich denke mir, daß ich den Wahrheitswert von (r) „Helga liebt einen anderen“ auf die sicherste Weise bestimmen kann, indem ich diese Aussage (r) mit derjenigen der von mir ausgewählten Aussagen verknüpfe, die bisher als einzige unbezweifelbar ist, nämlich mit der Aussage (p) „Helga leistet Beihilfe zum Mord an Martins Kind“. Allerdings darf die Verknüpfung von (r) und (p) nicht beliebig, sondern sie muß zwingend sein.

Die Verknüpfung per Konjunktion wäre möglich, aber insofern wertlos, als sie (r) nicht zwingend aus (p) ableitet. Nämlich (p & r): Helga leistet Beihilfe zum Mord an Martins Kind und liebt einen anderen – das klingt zwar schlimm genug, aber es ist eine bloße Behauptung und keineswegs beweiskräftig. Ich könnte ebensogut und mit ebensoviel Beweiskraft, nämlich gar keiner, irgendeine andere Konjunktion herstellen, zum Beispiel (s & r): Helga liest Eduard Mörike und liebt einen anderen. Mit solchen Konjunktionen ist nichts gewonnen.

Nehme ich die Verknüpfung jedoch in der Form einer Implikation vor, so gewinnt sie durchschlagend an Bedeutung. Nämlich ($p \rightarrow r$): Wenn Helga Beihilfe zum Mord an Martins Kind leistet, dann liebt sie einen anderen – was das besagt, bedarf keiner Erläuterung. Ich hätte, wenn ich diese Implikation nicht nur herstellen, sondern auch logisch beweisen könnte, ein Mittel in der Hand, den Wahrheitswert der mich interessierenden Aussage (r) „Helga liebt einen anderen“ zwingend festzulegen, nämlich durch Ableitung aus der unbezweifelbaren Aussage (p) „Helga leistet Beihilfe zum Mord an Martins Kind“.

Ich suche nach einem aussagenlogischen Gesetz, das mich in unbezweifelbarer Sicherheit zu der Implikation ($p \rightarrow r$) führen könnte. Und ich finde eines. Es ist der hypothetische Syllogismus. Er ist wie folgt konstruiert:

$$[(p \rightarrow q) \& (q \rightarrow r)] \rightarrow (p \rightarrow r)$$

Dieses Gesetz operiert also nicht nur mit zwei Aussagen (p und r), sondern auch mit einer dritten (q). Ich kann an Stelle dieser dritten Variablen meine bereits eingeführte Aussage (q) „Helga liebt Martin“ einsetzen. Ein derartiges Verfahren wäre, da ich ja den Wahrheitswert meiner Aussage (q) offengelassen habe, bedenklich, wenn ich nicht, eben um sicherzugehen, neben (q) zugleich auch die Negation dieser Aussage, nämlich ($\bar{q}$) „Helga liebt Martin nicht“ unter mein Material aufgenommen hätte.

Ich kann also jedes Bedenken ausschließen, indem ich in die Formel des hypothetischen Syllogismus einmal meine Aussage (q) „Helga liebt Martin“ einsetze, dann aber zur Gegenprobe meine Aussage ($\bar{q}$) „Helga liebt Martin nicht“. Damit bin ich gegen Irrtümer, falsche Schlüsse gefeit. Ich kann alsdann aus der Wahrheitstafel des hypothetischen Syllogismus für jeden denkbaren Fall den Wahrheitswert ablesen, der der Aussage (r) „Helga liebt einen anderen“ in ihrer Verknüpfung mit (p) zukommt.

Ich beginne also damit, daß ich neben (p) und (r) meine Aussage (q) „Helga liebt Martin“ in die Formel des hypothetischen Syllogismus einsetze. Aus der ersten Zeile der Wahrheitstafel ließe sich dann, in die Wortsprache übersetzt, ablesen:

Gesetzt den Fall, die drei folgenden Aussagen sind wahr, nämlich

(p) Helga leistet Beihilfe zum Mord an Martins Kind,
(q) Helga liebt Martin, und
(r) Helga liebt einen anderen,
dann ist …

Einen Augenblick, einen Augenblick. Das klingt sehr merkwürdig. Das klingt sehr merkwürdig. Ich muß das nachprüfen. Es kann sein, daß ich trotz aller Sorgfalt irgendwo einen schweren Fehler begangen habe. Das klingt ganz absonderlich.

Es ist nicht zu fassen. Es ist nicht zu fassen. Ich habe mich bemüht, im Schweiße meines Angesichts, aus den allersimpelsten, allersichersten Anfängen meine Beweiskette herauszuschmieden. Und ich habe, noch bevor ich anfing, einen eklatanten Fehler begangen. Einen kindischen, naiven, unglaublich albernen Fehler.

Ich bin schon wieder und noch einmal der Wahnvorstellung erlegen, die Logik interessiere sich für das Leben, das ganz ordinäre, sie ziehe ihre Gesetze aus dem Leben ab und biete dem Leben ihre Schlüsse, ihre unbezweifelbaren Urteile an, zur Bewältigung der vielen kleinen, ordinären Probleme, die das Leben aufwirft. Die *adaequatio mentis et rei,* nicht wahr, die Übereinstimmung des urteilenden Geistes mit der Sache, die er beurteilt. Mein Gott, wie falsch, wie albern. Die Sache: das ist für die Logik nicht das ordinäre Leben, sondern das Urteil selbst, luftig, erhaben, unendlich weit über den Niederungen des Lebens schwebend.

Ich muß von Sinnen gewesen sein. Dieser Formel, diesem hypothetischen Syllogismus, welche Erhabenheit schon der bloßen Bezeichnung, ich hätte diesem Luftgebilde doch auf den ersten Blick ansehen müssen, daß es in sich selber ruht, ordinäre Fragen nicht an sich heranläßt, Antworten auf ordinäre Fragen nicht abgibt. Was ich mit dieser Formel, als ich in meiner Not mich zu ihr aufschwang, auszurichten versuchte, erinnert mich an das Abenteuer des Barons von Münchhausen, der sich samt Roß am eigenen Schopf aus dem Sumpf gezogen haben will.

Den hypothetischen Syllogismus interessiert es nicht im geringsten, ob irgendeiner seiner Bestandteile wahr ist oder falsch. $(p \rightarrow r)$ wahr oder falsch? Welch lächerliche Frage. p mag falsch sein, q, r, und alle vorauszuschickenden Konjunktionen und Implikationen, die sich mit diesen Aussagen („Aussagen"!) veranstalten lassen – der Syllogismus stimmt immer. Auf alle acht Spielarten dieses Unternehmens, wie viele der Voraussetzungen auch falsch sein mögen, antwortet die Wahrheitstafel stereotyp: Wahr! Man kann das nachprüfen, o ja, ganz selbstverständlich kann man das, zum Beispiel mit der scharfsinnigen Methode, die wir dem Philosophen Willard van Orman Quine verdanken, und deren Name, „Resolutionsverfahren", nicht minder imponierend klingt als der ihres Erfinders. Das Ergebnis: „Der hypothetische

Syllogismus ist also ganz unabhängig von den Wahrheitswerten der in ihm auftretenden Elementaraussagen wahr und deshalb ein logisches Gesetz" (Günther Patzig).

Was lernen wir daraus? Man mag die Vehikel der formalen Logik von vorn bis hinten mit Unsinn befrachten: sie gelangen gleichwohl stets an ihr Ziel. Denn ihr Ziel, das tragen sie in sich selbst. Sie sind, wie der Swinegel, immer schon angelangt, der Hase mag laufen, wie er will. Es geht in dieser erhabenen Wissenschaft der Logik um nichts als um das Gesetz selbst, das erhabene, es geht um seine Form, und nicht um den Inhalt, den lächerlichen, den ordinären.

Ich bin wieder einmal die Wittgensteinsche Leiter emporgestiegen. Und ich muß, oben angelangt, wieder einmal erkennen, daß das, was ich hinter mich gebracht habe, unsinnig ist. Ich kann, ich darf, ich muß, in der luftigen Höhe angelangt, dieses ätherische, dieses aberwitzige Sprossenwerk mit dem Fuß von mir stoßen. Und was nun?

Das Volk gafft, die Hälse verrenkt und die Köpfe im Nacken. Halt / las sehen / Ob Elias kome vnd jm helffe.

Ich bin noch einmal alle Schritte meiner Operation durchgegangen. Ich hätte Anlaß, wieder einmal über mich selbst zu lächeln, wären die Fehler, die ich begangen habe, nicht so kläglich. Welch kindlicher Zorn auf die Wissenschaft! Wenn ich wie ein Unmündiger mit ihr umgehe, darf ich mich nicht wundern, daß sie mir Ergebnisse verweigert.

Von meinem idiotischen, meinem wahrhaft münchhausenschen Mißverständnis des Syllogismus einmal abgesehen, habe ich, ohne es zu bemerken, eine Voraussetzung eingeschmuggelt, die ich nicht bewiesen hatte, nämlich die Implikation $(q \rightarrow r)$ oder $(\bar{q} \rightarrow r)$, das heißt: die Herstellung eines Zusammenhangs zwischen Helgas Liebe zu Martin und ihrer in Frage stehenden Liebe zu einem (zwei, drei, x, n) anderen.

Wohl habe ich, um sicherzugehen, sowohl (p) „Helga liebt Martin" als auch $(\bar{q})$ „Helga liebt Martin nicht" berücksichtigt.

Das genügt als Sicherung zunächst auch. Aber es genügt in dem Augenblick nicht mehr, in dem ich die Implikation dieser beiden Aussagen mit (r) knüpfe, das heißt, in dem Augenblick, in dem ich unterstelle, daß Helga so (q) oder so ($\bar{q}$), ob sie Martin nun liebt oder nicht, einen anderen liebt, wie (r) es besagt.

Denn in diesem Augenblick schließe ich stillschweigend eine andere Möglichkeit aus, mit der ich sowohl logisch wie faktisch rechnen muß: daß Helga niemanden liebt, weder Martin noch irgendeinen anderen. Ich habe aber nicht bewiesen, daß diese Möglichkeit ausgeschlossen ist, und das fiele mir wohl auch schwer.

Ich kann es nicht der Logik anlasten, wenn ich zu solch unsinnigen Ergebnissen gelangt bin. Ich habe schwerwiegende, ganz kindische Fehler begangen.

Raimundus Lullus hat in seiner *Ars magna* versucht, alle Wahrheiten zu erfassen. Das mag ja eine „querköpfige“ Idee gewesen sein, wie Windelband meinte, und daß ein System, mit dessen Hilfe sich alle Wahrheiten auffinden ließen, wie das des Lullus in einer konzentrischen Anordnung von Begriffs-Ringen zu bestehen hätte, das will auch mich und gerade mich arg mittelalterlich anmuten. Aber der Grundgedanke muß deshalb doch nicht falsch sein. Warum sollte sich nicht für jede Problemklasse ein Algorithmus entwickeln lassen, und das heißt ja doch: ein speziell für eine bestimmte Problemklasse entwickeltes, ein ihr angepaßtes und angemessenes Lösungsverfahren, das mit unbedingter Sicherheit zur Lösung führt? Ich weiß wohl, ich habe es irgendwo gelesen, Alonzo Church sei 1936 der Nachweis gelungen, daß es eine Problemklasse der mathematischen Logik gibt, die algorithmisch nicht lösbar ist. Aber haben nicht selbst diese Mathematiker und Logiker und Wissenschaftstheoretiker, von den Vertretern anderer Disziplinen ganz zu schweigen, immer wieder ihre eigenen Worte fressen müssen, und sind sie ihnen nicht oft genug sauer aufgestoßen? Neben dem Beweis von Church, oder worum immer es sich dabei handelt, steht unleugbar die Tatsache, daß für eine enorme Fülle von Problemklassen eben doch

Algorithmen entwickelt worden sind, in den Programmen für Computer doch zum Beispiel, Algorithmen, die eine schematische und unwiderlegliche Lösung dieses oder jenes ganz speziellen, einer enormen Fülle von speziellen Problemen erlauben.

Dieser Katalane, der vor siebenhundert Jahren seine konzentrischen Ringe hin- und herbewegte und die Wahrheit damit einzukreisen versuchte, er ist mir sehr sympathisch.

Wer sagt, daß er nur ein Narr war, der Raimundus Lullus?

(p) Annegret verreist in der gleichen Zeit wie Pauly.
(q) Annegret verreist zusammen mit Pauly.
(r) Pauly schwängert Annegret.
$(p \rightarrow q)$: Wenn p, dann q?
$(q \rightarrow r)$: Wenn q, dann r?
$(p \rightarrow r)$: Wenn p, dann r?
$[(p \rightarrow q) \,\&\, (q \rightarrow r)] \rightarrow (p \rightarrow r)$

30

Dienstag, 28. Dezember, 19.30

Ich öffne ihr die Tür. Ich habe ihr Auto schon von fern kommen hören, es ist sehr still in dieser Vorstadtstraße. Ich bin im Dunkeln gesessen, in diesem kleinen Zimmer, in dem Sessel mit den hölzernen Armlehnen. Ich habe den Kopf manchmal hin und her bewegt, zur Seite und manchmal auch auf und ab, ich habe beobachtet, wie meine Bewegung das Licht der Straßenlaterne in Bewegung zu setzen schien. Das honiggelbe Licht der Laterne sickerte durch die feinen Maschen, die regungslosen Falten des Stores, und es sickerte weiter, wenn ich meinen Kopf bewegte, es netzte einen neuen Flecken ein, zog sich aus einem alten lautlos zurück, füllte Hunderte von winzigen Maschen auf, ließ andere stumpf sich schließen.

Ich öffne ihr die Tür. Sie steigt langsam die drei Stufen vor dem Eingang empor, schwankt ein wenig, lehnt sich an den Türpfosten. Sie lächelt. Sie scheint mir sehr blaß, vielleicht liegt es am Licht der Laterne. Ich sage „Komm", trete von der Tür zurück. Aber sie bleibt stehen, an den Türpfosten gelehnt, und fragt: „Wo ist Helga?"

Ich traue meinen Ohren nicht. Es ist eigentlich ganz unglaublich in dieser Situation, es ist im Grunde eine Herausforderung. Aber es trifft mich natürlich an meiner derzeit schwächsten, an der empfindlichsten Stelle. Es nimmt mir zunächst einmal die Luft.

Ich ziehe sie in die kleine Diele hinein, nehme ihr den Mantel ab. „Was soll denn das ausgerechnet jetzt? Hast du sie etwa hier erwartet?"

„Ich habe seit heute morgen versucht, sie anzurufen. Sie hat sich den ganzen Tag nicht gemeldet."

Ich gehe voraus in das kleine Zimmer, schalte die Stehlampe

ein. Aber sie folgt mir nicht. Diesmal bleibt sie im Eingang des Zimmers stehen, lehnt sich schon wieder an den Türpfosten. „Das letztemal habe ich's kurz vor sieben versucht."

„Ich freue mich, daß du den Kontakt mit dem Ehepaar Marquardt wenigstens auf diese Weise gepflegt hast."

„Aber ich habe dich doch auch angerufen."

„Ja, kurz vor sechs heute abend. Und um mir den so ungeheuer aufschlußreichen Satz zu sagen: Ich komme ins Apartment, wenn du willst. Und wieder aufzulegen."

„Aber Martin." Sie spricht wie aus einer großen Ermattung. „Ich muß dir doch nicht erklären, warum ich aufgelegt habe. Und es ist dir doch auch klar, daß ich Helga leichter anrufen kann als dich."

„Zumindest hast du es mir jetzt klargemacht."

„Aber Martin." Schon wieder dieser ermattete, fast schon klagende Ton. Sie hebt das Haupt, das sie hat sinken lassen: „Wo ist sie?"

Ich setze mich in den Sessel. Sie steht noch immer in der Tür, kommt jetzt erst herein, langsam, bleibt aber stehen und sieht mich an.

„Sie ist nicht da. – Ich weiß nicht, wo sie ist."

„Seit wann?"

„Seit gestern abend. Seit gestern abend um 19.20 Uhr, um es genau zu sagen."

Sie legt die Hand auf den Mund. Sie läßt sich, sehr langsam, auf der Couch nieder. „Sie ist die ganze Nacht nicht nach Hause gekommen? Und hat sich den ganzen Tag nicht gemeldet?"

„So ist es. Das klingt fast, als gäbe es dir einen bestimmten Gedanken ein. Wenn ja: welchen?"

„Es gibt mir keinen Gedanken ein. Es macht mir Sorgen."

„Natürlich."

„Warum ist sie weggegangen? Es muß doch einen Anlaß gegeben haben?"

„Das hat es. Und über diesen Anlaß wollte ich mich eigentlich auch mit dir unterhalten. Ich weiß nicht, ob deine Phantasie ausreicht ..."

„Ihr habt euch gestritten?"

Ich sehe sie stumm an. Diese Unterbrechung reizt mich bis aufs Blut.

„Meinetwegen habt ihr euch gestritten, nicht wahr?"

„Es bedarf wohl keiner großen Anstrengung, um das zu erraten."

Sie senkt den Blick, nimmt den Zeigefinger zwischen die Zähne. „Ja, natürlich."

„Darf ich jetzt vielleicht dir eine Frage stellen?"

„Ja, natürlich. Nur ... Martin, entschuldige bitte. Aber du hättest mir doch sagen können, was los war. Ich hätte das doch verstanden. Wäre es nicht besser, du wärst jetzt zu Hause und würdest auf sie warten?"

„Zu Hause? Auf sie warten?"

„Ja. Es kann doch sein, daß sie jetzt nach Hause kommt. Um mit dir zu reden. Oder daß sie versucht, dich zu erreichen."

„Jetzt?"

„Sie kann dich doch hier nicht anrufen. Und hierherkommen will sie bestimmt nicht."

„Nein, das ist wohl kaum anzunehmen. Aber meinst du nicht, daß sie reichlich Zeit gehabt hätte, sich zu melden, wenn das ihr Wunsch gewesen sein sollte? Sie wußte schließlich, daß sie mich hier nicht erreichen kann. Und sie wußte, man sollte es wenigstens annehmen, sie wußte ja wohl auch, daß heute Dienstag ist."

„Ja, natürlich. Ich meinte ja auch nur ... irgend etwas müßtest du doch unternehmen?"

„So, meinst du das? Dann will ich dir einmal etwas erzählen. Ich habe die halbe Nacht auf sie gewartet. Mehr als die halbe Nacht. Ich war bis vier Uhr auf. Heute morgen um halb acht habe ich angefangen, alle Hotels und Pensionen der Stadt anzurufen, die sie nach menschlichem Ermessen aufgesucht haben könnte."

„Was hast du den Leuten denn gesagt?"

„Was soll ich ihnen denn gesagt haben? Verbinden Sie mich bitte mit Frau Marquardt, habe ich gesagt, was denn sonst? Ich habe nicht eine Personenbeschreibung gegeben und dann gefragt, ob eine Dame dieses Aussehens mit irgendeinem Herrn abgestiegen sei. Wenn du das meinen solltest."

„Martin, bitte."

„Ja, bitte. Was hattest du denn gedacht? Ich habe angefangen mit dem Hotel, in dem sie nach ihrer eigenen Auskunft heute vor vierzehn Tagen abgestiegen ist, als sie zum erstenmal spurlos verschwunden war, daran erinnerst du dich ja wohl. Sie hat mir am vergangenen Dienstag offenbart, sie sei in einem Hotel abgestiegen in dieser Nacht. Allerdings habe sie den Namen dieses Hotels vergessen. Ich bin dort gewesen, am Mittwochabend, bevor ich nach Hause fuhr. Nach dem, was sie mir erzählt hat, kommt nur eine Straße in Frage. Ich habe mir das angesehen. Es gibt dort nur ein Hotel. Ich habe mit diesem Hotel heute morgen um halb acht angefangen. Es hätte ja sein können, daß sie mittlerweile eine Art von Vorliebe für dieses Hotel entwickelt hat. Fehlanzeige. Und Fehlanzeige bei allen weiteren Hotels und Pensionen, die ich angerufen habe. Ich bin mit der Liste natürlich nicht durchgekommen, bevor ich zum Büro abfahren mußte."

Sie schüttelt den Kopf, bekümmert, fast flehend. „Martin, bitte. Ich wollte dir doch keinen Vorwurf machen."

„Ich habe, falls dich das noch immer beunruhigt, natürlich auch am späten Vormittag bei meinen Anrufen nicht Helgas absonderliches Privatleben enthüllt. Ich habe nicht gefragt: Treibt meine Frau sich bei Ihnen herum?"

„Bitte, Martin, es ist ja gut. Es tut mir leid, wirklich."

„Ich habe auch alle ihre Freundinnen angerufen, die für eine Beherbergung in Frage kamen, Vertrauenspersonen natürlich, ausnahmslos. Jede dieser Damen hat mir versichert, sie wisse nicht, wo Helga sei. Ich habe außerdem jede Stunde, vielleicht sogar jede halbe Stunde, zu Hause angerufen. Aber es ist mir nicht besser ergangen als dir. Es hat sich niemand gemeldet."

Sie steht auf, kommt zu mir, setzt sich auf meinen Schoß, nimmt mich in den Arm, schüttelt mich ein wenig, sieht mich an, ihr Gesicht dicht vor das meine haltend. „Jetzt ist es gut, ja? Jetzt hören wir bitte auf damit. Ich weiß doch, daß du dich um Helga sorgst. Ich hab dir doch nicht vorwerfen wollen, daß du dir keine Gedanken um sie machst, wie käme ich denn dazu. Vielleicht gehst du nachher mal zur Telefonzelle und rufst zu Hause an und hörst, ob sie schon da ist, ja? Und jetzt hören wir auf damit, ja?"

Sie küßt meine Nasenspitze. Ich nehme die Nase leicht zur Seite. „Um sechs, nachdem du mich angerufen und mir gesagt hattest, du würdest hierherfahren, habe ich noch einmal zu Hause angerufen. Keine Antwort, natürlich. Und dann habe ich es in diesem Büro nicht mehr ausgehalten. Ich habe meine Sachen zusammengepackt und bin hierhergefahren, viel zu früh natürlich, denn du konntest ja noch gar nicht hier sein. Aber ich hatte nach diesen beiden Tagen, drei Tage waren es genaugenommen, in denen jeder Kontakt zu dir abgerissen war, ich hatte das unwiderstehliche Bedürfnis, wenigstens schon an dem Ort zu sein, zu dem du kommen wolltest. Und ich war voller Spannung, ich war geradezu unerträglich gespannt auf das, was du mir zu sagen haben würdest. Ich weiß nicht, ob du das verstehst."

Sie steht auf, geht ans Fenster, sieht hinaus. Ich habe vergessen, die Rollade herunterzulassen.

„Und dann kommst du hier an, nach diesen drei Tagen, in denen du kein Wort an mich gerichtet hast, kein Lebenszeichen von dir gegeben hast, und hast offenbar nichts Dringenderes zu tun, als mich in ein Verhör zu nehmen über die Frage, ob ich mich auch genügend um Helga gekümmert habe."

Sie wendet sich um, sieht mich an. „Helga hat es dir gesagt, nicht wahr? Und das war es, weshalb ihr euch gestritten habt und weshalb sie gegangen ist?"

„Sie hat es mir gesagt, ja." Ich erwidere ihren Blick. Es fällt mir nicht schwer, ihn zu erwidern. Es wäre falsch zu sagen, daß ich mich fürchte vor der Eröffnung, die sie mir zu machen hat. Ich weiß, was sie mir eröffnen wird. Ich bin ganz sicher. Und ich bin kalt innendrin. Kalt und trocken. Ich bin gespannt, ja. Aber es ist eine merkwürdig kalte, eine trockene Spannung. Eine gelassene Spannung, wenn es so etwas gäbe. Ich warte. Und dann kommt sie, die Eröffnung.

„Ich habe meine Regel bekommen. Heute mittag."

Ich sehe sie an, stumm.

„Es ist alles fast normal." Sie geht zur Couch, setzt sich. Ich stehe auf, lasse die Rollade herunter.

Sie rückt die Schale, die auf dem kleinen Couchtisch steht, zurecht. „Vielleicht war es gar keine Schwangerschaft. Der Arzt hat gesagt, daß selbst solche extremen Schwankungen manchmal auftreten. Die Spritze, die er mir gemacht hat, hätte bei einer Schwangerschaft wahrscheinlich auch nichts genutzt. Es war ja wohl nur ein Mittel, die Regel in Gang zu setzen."

Ich verschränke beide Hände auf dem Rücken, eine Geste, die mir ganz fremd ist, ich bedaure die Pose in dem Augenblick, in dem ich die Hände ineinander spüre, aber nun muß ich dabei bleiben, zunächst. „Willst du mit solchen Überlegungen dein Gewissen beruhigen?"

„Mein Gewissen?"

„Solltest du es nicht spüren? Oder ist dir vielleicht gar nicht klar, was du getan hast, im Verein mit Helga und mit ihrer Beihilfe?"

„Beihilfe? Was willst du damit sagen, Martin?"

„Du sagst jetzt, vielleicht sei es gar keine Schwangerschaft gewesen. Aber am Weihnachtsabend, da warst du doch wohl ganz anderer Auffassung, nicht wahr? Und in den folgenden Tagen doch wohl auch? Und doch wohl auch gestern morgen noch, als du dich von Helga zu diesem sogenannten Arzt hast führen lassen, nicht wahr? Wenn du geglaubt hättest, es handle sich gar nicht um eine Schwangerschaft, nein, nur eine kleine Störung, nicht wahr, eine kleine Unregelmäßigkeit der Menses, dann wärst du doch wohl gar nicht zu diesem Arzt gegangen, nicht wahr? Das hätte doch gar keinen Sinn ergeben. Und unterstellen wir einmal, was du ja plötzlich sehr großzügig tust, unterstellen wir einmal, es sei tatsächlich gar keine Schwangerschaft gewesen, sondern nur eine kleine Unregelmäßigkeit der Menses: Dann würde das doch im nachhinein nichts an deiner Absicht ändern. Du hattest doch die feste Absicht, du hattest dich doch entschieden, es zu tun, nicht wahr, als du dich zu diesem sogenannten Arzt hast führen lassen."

„Was zu tun?“

„Einen Mord zu begehen.“

Sie legt, es sieht aus wie eine ganz unwillkürliche Bewegung, ein Reflex des Entsetzens, beide Hände an den Hals, hinter die Ohren.

„Es tut mir leid, Annegret, aber das ist nun einmal das Wort, das diesen Tatbestand erfaßt: Mord. Du hast, im Verein mit Helga und diesem sogenannten Arzt und mit ihrer beider Beihilfe, einen Mord begangen.“

Sie fängt an, den Kopf zu schütteln, und sie schüttelt ihn beharrlich weiter, während sie spricht, sie kommt mir vor wie von Sinnen, ihre Stimme wird ein wenig hochgetrieben, stoßweiser Atem durchbricht ihre Sätze, läßt die Worte auf- und abschwanken. „Martin, so geht das nicht, so kannst du nicht mit mir reden, du kannst nicht so mit mir umgehen, Martin, hör zu, das geht nicht, du darfst so etwas nicht sagen, so darfst du nicht sprechen, Martin, nein, nein, du darfst nicht so etwas sagen, das darfst du nicht –“

„Wirklich nicht? Wenn sich nun aber nichts anderes sagen läßt über das, was du getan hast? Welches andere Wort, welche Beschönigung wäre dir denn recht? Sollen wir gemeinsam nach einem anderen, nach einem etwas bequemeren Wort suchen?“ Sie schüttelt noch immer den Kopf, ihre Augen machen die Bewegung mit, sie sind blicklos. „O nein, Annegret, so geht das nicht. So darfst du nicht mit mir sprechen, verstehst du? Ein Kind hätte geboren werden sollen, es hätte zumindest geboren werden können. Du hast das verhindert. Ein Menschenleben ist ausgelöscht, weil du nichts davon wissen wolltest, es ist im Ansatz noch erstickt worden. Und es war ein besonders niederträchtiger Mord, denn dieser Mensch, der hätte geboren werden sollen, hatte keine Chance, sich zu wehren. Willst du etwa behaupten, das sei kein Mord gewesen? Hast du, als du ihn begingst, nicht dieses Kind vor Augen gesehen, das hätte geboren werden und heranwachsen können?“

Sie läßt die Hände auf die Schenkel sinken, starrt mich an, beugt sich plötzlich vor und schreit: „Aber du hast es doch nicht gewollt, dieses Kind! Du warst es doch, der nichts davon wissen wollte!" Ihre Stimme schlägt über, sie verstummt, schweratmend, kleine, ganz unkontrollierte Geräusche dringen auf diesem Atem aus ihrer Kehle hervor.

Ich zwinge mich zur Ruhe. „Deine Lautstärke wird allenfalls die Leute alarmieren und ihre Sensationslust wecken. Aber sie kann das, was du getan hast, nicht verständlicher machen. Es war Mord. Und zwar war es Mord an einem Kind, das ich, falls dich das noch interessieren sollte, noch interessieren könnte, sehr wohl gewollt habe. Ich habe dieses Kind gewollt, Annegret. Ich hätte es um mein Leben gern haben wollen."

Sie starrt mich an. Dann wendet sie auf einmal den Kopf zur Seite, halb nach unten. Sie betrachtet den Bezug der Couch neben ihrem Schenkel, als ob es dort etwas zu sehen gäbe. Sie kratzt tatsächlich mit dem Fingernagel an dem Bezug. Und nun fängt sie wieder mit diesem Kopfschütteln an. „Nein, Martin, bitte. Sag so etwas nicht. Du darfst so etwas nicht tun. So etwas darf man nicht. Du kannst mich doch nicht umbringen, Martin. Sag das bitte nie mehr wieder, Martin. Sag nie mehr wieder, daß du dieses Kind haben wolltest. Du darfst mich doch nicht umbringen, Martin. Ich bitte dich von Herzen. Sag das nie mehr wieder, Martin."

„Ich würde es dir gern ersparen, Annegret. Ich hätte es dir gern erspart. Ich hätte so gern dieses Kind heranwachsen sehen. Um mein Leben gern hätte ich –" Mir bricht ganz unversehens die Stimme, es überrascht mich, ich hätte es natürlich verhindern sollen, aber ich habe gar nicht gespürt, daß dieser Augenblick sich nahte, es passiert ganz plötzlich. Mir wird heiß. Ich löse mich aus meiner Position vor dem Fenster. Ich gehe, ein bißchen zu schnell, ich habe meine Bewegung nicht unter Kontrolle, zum Sessel, setze mich, lehne mich nach hinten, lege beide Hände aufs Gesicht. Ein Stöhnen entfährt mir, auch das noch.

Langes Schweigen. Plötzlich höre ich sie flüstern, ein Unterton der Verzweiflung ist ganz unverkennbar: „Aber warum hast du mir das denn nicht gesagt? Um Gottes willen, Martin, warum hast du mir das nicht gesagt?"

„Du hast mir doch keine Chance gelassen. Du hast dich doch zu diesem Arzt führen lassen, ohne mir ein Wort davon zu sagen."

„Aber du hättest es mir doch vorher sagen können. Warum hast du's mir nicht Weihnachten gesagt, abends, als ich dich angerufen habe?" Ich höre einen unterdrückten Laut, ein unartikuliertes Klagen. Dann wieder dieses Flüstern: „Das kann doch nicht wahr sein. Martin, du warst doch so kalt wie ein Stein. Du hast doch keine Regung gezeigt. Du hast gesagt, du denkst nach. Du mußt nachdenken."

„Mußte ich das nicht?" Meine Stimme, abgedeckt von den Händen, klingt erstickt. „Hätte ich Helga auf der Stelle im Stich lassen sollen? Hätte ich die Verantwortung für sie, die ich auf mich geladen habe, abwerfen sollen wie einen lästigen Ballast? Hätte ich alle die Zweifel, mit denen ich mich und ja auch dich gequält habe, einfach beiseite schieben sollen? Mußte ich nicht nachdenken? Hätte ich dir, ohne auch nur eine Sekunde darüber nachzudenken, was das bedeutete, auf der Stelle sagen sollen: Annegret, ich freue mich, ich freue mich irrsinnig, es war nicht vorgesehen, aber nun ist es passiert, und ich freue mich irrsinnig, Annegret, ich will dich heiraten, und ich werde, wenn du willst, das tun, sobald es möglich ist – hätte ich das heraussprudeln, hätte ich es ohne Besinnen sagen dürfen?"

Ein langes Schweigen. Dann sagt sie: „Das wolltest du mir sagen, Martin? Ist es wahr, daß du mir das sagen wolltest?"

Ich nehme die Hände vom Gesicht, seufze, atme tief auf. „Ja, Annegret. Das wollte ich dir sagen. Ich wollte dich heiraten. Ich hab's Helga gestern abend gesagt."

Sie atmet schwer. Es dauert eine ganze Weile. Dann springt sie plötzlich auf, stolpert, landet vor meinem Sessel auf den Knien, schlägt mit beiden Fäusten auf meine Schenkel ein, es tut mir weh, sie windet den Kopf wie unter einem heftigen körperlichen Schmerz, ihre Stimme wird emporgetrieben in Höhen, in denen sie nicht mehr zu erkennen ist: „Oh, Martin, Martin, du darfst das nicht sagen, lieber, lieber Martin, ich bringe mich um, sag so etwas nicht, was habe ich denn nur getan, so etwas darf es doch nicht geben, das ist doch Irrsinn, Irrsinn, was habe ich denn nur getan, ich bringe mich um", ich fange ihre Fäuste ab, meine Schenkel sind wie gelähmt von Schmerz, ich halte ihre Fäuste fest, ziehe sie an mich heran, und dann zieht sie sich hoch und sitzt plötzlich auf meinem Schoß, sie bricht in ein ganz hemmungsloses Schluchzen aus, sie schlingt beide Arme um mich, ihre Tränen netzen meine Wange.

Ich streichle ihr Haar. „Komm, es ist ja gut." Diesen Satz kann ich so nicht stehen lassen. Er ist falsch. „Vielleicht wird ja alles wieder gut." Was rede ich denn da? Was soll denn an einem Mord wieder gut werden? „Komm. Es ist nun einmal passiert. Wir müssen damit leben."

Das Schluchzen verebbt. Es dauert lange. Schließlich hebt sie den Kopf, sieht mich an. „Wie soll ich denn damit leben?"

Ich sehe sie an. „So wie ich auch." Ich zucke die Schulter. „Was bleibt uns denn anderes übrig?"

Sie legt den Kopf an meine Wange. „Oh, Martin. Lieber Martin. Ich werde das doch nie vergessen können."

„Nein, vergessen können werd' ich's auch nicht." Sie schlingt ihre Arme fester um mich. Mein Mund ist ganz dicht an ihrem Ohr. „Weißt du, Annegret ... es war mir, bevor ich erfuhr, was passiert war, es war mir ein paarmal so ... als wäre mir ein neues Leben geschenkt worden. Ich habe, ich will dir nicht weh tun jetzt, aber ich habe dieses Kind vor mir gesehen. Ich habe da ja keine Erfahrungen, aber ich stelle mir's halt so vor. Ich habe mir's halt so vorgestellt. Vielleicht habe ich mir in den vergangenen Jahren, in denen ich die Hoffnung aufgegeben hatte, jemals ein Kind zu haben, ich habe mir zu oft vielleicht Bilder von Kindern angesehen. Und habe Kinder beobachtet, mit ihren Vätern. Im Wald, zum Beispiel, am Sonntagmorgen. So ein kleines Mädchen vielleicht hätte es sein können. Die Mama hat es warm angezogen, und dann ist der Papa mit ihr zum Spaziergang aufgebrochen. Die Mama war froh, endlich ungestört ihrer Arbeit nachgehen zu können. Sie winkt ihnen nach. Das kleine Mädchen dreht sich immer wieder um, es winkt der Mama, und einmal stolpert es, der Papa hält es fest an der Hand in dem winzigen

Handschuh, er zieht es hoch, und ein, zwei Schritte lang schwebt es durch die Luft, aber es wendet den Blick nicht von der Mama, die sich die Hand vor den Mund hält und lacht, und dann gewinnt es wieder Boden unter den Füßen in den winzigen Stiefelchen, und es setzt wieder ein Stiefelchen vor das andere, eilig, weil es ja Schritt halten will und muß mit dem Papa, und so verschwinden sie dann schließlich um die Ecke, dieser Wichtel in der Pudelmütze, mit seinem Papa, und sie winkt immer noch, bis der Papa sagt: Du, das kann die Mama aber gar nicht mehr sehen, und jetzt sieh mal schön vor dich, und gib acht, daß du nicht wieder stolperst, und nun stiefelt sie noch ein bißchen eiliger neben ihm her und sehr bemüht, nun nicht mehr zu stolpern, und voller Vorfreude auf den Wald, weil sie den schon kennt, diese beiden gehen nämlich jeden Sonntagvormittag in den Wald, es gehen dort auch viele Hunde spazieren, manche an der Leine, wie es sich gehört, aber einige auch nur so, und der Papa schimpft jedesmal, weil das nicht erlaubt ist, und manchmal kommt so ein Hund ganz frech angetrabt und will an ihr schnuppern, und sie graust sich schrecklich, aber es kann ja nichts passieren, der Papa hebt sie hoch und nimmt sie auf den Arm und sagt: Hau ab, Köter, und der bleibt dann stehen, sie schaut hinunter, sie bekommt ein kleines Doppelkinn dabei, und der Hund sieht hoch zu ihr, er hebt ein Vorderbein an, und vielleicht bellt er sogar, er ist frech, aber dann hebt der Papa nur einen Fuß und sagt noch einmal: Du sollst abhauen, Köter, aber schnell, und dann läuft der freche Hund auf einmal weiter, und der Papa läßt sie wieder hinunter und setzt sie vorsichtig ab, und manchmal behält er sie auch auf dem Arm, es ist schön da oben, der Papa steckt ihr mit einer Hand den Schal zurecht, der sich ein bißchen gelockert hat, und wenn er mit dem Schal fertig ist, reibt er ihr die Bäckchen, und sie dreht den Kopf in der Pudelmütze nach oben und sieht hinauf in die Äste, die auf einmal so nahe gerückt sind, und wenn der Papa weitergeht und kräftig voranmarschiert, dann fangen die Äste an, auf- und abzuwippen, Schritt um Schritt, die Äste ziehen über ihr hinweg, sie wippen auf und ab, und auf einmal schlingt sie beide Arme um den Hals ihres Papas und setzt ihm einen dicken Schmatz auf die Wange und er sieht sie an und lächelt und sie gehen ..."

Die Stimme bricht mir wieder, diesmal hab' ich's kommen sehen, und ich wollte es auch gar nicht verhindern, ich hätte es ja gar nicht gekonnt, die Tränen laufen mir schon lange über die Wangen. Sie hebt den Kopf, steht auf, ohne mich loszulassen, zieht mich sanft aus dem Sessel empor. „Komm, komm, du Lieber, erzähl mir weiter von unserem kleinen Mädchen, komm, wir legen uns ganz dicht nebeneinander und du erzählst mir noch ein bißchen von ihr", sie führt mich zur Couch, mein Gott, ich lasse mich tatsächlich führen, und die Tränen laufen mir über die Wangen, immer neue stürzen über meine Lidränder, ein Quell ist aufgebrochen, sie bettet mich auf die Couch und bettet sich daneben, es ist sehr eng, wir haben nicht die Zeit, die Couch auszuziehen, wozu auch, wir liegen eng aneinandergebettet, ich liege auf dem Rücken, sehe zur Decke empor, sie liegt auf der Seite und schaut mir ins Gesicht, mit der Fingerspitze tupft sie mir die Tränen von den Wangen, „erzähl mir noch ein bißchen".

„Ich weiß nicht."

„Wir werden ein kleines Mädchen haben, ja?"

„Ja."

„Gehst du jeden Sonntagmorgen mit ihr spazieren?"

„Ich denke schon."

„Nehmt ihr mich auch schon einmal mit?"

„Ja." Ich wende ihr mein Gesicht zu, lächle. „Natürlich nur, wenn du deine Arbeit getan hast."

Sie lacht. „Das ist doch kar." Sie rückt sich auf der Couch zurecht, sucht eine behagliche Lage, eng an mich geschmiegt. „Vielleicht stehe ich am Sonntagmorgen ganz früh auf, damit ich meine Arbeit rechtzeitig getan habe?"

„Ja, das wäre gut."

„Vielleicht lege ich sie dann zu dir ins Bett, wenn ich aufstehe?"

„O ja, das wäre gut."

„Du kannst ja ein bißchen spielen mit ihr. Oder vielleicht seid ihr beide noch müde und schlaft noch ein bißchen?"

„O ja."

Sie bettet ihren Kopf in meinen Arm, schließt die Augen. „Nehmen wir sie auch schon einmal abends mit in unser Bett? Richtig zum Schlafen?"

„Nur ausnahmsweise."

„Aber ausnahmsweise tun wir's schon mal, nicht wahr?"

„Ja. Ab und zu."

„So ein kleiner Körper ist ganz warm, nicht wahr?"

„Ich glaube."

Sie rückt sich noch einmal zurecht. Sie läßt einen langen Atemzug ausströmen, wie in tiefer Erleichterung. Dann: „Wie sollen wir sie nennen?"

„Ich weiß nicht."

„Es gibt so viele schöne Namen. Namen für solch kleine Wichtel, meine ich."

„Ja. Wunderschöne."

Sie atmet, regelmäßig und ruhig. Dann: „Hast du schon einen gefunden?"

„Nein. Noch nicht."

Ich kehre zurück wie aus einer langen, friedlichen, tiefen, stillen, erquickenden Nacht in den Morgen. Ich glaube, Morgenröte wahrzunehmen. Ich schlage die Augen auf. Das kleine Zimmer ruht im Schein der Stehlampe.

Ich sehe auf meine Uhr. Kurz vor halb elf. Annegret hat sich umgedreht im Schlaf. Sie liegt auf der Seite, mit angezogenen Beinen. Ihr Gesäß drückt mich. Ich greife sanft in ihr Haar. Plötzlich fährt sie hoch: „Ja? Ja? Was ist? Wir müssen sofort –" Sie verstummt, reibt sich die Augen.

Ich lache. „Schätzchen. Langsam. Ganz langsam."

„Ja. Ganz langsam." Sie gähnt, läßt sich wieder zurücksinken, bettet sich an meine Brust, schließt die Augen.

Ich lasse sie eine Weile liegen, streichle ihr Haar, betrachte ihr Gesicht, die dunklen Wimpern. Dann rüttle ich sie ein bißchen. „Annegret." Sie schlägt die Augen auf, sieht mich verständnislos an. „Wir müssen jetzt gehen, Annegret. Es ist halb elf. Komm, mein Schatz. Es wird Zeit."

Sie sieht mich zwei, drei Sekunden lang aus unbeweglich weiten Augen an, dann springt sie auf. Sie greift nach ihren Schuhen. „Um Gottes willen. Das Mütterchen. Ich muß sie ja abholen."

Ich stehe auf, fasse sie an beiden Armen, ziehe sie an mich. „Annegret."

Sie wird auf einmal ganz ruhig. Sie läßt sich schwer gegen mich sinken. Sie umarmt mich ganz fest. Wir küssen uns. Es ist ein langer, langer Kuß. Als wir uns voneinander lösen, sieht sie mich an. „Magst du mich noch, Martin?"

„Ja, mein Schatz. Mehr als das. Ich liebe dich."

Sie kurbelt, kaum daß wir abgefahren sind, sie fährt mir voraus, ihr Fenster hinunter und streckt den Arm hinaus, spreizt die Finger. Ich lasse meine Scheinwerfer aufblinken.

Als wir an der Telefonzelle vorbeifahren, fällt mir ein, daß ich nicht mehr zu Hause angerufen habe. Es war Annegrets Idee, eine gute Idee. Aber auch sie hat es vergessen. Wir haben es verschlafen, wir kleinen Traumtänzer.

Es beunruhigt mich nicht. In fünfzehn, längstens zwanzig Minuten werde ich zu Hause sein. Ich bin ganz sicher, daß Helga da ist. Ich bin voll von Glück, ich bin so ruhig, so ausgeglichen, ich bin so zuversichtlich wie lange nicht mehr. Ich freue mich auf Helga.

Die Garagentür wird hochgeklappt sein, wenn ich nach Hause komme. Ihr Auto wird in der Garage stehen. Ich habe gar keinen Zweifel daran. Sie kann so wenig im Streit mit mir leben wie ich im Streit mit ihr. Wir haben eine schlimme Zeit hinter uns gebracht, das ist wahr. Aber nun ist es auch genug.

Sie wird im Wohnzimmer sitzen, wenn ich nach Hause komme. Ich glaube nicht, daß sie sich ins Bett gelegt hat. Sie wird auf mich warten. Ich werde zu ihr gehen. Ich werde sie in den Arm nehmen. Ich werde ihr sagen, daß es mir leid tut, sehr leid. Es tut mir sehr leid. Aber nun ist es auch gut. Es war eine schlimme Zeit. Ich freue mich auf Helga.

Als wir uns der Ampel nähern, an der Annegret abbiegen muß, beschleunige ich mein Tempo. Ich setze mich neben sie. Sie wirft mir, bevor sie abbiegt, einen Handkuß zu. Ich werfe einen Handkuß zurück. Ich fahre geradeaus. In sieben Minuten werde ich zu Hause sein.

31

28. Dezember

Lieber Martin,

Sei mir nicht böse, bitte. Trag mir nichts nach. Behalt mich so in Erinnerung, wie Du mich einmal geliebt hast, ohne Vorwürfe, ohne Zweifel. Behalt mich lieb, mein Lieber.

Ich weiß, was ich Dir antue. Ich weiß, was ich auf Dich lade. Aber ich kann nicht anders. Ich kann nicht mehr leben, Martin. Jede Minute wird mir zur Qual. Es muß ein Ende haben, und ich setze es. Ich will erlöst sein.

Ich weiß nicht, wieviel Zeit mir noch bleibt. Ich glaube, die Wirkung fängt schon an. Du brauchst übrigens nicht nachzuforschen. Ich habe mir dieses Mittel schon vor drei Jahren besorgt, damals, als es mit Annegret angefangen hatte. Du erinnerst Dich sicher, daß ich nach dem ersten Vierteljahr auf einmal in eine ganz schlimme Phase hineingeriet. Ich habe allerdings nie so richtig geglaubt, daß ich dieses Mittel einmal nehmen würde.

Das Wichtigste, Martin: Ich schiebe Dir nicht die Schuld zu. Ich will nicht, daß Du leidest unter dem Gedanken, Du seist schuld an meinem Tod. Ich trage selbst einen großen Teil der Schuld. Ich habe mich vielleicht nicht genug um Dich gekümmert. Und ich habe Dir nicht früh genug klargemacht, was für mich Deine Liebesgeschichte mit Annegret bedeutete. Und daß ich nicht aushalten würde. Und Annegret ist auch nicht unschuldig. Was nicht heißen soll, daß ich sie in irgendeiner Weise für meinen Tod verantwortlich. Sag ihr meine Grüße. Sie soll mir nichts nachtragen. Ich hab's trotz allem gut gemeint mit ihr.

Weißt Du, ich meine, daß wir alle drei schuldig sind, und zugleich unschuldig. Ich habe oft überlegt, ob es eine besonders unglückliche Verkettung von Umständen. So etwas gibt

Martin, mein Lieber, ich glaube, ich muß mich ein bißchen beeilen. Meine Hände werden sehr kalt und meine Füße. Laß mich Dir sagen, daß ich Dich ganz unverändert, ganz unendlich liebe, wenn Du es mir vielleicht auch nicht glauben willst, da ich Dich doch verlasse. Martin, ich liebe Dich bis in Tod, das mußt mir glauben, bitte.

Ich habe mich selbst oft gefragt, ob es denn Liebe und nicht nur Eifersucht oder Egoismus, Besitzanspr. wenn ich Dich mit der anderen Fr. nicht teilen will. Habe ja doch gesehen, wie sehr Du Annegret liebst, und daß Du vielleicht gar nicht anders. Und ich habe gleichz. gespürt, daß Du mich noch immer liebst gar nicht weniger als früher, obwohl Du oft sehr böse zu mir warst. Ich werfe Dir nicht vor, war alles ja auch für Dich ein zuviel.

Martin, jetzt wird mir ganz heiß. Muß mich beeilen. Liebst zwei Frauen. Kann das nicht verstehen aber weiß es. Kann trotzdem nicht teilen. Gehe kaputt daran Rasend vor Eifersucht.

Wollte mich auf Hinterbeine stellen, unabhängig sein. Hab nicht geschafft. Heute abend sechs im Büro angerufen, wrst nicht mehr da. Zu Hause nicht, Telefon. Nach Hause gefahren. Warst nicht da. Bin Apartment gefahren. Zwei Autos. Hast Rollade runtergel gerade. War so enttäuscht. Weiß ja: Abtreibung usw. Aber nicht auf mich gewartet. Kein Vorwurf. Nur ich kann nicht mehr. Nach Hause gefahren Mittel eingenommen.

War viell falsch. Werde sehr müde. Ich habe Angst.

Keine Schmerzen ab. Angst.

Martin, ich habe so schreckliche Angst vor der Nacht. Wie wird das sein, Martin?

Martin, nicht mehr zweifeln, nie mehr, bitte! Menschen vertrauen. Kanst nicht alles mit Verstand. Pascal: Herz hat Gegengründe, die d Vernunft nicht kennt. Habe in Büchern gelesen. Was ist warheit?

Martin, gaz *wichtig:* Annegr. nicht geholfen, damit kein Knd, Du bei mir bleib. Hat m. leid get. Du wars so böse. Nie mehr so böse sein!

Glauben! Vertraen. Wirklich Martin kein schmutz Trick nicht Täuschungman.

Martin wirt Du A. heirat? Bin so traurg. Eif Hab Angst.
Martin Martin liebe dih
Martin dne Helga
Angt. Martin

32

Mittwoch, 29. Dezember, 17.30

(Das Wohnzimmer im Hause der Marquardts. Martin Marquardt, in Pullover, führt Annegret Fabian herein. Sie bleiben beide in der Mitte des Zimmers stehen. Annegret sieht zu Boden, ringt die Hände. Martin sieht sie nicht an.)

MARTIN: Ja. Setz dich doch.

ANNEGRET *(schluchzt plötzlich auf, schlägt die Hände vors Gesicht)*

MARTIN *(nimmt sie in die Arme, tätschelt ihren Rücken)*: Komm. Nicht weinen, bitte. Komm.

ANNEGRET *(erstickt)*: Es ist so entsetzlich, Martin. Es ist so unfaßbar. Es ist so schrecklich.

MARTIN: Ja, es ist unfaßbar. Es ist schrecklich. Komm, setz dich doch. *(Er führt sie zur Couch, setzt sie vorsichtig darauf nieder, setzt sich ihr gegenüber in den Sessel)*

ANNEGRET: Wie hast du denn den Tag überstanden?

MARTIN *(zuckt die Achsel, lächelt)*: Nun ja ...

ANNEGRET: Hast du dich denn wenigstens ein bißchen hingelegt?

MARTIN: Nein.

ANNEGRET: Aber das geht doch nicht. Du hast doch die ganze Nacht nicht geschlafen.

MARTIN: Nein. Das habe ich nicht.

ANNEGRET: Wann warst du denn wieder hier?

MARTIN: Wann war ich denn ...? *(Er richtet die Augen zur Decke)* Ich bin um ... kurz vor zwei habe ich die Klinik verlassen, ja. Um Viertel nach zwei, halb drei werde ich hier gewesen sein. Wieder hier.

ANNEGRET: War es ...

MARTIN: Ja. *(Er macht eine vage Handwegung zur Tür hin)* Hier hat sie gelegen. Auf dem Boden. Ich nehme an, daß sie ins Schlafzimmer gehen wollte. Um sich auf ihr Bett zu legen. Ich weiß es nicht.

ANNEGRET *(legt einen Augenblick lang die Hände an die Schläfen, legt sie dann in den Schoß):* Martin ... es gab absolut keine Chance mehr?

MARTIN: Nein, absolut nicht. Da bin ich ganz sicher. Ich war kurz vor elf hier. Ich habe sofort den Notarzt angerufen. Der Wagen war zehn Minuten, höchstens eine Viertelstunde später da. Ich hatte den Brief gelesen, ich hatte die Packung des Mittels gefunden, das sie eingenommen hat, ich habe sie dem Arzt sofort gezeigt. Sie haben hier noch angefangen, mit den ... mit der Behandlung. Diese Leute haben sich unendliche Mühe gegeben. Hier und unterwegs und nicht zuletzt in der Klinik. Ich bin ganz sicher, daß sie nichts unterlassen haben.

ANNEGRET *(legt die Hände seitlich an den Mund):* Oh, mein Gott. *(Leise)* Hätte ich doch darauf bestanden, daß du nach Hause fährst, *(lauter werdend)* hätte ich doch wenigstens darauf bestanden, daß du zur Telefonzelle gehst!

MARTIN *(mit Nachdruck):* Annegret! Das hat jetzt keinen Sinn.

ANNEGRET: Nein, natürlich. Das hat jetzt keinen Sinn mehr.

MARTIN *(räuspert sich):* Ich muß dir eine Stelle aus ihrem Brief mitteilen, die dich betrifft.

ANNEGRET *(sieht ihn entsetzt an)*

MARTIN: Vielleicht werde ich dir später einmal den ganzen Brief zeigen. Es fällt mir, ich weiß nicht, ob du mich verstehst, ich bitte dich jedenfalls um Verständnis, es fällt mir im Augenblick noch ein bißchen schwer.

ANNEGRET: Aber natürlich.

MARTIN: Der Brief ist an mich gerichtet, verstehst du.

ANNEGRET: Aber das brauchst du mir doch nicht zu erklären. Bitte, Martin.

MARTIN: Sie schreibt in ihrem Brief, sie wolle niemanden für ihren Tod verantwortlich machen. Das erklärt sie ausdrücklich auch zu deiner Person. Und die Stelle, die ich dir ausrichten soll, lautet: Sag ihr meine Grüße. Sie soll mir nichts nachtragen. Ich hab's trotz allem gut gemeint mit ihr.

ANNEGRET *(fängt an zu weinen):* Mein Gott. Was soll ich ihr denn nachtragen. Ausgerechnet ich.

MARTIN: Es gibt da noch eine andere Stelle, die ich dir sagen sollte. Sie schreibt, soweit sich das entziffern läßt, sie hat das wohl geschrieben kurze Zeit bevor sie bewußtlos wurde, sie schreibt, sie hätte dir nicht geholfen, um das Kind zu beseitigen. Sie meint damit, ihr Motiv sei es nicht gewesen, den Grund auszuräumen, um dessentwillen ich mich von ihr hätte trennen und dich heiraten wollen. Sie schreibt, du hättest ihr leid getan. Ich sei so böse zu dir gewesen.

ANNEGRET: Martin, Martin, wie kann sie denn nur glauben, daß ich je auf einen solchen Gedanken gekommen wäre. Oder du. Mein Gott, ist das alles schrecklich! Ich habe doch nie daran gezweifelt, daß sie mir nur helfen wollte. Hast du etwa je daran gezweifelt?

MARTIN *(schweigt)*

ANNEGRET *(sieht ihn an):* Martin ...

MARTIN *(Er erwidert ihren Blick, unbeweglich)*

ANNEGRET *(leise):* Martin, hast du je daran gezweifelt? Das ist doch nicht möglich, Martin.

MARTIN *(nach einer Pause):* Doch. Das ist möglich.

ANNEGRET: Aber Martin ... das kann doch nicht sein. Du hast doch Helga gekannt. Wenn irgendeiner sie gekannt hat, dann doch du.

MARTIN *(Er sieht sie an. Eine lange Pause. Dann):* Habe ich sie gekannt? Kenne ich sie jetzt, nach diesem unfaßbaren, unbegreiflichen Schritt, den sie getan hat? Werde ich sie jemals kennen? Hat sie sich mir nicht auf immer entzogen? Auf Ewigkeit?

ANNEGRET *(leise):* Aber Martin ... So etwas kannst du doch jetzt nicht sagen. Das ist doch *(mit Nachdruck)* ganz unmöglich. – Sie ist noch keine vierundzwanzig Stunden tot, Martin. Du darfst so etwas ganz einfach nicht sagen, hörst du!

MARTIN: Soll ich lügen? Soll ich dir und mir selbst etwas vormachen, nur weil sie tot ist? *(Schnell:)* Das klingt jetzt schrecklich gefühllos, ich weiß, wenn ich sage: nur weil sie tot ist. So ist es nicht gemeint, das weißt du. Ich brauche dir nicht zu sagen, was

Helgas Tod für mich bedeutet. – Aber was ändert ihr Tod an der Wahrheit?

ANNEGRET *(leise, aber mit großem Nachdruck):* Martin, hör jetzt bitte auf damit. Hör jetzt auf, sofort. Ich ertrage das nicht. Du weißt nicht, was du damit anrichtest. Hör auf.

MARTIN: Aber ich habe es ihr doch vorgeworfen, daß sie dir aus egoistischen Motiven ... geholfen hat. Ich habe es ihr doch vorgeworfen, hier in diesem Zimmer, vor noch nicht achtundvierzig Stunden. Soll ich mir jetzt selbst vorlügen und dir dazu, ich hätte es nicht so gemeint? Soll ich vor der Wahrheit Reißaus nehmen, aus Pietät, oder aus Feigheit, um es einmal beim richtigen Namen zu nennen?

ANNEGRET: Das hast du ihr vorgeworfen?

MARTIN: Ja. Ich habe es ihr vorgeworfen. Ich kann es nicht ändern.

ANNEGRET: Am Montagabend?

MARTIN: Ja.

ANNEGRET: Und deshalb ist sie gegangen?

MARTIN: Das weiß ich nicht. Ich weiß es jedenfalls nicht mit Sicherheit, sie hat dazu nichts gesagt. Aber es stand in einem engen zeitlichen Zusammenhang mit meinem Vorwurf, das ist richtig.

ANNEGRET: Martin, ist dir klar, daß du ...

MARTIN: Was?

ANNEGRET *(legt beide Hände auf den Mund, schüttelt verzweifelt den Kopf. Sie starrt vor sich hin. Dann sieht sie ihn wieder an):* Martin, sie hat in ihrem Brief geschrieben, du hast es mir doch gerade gesagt, sie hat beteuert, daß sie mir nur geholfen hat, weil ich ihr leid tat.

MARTIN: Ja, das hat sie geschrieben. Ich sei so böse zu dir gewesen.

ANNEGRET: Aber daß sie das in einem Brief schreibt, den sie kurz vor ihrem Tod ... Sie wußte, daß sie sterben würde, sie wollte sterben, und dann schreibt sie das. Und nicht einmal das kann dich überzeugen?

MARTIN: Annegret, dieser Brief ist in einigen Punkten sehr klar. In anderen ... sehr rätselhaft.

ANNEGRET: Rätselhaft?

MARTIN: Ja. Und nun hör mir bitte einen Augenblick in Ruhe zu. Es tut mir leid. Ich wollte ganz gewiß nicht darüber sprechen. Ich wollte nicht die Gedanken, die mich pausenlos beschäftigen, beschäftigen müssen, vor dir ausbreiten. Aber du hast dieses Thema nun einmal angeschnitten, und ich möchte es dir gern erklären, damit du mich nicht länger für ein gefühlloses Monster hältst. Du hast vorhin gesagt, in einem fast schon drohenden Unterton, ich solle sofort aufhören, so zu sprechen, ich wisse nicht, was ich damit anrichte. Ich möchte, daß du mich verstehst. Und deshalb möchte ich es dir jetzt erklären, bitte. Willst du mir einen Augenblick in Ruhe zuhören?

ANNEGRET: Bitte.

MARTIN *(steht auf und verläßt das Zimmer)*

ANNEGRET *(vergräbt die Stirn in beiden Händen)*

MARTIN: *(kommt zurück, er hält ein paar Briefbogen und seine Brille in der Hand. Er setzt sich wieder in den Sessel, legt die Briefbogen und die Brille vor sich auf den Tisch):* Das ist Helgas Brief. Wenn ich sagte, er enthalte einige sehr rätselhafte Punkte, dann meinte ich nicht einmal den, der dir Anlaß gab, dich ... über mich zu wundern. Dieser Punkt gehört in den Zusammenhang, aber er sticht nicht daraus hervor. Viel nachdenklicher stimmen mich einige andere Punkte.

ANNEGRET *(lehnt sich auf der Couch zurück, blickt in ihren Schoß)*

MARTIN: Siehst du ... zwischen Helga und mir stand doch, seit sie mit diesen Ausflügen begonnen hat, die Frage, ob sie ... ob sie sich für einen anderen Mann interessiert, in welcher Form auch immer. Begonnen hat das noch früher, nämlich drei Tage vor ihrem ersten Ausflug. Ich meine den Samstagnachmittag, an dem wir drei hier Kaffee getrunken haben, und dann fing sie auf einmal an darzulegen, sie sei imstande, zwei Männer zu lieben, ja, mehr noch: sie liebe zwei Männer, und ob wir nicht zusammenziehen könnten, und so weiter.

ANNEGRET *(hebt den Kopf, sieht ihn an)*

MARTIN *(hebt die Hand):* Du brauchst mich nicht so anzusehen, ich will das keineswegs überbewerten, das kann durchaus nur der Versuch gewesen sein, mir etwas heimzuzahlen, ich war ja wohl auch sehr provozierend gewesen, ich muß das zugeben. Sie ist dann an dem darauffolgenden Dienstag spurlos verschwunden, und an dem nächsten Samstag noch einmal, du weißt das ja alles. Und an dem dann folgenden Dienstag, gestern vor einer Woche, hat sie sich abends zum Ausgehen angezogen, sehr elegant, und hat dann plötzlich gesagt, sie müsse mit mir reden. Du erinnerst dich, ich habe dir abgesagt, bin dann später aber noch kurz zu dir nach Hause gekommen.

ANNEGRET *(legt sich auf die Couch, richtet die Augen zur Decke)*

MARTIN: Sie hat mir bei diesem Gespräch gesagt, ihre Ausflüge seien nur Schau gewesen, sie sei tatsächlich nirgendwo gewesen, nirgendwo, hat sie gesagt. Und sie könne doch gar nicht zu einem anderen Mann gehen, sie wisse doch, wie weh das tue. Das klang alles sehr überzeugend, da gab es auch keine vagen Formulierungen, ich muß das anerkennen. Aber einen merkwürdigen Punkt gab es in ihrem Bericht. Sie hat gesagt, sie sei bei ihrem Ausflug eine Woche vorher in einem Hotel gewesen, bis um drei Uhr nachts. Aber sie wußte den Namen dieses Hotels nicht mehr. Sie wußte nicht einmal mehr genau, wo es lag.

ANNEGRET *(spricht zur Decke):* Du hast das sofort nachgeprüft. Du hast es mir gestern abend gesagt, ich hab gar nicht darauf geachtet. Jetzt fällt es mir wieder ein.

MARTIN: Ich komme noch darauf. Ich meine, nach dieser Vorgeschichte war ihr doch bewußt, es muß ihr doch bewußt gewesen sein, daß das zwischen uns beiden ein Punkt von nicht unerheblicher Bedeutung war. Sie wußte, daß dieser Punkt mich sehr gequält hatte, und wahrscheinlich wußte sie sogar, daß er mich noch immer quälte, zumindest quälen konnte, in einem Augenblick, in dem sie für immer von mir ging. *(Er nimmt die Briefbogen auf, starrt darauf. Legt sie wieder ab)* Aber dieser Brief geht nicht mit einem Wort darauf ein.

ANNEGRET: Du meinst, sie hätte dir noch einmal beteuern müssen, daß das, was sie dir bereits gesagt hatte, die Wahrheit war.

MARTIN: Beteuern? Nein. Nur noch einmal sagen. Einmal

noch sagen, bevor kein Wort mehr, nicht ein einziges Wort mehr dazu gesagt werden kann. Ein Akt der Barmherzigkeit, wenn du so willst.

ANNEGRET *(richtet sich auf, sieht ihn an)*

MARTIN *(Er erwidert den Blick, scheint sie aber nicht wahrzunehmen. Seine Augen kehren zu den Briefbogen zurück. Plötzlich setzt er die Brille auf, nimmt die Briefbogen)*: Sie kommt indirekt sehr früh darauf zu sprechen. Aber das bleibt sehr undeutlich. Sie schreibt: Behalt mich so in Erinnerung, wie du mich einmal geliebt hast, ohne Vorwürfe, ohne Zweifel. Was meint sie damit? Warum soll ich meine Erinnerung orientieren an einer früheren Phase ihres Lebens? *(Er sieht von den Briefbogen auf)* Was meint sie damit?

ANNEGRET: *(läßt sich langsam zurücksinken)*

MARTIN: Oder hier, im dritten Absatz: Du brauchst übrigens nicht nachzuforschen. Sie spricht da von dem Mittel, das sie... Nun gut, vielleicht meinte sie nur, ich solle nicht aufzuklären versuchen, wie sie an dieses Mittel gekommen ist. Aber vielleicht bedeutet dieser Satz auch mehr? Was meint sie damit? Oder hier: Ich trage selbst einen großen Teil der Schuld, schreibt sie. Sie erläutert das dann, mit zwei Hinweisen. Aber ist ein so gewichtiger Satz mit zwei beiläufigen Hinweisen erläutert?

ANNEGRET: Und das willst du jetzt aufklären?

MARTIN: Es folgen dann noch ein paar Stellen in diesem Brief, die ich vielleicht, vielleicht als Signale werten könnte, Signale einer Antwort auf die Frage, die zwischen uns stand, bis zuletzt. Die Frage, ob sie mit einem anderen Mann zu tun hatte. Vor ihrem Tode. So stellt sie zum Beispiel fest, daß ich zwei Frauen liebe, und schreibt dazu, sie könne es nicht verstehen. Nun gut, das läßt sich auslegen als ein allgemeines, ein umfassendes Unverständnis für eine solche Gefühlssituation, und daraus ließe sich folgern, daß sie sich selbst nicht imstande fühlte, zwei Männer zu lieben. Aber selbst das läßt ja die Frage offen, ob sie es nicht wenigstens versucht hat, mit einem anderen Mann, vor ihrem Tode, und ob sie nicht eben dadurch zu der Erkenntnis gelangte, daß sie dazu nicht imstande war.

ANNEGRET: Du hast mir doch gerade gesagt, daß sie dir gesagt hat, sie sei nirgendwo gewesen, es sei alles nur Schau gewesen. Und sie könne doch gar nicht zu einem anderen Mann gehen, weil sie ja wisse, wie weh das dem tut, der einen liebt.

MARTIN: Richtig. Das ist ein gewisser Widerspruch. Aber abgesehen davon, daß sie mir das in großer Erregung beteuert hat, vielleicht kann man sogar sagen: in großer Angst, ganz abgesehen davon stellt gerade das für mich die Frage um so dringender, warum ein Punkt von solcher Bedeutung in diesem Brief, dem Abschiedsbrief, so nennt man das ja wohl, nicht noch einmal klar angesprochen wird. Nichts dergleichen. Nur das, was ich Signale einer Antwort nannte. Signale, die sich sehr wohl auch ganz anders auslegen ließen. *(Er legt die Briefbogen auseinander, blickt von dem einen zum anderen)* Die wiederholte Aufforderung, ich solle nicht mehr zweifeln. Ich solle glauben, den Menschen vertrauen. Übrigens ausdrücklich auch im Zusammenhang mit dir. Ich solle nicht versuchen, alles mit dem Verstand zu bewältigen. Ich übersetze das jetzt einmal, das hat sie *(er räuspert sich)* zu einem schon sehr späten Zeitpunkt geschrieben. Ja. Glauben. Vertrauen. Was meint sie damit? Meint sie, es sei besser, die Dinge auf sich beruhen zu lassen? Nicht wahr. Vielleicht meinst du jetzt, auf eine solche Aufforderung hin sei meine Frage ganz unangebracht, unpassend, vielleicht hältst du sie für schrecklich gefühllos. Was mich dazu veranlaßt, ist ein ganz merkwürdiger Satz, der hier noch folgt, kurz vor dem Ende. Ein Satz, mit dem im Grunde alles in Frage gestellt wird. Sie schreibt: Was ist Wahrheit? Es ist schlecht zu entziffern, sie konnte ... zu diesem Zeitpunkt offenbar kaum noch schreiben, sie schreibt Wahrheit auch klein. Und ohne h. *(Er betrachtet plötzlich die Stelle sehr genau)* Merkwürdig. Sie schreibt es wie Luther. Klein und ohne h. Merkwürdig, das fällt mir jetzt erst auf.

ANNEGRET *(richtet sich plötzlich auf. Sie sieht ihn an)*

MARTIN *(spürt ihren Blick, legt das Blatt zu den übrigen):* Nun gut, wie auch immer. Ich meine: Was bedeutet dieser Satz, der alles in Frage stellt, schlechthin alles, am Ende eines solchen Briefes? Wollte sie mir zum Abschied den allumfassenden Zweifel hinterlassen? Die Aufforderung, den Menschen zu glauben, ihnen zu vertrauen, und im übrigen den allumfassenden Zweifel? Was ist Wahrheit? Was meint sie damit?

ANNEGRET: Und das willst du jetzt herausfinden, nicht wahr?

MARTIN: Muß ich es nicht?

ANNEGRET: Was, um Himmels willen, willst du noch herausfinden an einer Wahrheit, die so offen vor dir liegt?

MARTIN: Tut sie das?

ANNEGRET: Ja, das tut sie. Sie liegt ganz klar, ganz unmißverständlich vor dir. Aber du willst sie nicht wahrhaben. Ja, Martin, das ist es: Du willst die Wahrheit, die schreckliche, ganz einfach nicht akzeptieren. Wir haben Helga auf dem Gewissen, Martin, du und ich nicht minder. Das ist die Wahrheit.

MARTIN: Etwas Derartiges habe ich erwartet. Und nun will ich dir, obwohl du dein Urteil über mich bereits gefällt hast, nur noch eine Frage stellen, und ich will sie dir erläutern, wenn du es noch fertigbringst, mir zuzuhören. Diese Frage lautet: Wäre ich, wenn ein anderer Mann im Spiel gewesen sein sollte, nicht geradezu verpflichtet, und zwar Helga verpflichtet, diesen Umstand aufzuklären? Dürfte ich diesen anderen Mann ungeschoren davonkommen lassen?

ANNEGRET *(wirft den Kopf zurück, sie streicht sich über die Stirn, atmet schwer. Dann, mit Anstrengung):* Und wie lautet die Erläuterung zu dieser Frage?

MARTIN *(nimmt die Brille ab, legt sie auf den Brief):* Ich bin heute nachmittag in diesem Hotel gewesen. Ich habe es mir diesmal nicht nur angeschaut. Ich bin hineingegangen.

ANNEGRET *(sieht ihn starr an)*

MARTIN: Ich habe mit dem Portier gesprochen. Er hatte in der Nacht Dienst, in der Helga angeblich dort ein Zimmer genommen hat. Er hat Helga nie gesehen. Ich habe ihm ein Foto von ihr gezeigt. Er hat beteuert, daß er diese Frau nie gesehen hat.

ANNEGRET: Vielleicht hat dieser Mann mehr Verständnis für Helga als du. *(Sie schreit)* Vielleicht hatte er Mitleid mit ihr und wollte sie vor deinen Nachstellungen bewahren!

MARTIN *(kalt):* Es genügt, wenn du in normaler Lautstärke

zu mir sprichst. Ich verstehe dich sehr gut. Ich habe deinen Einwand bedacht. Es gibt gegen jeden der Punkte, über die ich nachdenke, solche Einwände. Aber es gibt nicht einen, nicht einen einzigen Einwand, der die Vermutung zwingend widerlegt, es könnte ein anderer Mann im Spiel gewesen sein, vor Helgas Tod. Sie könnte ihn schon gekannt haben, als sie uns darlegte, sie sei imstande, zwei Männer zu lieben. Sie könnte an dem darauffolgenden Dienstag, nachdem sie mit mir gestritten hatte, sie könnte ihn, nachdem ich weggefahren war, angerufen haben und zu ihm gefahren sein, zu ihm nach Hause vielleicht, was übrigens erklären würde, warum der Portier in diesem Hotel sich an sie nicht zu erinnern weiß. Sie könnte am Nachmittag des nächsten Samstags wieder zu ihm gefahren sein, oder sich mit ihm getroffen haben, auf einem Parkplatz zum Beispiel. Und es könnte sein, daß sie sich bei dieser Gelegenheit für den darauffolgenden Dienstag verabredet haben. Vielleicht zu einem gemeinsamen Ausgang, zu einem exquisiten Abendessen. Sie hat sich sehr elegant angezogen, am Abend dieses Dienstags. Und nun könnte das Folgende passiert sein: Er hat ihr plötzlich abgesagt. Er hat sie nicht sehr fein behandelt. Sie saß da, für dieses abendliche Ereignis angezogen, und statt auszugehen, hatte sie Anlaß, darüber nachzudenken, welcher Art wohl die Gefühle dieses Mannes für sie seien. Sie hat an ebendiesem Abend auf einmal, nach einer ganzen Woche beharrlichen Schweigens, mit mir sprechen wollen. Und ich bin ja auch zu Hause geblieben, ich habe dir abgesagt. Sie hat von mir wissen wollen, ob ich denn nun, nach ihren wiederholten Ausflügen, bereit sei, mich von dir zu trennen. Ich habe ihr gesagt, ich würde darüber nachdenken. Dann kam der Montagabend, vorgestern, als sie mir eröffnete, daß sie dich zu diesem Arzt geführt hatte. Ich habe mit meiner Vermutung nicht zurückgehalten, daß sie das aus sehr egoistischen Motiven getan habe, nämlich um den Grund auszuräumen, um dessentwillen ich sie verlassen und zu dir hätte gehen wollen. Ich habe ihr gesagt, daß ich mich entschlossen hatte, dich zu heiraten. Daraufhin ist sie gegangen. Wohin? Wo ist sie eine ganze Nacht und einen ganzen Tag gewesen? Nun gut, wenn sie nicht in einem Hotel war – sie könnte ja doch bei irgendeiner ihrer Freundinnen gewesen sein, die mich dann angelogen hätte, als ich anrief und nach Helga fragte, und die mir jetzt ganz gewiß nicht mehr die Wahrheit sagen würde, nachdem das geschehen ist, was diese Freundin ja auch zu einem nicht unerheblichen Teil zu verantworten hätte. So könnte es gewesen sein. Aber es könnte auch sein, daß sie vorgestern, als sie unser Haus verließ, nicht zu irgendeiner Freundin, sondern wieder zu diesem Mann gegangen ist, obwohl er sie schon einmal schlecht behandelt hatte. Und es könnte sein, daß dieser Mann sie zwar noch einmal aufgenommen hat, warum auch nicht, für eine Nacht, wenn sie ihm dieses Mal gerade gelegen kam, daß er dann aber, als sie ihm eröffnete, sie wolle sich von mir trennen, auf dem schnellsten Wege die Hosen herunterließ und sie in aller Brutalität die wahre Natur seiner Gefühle hat sehen lassen und ihr klarmachte, daß bei ihm nichts zu holen sei, außer dem einen. So könnte es gewesen sein. Sie ist dann am Dienstag, gestern, herumgeirrt, verzweifelt. Sie hat dann am Abend noch einmal einen Kontakt mit mir gesucht, den sie nicht fand, was ich mir nie verzeihen werde. Und sie hat dann schließlich in ihrer Verzweiflung dieses Mittel eingenommen und mir einen Brief geschrieben, der keine von tausend Fragen beantwortet, sondern mir nur eines hinterläßt: den allumfassenden Zweifel. Was ist Wahrheit? Ja. So könnte es gewesen sein. Ich sage das nicht, ich überlege das nicht, um Verantwortung von mir abzuschieben. Ich trage einen großen Teil der Schuld an Helgas Tod. Meine Schuld besteht darin, daß ich dich liebe. Ich nehme meine Schuld auf mich, ich muß damit leben. Aber ich bin nicht bereit, irgendeinen Kerl, der Schuld trägt, irgendeinen Schweinehund, der im Spiel gewesen sein könnte, vor ihrem Tod, ungeschoren davonkommen zu lassen. Ich werde das aufklären. Nicht, weil ich von krankhafter Neugier besessen, nicht weil ich gefühllos wäre, und ebensowenig, weil ich irgendeine Wahrheit nicht ertragen könnte. O nein. Ich bin es Helga ganz einfach schuldig. *(Er schiebt die Brille zur Seite, ordnet die Briefbogen, legt die Brille wieder darauf)*

ANNEGRET: Du bist wahnsinnig.

MARTIN: Bin ich das?

ANNEGRET: Du wirst das niemals aufklären können, selbst wenn es so gewesen wäre.

MARTIN: Das bleibt abzuwarten.

ANNEGRET: Und es ist nicht so gewesen. Jeder, der Helga kannte, jeder außer dir würde die Hand dafür ins Feuer legen, daß sie dich nicht betrogen hat. Niemals.

MARTIN: Ist das so?

ANNEGRET *(stark)*: Und selbst wenn es so gewesen wäre: Sie hätte ein Recht darauf gehabt!

MARTIN: Was hätte sie?

ANNEGRET: Sie hätte ein Recht darauf gehabt, ja, ja, ja, ich sage es dir: sie hätte ein Recht darauf gehabt! Was willst denn du ihr vorwerfen, ausgerechnet du? Und was wollte ich ihr denn vorwerfen, wie könnte ausgerechnet ich ihr das Recht auf einen richtigen, ausgewachsenen, einen entschlossenen Ehebruch bestreiten? Sie hat ein Recht darauf gehabt, und ich hoffe nur, nein, ich bete geradezu, daß sie es vielleicht doch in Anspruch genommen hat. Willst etwa du ihr dieses Recht bestreiten? Mit deinen biologischen Kinkerlitzchen etwa? Willst du noch immer auf dieser törichten Beweisführung bestehen, diesem mühsam konstruierten Gesetz, mit dem du deinen Harem zu beherrschen versucht hast, dieser Schimäre, mit der du deine Weiber das Fürchten lehren wolltest? Hast du jemals selbst an diese natürlichen Bremsen geglaubt, von denen du uns erzählt hast? Natürliche Bremsen, daß ich nicht lache! Warum soll eine Frau nicht auch zwei Männer lieben können, warum nicht drei? Ja, und mehr als das: Warum soll eine Frau nicht auch einmal mit einem anderen, wenn es ihr nun mal gerade gefällt, ins Bett gehen dürfen, nur mal so, und warum soll das bei ihr verwerflicher sein als bei dem Mann, der mit ihr ins Bett geht? Warum, frage ich dich? Wegen der biologischen Bremse? Daß ich nicht lache. Was verstehst du eigentlich von Frauen? Nichts verstehst du von Frauen, überhaupt nichts verstehst du von Frauen. Drei Jahre lang hast du jetzt mit zwei Frauen gelebt, und von deinen kleinen Abenteuern vorher – mal hier und mal da, aber selbstverständlich nie im Verborgenen, niemals heimlich, o nein, immer die Wahrheit sagen – von den kleinen Abenteuern wollen wir ganz absehen, obwohl du dabei eigentlich auch das eine oder das andere über Frauen hättest lernen können. Nichts hast du gelernt. Nichts hast du verstanden von der Frau, mit der du so lange zusammengelebt hast, und die dich geliebt hat *(sie fängt an zu weinen)*, geliebt wie einen Abgott, oh, hätte sie's doch nicht getan, ich hoffe und ich bete, daß sie ihr Recht in Anspruch genommen hat, hätte sie's doch nur weidlich ausgenutzt, nichts hast du verstanden von ihr und von ihrer Liebe, nichts, nichts, nichts, nichts, gar nichts, hörst du? *(Sie sieht ihn wild an, schluchzend, die Tränen fließen ihr über die Wangen, sie ringt die Hände)*

MARTIN *(sehr kalt)*: Deine Ausführungen über die Empfindungen von Frauen werfen ein bemerkenswertes Licht auf dein Verhältnis zu Herrn Pauly. Und auf die Glaubwürdigkeit dessen, was du mir in den vergangenen Wochen so angestrengt beteuert hast.

ANNEGRET: O ja, gut, sehr gut, daß du mich daran erinnerst. Angestrengt beteuert habe ich, nicht wahr? Aber es hat mir alles nichts genutzt, nicht wahr? Du hast mir nicht geglaubt, o nein, du bist clever, du läßt dich nicht hinters Licht führen. Und nun will ich dir sagen, daß ich es satt bin, angestrengte Beteuerungen abzugeben, mit denen ich dich ja doch nicht hinters Licht führen kann, ich bin es satt bis obenhin, immer neue Fragen zu beantworten, und damit das nun endlich aufhört, sage ich dir die Wahrheit, die du ja wissen willst, und die dir keine Ruhe läßt, so lange nicht, bis du sie herausgefunden hast, ich gebe es auf, ich sage dir die Wahrheit: Ja, es stimmt, ich habe mit Pauly geschlafen, oft, ziemlich oft, und es hat Spaß gemacht, es war jedesmal ganz prima!

MARTIN *(steht jäh aus seinem Sessel auf, macht einen ziellosen Schritt in das Zimmer hinein, fängt sich, macht eine vage Geste, kehrt zu dem Sessel zurück und setzt sich. Er schlägt ein Bein über das andere)*

ANNEGRET: Jetzt staunst du, nicht wahr? Du staunst darüber, daß ich endlich den Mut finde, dir die Wahrheit zu sagen, nicht wahr? Diese Wahrheit selbst erstaunt dich nicht, o nein, denn die hast du ja immer gewußt, alle meine angestrengten Beteuerungen haben dich ja nicht täuschen können. Aber daß ich es endlich eingestehe, das erstaunt dich. Ja, aber so war es nun einmal, es ist die Wahrheit, endlich kommt sie heraus. Alle deine Vermutungen waren richtig, alle die Daten, die du so scharfsinnig rekonstruiert hast, treffen zu, jawohl, es hat während deiner Amerika-Reise begonnen, es war ein wunderbarer Tag, ich werde ihn nie vergessen, diesen 26. September, er hat seinen Bericht bei mir abgeliefert, und dann ist er ein bißchen unverschämt geworden, und es war mir gerade recht, denn er hat mich schon lange interessiert, er ist ja doch ein netter Junge, eigentlich richtig hübsch, nicht wahr, und männlich, männlich ist er nun wirklich, das wirst du nicht bestreiten wollen in all deiner fabelhaften Männlichkeit. *(Sie schluchzt auf)* Und dann hat er mich zum Essen eingeladen, und ich bin natürlich prompt darauf eingegangen, ich habe natürlich nicht gedacht, daß dieses kleine Schlitzohr ausgerechnet dieses Essen auf Spesen abrechnen würde, und dann dieses Abendessen auch noch, wann war es noch mal, das Datum fällt mir im Augenblick nicht ein, obwohl auch dieser Abend unvergeßlich war, nur hätte ich natürlich nie gedacht, daß er so was auf Spesen macht, er hat ganz großkotzig so getan, als ob ich ihm so viel Geld wert wäre *(sie lacht, unter Tränen)*, aber so ist er nun mal, es war ja wirklich der Gipfel der Unverschämtheit, aber so ist er nun mal: hinreißend unverschämt, er ist ein wunderbarer Junge, wirklich, und ganz hinreißend unverschämt, ein richtiger kleiner, unverschämter Opportunist, ganz skrupellos, und gerade das hat mich an ihm gereizt *(sie schluchzt auf)*, und dann haben wir uns bei diesem Mittagessen sofort für den Abend desselben Tages verabredet, ich hab's ja doch gar nicht mehr aushalten können, ich hab's nun endlich auch wissen wollen, wie er's macht, verstehst du, ich hab's ja gar nicht abwarten können, ihm mein Hinterteil hinzuhalten, du hast das ja sehr plastisch beschrieben, auch das hast du ganz klar erkannt, trotz aller meiner angestrengten Beteuerungen, du bist schon Klasse, wirklich, aber er ist das auch, auf seine Art, natürlich, es war wunderbar an diesem Abend, in seinem Auto, natürlich haben wir's im Auto gemacht, Hotel zahlt er nicht so gern, das kleine Schlitzohr, ist auch gar nicht nötig, geht ganz prima im Auto, und so ist es dann auch weitergegangen, bei jeder Gelegenheit, die wir fanden, die wesentlichen Daten hast du ja herausbekommen, diese angebliche Geburtstagsfeier von Tante Lotte, Geburtstag hat sie gehabt, das stimmt, aber ich war natürlich nicht da, ich habe ja begierig nach diesem Alibi gegriffen, ich war natürlich mit Pauly unterwegs, in seinem Auto, auf dem Parkplatz, und diese Reise nach Aachen, nach Berlin, meine ich, wunderbar, er war wirklich große Klasse, und ganz unbelastet, das Hotelzimmer konnte er ja abrechnen, und meines habe ich selbst bezahlt, es war mir das wert, wirklich, der Mann ist gut, so eine ganze Nacht lang, drei Nächte hintereinander, und alles andere stimmt auch, ich will dich nicht langweilen, du weißt ja alles, dieser angebliche Kinobesuch, es war herrlich, in seinem Auto, und angerufen habe ich ihn natürlich auch, an diesem Morgen, als er zur Stabsbesprechung war, er ist so süß am frühen Morgen, wenn man ihn stört, sehr mißmutig, sehr unwillig, eigentlich ein bißchen flegelhaft, aber gerade das hat mich immer so wild gemacht, verstehst du, ganz wild, ganz wild, er ist einfach ... *(sie schluchzt auf)* er ist unwiderstehlich, und ich hatte ... ich hatte ja auch ein Recht dazu, ich hatte ein Recht dazu, hörst du, was willst du mir denn vorwerfen, sag es doch, was willst du mir vorwerfen? Ich hatte doch ein Recht dazu, wenn ich's gemacht habe. Ich hatte doch ein Recht dazu. *(Sie beißt sich auf die Lippen)* Sag doch was.

MARTIN *(sieht starr vor sich hin)*

ANNEGRET: Sag doch endlich was. *(Sie schluchzt auf)* Jetzt fällt dir nichts mehr ein, nicht wahr? Wieso eigentlich nicht? Du hast doch alles gewußt? Es überrascht dich doch nicht? Sag doch was?

MARTIN *(sitzt regungslos)*

ANNEGRET: Also gut. *(Sie steht auf. Sie richtet ihr Kleid. Sie sieht Martin an. Sie beschäftigt sich mit ihrem Gürtel. Sie sieht wieder Martin an)* Also gut. *(Sie geht zur Tür, hält inne, kommt einen halben Schritt zurück)* Martin ...

MARTIN *(sieht starr vor sich hin)*

ANNEGRET *(wendet sich ab und verläßt das Zimmer)*

(Nach einer Weile hört man eine Tür zuschlagen. Dann, sehr weit weg, wird der Motor eines Autos gestartet. Das Auto fährt an und entfernt sich)

MARTIN *(hebt ganz langsam beide Hände und bedeckt sein Gesicht. Er weint.)*

Vorhang

33

Freitag, 31. Dezember, 11.00

„Inland, Kubelik."

„Ja, hier ist noch einmal Marquardt."

„Wer ist da bitte?"

„Marquardt. Ich hatte vorhin schon einmal angerufen."

„Ach ja, Herr Marquardt. Es tut mir leid, Herr Bauer ist noch immer nicht zurück."

„Aber er kommt heute noch einmal ins Büro?"

„Das hoffe ich aber sehr. Er muß mir noch ein paar Briefe unterschreiben, die müssen noch raus im alten Jahr."

„Wann glauben Sie denn ..."

„Wenn ich das wüßte. Welche Zeit hatte ich Ihnen gesagt?"

„Elf Uhr."

„Ja, um elf wollte er auch zurück sein. Ich sehe gerade, wir haben ja eben erst elf."

„Ja, ich bitte um Entschuldigung, wenn ich so pünktlich anrufe ..."

„Ach, das macht nichts, ich kann Ihnen nur im Augenblick leider nicht helfen. Können Sie's vielleicht in einer halben Stunde nochmal versuchen?"

„Ja, natürlich, gern."

„Ich sage ihm auf jeden Fall, sobald er kommt, daß Sie angerufen haben."

„Ich danke Ihnen. Auf Wiederhören."

„Wiederhören, Herr Marquardt."

„Heinemann."

„Guten Tag, hier ist Martin Marquardt. Spreche ich mit Frau Heinemann?"

„Am Apparat. Wie war Ihr Name bitte?"

„Martin Marquardt. Ich arbeite mit Frau Dr. Fabian zusammen."

„Ach, mit Annegret. Ja, bitte schön?"

„Verzeihen Sie bitte, gnädige Frau, daß ich Sie ausgerechnet an diesem Tag anrufe."

„Ja, bitte schön? Ich verstehe Sie so schlecht. Es ist doch nicht irgend etwas passiert? Ist etwas mit Erika passiert?"

„Nein, nein, Sie können ganz beruhigt sein. Es ist nichts passiert."

„Ja, bitte schön, warum rufen Sie denn an?"

„Es ist ein bißchen schwer zu erklären, verzeihen Sie bitte, gnädige Frau. Ich wollte Sie um eine Auskunft bitten."

„Hallo?"

„Ich möchte Sie um eine Auskunft bitten."

„Ja, dann reden Sie doch, bitte schön. Ich kann Sie ja kaum verstehen."

„Ich möchte Frau Dr. Fabian, ich möchte Annegret ein Geschenk machen, ein etwas ausgefallenes Geschenk, zum Jahresbeginn. Eine Zusammenstellung aller Reisen, die sie im vergangenen Jahr gemacht hat. Mit Versen und Bildern. Verstehen Sie?"

„Nein. Was sagten Sie: Mit Versen und Bildern?"

„Ja, es handelt sich um ein etwas ausgefallenes Geschenk, verste ... Ich wollte Sie fragen, ob Annegret Ende November bei Ihnen in Aachen war, zusammen mit Ihrer Tochter Erika, um Ihnen beim Umzug zu helfen. Sie sind doch umgezogen, Ende November, nicht wahr? Es geht mir nur um das Datum."

„Das Datum? Was geht Sie denn mein Umzug an?"

„Nichts, gnädige Frau, es geht mir ja nur um das Geschenk für Annegret. Es geht mir ja nur darum, ob sie in Aachen war und Ihnen beim Umzug geholfen hat."

„Wer sind Sie überhaupt?"

„Das habe ich doch schon gesagt, mein Name ist Marquardt, ich arbeite mit Annegret zusammen."

„So. Und was arbeiten Sie da?"

„Ich bin ihr Chef."

„So."

„Ja. Es geht mir nur um dieses Geschenk für Annegret, und ich möchte mich noch einmal entschuldigen, daß ich Sie damit behellige. Es geht mir für dieses Geschenk nur darum, ob Annegret in Aachen war und Ihnen bei Ihrem Umzug geholfen hat."

„Natürlich war sie hier und hat mir beim Umzug geholfen. Sie ist sehr hilfsbereit. Sie ist eine der hilfsbereitesten und sympathischsten jungen Frauen, die ich kenne. Und sehr intelligent. Und tüchtig. So etwas kann man sich suchen heute. Können Sie sich suchen heute."

„Ja, natürlich."

„So. Und warum wollten Sie das wissen?"

„Für das Geschenk, das ich mir für sie ausgedacht habe."

„Das Geschenk, so. Und was hat das mit Versen und Bildern zu tun?"

„Es ist ein etwas ausgefallenes Geschenk, verstehen Sie?"

„Nein."

„Ich wollte auch nur wissen, ob Annegret in Aachen war und Ihnen beim Umzug geholfen hat."

„Das habe ich Ihnen doch bereits gesagt. Natürlich war sie hier. Sie ist sehr hilfsbereit und sehr intelligent, sympathisch. Was wollen Sie denn von ihr?"

„Nichts, gnädige Frau, nichts."

„Ja, warum rufen Sie denn an, bitte schön? – Hallo? Hallo? Unverschämtheit. Flegel."

„Marquardt."

„Bauer. Herr Marquardt, es tut mir leid ..."

„Aber das macht nichts, Herr Bauer. Ich muß mich entschuldigen, daß ich so ungeduldig war."

„Ach was, Unsinn. Wie geht's Ihnen denn?"

„Na ja. Es geht so."

„Ach ja, lieber Herr Marquardt. Ich kann mir vorstellen, wie Ihnen an diesem Tag zumute ist. Jahreswechsel. Auf ein neues.

Ach du meine Güte. Aber nun lassen wir das mal, das nutzt Ihnen alles nichts."

„Doch, das nutzt. Danke Ihnen, Herr Bauer."

„Lieber Herr Marquardt, ich hab mich informiert. Eine Frau Dr. Fabian war an dem fraglichen Tag auf unserem Flug Eins-Null-Zwo nach Berlin nicht drauf."

„Nicht?"

„Nein, definitely not. Und weil's so schön war, hab ich gleich weitergeforscht. Ich hab Sie so verstanden, daß Sie absolut sichergehen wollten. Ist das richtig?"

„Sie haben mich richtig verstanden."

„Dacht' ich mir's doch. Eine Frau Dr. Fabian war am Sonntag, 21. November, weder auf unserem Eins-Null-Zwo drauf noch auf einem unserer anderen Berlin-Flüge an diesem Tage."

„Ach ja."

„Jawohl. Und sie ist auch mit keiner der anderen Gesellschaften nach Berlin geflogen an diesem Tage. Jedenfalls nicht von unserem harbor hier. Totale Fehlanzeige, was Frau Dr. Fabian betrifft."

„Herr Bauer, ich danke Ihnen."

„Zufrieden?"

„Ja. Sehr. Herr Bauer, ich danke Ihnen."

„My pleasure, nix zu danken. Herr Marquardt, ich sag Ihnen das jetzt nur noch mal unter Freunden, ich weiß, daß es überflüssig ist, ich sag's trotzdem nochmal: Sie dürfen von dieser Auskunft keinen Gebrauch machen. Absolutely confidential, Sie verstehen. Ich komme in Teufels Küche, wenn jemand erfährt, daß ich Auskünfte gebe über unsere Passagierlisten. Und dann auch noch über die der anderen. Ich bin meinen Job los, mit Schimpf und Schande, wenn das jemand erfährt."

„Herr Bauer, Sie können sich darauf verlassen. Absolut. Ich habe Ihnen ja gesagt: es war eine für mich persönlich lebenswichtige Frage. Und das heißt zugleich, daß die Antwort niemanden anderen etwas angeht."

„Okay. Sagen Sie mal, was war denn eigentlich an dieser Auskunft für Sie so wichtig? Entschuldigen Sie, das war eine saublöde Frage, vergessen Sie's auf der Stelle. Herr Marquardt ... ich wünsch Ihnen was. Es tut mir leid, verdammt leid. Menschenskind, tut mir das leid mit Ihrer Frau. Okay. Take care of yourself."

„Danke, Herr Bauer. Ich wünsche Ihnen alles Gute fürs neue Jahr."

„Lieber Herr Marquardt, ich Ihnen auch. And take care of yourself."

„Hier ist Stefan Kreutzer."

„Hier ist Martin Marquardt. Wer bist du denn?"

„Stefan Kreutzer."

„Ach ja, das hast du ja schon gesagt. Und wie alt bist du, Stefan?"

„Vier. Januar werd ich fünf."

„Oh, im Januar schon. Der fängt ja morgen schon an."

„Ja. Heute ist Silvester."

„Richtig. Und am wievielten Januar wirst du fünf? Oder weißt du das noch nicht?"

„Zweiunwanzig ... Weiundzwanzigsten Januar. Zwei-undzwanzigsten!"

„Ah ja."

„Januar."

„Dann hast du in drei Wochen und einem Tag Geburtstag, stimmt's?"

„Die Oma schenkt mir einen Max."

„Was ist das denn?"

„'n Pferd."

„Oh. Und das weißt du jetzt schon? Soll das denn keine Überraschung sein?"

„Hab ich mir gewünscht."

„Ach so. Na, dann drücke ich dir die Daumen."

„Wer bist du?"

„Ich bin Martin Marquardt."

„Ich helfe der Oma."

„Wobei denn?“
„Berliner backen.“
„Oh, ich weiß schon. Für heute abend, nicht wahr?“
„Ich kann vier Berliner essen.“
„Hintereinander?“
„Ja. Manchmal auch fünf. Und sechs.“
„Na, na, Stefan. Jetzt schneidest du ein bißchen auf, stimmt's?“
„Wer bist du?“
„Ich bin Martin Marquardt.“
„Ich darf aufbleiben.“
„Wann? Heute abend?“
„Ja. Um zwölf Uhr gibt's Feuerwerk.“
„Was? Du darfst bis um zwölf Uhr aufbleiben? Das ist doch nicht möglich?“
„Doch. Und Knallbonbons.“
„Stefan, jetzt sei mal ganz ehrlich. Sagst du auch ganz bestimmt die Wahrheit? – Hallo? Stefan? – Stefan!“
„Oma, da ist ein Mann.“
„Gib mal den Hörer her. Und jetzt geh schön wieder in die Küche. Du kannst jetzt die Berliner zählen. Nun gib den Hörer her, Stefan. – Kreutzer.“
„Verzeihen Sie bitte, hier ist Martin Marquardt. Spreche ich mit Frau Lotte Kreutzer?“
„Ja.“
„Bitte, verzeihen Sie, Frau Kreutzer, wenn ich ausgerechnet an diesem Tag anrufe.“
„Sie sind Annegrets Chef?“
„Ja.“
„Oma, was sagt der Mann?“
„Frau Kreutzer, ich habe eine ganz ausgefallene Frage, und ich stelle sie jetzt ohne eine lange Erklärung.“
„Oma, ich will mal mit dem Mann reden.“
„Frau Kreutzer, Sie sind am 19. Oktober 65 Jahre alt geworden. Es hat am Abend dieses Tages eine große Geburtstagsfeier gegeben bei Ihnen. Es war ein Dienstag. Frau Kreutzer, bitte ... ich will Ihnen jetzt nichts erklären, ich kann es nicht. Ich

kann Sie nur um Ihr Verständnis bitten. Frau Kreutzer: War Annegret auf Ihrer Geburtstagsfeier?"

„Oma, bist du böse mit dem Mann?"

„Du gehst jetzt sofort in die Küche, Stefan. Und laß den Hörer los. – Ja, sie war hier. Annegret war auf meiner Geburtstagsfeier, den ganzen Abend. Ich sage Ihnen das, obwohl es Sie überhaupt nichts angeht. Aber ich möchte Ihnen noch etwas anderes sagen: ich finde es geradezu empörend, was Sie da treiben. Sie sollten sich schämen, Herr Marquardt."

„Oma, warum bist du böse mit dem Mann?"

„Ihre Frau hat sich das Leben genommen. Und Sie wissen nichts Besseres zu tun, als hinter Annegret herzuspionieren. Sie sollten sich schämen."

„Frau Kreutzer, kann ich bitte noch einmal mit Stefan sprechen? Bitte. – Hallo? Hallo, Frau Kreutzer? Stefan? – Stefan, bist du's? – Stefan. Bitte, Frau Kreutzer, bitte. Nur noch einmal mit Stefan sprechen. – Stefan. – Hallo."

34

Donnerstag, 6. Januar, 17.10

(Martin Marquardts Büro. Martin sitzt am Schreibtisch, liest in einer Akte, macht sich ab und zu Notizen. Vor ihm liegen mehrere Aktenstapel. Es klopft.)

MARTIN *(ohne aufzusehen):* Ja, bitte.

ANNEGRET *(öffnet die Tür. Sie trägt ihren Mantel. Sie bleibt in der geöffneten Tür stehen)*

MARTIN: Warum klopfst du denn?

ANNEGRET: Ich wollte ... Es ist fünf vorbei, Martin.

MARTIN: Ist es schon? *(Er sieht auf seine Uhr)*

ANNEGRET: Zehn nach.

MARTIN: Tatsächlich.

ANNEGRET: Du wirst aber doch nicht heute schon länger arbeiten?

MARTIN: Ich will dieses Zeug weghaben. *(Er weist auf die Aktenstapel)* Es ist ja doch eine Menge aufgelaufen.

ANNEGRET: Aber doch nicht gleich am ersten Tag, Martin. Was du nicht fertig hast, kannst du mir doch geben. Ich frage dich, wenn ich mit irgend etwas nicht zurechtkomme.

MARTIN: Das ist sehr lieb, Annegret –

ANNEGRET: Komm, zieh dich an. Fahr nach Hause.

MARTIN *(Er starrt auf die Akte, die vor ihm liegt):* Ja.

ANNEGRET: Komm jetzt.

MARTIN *(sieht sie an):* Irgendwann hätte ich gern noch einmal mit dir gesprochen. Es kann ein bißchen länger dauern. Siehst du irgendeinen Tag, an dem du vielleicht einmal eine Stunde erübrigen könntest? Es muß nicht heute sein, aber vielleicht könnten wir uns ...

ANNEGRET: Natürlich. Jederzeit. Von mir aus jetzt, wenn du willst.

MARTIN: Aber du mußt doch nach Hause. *(Er sieht auf seine Uhr)* Das Mütterchen wird schon warten.

ANNEGRET: Ich kann sie doch anrufen.

MARTIN: O Gott. Um ihr zu sagen, daß du meinetwegen noch hierbleibst?

ANNEGRET: Aber ja, warum denn nicht? Irgendwann muß sie sich ja nun daran gewöhnen, daß ich erwachsen bin.

MARTIN *(sieht sie erstaunt an, sieht dann auf die Akte, die vor ihm liegt, steht auf, blättert die oberste Akte des nächsten Stapels durch)*

ANNEGRET *(öffnet ihren Mantel, zieht ihn aus, wirft ihn über einen der Sessel):* Also, jetzt laß dieses Zeug liegen. Komm. *(Sie geht an Martins Telefon, hebt den Hörer ab, läßt ihn sinken)* Soll ich dir ein Bier holen?

MARTIN: Ach nein, danke, ich hol's schon selbst. Du kannst ja in der Zeit telefonieren. *(Er will ins Vorzimmer gehen, bleibt auf halbem Wege stehen, sieht sie an)* Danke.

ANNEGRET *(schüttelt den Kopf):* Dummkopf. *(Sie beginnt zu wählen)*

MARTIN: Möchtest du vielleicht auch eins?

ANNEGRET: Ein Bier? Ach, das wäre gar nicht schlecht jetzt. Ja, ich werde mal ein Bier trinken.

MARTIN *(geht schnell ins Vorzimmer ab)*

ANNEGRET *(am Telefon):* Ist da vielleicht die kleine Frau Fabian? *(Sie lacht)* Ja, ich bin's, das hast du glänzend erraten. Du bist doch ein richtiger kleiner Schlaukopf. – Nein, ich bin noch im Büro. Du, das kann heute ein bißchen später werden, Herr Marquardt braucht mich noch. – Nein, ich arbeite mich überhaupt nicht tot, und Herr Marquardt arbeitet mich auch nicht tot, das hat mit Arbeit überhaupt nichts zu tun. – Wir möchten noch miteinander reden.

MARTIN *(kommt zurück, gießt stumm das Bier ein)*

ANNEGRET: Jawohl, das ist ganz privat. – Liebes Mütterchen, jetzt hör mir bitte mal zu: Ich möchte jetzt mit Herrn Marquardt reden, und er möchte mit mir reden, und ich weiß nicht, wie lange es dauert. Du bist ja einstweilen gut versorgt, und sobald ich nach Hause komme, koche ich uns was Schönes. Du brauchst dir überhaupt keine Gedanken ums Essen zu machen – Wie bitte? – Nein, brauchst du eben nicht, ich habe eine Überraschung für dich, ich hab was Schönes eingekauft. So, und nun sei schön lieb. – Ja, das tue ich. – Nein, das vergesse ich nicht. – Alles klar, Frau Fabian, und jetzt machen wir mal Schluß, ja? – Jawohl, alles klar. Also, bis später. *(Sie legt auf)*

MARTIN *(reicht ihr das Glas):* Na, dann Prost.

ANNEGRET *(lacht):* Na, dann Prost. *(Sie trinkt, setzt sich dann in den freien Sessel)*

MARTIN *(sein Glas in der Hand, zögert einen Augenblick, nimmt dann Annegrets Mantel, hängt ihn über seinen Schreibtischsessel, nimmt am Rauchtisch Platz, bei Annegret. Er trinkt, sieht vor sich. Er wischt sich den Mund)*

ANNEGRET: Wie geht's dir? Ich meine: Wie war der erste Tag?

MARTIN: Ach ... Heute morgen ist es mir ein bißchen schwergefallen. Aber dann ging's. Es wird schon gehen. Ich meine, es wird morgen schon wieder ganz normal sein, denke ich.

ANNEGRET: Bestimmt.

MARTIN *(klopft sein Hosenbein ab, sieht sie dann plötzlich an):* Annegret, es fällt mir schwer anzufangen, ich meine, es fallen mir nur Anfänge ein, die dich vielleicht sehr befremden werden, oder gerade nicht, gerade nicht, vielleicht kommen sie dir gerade sehr bekannt vor, und das schockiert dich, und du erwartest dann etwas ganz Falsches, und es tut dir leid, daß du dich überhaupt auf dieses Gespräch eingelassen hast, ich ...

ANNEGRET: Fang doch einfach an. Komm. Sprich doch, wie's dir gerade einfällt.

MARTIN *(betrachtet seine Hände. Dann):* Hast du auch Herrn Pauly informiert, als du glaubtest, du seiest schwanger?

ANNEGRET: Pauly?

MARTIN: Ja. Herrn Pauly.

ANNEGRET *(sieht ihn ruhig an):* Natürlich.

MARTIN: Sicher, diese Antwort ist ja auch ganz selbstverständlich, vor dem Hintergrund dessen, was du mir eröffnet ... was du mir gesagt hast.

ANNEGRET *(trinkt von ihrem Bier)*

MARTIN *(seine Hände betrachtend):* Darf ich fragen, wie Herr Pauly reagiert hat?

ANNEGRET: Pauly?

MARTIN: Ja.

ANNEGRET *(trinkt)*

MARTIN *(sieht sie an)*

ANNEGRET: Aber das ist doch auch ganz klar.

MARTIN: Wieso?

ANNEGRET: Welche Reaktion erwartest du denn von ihm, in einer solchen Situation?

MARTIN *(zuckt die Schulter):* Was ich erwarte ...

ANNEGRET: Aber du weißt es doch sogar.

MARTIN: Ich?

ANNEGRET: Ja. – Er ist abgereist. In den Weihnachtsurlaub. Mit seiner Frau und seinen Kindern.

MARTIN: Ach so.

ANNEGRET: Ja. Findest du das überraschend?

MARTIN *(zuckt die Schulter):* Nun ja. Aber das wird ja wohl nicht alles gewesen sein. Er wird doch auch irgend etwas gesagt haben, bevor er abreiste?

ANNEGRET: Natürlich. *(Stellt ihr Glas ab. Dann)* Mach dir keine Sorgen, hat er gesagt. Und: Ich werde dafür geradestehen, hat er auch noch gesagt.

MARTIN *(atmet einmal mühsam auf):* Geradestehen? Und wie? Ich meine ... war das alles, was er gesagt hat?

ANNEGRET: Ja, das war es. Mehr hat er nicht gesagt. Und nach dieser Erklärung ist er abgereist. *(Sie sieht Martin aufmerksam an)* Ich habe bis heute nichts von ihm gehört. Kein Wort.

MARTIN: Er ist doch heute morgen aus dem Urlaub zurückgekommen.

ANNEGRET: Ach ja, richtig.

MARTIN *(steht plötzlich auf, geht einmal auf und ab. Dann):* Annegret, ich glaube das nicht.

ANNEGRET: Was? Daß ich heute nicht mit ihm gesprochen habe?

MARTIN: Ich glaube nicht, daß Herr Pauly in dieser Weise reagiert hat.

ANNEGRET: Warum denn nicht?

MARTIN: Ich halte Herrn Pauly eines solchen ... ich halte ihn einer solchen Ferkelei nicht für fähig.

ANNEGRET: Oh. Das überrascht mich aber. Paßt das denn nicht haargenau in dein Bild von Herrn Pauly?

MARTIN: Nein, es paßt nicht.

ANNEGRET: Wieso denn nicht? Ist das denn nicht ganz typisch? Für diese Art Mann?

MARTIN: Herr Pauly hätte, so wie ich ihn einschätze, zumindest gesagt: Baby, hör mal, Baby – oder ... *(Er sieht sie fragend an)* Ich weiß nicht, wie er dich nennt?

ANNEGRET *(macht eine kurze Bewegung mit der Hand zum Ohr. Dann, während sie ihn fest ansieht)*: Kleines.

MARTIN *(hebt die Brust im Einatmen)*: Kleines also, Kleines, hör mal, das ist eine ziemlich dumme Sache, aber ich kenne zum Glück einen Arzt, der das ohne große Umstände macht, und sehr diskret, du brauchst keine Angst zu haben, ich erledige das, und natürlich auch den finanziellen Teil.

ANNEGRET: Na, na.

MARTIN: Was denn?

ANNEGRET: Spätestens beim finanziellen Teil wird's aber ganz unglaubwürdig, was du dir da ausdenkst. Denk mal an die Essen, zu denen er mich eingeladen hat. *(Sie lacht)*

MARTIN: Also gut, vielleicht wäre er nicht ganz so großzügig gewesen, aber vielleicht hätte er sich doch zumindest bereit erklärt, fünfzig Prozent der Auslagen zu übernehmen, seinen Anteil sozusagen. Das spielt ja auch nicht die entscheidende Rolle. Für mich ist entscheidend, daß ich Herrn Pauly nicht zutrauen kann, auf deine Eröffnung zu reagieren mit dem geschwollenen Satz ‚Ich stehe gerade dafür' und sich alsdann in den Weihnachtsurlaub zu verziehen und während dieses ganzen Urlaubs nichts mehr von sich hören zu lassen.

ANNEGRET: Das ehrt dich.

MARTIN: Weißt du, Annegret, dann würde ich es ja eher noch

plausibel, eher noch akzeptabel finden, wenn er gesagt hätte, Baby, nein, Kleines, meine ich, hör zu, es tut mir schrecklich leid, aber darum kann ich mich wirklich nicht kümmern, das ist nun mal deine Sache, und auf Wiedersehen und frohe Weihnachten und ein glückliches neues Jahr.

ANNEGRET: Hat er aber nicht. Ich meine, frohe Weihnachten und ein glückliches neues Jahr hat er natürlich gesagt. Aber im übrigen nicht das, was du vermutest. Sondern das, was ich gesagt habe: Mach dir keine Sorgen, ich stehe gerade dafür, hat er gesagt. Und ward nicht mehr gesehen. Frohe Weihnachten. Und ein glückliches neues Jahr.

MARTIN: Es tut mir leid, Annegret. Aber ich glaube das nicht.

ANNEGRET: Merkwürdig. Sehr merkwürdig.

MARTIN: Was ist daran so merkwürdig?

ANNEGRET: Martin.

MARTIN: Ja?

ANNEGRET: Erinnere dich doch einmal daran, wie du reagiert hast. Auf die Mitteilung von meiner Schwangerschaft.

MARTIN: Ich?

ANNEGRET: Ja, du. Ich meine nicht den Augenblick, in dem du dir deiner Freude über dieses Kind, das geboren werden sollte, bewußt wurdest, und den Beschluß faßtest, mich unter diesen Umständen zu heiraten. Nein, ich meine die Tage vorher.

MARTIN: Du meinst, daß ich überlegt habe, ob vielleicht Herr Pauly ... der Erzeuger sein könnte?

ANNEGRET: Genau das meine ich.

MARTIN: Aber ich wußte, nein: ich glaubte zu wissen, daß du nicht nur mit mir, sondern auch mit Herrn Pauly ... intimen Umgang gehabt hattest. Während ihm umgekehrt meine Rolle in dieser Hinsicht ja nicht bekannt war. – Oder hast du ihn darüber aufgeklärt?

ANNEGRET *(sieht ihn an)*: Natürlich nicht. Natürlich habe ich ihn genauso belogen, wie ich dich zu belügen versucht habe. Ich habe ihm weisgemacht, unser enger Umgang erkläre sich daraus, daß du für mich ein väterlicher Freund seist. Nicht im Vateralter, natürlich. Aber doch halt reifer. Und alles ganz platonisch.

MARTIN: Also bitte. Also konnte er sein Gewissen doch nicht beruhigen... ich meine, er wußte doch gar nicht, daß du dich auch an einen anderen würdest halten können, in der Zeit seiner Abwesenheit. An eine Urlaubsvertretung, sozusagen.

ANNEGRET: Da bin ich gar nicht so sicher, jedenfalls nicht, was Paulys Überlegungen angeht. *(Sie sieht ihn an)* Glaubst du nicht auch, daß ein Mann wie Pauly ganz selbstverständlich unterstellt, daß ich auch mit anderen schlafe, ohne ihm das auf die Nase zu binden? So wie er natürlich auch jede andere Gelegenheit wahrnimmt, ohne mir das auf die Nase zu binden? Ein Mann vom Typ Pauly, meine ich?

MARTIN: Das wäre aber eine sehr vage Entschuldigung gewesen, um sich auf diese Weise zu verabschieden.

ANNEGRET: Immerhin. Und was deine Rolle angeht, Martin: Er wußte nicht, jedenfalls nicht von mir, wie ich dir schon gesagt habe, welcher Art unser Verhältnis war. Aber hast du nicht selbst einmal gesagt, für einen Mann wie Pauly sei es wahrscheinlich ein ganz besonderer Genuß, einem anderen die Frau ausspannen zu können? Und bist du nicht davon ausgegangen, daß ein Mann wie Pauly so etwas wittert, wenn er es schon nicht weiß, und daß gerade diese Witterung ihn besonders scharf macht?

MARTIN: In dieser Weise habe ich das nicht gesagt, nach meiner Erinnerung, nein, nein. Und selbst wenn ich's getan hätte, ändert es nichts an meiner Einschätzung: Wenn Herr Pauly geahnt, wenn er sogar gewußt hätte, daß ich... ebenfalls... intimen Umgang mit dir hatte, dann wäre es allerdings plausibel gewesen, daß er dich mit der Nase darauf gestoßen hätte, nach deiner Eröffnung, sehr kräftig, und daß er gesagt hätte: Du glaubst doch nicht, Baby, Kleines, meine ich, daß ich die Zeche dieses Herrn Marquardt bezahle, nein, tut mir aufrichtig leid, und im übrigen frohe Feiertage. Er hätte wenigstens so viel Anstand gehabt, das offen auszusprechen. Das wäre plausibel gewesen. Aber daß er sich aufgeblasen und erklärt haben soll ‚Ich stehe gerade dafür', um sich alsdann ohne Hinterlassung der Adresse zu verziehen – es tut mir leid, Annegret, aber das ist und bleibt unplausibel. Es ist ganz unglaubhaft, es tut mir leid.

ANNEGRET: Woher weißt du übrigens, daß er mir seine Adresse nicht hinterlassen hat?

MARTIN: Ich weiß es nicht, ich habe es auch nur gesagt, weil es in das Schreckensbild hineingehört, das du hier von Herrn Pauly entwirfst.

ANNEGRET *(sieht ihn fest an):* Kann es sein, daß du Herrn Pauly in einem zu rosigen Licht siehst? Einen Mann vom Typ Pauly, meine ich?

MARTIN: Ich? Nein, das glaube ich nicht. Ich stehe ihm, glaube ich, unverändert kritisch gegenüber. Aber ich möchte nicht kritischer sein als es der gesunde Menschenverstand zuläßt. Und nun will ich dir einen weiteren Grund nennen, warum deine Version dieser Geschichte ganz unglaubhaft ist – entschuldige bitte: warum sie auf mich jedenfalls ganz unglaubhaft wirkt.

ANNEGRET *(gießt Martin und sich selbst Bier nach):* Ja?

MARTIN: Ich müßte, um sie zu akzeptieren, ja nicht nur Herrn Pauly einer solchen Ferkelei für fähig halten. Ich müßte ja auch dir, Annegret, dir ein Verhalten unterstellen, das ganz unglaubhaft wäre.

ANNEGRET *(trinkt, sieht ihn über den Rand des Glases an)*

MARTIN: Wenn er dich in dieser unglaublichen Weise behandelt hätte, dann müßte er ja doch für dich erledigt sein, nicht wahr? Keinen Gedanken mehr wert, keine Regung, nicht wahr? *(Er trinkt, sehr hingegeben. Er stellt das Glas ab. Er sieht sie an)* Davon hast du aber doch nichts gesagt, gestern vor einer Woche, als du mir über deine Liebe zu Herrn Pauly berichtet hast. Oder habe ich das überhört? Nein, nicht wahr? Du hast doch nicht gesagt: Übrigens ist Herr Pauly für mich erledigt, der Fall ist aus, vorbei?

ANNEGRET *(stellt ihr Glas ab):* Nein. Davon habe ich nichts gesagt.

MARTIN: Siehst du. Also kann Herr Pauly sich nicht so verhalten haben, wie du es mir vorhin geschildert hast. Denn hätte er sich so verhalten, dann wäre er für dich erledigt.

ANNEGRET *(Sie sieht ihn an):* Bist du sicher? Stell dir doch mal vor, daß eine Frau so richtig von Sinnen ist. Außer sich vor Geilheit, hast du, glaube ich, irgendwann einmal gesagt. Glaubst du nicht, eine solche Frau, eine Frau in diesem Zustand, oder sagen wir: eine Frau dieses Typs, daß sie tausend Entschuldigungen findet für ihren Liebhaber, einen Liebhaber dieses Typs, einen Mann von der Art dieses Herrn Pauly? Und daß er eine Ferkelei nach der anderen an ihr begehen kann, das ist ihr doch alles völlig egal, wenn er sie nur wieder besteigt, dieser Liebhaber, sie findet für jede seiner Ferkeleien eine Entschuldigung, weil sie es ja doch nicht lassen kann, weil sie ja doch ganz wild darauf ist, ihm ihr Hinterteil hinzuhalten, immer wieder. *(Sie nimmt ihr Glas, trinkt einen Schluck)* Warum sollte Herr Pauly für mich erledigt sein?

MARTIN *(lacht)*: Annegret. Liebe Annegret. Soll ich dich wirklich für eine Frau dieses von dir beschriebenen Typs halten? Das kann doch nicht dein Ernst sein? Meinst du nicht, daß ich dich dafür ein bißchen zu gut kenne?

ANNEGRET *(sieht ihn über den Rand ihres Glases an)*: Kennst du mich?

MARTIN *(ernst)*: Ich weiß, was du mir damit vorhalten willst. Aber du kannst mir nicht einreden, daß ich dich überhaupt nicht kenne, nicht wenigstens gut genug kenne, um gewisse, zuverlässige Vorstellungen über dein Verhalten entwickelt zu haben.

ANNEGRET: Hast nicht du selbst mich einmal mit einem solchen Hinterteil verglichen, das die kleinen, geilen –

MARTIN *(reagiert sofort, sehr entschieden)*: Annegret, das habe ich nie getan. Ich habe dieses Wort gebraucht, Hinterteil, ja, das ist wahr, aber ich habe es getan in der Antwort auf deinen Vorschlag, Herrn Pauly anzurufen, um mir von ihm bestätigen zu lassen, daß du nicht mit ihm geschlafen hattest, wie du mir damals ja versichert hast. Ich habe dieses Wort gebraucht, um meine Meinung klarzumachen, daß ein solcher Anruf unter Niveau gewesen wäre. Unter meinem Niveau und vor allem unter dem deinen.

ANNEGRET *(sieht ihn an)*

MARTIN: Nun gut, lassen wir das auf sich beruhen. Ich müßte, wenn ich deine Version glauben wollte, dich außerdem auch einer Handlung für fähig halten, von der du mir nun mit Sicherheit nicht wirst einreden wollen, du seist ihrer fähig.

ANNEGRET *(setzt ihr Glas ab. Sie lehnt sich zurück. Sie beginnt, mit den Zähnen an der Unterlippe zu nagen, faltet die Hände im Schoß):* Ja?

MARTIN: Du müßtest, wenn das, was du mir über deine Liebe zu Herrn Pauly berichtet hast, zuträfe, du müßtest am Weihnachtsabend zu mir gekommen sein in der Absicht, mich völlig skrupellos als einen Narren zu verschleißen und auszunutzen, du müßtest ganz bewußt beabsichtigt haben, mich zu mißbrauchen. Wenn das alles nämlich zuträfe, was du mir erzählt hast, dann müßte der Fall sich wie folgt abgespielt haben: Du bist dem speziellen Charme dieses Herrn Pauly erlegen, du hast mit ihm eine heftige Liebesbeziehung aufgenommen. Und es hat Spaß gemacht, es war jedesmal ganz prima, so hast du, glaube ich, gesagt. Es war jedesmal ganz prima in seinem Auto, oder wo auch immer. Du hast mich über diese Liebe zu Herrn Pauly hinwegzutäuschen versucht, und umgekehrt hast du ihn darüber hinwegzutäuschen versucht, daß es dir gleichzeitig auch mit mir Spaß ... oder gehe ich da zu weit? Irre ich da?

ANNEGRET *(ruhig):* Nein.

MARTIN: ... daß es dir gleichzeitig also auch mit mir Spaß machte, daß es auch mit mir nicht übel war, wenn auch nicht in meinem Auto, oder doch nur ausnahmsweise. Und dann hat es, wie sagt man doch, dann hat es dummerweise gefunkt, und nun bist du dagestanden. Und du wußtest, daß es mit mir eigentlich nicht passiert sein konnte, nach menschlichem Ermessen jedenfalls, und weil du wußtest, daß du dich auf mich verlassen konntest, und du hast also das getan, was ganz selbstverständlich war, nicht zuletzt selbstverständlich wegen deiner Empfindungen für den Herrn Pauly. Du bist zu ihm gegangen und hast gesagt: Mein lieber Freund ... ach nein, so wirst du ihn nicht nennen, entschuldige, ich weiß nicht, wie du ihn nennst ...

ANNEGRET *(nagt an ihrer Unterlippe. Dann):* Karl-Heinz.

MARTIN: Karl-Heinz also, mein lieber Karl-Heinz, oder liebster Karl-Heinz, lieber Karl-Heinz, ich muß dir etwas sagen, setz dich erst mal, ach nein, er sitzt ja schon, hinter seinem Lenkrad, lieber Karl-Heinz, meine Regel ist ausgeblieben. Was, sagt er, was sagst du, deine Regel ist ausgeblieben? Teufel! Ach nein, gerade das sagt er ja nicht. Er sagt vielmehr, er nimmt dich in den Arm, über den Schaltknüppel hinweg, zieht dich an die Brust, die breite, die männliche, vielleicht rutschst du ja nach, über den Schaltknüppel hinweg, er sieht dir lächelnd in die Augen und sagt, es klingt wahrhaftig, als sage es Gary Cooper, oder vielleicht auch John Wayne, für den etwas einfacheren Geschmack, er sagt: Mach dir keine Sorgen, Kleines. Ich stehe gerade dafür. Und nachdem dieses gesagt ist, wünscht er dir frohe Feiertage und läßt dich aussteigen und in dein eigenes Auto zurückkehren, und nun legt er den Gang ein und fährt eilig nach Hause und von dort verzieht er sich alsbald noch weiter, nämlich in den Weihnachtsurlaub, mit der Gattin und mit den Kinderchen, und seine Adresse zu hinterlassen, hat er dummerweise verabsäumt, und er findet, Teufel, auch keine Gelegenheit, sich zwischendurch einmal mit dir in Verbindung zu setzen, um vielleicht zu erfahren, wie gerade er denn nun zu stehen hat, mitten im Weihnachtsurlaub. Sechzig Grad gerade? Siebzig? Es werden doch, Teufel, nicht gar neunzig Grad sein, die man geradezustehen hat? Was nun? Zwar ist dieser Liebhaber für dich nicht erledigt, du findest tausend Entschuldigungen für die etwas merkwürdige Art, in der er dir seine Liebe erwiesen hat, daß sie's bis an ihr selig Ende spürte, nicht wahr, eine Entschuldigung, nur eine genügt ja schon, was hätte er denn anders tun können, nicht wahr, der Gute, das kleine Schlitzohr, aber nun ist er ja zunächst einmal nicht greifbar, dieser männliche Beistand, über die frohen Feiertage hinweg, was nun also? Und da erinnerst du dich des alten Narren, den du ja noch in petto hast, er ist zwar ein bißchen tiefsinnig in der letzten Zeit, mißtrauisch, und übellaunig, aber einer solchen Eröffnung wird er sich nicht verweigern, der alte Narr, und du fährst also zu ihm am Heiligen Abend und überreichst ihm sein Geschenk, und dann sagst du ihm, beim Abschied, zwischen Tür und Angel, damit's ihn auch im Stehen trifft, du sagst ihm, mit tränennassen Augen, großen, großen Augen: „Martin, meine Regel ist ausgeblieben.“ Und damit er nun wirklich auch ganz fest angebunden wird, sich angebunden fühlt, der alte Narr, und nicht etwa auch noch auf den Gedanken kommt, sich zu verziehen wie dieser andere männliche Beistand, damit nun wirklich nichts mehr schiefgehen kann, fragst du ihn zum Schluß auch noch, flüsternd: „Würdest du dich denn ein bißchen freuen?" *(Er steht plötzlich auf, macht einen jähen Schritt in das Zimmer hinein, fängt sich, geht einmal auf und ab, bleibt an seinem Sessel stehen, greift nach seinem Bierglas, sieht, daß es leer ist, stellt das Glas wieder ab. Jäh fängt er an zu lachen)* Annegret, glaubst du wirklich, daß ich dich eines solchen Verhaltens für fähig hielte? Annegret, das kann doch nicht dein Ernst sein! *(Er schüttelt lachend den Kopf)*

ANNEGRET *(steht auf, geht ins Vorzimmer)*

MARTIN *(läßt sich in seinem Sessel nieder, reibt sich heftig die Stirn)*

ANNEGRET *(kommt mit einer neuen Flasche Bier zurück, schenkt ihm ein)*

MARTIN: Danke.

ANNEGRET *(setzt sich wieder. Sie sieht ihn an):* Wenn ich dich richtig verstehe, ziehst du diese ganze Liebesgeschichte mit Pauly in Zweifel?

MARTIN: Ja. *(Er greift nach dem Bier, trinkt, stellt das Glas ab)* Ja, ja, ja. Ich bin ganz sicher, daß du sie dir ausgedacht hast. Im Zorn, in der Erregung, in dem Gefühl ... nun, in dem Gefühl, du müßtest für Helga eintreten in dieser Weise. Ich weiß es nicht. Du warst so empört über die Art, in der ich mich mit Helgas Abschiedsbrief auseinandersetzte, daß du mir ganz einfach wehtun wolltest, du wolltest Helga rächen, oder wie man das nennen soll, ja, rächen ist vielleicht der richtige Ausdruck, du wolltest mir demonstrieren, daß du auf Helgas Seite stehst, und daß eine Frau den Anspruch darauf hat, sich so zu verhalten, ja, daß sie ein Recht darauf hat, und daß du, selbstverständlich, dieses Recht in Anspruch genommen hast, wer wärst du denn auch, hättest du darauf verzichtet? Und wenn ich nun sage, daß du dir das alles ausgedacht hast, dann sage ich es nicht nur, weil ich meine, daß in der Geschichte, die du mir erzählt hast, Herr Pauly sich ganz unglaublich, ganz unplausibel verhält, und daß dein eigenes Verhalten in dieser Geschichte noch unglaublicher wirkt, sondern ich sage es nicht zuletzt deshalb, weil ich Beweise dafür habe, daß du dir deine Geschichte nur ausgedacht hast.

ANNEGRET: Beweise?

MARTIN: Ja. Beweise. *(Er sieht sie an)* Ich hoffe, du kannst es mir verzeihen, zum letztenmal? Ich habe noch einmal nachgeforscht. Ich habe kein schlechtes Gewissen dabei gehabt. Denn es ging mir darum, dich zu rehabilitieren. Es ging mir darum, die böse Legende zu zerstören, die du selbst in die Welt gesetzt hast durch deinen angeblichen Bericht über deine angebliche, diese ganz unglaubliche Liebe zu Herrn Pauly.

ANNEGRET: *(legt die Hand über die Augen)*

MARTIN: Ich habe Frau Kreutzer angerufen. Und Frau Heinemann in Aachen. Ich habe Frau Kreutzer gefragt, ob du am Abend des 19. Oktober an ihrer Geburtstagsfeier teilgenommen hast. Und ich habe Frau Heinemann gefragt, ob du zusammen mit Erika ihr bei ihrem Umzug geholfen hast, vom 21. bis zum 24. November.

ANNEGRET: Ich weiß das doch, Martin.

MARTIN *(sieht sie an):* Sie haben dich verständigt?

ANNEGRET *(sie hält noch immer die Hand über die Augen):* Natürlich. Was hast denn du erwartet?

MARTIN: Annegret, es tut mir leid, daß ich dich auf diese Weise ins Gerede gebracht habe.

ANNEGRET: Was soll denn die Entschuldigung, nun laß das doch. Und wenn es dich beruhigt, kann ich dir sagen, daß es dir sehr schwerfallen würde, mich bei den beiden ins Gerede zu bringen.

MARTIN: Um so besser. Ich meine, das erleichtert mich. *(Er räuspert sich)* Beide haben mir jedenfalls deine Angaben bestätigt, sowohl Frau Heinemann wie Frau Kreutzer.

ANNEGRET *(nimmt die Hand von den Augen, sieht ihn an):* Und das hältst du für Beweise?

MARTIN: Ich halte es zumindest für zwei sehr beachtenswerte Fakten.

ANNEGRET: Martin.

MARTIN: Ja?

ANNEGRET: Martin, die beiden stecken doch mit mir unter einer Decke. Ich habe sie natürlich eingeweiht, bevor ich sie als Alibi benutzte. Verstehst du? Die wußten sofort Bescheid, als du anriefst. Die haben gelogen, um mich zu schützen.

MARTIN *(lacht):* Ach ja, Annegret. *(Er sieht sie lächelnd an)* Ich habe das natürlich bedacht. Aber was würdest du sagen, wenn ich dir ein anderes Faktum vorweisen könnte, das die sogenannte Lüge von Frau Heinemann als Wahrheit bestätigt?

ANNEGRET: Welches Faktum?

MARTIN: Du bist am Sonntag, dem 21. November, nicht nach Berlin geflogen. Nicht mit dem Flug, den Herr Pauly benutzt hat. Aber auch nicht mit irgendeinem anderen Flug an diesem Tag.

ANNEGRET *(sieht ihn an. Nach einer kleinen Pause):* Und was würdest du sagen, wenn ich dir sagte, daß ich Pauly erst am Montag gefolgt bin? Um nicht aufzufallen?

MARTIN *(lacht):* Weißt du, Annegret, das müßtest du einem normal denkenden Menschen aber erst einmal begreiflich machen, warum das Risiko aufzufallen an diesem Montag hätte wesentlich geringer sein sollen als am Sonntag. Und warum du, nur um dieses Risiko allenfalls ganz unerheblich zu vermindern, auf eine ganze Nacht mit deinem Liebhaber hättest verzichten sollen. *(Er sieht sie lächelnd an)* Du hast jetzt offenbar auch einen anderen Punkt vergessen: Du hast in deinem Bericht, gestern vor einer Woche, die Qualitäten des Herrn Pauly, die männlichen Qualitäten, sagt man wohl, herausgestrichen. Du hast gesagt, wenn ich mich richtig erinnere, der Mann sei prima, oder er sei gut, oder so ähnlich. Er sei gut, so eine ganze Nacht lang. Und das drei Nächte hintereinander. *(Er lächelt noch immer, aber es wirkt jetzt ein wenig mühsam)* Das hast du jedenfalls wörtlich gesagt, das weiß ich noch genau: drei Nächte hintereinander. Nicht wahr, das paßt nicht ganz zu deiner Version, du seist ihm, um das Risiko zu vermindern, erst am Montag nachgeflogen. Von Montag bis Mittwoch wären es nur noch zwei Nächte gewesen. Oder zähle ich falsch?

ANNEGRET *(sieht ihn starr an):* Du täuschst dich, Martin. Es ist wahr, ich bin nicht vom Rhein-Main-Flughafen nach Berlin geflogen. Aber das ist auch alles, was wahr ist an deinem Beweis. Mehr ist er nicht wert.

MARTIN: Aha.

ANNEGRET: Ja. Erika hat mich auf dem Weg nach Aachen auf dem Bonner Flughafen abgesetzt. Und dort hat sie mich auch wieder abgeholt, am Mittwochmorgen. Ich bin von Bonn nach Berlin geflogen. Um nicht aufzufallen. Und über Bonn bin ich auch zurückgekehrt.

MARTIN *(legt den Kopf in den Nacken, lacht)*

ANNEGRET: Hast du auch in Bonn die Passagierlisten nachprüfen lassen?

MARTIN *(sieht sie an):* Nein. Aber ich könnte das tun. Das weißt du. Ich brächte das fertig. Ich würde das schaffen, denke ich, wenn es nötig wäre.

ANNEGRET: Warum tust du's nicht?

MARTIN: Weil es nicht nötig ist. Annegret – was hältst du denn selbst von der Glaubwürdigkeit dieser Version, die du erst in dem Augenblick vorbringst, in dem ich eine andere Version, auf die du dich vorher versteifen wolltest, widerlegt habe? Wie, du glaubst nicht, daß ich einen Tag später nach Berlin geflogen bin? Nun, dann behaupte ich eben, daß ich von Bonn nach Berlin geflogen bin. Meinst du wirklich, daß du mich auf diese Weise überzeugen könntest, und zwar überzeugen nicht etwa davon, daß zwei mal zwei vier ist, sondern davon, daß Herr Karl-Heinz Dingsda dich krankgemacht und dich um deinen Verstand gebracht haben soll?

ANNEGRET *(atmet heftig auf, ändert ihre Position, sieht einen Augenblick vor sich hin, schüttelt den Kopf, sieht ihn dann an):* Noch mehr Beweise?

MARTIN: Ja, natürlich, aber ich will dich nicht langweilen.

ANNEGRET: Bitte. Du langweilst mich nicht.

MARTIN *(sieht sie an, lächelnd):* Also gut, nur einen Punkt vielleicht noch. Du hast in dem Bericht über deine Liebe zu Herrn Pauly auch dieses unvergeßlichen Tages gedacht, des 26. September, an dem alles angefangen hat. Ist das richtig?

ANNEGRET: Ja, das ist richtig. Es war ein wunderbarer Tag.

MARTIN *(legt den Kopf in den Nacken und lacht herzlich. Er lacht ziemlich lange, greift dann mit den Fingern an die Augenwinkel, als gäbe es Lachtränen auszuwischen, sieht vor sich hin, schüttelt den Kopf, sieht sie dann an, liebevoll lächelnd):* Annegret, mein Schatz, wenn du schon lügst, dann mußt du wenigstens darauf achten, daß die Daten stimmen. Sonntag, der 26. September ist niemals in Frage gestanden. Es ging um den 28. September, den Dienstag, an dem du so lange zum Mittagessen außer Haus warst und abends Helga versetzt hast. *(Er schüttelt den Kopf, lächelnd)* Annegret, mein Schatz: du hast das Datum dieses unvergeßlichen Tages leider verwechselt. Du hast es vergessen. Stell dir das vor.

ANNEGRET: Du weißt, daß ich ein schlechtes Zahlengedächtnis habe.

MARTIN *(lacht):* Ja, ja, natürlich weiß ich das. Du vergißt ja alle wichtigen Daten, nicht wahr? Weihnachten, Ostern. Du hast doch auch meinen Geburtstag nie behalten können, nicht wahr, und das Datum des Tages, an dem wir uns kennenlernten, ist dir völlig entfallen, nicht wahr? *(Er wird ernst, liebevoll)* Annegret, du hast in keinem der vergangenen Jahre meinen Geburtstag vergessen. Und jedesmal, wenn der Tag wiederkehrte, an dem wir uns kennengelernt haben, bist du morgens in aller Frühe zu mir gekommen und hast mich gefragt: Martin, weißt du eigentlich, was für ein Tag heute ist? Und wenn ich es wußte, hast du deine Hände hinter dem Rücken hervorgeholt und mir ein kleines Geschenk gegeben, ein liebevoll ausgesuchtes.

ANNEGRET *(springt plötzlich auf, faßt ihren Kopf mit beiden Händen, geht durch das Zimmer):* Nein, nein, nein, das kann doch alles nicht wahr sein, das ist doch nicht möglich, das kann doch nicht wahr sein!

MARTIN *(perplex, sieht ihr zu):* Was ist denn nun passiert, was habe ich denn gesagt? Ist es denn nicht wahr, was ich gesagt habe? Sind das etwa keine Beweise?

ANNEGRET *(bleibt vor ihm stehen):* Und was ist mit allen deinen anderen Beweisen? Machst du dir die jetzt selbst kaputt? Verdrängst du sie? Oder hast du sie schon völlig vergessen?

MARTIN: Welche Beweise?

ANNEGRET: Paulys Besuch bei mir, die zwanzig Minuten, die ich ihn in meinem Zimmer habe verbringen lassen, obwohl ich wußte, daß es dich quälte? Das lange Telefongespräch danach, als er unterwegs war, und daß er zur gleichen Zeit telefonierte wie ich? Dieser Film, und daß ich nicht wußte, warum Sherlock Holmes kokainsüchtig war? Und der ausgefallene Bridgeabend? Alles vergessen?

MARTIN *(lächelnd):* O nein. Aber du vergißt, daß du mir zu allen diesen Punkten Erklärungen gegeben hast, die ich zwar bezweifelt habe, nicht wahr, die aber doch so absurd nicht waren, daß man sie nicht auch hätte akzeptieren können. Ich weiß nicht, ob du mir vorwerfen möchtest, daß ich mir jetzt selbst widerspreche. Ich tue es nicht, oder nur in einem sehr oberflächlichen Sinn. Denn ich muß diese Fakten, die einzigen, über die ich damals verfügte, nun ja doch in den Zusammenhang der vielen anderen Fakten einordnen, die ich seither erfahren habe. Und in diesem Zusammenhang sprechen sie nun einmal eine andere Sprache. Das wirst doch nicht gerade du bestreiten wollen, du, die du stets behauptet hast, es handle sich um Zufälle, irrsinnige Zufälle, nicht wahr?

ANNEGRET *(fassungslos):* Martin, Martin.

MARTIN: Ja, mein Schatz. Natürlich könnte man sich den einen oder anderen Beweis deiner Unschuld noch ein wenig deutlicher wünschen, man könnte sich auch den einen oder anderen zusätzlichen, deutlichen Beweis wünschen, was könnte es denn schaden, ein Schriftstück zum Beispiel, sagen wir irgendein Brief an Erika, in dem du geschrieben hast, du liebtest mich allein und dieser Pauly sei dir völlig gleichgültig, und es setze dir so zu, daß ich unter der Vorstellung litte, du betrögest mich mit ihm, nicht wahr, solch ein Brief...

ANNEGRET *(beugt sich plötzlich vor, packt ihn an beiden Schultern, rüttelt ihn):* Solch ein Brief, du Narr, den ich ja doch geschrieben hätte in der hinterlistigen Absicht, ihn bei passender Gelegenheit als Beweis meiner Unschuld vorzuzeigen, diese abgefeimte Fälschung!

MARTIN *(lächelt):* Ich sage es ja auch nur, um ein Beispiel zu nennen. Ich könnte ja noch mehr übertreiben, um dir klarzumachen, worum es mir geht. Ich könnte ja auch sagen ...

ANNEGRET *(hält noch immer die Hände auf seinen Schultern, sieht ihm vornübergebeugt ins Gesicht)*

MARTIN *(gibt den Blick zurück, lächelnd):* ... ich könnte zum Beispiel sagen, natürlich wäre eine Tagebuchnotiz von Frau Pauly hochwillkommen *(er fängt an zu lachen, stoßweise)*, eine Notiz von Frau Paulys zarter Hand, aus der hervorgeht, daß Herr Pauly am Abend des 19. Oktober auf seinem häuslichen Sofa der Gattin beigelegen hat oder im Ehebett, und nicht in seinem Auto dir.

ANNEGRET *(läßt seine Schultern los, wendet sich ab, geht in die Mitte des Zimmers)*

MARTIN *(macht eine fahrige Bewegung zum Nacken, streicht dann die Haare glatt):* Verstehst du, Annegret? Ich übertreibe. Ich will, indem ich mir derlei Beweise als wünschenswert ausdenke, nur verdeutlichen, daß alle Wünsche, alle Anforderungen, die ich vernünftigerweise an meine Beweiskette stellen kann, bereits erfüllt sind. Verstehst du mich, Annegret: Meine Anforderungen sind erfüllt.

ANNEGRET *(wendet sich um, sieht ihn an)*

MARTIN *(Er sieht sie an, weicht ihrem Blick dann aus):* Meine Anforderungen sind erfüllt. Sie sind erfüllt. Und du wirst jetzt nicht länger bestreiten wollen, daß ich sie zu Recht als erfüllt betrachte. Zu Recht. Erfüllt. Nicht wahr. *(Er fährt sich wieder an den Nacken, streicht das Haar glatt, immer wieder)* Ich habe deine Unschuld bewiesen, verstehst du: bewiesen. Die Wahrheit. Die Wahrheit, nicht wahr. Es ist kein Zweifel übriggeblieben. Ich habe sie ausgeräumt. Alle. Es ist zwingend. Ich mache mir nichts vor, nein, nein. Du wirst zugeben müssen, daß meine Beweiskette zwingend ist. Nicht wahr. Nicht wahr, Annegret? Du hast dir meine Beweise vorgenommen, einen nach dem anderen, vorgenommen hast du sie, dir sie vorgenommen, einen nach dem anderen, nicht wahr. *(Er betrachtet geistesabwesend seine Hand)* Einwände. Alle abgelehnt. Alle meine Beweise abgelehnt. Ich weiß, warum. *(Er sieht Annegret an)* Ich weiß es. Auch das weiß ich. Du kannst mir nichts vormachen, Annegret, mein Schatz. O nein. Du wolltest mich auf die Probe stellen, nicht wahr? *(Er lacht)* Du hast mich in Versuchung führen wollen, ja, ja, du kleine Schlange, einen richtigen kleinen Advocatus diaboli hast du gespielt, jeden Einwand, aber wirklich jeden nur möglichen Einwand gegen meine Beweiskette hast du dir einfallen lassen, *(er lacht)* VND DIE SCHLANGE WAR LISTIGER DENN ALLE Thier auff dem felde, die Gott der HERR gemacht hatte, nicht wahr, aber ich habe allen deinen listigen kleinen Versuchungen widerstanden, nicht wahr. Die Fallstricke, *(er sieht zum Fenster hinaus)* vergeblich, Fallen, leer, ich habe die Probe bestanden *(er sieht sie an, lächelt)* Probe bestanden, nicht wahr? Ich weiß ja doch, was du wolltest, du Liebe. *(Er beugt sich ein wenig vor)* Du wolltest nicht, daß ich halben Herzens weiterlebe. Du wolltest nicht, daß ich nur halben Herzens an deine Unschuld glaube, nicht wahr? Du wolltest sicherstellen, um meinetwillen, daß nicht irgendein Zweifel in mir zurückbliebe, Zweifel, und wäre es der lächerlichste, du wolltest mich zwingen, mich mit allen noch denkbaren Zweifeln auseinanderzusetzen und sie damit ein für allemal auszuräumen, alle, alle, keiner, nichts bleibt zurück, nicht der Schatten eines Zweifels, ich danke dir, mein Schatz *(er lächelt, streckt im Sitzen beide Hände nach ihr aus)*, du hast getan, was du konntest, und es war gut, und nun ist es gut, nicht wahr, nun mußt du aufgeben, gib es zu, Annegret, jetzt darfst du es endlich eingestehen, ich habe die Probe bestanden, nun mußt du es aber endlich auch eingestehen, Annegret, gib es zu. Gib es zu, daß ich deine Liebesgeschichte widerlegt habe, Punkt für Punkt. Gib es zu, Annegret, daß ich deine Unschuld bewiesen habe, unwiderleglich. Gib es zu. Nun komm. Gib auf. Streck die Waffen und gestehe endlich ein, daß ich die Wahrheit herausgefunden habe, die Wahrheit, ganz unbezweifelbar nichts als die Wahrheit, die ganze Wahrheit, die Wahrheit …

ANNEGRET *(faßt seine beiden Hände mit ihren Händen, sie sinkt vor ihm auf die Knie, bettet seine Hände in seinen Schoß, bettet ihre Hände darüber, sie sieht ihn an, ihre Augen füllen sich mit Tränen):* Mein armer Schatz. Mein armer, armer Schatz.

MARTIN *(sein Mund verzieht sich zu einem Lächeln):* Nein, nein, aber doch kein Bedauern, doch jetzt kein Bedauern, du Liebe, ich bin doch glücklich. So unendlich glücklich, verstehst du das denn nicht? Ich bin so glücklich, mir ist so leicht ums Herz, wie seit einer Ewigkeit nicht mehr, Ewigkeit, ja. So leicht ist mir. Verstehst du das denn nicht? Ich habe die Aufgabe gelöst, an der ich mich so lange vergeblich abgequält habe, verstehst du? *(Seine Mundwinkel verzerren sich heftig)* Sie ist gelöst, die Aufgabe. Lösung. Ich kann die Lösung vorweisen, jedermann kann sie nachprüfen, Widerspruch ist nicht mehr möglich. Verstehst du, Annegret? Ich habe die Wahrheit herausgefunden. Mein Beweis. Mein Beweis. Ist unwiderleglich. Unwider – Unwiderleglich. Ist er.

ANNEGRET: Mein armer, armer Schatz, mein lieber.

MARTIN: Nein, nein, aber Annegret, doch jetzt kein – *(er bricht plötzlich ab, schlägt beide Hände vor das Gesicht)*

ANNEGRET *(bettet ihren Kopf auf seinen Schoß)*

MARTIN *(nach einer langen Pause, nimmt die Hände vom Gesicht, legt sie auf Annegrets Kopf, sieht starr vor sich hin):* Annegret. Ich wollte dich fragen, ob du mich heiraten willst. Annegret, ich frage dich, ob du meine Frau werden willst.

ANNEGRET *(nach einer Pause, hebt den Kopf, sieht ihn an):* Ich werde es mir überlegen. Ja?

MARTIN: Natürlich. Natürlich wirst du dir das zunächst einmal überlegen müssen. Ich wollte dich damit auch nicht überfallen. Wirklich nicht. Wir haben ja Zeit. Viel Zeit. *(Er fängt an, ihre Haare zu streicheln)* Du mißverstehst mich doch nicht, Annegret, nicht wahr? Es ist ja doch klar; daß man eine gewisse Zeit wird abwarten müssen. Helga, nicht wahr. Und du würdest ja auch das Mütterchen erst einmal an diesen Gedanken gewöhnen müssen. Das Trauerjahr, nicht wahr. Aber ... *(seine Mundwinkel verzerren sich jäh)* nach einem Jahr, vielleicht. *(Blanke Verzweiflung)* Anfang des nächsten Jahres ... vielleicht ...

ANNEGRET *(nimmt mit ihren Händen seine Hände, legt sie auf ihre Wangen, sieht ihn an):* Ich werde darüber nachdenken. Mein lieber Schatz. Mein lieber Schatz. Mein armer.

Vorhang

35

Donnerstag, 10. März, 21.00

Auf merkwürdige, sehr merkwürdige Vorstellungen und Gedankengänge bin ich gestoßen bei der intensiven Lektüre, es ist eher schon eine exzessive Lektüre, der ich mich seit gut zwei Monaten hingebe. Kaum bin ich zu Hause, greife ich nach den Büchern. An einem Abend im Februar geriet ich, als ich mich an Norbert Wiener müde gelesen hatte, über den Heinrich von Kleist, und seither bewege ich mich in einem Kreis, zunehmend schneller, der mich zunehmend schwindeln macht, ich muß jetzt versuchen, die Welt fährt immer rasender an mir vorüber, ein paar Rettungsleinen auszuwerfen, solange es noch geht, Leinen, an denen ich mir vielleicht die Hände blutig reiße, aber ich muß sie auswerfen, muß versuchen, diese Bewegung abzubremsen, bevor sie zur Höllenfahrt wird.

Es begann ganz harmlos. Nein, eigentlich gar nicht harmlos. Ich muß gestehen, daß ich, nachdem ich den Kleist seit Jahren zum erstenmal wieder vom Bücherbrett heruntergeholt hatte, zunächst von einem Satz im Vorwort dieser meiner Ausgabe, eines dickleibigen Wälzers, wie magisch angezogen wurde, dem Satz, der vierundzwanzigjährige Kleist habe an Kant erfahren müssen, „für sich erfahren als ein inneres, höchst individuelles Erlebnis, nicht als Schlußfolgerung einer logischen Gedankenkette: der Mensch kann niemals zu einer wirklichen Erkenntnis der Welt kommen, nicht durch seine Sinnesorgane, nicht durch seine intellektuellen Fähigkeiten, die Gabe logischer Kombination“.

Der Satz traf mich an einem höchst empfindlichen, an einem noch immer schmerzenden Punkt, und eben deshalb weigerte ich mich, auch nur eine weitere Zeile dieser Darlegung zu lesen, ich verließ das Vorwort des Herausgebers auf der Stelle, trat in die Texte des Autors ein und erlebte, noch immer vor dem Bücherregal stehend, eine höchst vergnügliche Viertelstunde mit dem Aufsatz *Über die allmähliche Verfertigung der Gedanken beim Reden,* ich hatte ihn vor vielen Jahren schon einmal gelesen, aber ganz vergessen, diese hinreißende Interpretation einer Lafontaineschen Fabel („Was ist es, ein Schaf erwürgen? Oder einen Hund, diese nichtswürdige Bestie?" Ja, weiß Gott, diese nichtswürdige Bestie).

Ich sprang von dort in den Anhang, Briefe des Heinrich von Kleist, fand auch dort mein Vergnügen, allerdings ein zwiespältiges. Welch ein unglaublicher Herrscher, ein Löwe ist schier nichts dagegen, dieser junge Herr von Kleist, preußischer Beamter und Sekondeleutnant a. D., und innerhalb solcher bescheidenen Umstände, unter dem Gesetz des Parierens, birgt er despotische Flausen im Kopf, das Weltbild eines morgenländischen Paschas! Schreibt doch dieser Mensch, im Alter von noch nicht ganz dreiundzwanzig Jahren und elf Jahre bevor er, an einem 21. November in Berlin, Anlaß nahm, seinem Leben ein Ende zu setzen, schreibt dieser pausbäckige Jüngling an seine Braut, im September anno 1800:

„Ja, Wilhelmine, wenn Du mir könntest die Freude machen, immer fortzuschreiten in Deiner Bildung mit Geist und Herz, wenn Du es mir gelingen lassen könntest, mir an Dir eine Gattin zu formen, wie ich sie für mich, eine Mutter, wie ich sie für meine Kinder wünsche...", ei was, wie hat sie denn wohl beschaffen zu sein, die Gattin, die Mutter, die er formen möchte, der dreiundzwanzigjährige Schöpfervater, nun, so muß sie beschaffen sein, natürlich, die Künftige: „... erleuchtet, aufgeklärt, vorurteilslos, immer der Vernunft gehorchend, gern dem Herzen sich hingebend..."

Hohe Anforderungen, wahrhaftig, aber er will sich ja bescheiden, der Schöpferknabe, mit der „Masse", über welche Wilhelmine nun einmal verfügt, leider ist es nicht viel. Wörtlich schreibt dieser Freier seiner Auserkorenen einen Monat später: „Ich werde von der Lilie nicht verlangen, daß sie in die Höhe schießen soll, wie die Zeder, und der Taube kein Ziel stecken, wie dem Adler... Ich kenne die Masse, die ich vor mir habe, und weiß, wozu sie taugt" (sic!). „Es ist ein Erz mit gediegenem Golde und mir bleibt nichts übrig, als das Metall von dem Gestein zu scheiden." Wie die Gesteinsbrocken, hätte er Wilhelmine geheiratet, wozu er nicht kam, in der Hochzeitsnacht wohl zu poltern begonnen hätten! Nein, nein, falsch, er wollte ja, noch ehe er sie zum Traualtar führte, das Gold vom Gestein geschieden, seinen Menschen geformt haben, die Gattin, die Männin, und eben damit kam er nicht so recht voran.

Ich hatte tatsächlich schon ein Blatt hervorgeholt, ich war, laut lesend und schnaubend, mit dem Buch in der Hand an den Schreibtisch gegangen, hatte ein Blatt hervorgeholt und hatte, das Buch vor mir, zu schreiben begonnen: „Ja, Annegret, wenn Du mir könntest die Freude machen, immer fortzuschreiten in Deiner Bildung mit Geist und Herz..." Der Scherz war mir dann doch zu abgeschmackt. Er hätte meiner Art von Braut, dem Fräulein Doktor, der Unentschlossenen, die sich nicht erklären will, das Jahr geht ins Land, er hätte ihr wohl nicht die rechte Freude gemacht, ich wußte auch plötzlich selbst nicht mehr, wie meine schnaubende Belustigung über diesen jugendlichen Patriarchen, wie der Unterschied zwischen seinem und meinem Selbstverständnis als Freier zu erklären sei.

Von den Briefen an Wilhelmine sprang ich zurück in den Aufsatz über das Marionettentheater. Und da ist mir nun unheimlich geworden, an diesem Abend im Februar. Es wehte ein lauer, aber starker Wind, die Läden schlugen in den Angeln, und ich war mir nicht sicher, was da alles in den Lüften, unter den zerrissenen schwarzen Wolken, im blassen Mondlicht herumfahren mochte.

Die Idee des Aufsatzes ist ja nicht welterschütternd, sie war auch zu Kleistens Zeiten nicht neu: Je mehr Bewußtsein („Erkenntnis") ein Mensch entwickelt, um so weniger Ursprünglichkeit, Unmittelbarkeit eignet seiner Bewegung, um so weniger Grazie, um so mehr Ziererei. Kleist läßt „den Hrn. C.", ersten Tänzer an der Oper in M., diesen Gedanken am Beispiel des „Gliedermannes", der Marionette, entfalten, deren Bewegungen eben deshalb so graziös, so ursprünglich seien, weil der Gliedermann kein Bewußtsein habe: er widersetze sich nicht dem natürlichen Ablauf seiner Bewegung, welcher einzig der Schwerkraft folge, die Bewegung seiner Kunstglieder verlaufe, in einem Wort, ungekünstelt.

Das alles kurzweilig, nein: fesselnd erzählt, faszinierend veranschaulicht. So in der Gestalt des jungen F., eines Tänzers, welcher seinen Beruf so sehr verfehlt hat, daß sich an ihm die Unordnung, die das Bewußtsein in der natürlichen Grazie des Menschen anrichtet, studieren läßt, dann nämlich, „wenn er, als Paris, unter den drei Göttinnen steht und der Venus den Apfel überreicht: die Seele sitzt ihm gar (es ist ein Schrecken, es zu sehen) im Ellenbogen".

So weit, so gut, und ja noch lange nicht ein Anlaß, sich zu grausen. Der Pferdefuß tritt erst zum Schluß des Aufsatzes hervor. Dort behauptet der Herr C.: Der Prozeß der Bewußtseinsbildung, der Prozeß der Erkenntnis, der seit dem Sündenfall die Grazie mehr und mehr zerstört hat, muß nur lange genug währen, weit genug reichen, um sie am Ende wiederherzustellen. Es findet sich, behauptet der Herr C., „wenn die Erkenntnis gleichsam durch ein Unendliches gegangen ist, die Grazie wieder ein; so, daß sie, zu gleicher Zeit, in demjenigen menschlichen Körperbau am reinsten erscheint, der entweder gar keins, oder ein unendliches Bewußtsein hat, d. h. in dem Gliedermann, oder in dem Gott".

„Mithin", sagt Kleist in der Rolle des Erzählers ein wenig zerstreut, „müßten wir wieder von dem Baum der Erkenntnis essen, um in den Stand der Unschuld zurückzufallen?"

„Allerdings", antwortet der Herr C., „das ist das letzte Kapitel von der Geschichte der Welt."

Ich habe, da der Herr C. zuvor dem Erzähler vorgeworfen hatte, er habe das dritte Kapitel vom ersten Buch Mose nicht mit Aufmerksamkeit gelesen, ich habe in dieser Februarnacht auch das dritte Kapitel vom ersten Buch Mose gelesen, obwohl ich es schon recht gut zu kennen glaubte, und ein paar Kapitel mehr aus den Büchern Mose habe ich gelesen, und die Evangelisten, und Luthers Vorrede, die nicht zu vergessen, weiß Gott nicht, seine Vorrede auf das Alte Testament. Der Wind ist immer heftiger um mein Haus herumgefahren, und mir ist immer banger geworden. Nach Mitternacht habe ich mich ermannt und bin hinausgegangen. Ich habe es nicht länger als drei oder vier Minuten ausgehalten. Der Wind, lau, sprang mich an aus der Dunkelheit. Lau strich er mir über das Gesicht, ließ ab, kam jäh zurück aus dem Dunkel und fuhr mir von hinten durch die Haare. Er hob sich heftig empor, fuhr wie rasend hoch zum Himmel, jagte ein paar schwärzliche Wolkenfetzen am Mond vorbei und fiel aus endlosen, düsteren Höhen wieder über mich her. Ich habe von der ersten Sekunde an, da ich da draußen stand, an Helga gedacht. Seele. Odem? Windhauch? Was fährt da herum? Die kahlen, tiefschwarzen Äste zittern und ächzen. Nach drei oder vier Minuten habe ich es nicht mehr ausgehalten. Ich habe den Laden fest verschlossen, zur Probe noch einmal daran gerüttelt. Ich habe mich in meinem Arbeitszimmer mit dem Rücken an die Wand gestellt. Die aufgeschlagenen Bücher lagen unter der Schreibtischlampe.

Bin ich drauf und dran, meine Zuflucht zu den Mythen zu nehmen? Bleibt mir nichts anderes mehr übrig?

Was heißt aber Zuflucht? Kann ich überhaupt noch fliehen, meine Schritte lenken? Habe ich nicht vielmehr jeden Halt schon verloren, die letzten, vagen Marken der Orientierung? Ist es nicht so, daß ein höllischer Strudel immer heftiger an mir zerrt, mich immer schwindelnder kreisen läßt und mich über kurz oder lang hinabreißen wird in die Finsternis?

Was heißt aber Finsternis? Dämmert mir, in diesen fürchterlichen Nächten, nicht zum erstenmal, wie alles zusammenhängen könnte, wie es zusammenhängt, wie es zusammenhängen muß, da die Welt nun einmal so geschaffen ist, und nicht anders?

War es nicht alles andere als Zufall, war es nicht vielmehr eherne Notwendigkeit, daß eine Frau, ausgerechnet eine Frau, mich mit dem Problem meiner Erkenntnis konfrontiert hat, und dann noch eine, schon wieder eine Frau, so hart, so unausweichlich wie nie zuvor in meinem Leben?

Es war Zufall, nun gut, daß ich an diesem Februarabend an den Kleist geriet. Aber war es noch Zufall, daß ich in diesem Buch, blindlings blätternd, eines um das andere entdecke, den skeptischen Satz über die Möglichkeit menschlicher Erkenntnis, die Fabel, die die Heuchelei der Herrscher enthüllt, das Exercitium des Jünglings an seiner Untertanin, den Abgrund der Verworfenheit, welcher liegt zwischen dem nichtswissenden Gliedermann und dem allwissenden Gott?

Kann es sein, daß das alles schon mit der Schöpfung angefangen hat und in ihr angelegt war: der Anspruch des Mannes, das Weib zu beherrschen, das Objekt zu erkennen, es sich zu unterwerfen, alles zu wissen, zu sein wie Gott? Hund, nichtswürdige Bestie. Unablässig auf der Suche. Welterkenntnis als Weibbeherrschung. Unterwerfung. In den Staub mit dir.

36

Freitag, 11. März, 20.15

„VND ADAM ERKANDTE SEIN WEIB HEUA / VND sie ward schwanger" *(1. Mose, IV, 1).*

Erkennen bedeutet bei Luther, ich hab's bisher nicht gewußt: ein Weib beschlafen. So auch im lateinischen Bibeltext: cognoscere feminam. So auch im hebräischen Urtext. Im 14. Jahrhundert bedeutete das mitteldeutsche „kenner" jemanden, der erkennt, den „Erkenner"; es bedeutete aber auch „Erzeuger".

Das Weib als Objekt? Natürlich. Warum nicht? Nichtswürdiges Geschöpf. Wie denn anders? Wo rührt es denn her?

„VND GOTT DER HERR SPRACH / ES IST NICHT GUT DAS DER MENSCH ALLEIN SEY / JCH WIL JM EIN GEHÜLFFEN MACHEN / DIE UMB JN SEY" *(1. Mose, II, 18).*

Wohlgemerkt: ein Gehülffen. Und, wohlgemerkt, der Mensch: das ist der Mann.

„Vnd Gott der HERR bawet ein Weib aus der Riebe / die er von dem Menschen nam / vnd bracht sie zu jm. Da sprach der Mensch / Das ist doch Bein von meinen Beinen / vnd Fleisch von meinem fleisch / Man wird sie Mennin heissen / darumb / das sie vom Manne genomen ist" *(1. Mose, II, 22f.).*

Archaische Vorstellungen, geboren aus den Verhältnissen einer barbarischen Gesellschaft? O nein. Nicht nur im Alten Testament war das Weib zweite Wahl. Objekt.

„Darum versucht die, gleich einem der Vernunft nicht gehorchenden Tiere, zu einem Unlenksamen und selbstherrisch Gebietenden gewordene Natur der männlichen Geschlechtsteile, ihren wütenden Begierden alles zu unterwerfen" (Platon, *Timaios*).

Alles? Das Weib schlechthin etwa? Aber ja. *Es muß doch so sein,* wenn Erkennen Beschlafen heißt, und somit Beschlafen Erkennen, und somit das Weib der Gegenstand des Erkennens ist, das Objekt, die Welt, und somit die Welt als Gegenstand des Erkennens das Weib. Das Weib schlechthin. Wer denn sonst? Was denn sonst? Unterwerfung zum Zwecke des Erkennens.

Den Zauberkreis, den unermeßlich weiten,
Von vielfach reizend schönen Weiblichkeiten
Möcht' ich durchziehn im Sturme des Genusses,
Am Mund der letzten sterben eines Kusses.
O Freund, durch alle Räume möcht' ich fliegen,
Wo eine Schönheit blüht, hinknien vor jede
Und, wär's auch nur für Augenblicke, siegen ...

Zusammenwerfen möcht' ich Raum und Zeit,
Die Leidenschaft ist wild und überschwänglich;
Weil sie der Durst verzehrt nach Ewigkeit,
Drum seht ihr sie so flüchtig und vergänglich ...

Es fühlt der Geist, der alles will umfassen,
Im einzlen sich verkerkert und verlassen; –
Er ist es, der mich ewig dürsten heißt
Und mich von Weib zu Weib verderblich reißt.

(Nikolaus Lenau, *Don Juan*)

Wird es nicht klar? Fügt sich da nicht endlich alles zusammen? Also, noch einmal:

Der Mensch: Der Mann.
Der Erkenner: Der Erzeuger.
Erkennen: Beschlafen.
Objekt der Erkenntnis: Die Welt.
Objekt des Beschlafens: Das Weib.

Das Weib: Die Welt.
O Freund, durch alle Räume möcht' ich fliegen ...
(Ungenügen also doch. Zweifel?)
Ist Erkenntnis möglich?
Was ist Wahrheit? Wie kann ich sie erkennen? Ganz? Wo fasse ich sie? Wie unterwerfe ich sie mir? Wo? Wann? Wo überall? Wann immer?
Zusammenwerfen möcht' ich Raum und Zeit ...
Was ist Wahrheit?

Und Goethe natürlich, der alte Schwätzer: „Was fruchtbar ist, allein ist wahr." Schon wieder: Erkenntnis in der Zeugung. Nun ja, er hat's ja unermüdlich versucht, der Unsterblich-Irdische. In Sesenheim. In Wetzlar. In Weimar. In Karlsbad. Wohin auch immer seine Geschäfte ihn führten: er hat sein Erkenntnisorgan betätigt, er hat die Welt daraufgenommen, ist eingedrungen in die Welt, wo immer sie sich öffnen ließ.

Eine nichtswürdige Bestie, dieser Olympier? Wieso denn? Wo hat denn die ganze Geschichte angefangen? Im Paradies, dem verlorenen. Mit dem Sündenfall doch. Und wie wohl? Durch das Weib selbst.

„VND DIE SCHLANGE WAR LISTIGER DENN ALLE Thier auff dem felde / die Gott der HERR gemacht hatte / vnd sprach zu dem Weibe / Ja / solt Gott gesagt haben / Jr solt nicht essen von allerley Bewme im Garten?

DA sprach das Weib zu der Schlangen / Wir essen von den früchten der bewme im Garten. Aber von den früchten des Bawms mitten im Garten hat Gott gesagt / Esset nicht da von / rürets auch nicht an / Das jr nicht sterbet. Da sprach die Schlang zum Weibe / Jr werdet mit nicht des tods sterben / Sondern Gott weis / das / welchs tags jr davon esset / so werden ewre augen auff gethan / vnd werdet sein wie Gott / vnd wissen was gut und böse ist.

VND das Weib schawet an / das von dem Bawm gut zu essen were / vnd lieblich anzusehen / das ein lüstiger Bawm were / weil er klug mechte / Vnd nam von der Frucht / vnd ass / vnd gab jrem Man auch da von / Vnd er ass. Da wurden jr beider Augen auffgethan / vnd wurden gewar / das sie nacket waren ..." *(1. Mose, III, 1 ff.)*

Und nackend ist er geblieben, der Mensch, in seinem Feigenschurz. Hat er die Wahrheit erfahren? Weiß er, was gut und böse ist? Mitnichten. Gliedermann ist er nicht mehr, Gott noch nicht. Seine Grazie hat er eingebüßt, die Unschuld verloren. Wird er sie wiedergewinnen? Wird sein Bewußtsein sich so unendlich ausweiten lassen, daß eines Tages die Wahrheit darin Platz findet? Wird er den Raum, wird er die Zeit ausfüllen, in sich aufnehmen, begreifen können? Wird er seine Erkenntnis so weit vorantreiben können, daß sie eines Tages die Grenze zur Unendlichkeit sprengt und endlich, endlich imstande ist, die unendliche Wahrheit zu umgreifen? Wird er die Wahrheit erfahren, der ungraziöse Gliedermann? Wird er wissen, was gut und böse ist? Wird er sein wie Gott?

Ja, erkennen kann er: das Weib beschlafen. Aber ist es die Wahrheit, die er dabei erfährt?

Was ist Wahrheit?

Für einen glaubensstarken Mann wie den Doktor Martin Luther gibt es da keinen Zweifel: Die Wahrheit, das ist nicht das, was der Mensch erfährt. Sondern das, was er glaubt. Gottes Wort. Dem soll der Mensch glauben. Glauben, Vertrauen. Dem Pilatus aber, dem Zweifler, dem tränkt der Luther es ein, in einer Randglosse, daß er ein unernster Mensch sei.

„Da sprach Pilatus zu jm / So bistu dennoch ein König? Jhesus antwortet / Du sagsts / Jch bin ein König. Jch bin dazu geboren / vnd in die welt komen / das ich die Warheit zeugen sol. Wer aus der warheit ist / der höret meine stimme. Spricht Pilatus zu jm / Was ist warheit." *(Joh. XVIII,* 37 ff.)

Dazu der Doktor Luther: „(Was ist warheit) Jronia est. Wiltu von warheit reden / so bistu verloren.“ Meint der Pilatus, der kleingläubige Spötter. Der Frevler.

Das war wohl der Punkt, an dem mir zu schwindeln begann. Also festhalten, festhalten: der Mensch, der Mann, der Erkenner, der Erzeuger. Ja, leicht gesagt: festhalten. Danach nämlich läßt uns die Schöpfungsgeschichte, dann läßt uns der Doktor Luther, der uns bis hierher vorgebetet hat, daß Erkennen Beschlafen bedeutet und Beschlafen Erkennen, er läßt uns plötzlich im Stich, entfernt sich, mit wehender Kutte. Und so, alleingelassen, eilt der Don Juan dürstend umher, durch alle Räume möcht er fliegen, zusammenwerfen möcht' er Raum und Zeit, und spürt doch, daß er's nicht kann, der Geist, der alles will umfassen.

Recht so! ruft der Doktor Luther aus der Ferne, Verworfener! Denn im Erkennen kann der Mensch der Wahrheit nicht teilhaftig werden. Er muß sie glauben. Gottes Wort. Glauben. Vertrauen. Gott aufs Wort glauben.

Und wenn der Mensch nicht glauben kann? Bleibt ihm dann keine andere Wahl, als wie Pilatus sich die Ohren zu verstopfen, die Hände zu waschen, und nun kein Wort mehr von der Wahrheit, was ist das, nie gehört? Sollte der Mensch, von Gottes Wort einmal abgesehen, und wenn er sich daran nicht halten kann, sollte er keinen anderen Halt finden, keinen Weg, kein Licht, das ihm leuchtet?

In irgendeiner dieser Nächte trug es mich dann unversehens an dem Punkt vorüber, an dem ich angefangen hatte, in den ersten Tagen des vergangenen Dezember. Im vergangenen Jahr, o Himmel. Ich erkannte ihn wieder, diesen Punkt, ich erinnerte mich mit Überraschung. Ich ließ ihn vorüberziehen, und schüttelte den Kopf, Tarski, nicht wahr, und die wahre Aussage.

Ich hatte versucht, mich an lyrischen Texten ein wenig zu erholen. Ich hatte mir Schubert-Lieder angehört, bei Heine herumgeblättert. Ich stieß auf Sätze, die, hätte ich sie vormals, im Dezember schon gefunden, mir die Mühe mit dem Tarski hätten ersparen können. Ganz simple Sätze, sehr naiv.

Wenn ich in deine Augen seh',
So schwindet all' mein Leid und Weh …
Wenn ich mich lehn' an deine Brust,
Kommt's über mich wie Himmelslust.
Doch wenn du sprichst: ich liebe dich!
So muß ich weinen bitterlich.

Bitterlich.

Nun gut. Nun gut. Es muß, so behaupte ich, doch auch für den, der nicht glauben kann, einen Weg geben? Aber nun wieder dieser Doktor Luther: Nein, ruft er, nein, wütet er, nein! Verworfener!

„Denn wo Gottes gesetz nicht ist / da ist alle menschliche Vernunfft so blind / das sie die sunde nicht mag erkennen. Denn kein menschlich Vernunfft weis / das vnglaube vnd an Gott verzcweiueln sünde sey: Ja sie weis nichts dauon / das man Gott gleuben und trawen sol / Gehet also da hin in jrer blindheit verstockt / vnd fület solche sunde nimer mehr. Thut dieweil sonst etwa gute werck / vnd füret ein eusserlich erbars Leben. Da meinet sie denn / sie stehe wol / vnd sey der sachen gnung geschehen …"

Was bleibt dem ungläubigen Sünder zu erkennen?

„Das der Mensch nicht mehr kan thun / denn mit den Propheten schreien / Jch bin von Gott verworfen / Oder / wie man auff Deudsch sagt / Jch bin des Teufels / Jch kan nimer mehr selig werden."

Jch kan nimer mehr selig werden?

Ich habe dann, während der Strudel immer schneller zu kreisen begann, nach allem gegriffen, was ich greifen konnte. Raus mit den Leinen, es wird allerhöchste Zeit, ich merke schon, daß es nicht mehr nur rundum geht, sondern auch schon abwärts. Nietzsche hat mich im Stich gelassen, nun ja, ein Lebensphilosoph. Aber auch Pascal, auf den ich mich so lange gestützt habe, ich hatte ihn nicht gründlich genug gelesen, leider, er hat mich im Stich gelassen, er nahm mir den Satz wieder aus der Hand, an dem ich mich so lange festgehalten hatte, Helga hat, heimlich, Pascal wohl gründlicher gelesen als ich, aber das Schlimmste war, daß auch Norbert Wiener, zu dem ich verzweifelt und zugleich voller Hoffnung zurückkehrte, daß auch der Wiener mir am Ende einen Tritt vor den Bauch gab und mich zurückstieß mit seinem Professorenstiefel in den Strudel. Rettung? Nichts als Tritte, Absagen, Hohngelächter, gehab dich wohl, Verworfener, fahr dahin, zur Hölle mit dir!

„... Ob unsere Untersuchungen in den sozialen Wissenschaften statistisch oder dynamisch sind – und sie sollten von beider Natur etwas haben –, sie können uns niemals mehr geben als sehr wenige Dezimalstellen, und eben darum können sie uns niemals mit einer Menge nachweisbarer, wichtiger Informationen versorgen, die mit der verglichen werden kann, die wir bei den Naturwissenschaften zu erwarten gelernt haben. Es gibt vieles, was wir, ob wir wollen oder nicht, der ‚unwissenschaftlichen', erzählenden Methode des professionellen Historikers überlassen müssen." (Norbert Wiener, *Kybernetik*).

„Unsere ganze Würde beruht also auf dem Denken. Von dorther muß unser Selbstbewußtsein kommen, nicht aber vom Raum und von der Zeit, die wir nicht ausfüllen können. Bemühen wir uns also darum, richtig zu denken: das ist die Grundlage für alle Sittlichkeit ...

Das Denken ist also etwas Wunderbares und seinem Wesen

nach Unvergleichliches. Es müßte schon seltsame Mängel haben, wenn es verächtlich sein sollte; aber es hat derartige Mängel, daß nichts lächerlicher ist. Wie groß ist es seinem Wesen nach! Wie minderwertig durch seine Mängel!“ (Pascal, *Pensées,* 347, 365)

Was ist warheit?

„Wahrheit ist die Art von Irrtum, ohne welche eine bestimmte Art von lebendigen Wesen nicht leben könnte.“ (Friedrich Nietzsche, *Der Wille zur Macht,* 493)

Was ist warheit?

„Das Herz hat seine Gegengründe, die die Vernunft nicht kennt ... Richter aller Dinge, einfältiger Erdenwurm ...“ (Pascal, *Pensées,* 277, 434)

Was ist warheit? Wiltu von warheit reden / so bistu verloren.

Jch kan nimer mehr selig werden.
Ich kann nimmermehr selig werden.

37

28. September

Viertel nach fünf, gerade erst, siehst du.

Ich habe mich beeilt. Ich wollte nicht zu spät hier sein. Noch zweiundsechzig Minuten bis Sonnenuntergang. Sonnenaufgang heute 6.27 Uhr. Sonnenuntergang 18.17 Uhr. Genauso, mit einer unerheblichen Verschiebung, wie heute vor einem Jahr. Und das Wetter, ein wesentlicher Faktor natürlich, das Wetter war sehr ähnlich heute vor einem Jahr. Glück gehabt. Was heißt Glück. Egal, es war jedenfalls so wie heute. Sehr ähnlich.

Das Wetter heute: Morgens heiter. Dann zunehmende Bewölkung. Abends ein wenig, und kurz nur, Regen. Temperaturen um zwanzig, einundzwanzig Grad. Gleich werden wir Regen haben, du wirst es sehen. – Entschuldige, bitte.

Ein bißchen drückend wird es um die Mittagszeit gewesen sein, heute vor einem Jahr, wie heute. Am Morgen noch blauer Septemberhimmel, heiter, er sah durchs Fenster herein. Man war gut aufgelegt, frisch, unternehmungslustig, an einem Herbsttag wie diesem. Ja, warum eigentlich nicht? Um die Mittagszeit, am frühen Nachmittag wurde es ein bißchen drückend.

In Boston hat es heftig geregnet, heute vor einem Jahr, um die Zeit, als hier der Nachmittag angefangen hatte. Der Regen pladderte auf das Dach des Taxis, mit dem ich ins Hotel zurückfuhr, um zehn Uhr morgens, nach meinem ersten Termin. Hier war es drei Uhr nachmittags um diese Zeit. Ein bißchen drückend.

Der Abend. Um Viertel nach sechs ungefähr ist hier die Sonne untergegangen. Ein wenig Regen in der Dämmerung. Erfrischend. Ein wenig Nässe auf den Straßen in der Dämmerung. Und dann, ganz langsam sich ausbreitend, die Nacht. Das Dunkel. Das verhüllende Dunkel.

Woher ich das alles weiß?

Ich habe die Wetterwarte angerufen, ist doch klar. Sie waren allerdings ein bißchen erstaunt. Das kommt wohl selten vor, daß jemand wissen will, wie das Wetter vor einem Jahr gewesen ist. Aber sie haben es mir herausgesucht. Nette Leute. Ich habe gesagt, meine kleine Tochter brauche es für die Schule. Sie haben gesagt, den Lehrer solle man aber besser pensionieren. Oder mal zu ihnen schicken. Sie fänden schon noch eine nützliche Beschäftigung für ihn.

Es war eine Lüge, ich weiß. Ich habe diese netten Leute belogen. Wundert es dich, daß ich darüber lache?

Entschuldige, wenn ich dich dauernd anrede.

Entschuldige?

Warum rede ich sie immer wieder an?

Seele.

Odem? Windhauch?

VND GOTT DER HERR MACHET DEN MENSCHEN aus dem Erdenklos / vnd er blies jm ein den lebendigen Odem in seine Nasen / Vnd also ward der Mensch eine lebendige Seele.

Ein Windhauch rührt die Blätter der Büsche hinter dem Grab, streift meine Stirn, das Licht, das ich aufgestellt habe, es weicht einen Atemzug lang zur Seite, duckt sich, richtet sich wieder auf, brennt wieder still und regungslos. Ein Echo rieselt aus den Kronen der Bäume. Noch immer warm, dieser Spätnachmittag, aber nicht drückend mehr. Würzig. Es kühlt ganz allmählich ab unter den blassen Wolken.

Ein Windhauch.

Odem? Täuschung?

Soll ich mich denn der Vorstellung hingeben, die mich heimgesucht hat, als ich zum erstenmal allein an diesem Grab stand, am Tag danach, die Grube geschlossen, aufgefüllt, ausgewuchert die Füllung wie ein treibender Teig über die Ränder hinaus, ein aufgetriebener Hügel von dunklen, reifüberzogenen Schollen, die Kränze, die Blumen, und darunter, sieben Fuß unter der Erde, die Kammer, tiefe Nacht, kein Lichtstrahl, geschlossene Augen. Ernster Mund. Blasse Haut.

Das Fleisch muß lange abgefallen sein, die Wangen. Die Schultern, die Schenkel. Die Kammer zusammengebrochen. Der einst feste, glatt polierte Deckel hat, vom Fraß angekränkelt, endlich doch nachgeben müssen, eines Nachts, ächzend, dann splitternd und zerbrechend, die Erde, schwer lastend, ist eingesackt, sie hat polternd die Kammer ausgefüllt, und im zähen Nachrutschen bis in den letzten Winkel hinein; die Erde, sie duldet keine Aussparungen, keinen Fremdkörper, sie macht das, was in sie eingedrungen ist, sich gleich und quillt ein an die Stelle dessen, was einmal war.

Ich weiß wohl: Man tritt an solch ein Grab, faltet die Hände über dem Schoß, blickt nieder und sieht, wie viele Jahre auch vergangen sein mögen, die Kammer, unversehrt, und in ihr ausgestreckt den Menschen. Geschlossene Augen. Ernster Mund, blasse Haut. Und man spricht ihn an, mit unmerklich sich bewegenden Lippen. Hier bin ich. Ich bin da. Ich denke oft an dich. Wenn ich nun auch lange nicht mehr hier war. Ich denke oft an dich. Es tut mir leid. Verzeihst du mir? Bitte.

Ich kann das nicht. Ich kann es nicht, obwohl es mich so schrecklich danach verlangt, obwohl mich jedesmal, wenn ich an dieses Grab trete, die Versuchung anfällt, Zwiesprache zu halten mit dem Leichnam, Zwiesprache wenigstens mit dem blassen Bild dessen, was einmal war. Geschlossene Augen, ernster Mund, Wangen, Schultern, Schenkel, ausgestreckt. Ich kann es nicht. Ich weiß ja doch, daß das Fleisch schon lange abgefallen ist, mürbe, daß die Erde es erdrückt und aufgesogen hat und sich gleichgemacht hat das, was einmal war. Kalt, kalt und feucht. Ihre Seele ist dahin.

Ich weiß wohl: verständiger ist es nicht, wenn ich statt dessen meine Stirn hin- und herwende unter dem Himmel, suchend, erwartungsvoll, begierig hoffend, daß ein Windhauch sich heben und sie berühren möge. Die Zwiesprache mit einem Leichnam, auch wenn er nicht einmal mehr Leichnam ist, sie ist ja doch nicht unverständiger als meine Streifzüge durch den Garten, nachts, rings um das Haus. Ich habe da gesessen unter meiner Lampe und gelesen, und auf einmal hebe ich den Kopf. Hat nicht ein Fensterladen sich gerührt? Das Blut klopft in meinen Ohren.

Ich schüttle heftig den Kopf, um mich von diesem dumpfen, erstickenden Geräusch zu befreien. Und dann stürze ich hinaus, ja, ich stürze hinaus, die ersten Schritte tappe ich blindlings vorwärts, im Dunkeln, ein Dorn des Rosenstrauchs verfängt sich in meinem Ärmel, ich reiße mich los, ich tappe vorwärts und erstarre dann, hebe das Gesicht, unter den Blätterkronen. Ja, sie bewegen sich, ganz leicht, sie bewegen sich, die Blätter flüstern, ich kann es ganz deutlich hören.

Und ich lege meinen Kopf in den Nacken, ich schließe die Augen, ich biete meine Stirn dem nächtlichen Himmel dar, komm, Windhauch, komm. Odem. Komm. Ich habe ja auf dich gewartet. Komm, Odem. Nur einmal jetzt, einmal nur noch. Ich will dann auch wieder hineingehen, den Laden schließen. Nur einmal noch, bitte.

Ich weiß, es ist ganz unverständig. Aber wo soll ich sie denn finden? Wie, wenn nicht in der Kammer, wenn nicht unter der Erde? Wenn nicht unter dem Himmel? Wenn nicht rings um mein Haus? Wie denn Zwiesprache, anders? Wie denn?

Was war das? Ein Regentropfen. Tatsächlich, ein winziger nasser Fleck auf meiner Stirn. Es fängt an zu regnen, ganz dünn. Zuverlässig, dieser Wetterbericht. Ebenso war es vor einem Jahr, jedenfalls nach dem Wetterbericht. Ich werde mich jetzt auf die Bank setzen. Ich knöpfe meinen Mantel zu, nötig wäre es nicht, es wird gleich ganz bestimmt wieder zu regnen aufhören. Abends wenig Regen und nur kurz. Im vergangenen Jahr: vorübergehend leichter Regen. Ich knöpfe meinen Mantel zu und werde mich ein Weilchen auf die Bank setzen. Ich bin ja dort fast so nahe bei dir, als ob ich hier stünde.

Ich habe mit dem Gedanken gespielt, mich heute abend hier einschließen zu lassen. Sie verriegeln das Gitter um halb sieben. Das steht angeschlagen, auf der Tafel vorn. Die Friedhofsverwaltung gibt bekannt. Sie öffnen wieder morgen früh um sieben. Ich könnte mich verbergen, in den Büschen hinter dem Grab. Ich nehme an, daß sie gegen halb sieben den Friedhof abgehen und die Säumigen mahnen. Irgendwann ist zu mir auch einmal jemand mit einer Schirmmütze gekommen und hat gesagt, der

Friedhof werde jetzt geschlossen, das war noch im Winter, glaube ich. Aber wenn wieder einer käme: er sähe mich nicht, wenn ich rechtzeitig in die Büsche hineinginge und mich niederhockte. Nach halb sieben könnte ich wieder herauskommen. Ich könnte morgen früh um Viertel nach sieben oder um halb acht durch das Tor hinausgehen, als wäre ich schon ganz früh gekommen. Ich hätte bis zum Arbeitsbeginn noch Zeit genug, nach Hause zu fahren und zu duschen und mich umzuziehen, und sogar Zeit genug, mir ein Frühstück zu machen.

Ich setze mich jetzt ein Weilchen auf die Bank, ich bin ja dort ganz nah.

Ich muß es vorher sagen. Ich muß es jetzt sagen.

Ich muß dich ansprechen. Es ist mir egal, ob es unverständig ist. Ich kann jetzt nicht anders.

Ich muß Zwiesprache halten.

Ich muß Zwiesprache halten mit dir.

Helga.

Mein Gott, es ist so schrecklich, den Namen auszusprechen, ohne zu wissen, ob es das gibt, was dieser Name benennen soll. Gott. Ja. Wie kommt es, daß ich so oft Mein Gott sage? Ach, du lieber Gott? Um Gottes willen. In Gottes Namen. Nun, Gott befohlen.

Helga.

Komm, Odem, komm. Nur dieses eine Mal noch.

Helga.

Annegret und ich werden heiraten.

Helga. Hörst du mich? Ich muß es dir erklären.

Komm, Odem, komm. Komm doch, bitte.

Zwei, drei Regentropfen schlagen auf meine Stirn. Die Luft ist still. Sie ist wie erstarrt.

Annegret hat gestern abend ja gesagt, Dienstag. Dienstagabend. Sie hat es sich sehr lange überlegt. Ich hatte sie schon vor einiger Zeit gefragt.

Helga. Ich hab sie schon am 6. Januar gefragt, ob sie mich heiraten wolle. Ja. Es war – natürlich habe ich gewußt, und das habe ich ihr natürlich auch gesagt, daß einige Zeit würde vergehen müssen. Ein Jahr mindestens. Aber ich hab's ihr gesagt, am 6. Januar, ich mußte es tun, ich steckte in einer schweren Krise, verstehst du das, Helga?

Es tut mir so leid, daß ich dir's nicht früher gesagt habe. Ich wollte dir nicht die Wahrheit verheimlichen. Ich wollte dir nur nicht weh tun. Ich wollte abwarten, verstehst du? Ich wollte dich nicht ... Ja, ja, ja: Ich wollte dich nicht unnötig belasten.

Ich habe ja doch diese schreckliche Stelle in deinem Brief nicht vergessen, ganz zum Schluß, gerade zum Schluß ist das noch einmal hochgekommen, dieses „Eif", nicht wahr, nur noch ein Stammeln, o Gott, „Eif Hab Angst", ich habe das doch nicht vergessen, Helga. Helga. „Bin so traurig. Eif Hab Angst", o Helga, gottverdammt.

Gottverdammt. Gottverdammt.

Es hätte durchaus sein können, Helga, daß ich es mir noch einmal anders überlegt hätte. Ja, Helga, das hätte sein können. So ist es. Weißt du, ich habe sehr viel gelernt. Nicht in dem Sinne, daß sich mein Wissen erweitert hätte, nein, nein. Ich meine das ganz anders, ich werd' dir's erklären. Ich will nur noch einmal sagen: es hätte auch anders kommen können. Und das wollte ich halt abwarten. Wenn ich zum Beispiel mich anders entschieden hätte – dann hätte ich dir alles erzählt, sofort, verstehst du? Auch dann. Aber ich wollte die Entscheidung abwarten, verstehst du?

Sie ist nun gefallen. Wir werden heiraten. Bitte, Helga. Verstehst du das? Ich werde – natürlich werden wir nicht sofort heiraten, natürlich nicht. Irgendwann zu Anfang des nächsten Jahres, verstehst du? Ein gutes Jahr erst nach meiner Frage. Ich habe das ja gleich gesagt.

Ich weiß, was du mich jetzt fragen willst. Du willst fragen, ob denn mein Problem mit Herrn Pauly gelöst sei. Ja, Helga, es ist gelöst. Damit du jetzt gar nicht erst auf falsche Gedanken kommst: nicht nur dieses Problem, nein, auch mein Problem mit deinem Liebhaber, du verstehst mich richtig, das Problem mit jenem unbekannten Mann, von dem ich annahm, du seist zu ihm gegangen, immer wieder, auch dieses Problem ist gelöst. Wenn auch nicht in dem Sinn, in dem ich es einmal lösen wollte. Nein, nein.

Hoffnungslos. Zeit und Raum, die wir nicht ausfüllen können. Pascal, weißt du? Du hast ihn doch gelesen, heimlich. Es hat mich so gerührt, daß du mir noch einen Satz von ihm aufgeschrieben hast, einen sehr wichtigen Satz übrigens, den ich gleichwohl nicht wahrgenommen hatte bis dahin.

Nein, nein, hoffnungslos. Weißt du, es war ja nicht zuletzt deshalb hoffnungslos, weil du gegangen warst. Ich konnte dich ja nicht mehr fragen, du warst ja gegangen. Du verstehst das jetzt nicht falsch, bitte. Ich hab's ja eine Weile noch versucht, tatsächlich.

Hör zu, Helga: Ich habe versucht diese Sache mit deinem Liebhaber, mit dem vermeintlichen, meine ich, ich wollte sie nachträglich noch aufklären, hieb- und stichfest. Ja. Ich wollte ihn dingfest machen. Es wird dir ja nicht weh tun, wenn ich so etwas sage: Dingfest. Nun gut: Hoffnungslos, jedenfalls. Hoffnungslos, ein solches Unternehmen. Wen hätte ich denn fragen sollen, wenn nicht dich? Wessen Antworten, und wären es Tausende gewesen, und Tausende von Dokumenten dazu, Schriftstücke, Rechnungen, Briefe, Beweise sozusagen, wessen Auskünfte, und hätten sie den Raum ausgefüllt und die Zeit, hätten denn ein Wimperzucken, ein Lächeln, ein Kopfschütteln von dir aufwiegen, hätten es ersetzen können? Aber du warst ja nicht mehr da, verstehst du? Hoffnungslos. Du warst nicht mehr da. Oh, gottverdammt. Du warst nicht mehr da. In der Kammer, der finsteren. Geschlossene Augen, ernster Mund. Lippen, stumm, auf Ewigkeit. Oh, gottverdammt, Helga.

Du mißverstehst das nicht, nicht wahr, wenn ich sage: Du warst ja weggegangen. Es war ja doch so. Ich will nur sagen: Du mußt nicht denken, denken, mein Gott, denken ... Helga, du darfst nicht sagen: Ach so, das Problem Annegret ist erledigt. Aber meines gilt noch immer als unerledigt. Nein, nein, eben nicht. Hoffnungslos. Erledigt. Beide. Dein Liebhaber so gut wie der Herr Pauly. Nicht etwa in der Attitüde eines Desinteresses: das ist mir doch ganz egal, oder in dieser Art, nein, nein. Vielmehr: nicht mehr wichtig. Unwichtig. Unwesentlich. Das heißt viel mehr. Ich habe viel gelernt, weißt du.

Ich weiß, was du fragen willst: Warum denn nun, wie denn nun auch das Problem Pauly gelöst sei, ebenso wie das deines Liebhabers, des vermeintlichen? Wie denn ebenso? Ich verstehe dich, Helga, o ja. Denn Annegret war ja noch da, sie ist ja da, ich konnte, ich kann sie ja fragen, befragen. Verhören. Noch immer, im Unterschied zu dir. Ja. Nun, weißt du: Ich hatte das Problem Pauly tatsächlich gelöst, und zwar eben doch auf meine Weise. Nein, wir wollen sagen: ich glaubte, es gelöst zu haben. Der Beweis, verstehst du, eine Beweiskette, die keinen Zweifel mehr an Annegrets Unschuld zuließ. Ja, tatsächlich. Ich hatte das zusammengetragen. Auf meine Weise. Nur, am Ende blieb dann doch noch eine Frage, kein Zweifel, aber eine Frage, eine schreckliche. Eine erschreckende Frage.

Was ist warheit?

Odem, komm, nur einmal noch. Bitte. Bewußtsein, nicht mehr eingekerkert, frei, unendlich. Du müßtest es eigentlich doch wissen?

Was ist Wahrheit, ja. Was ist ein Beweis der Wahrheit? Wann ist er hieb- und stichfest? Wann widersteht er jedem Zweifel? Sieh mal, selbst wenn ich Annegret mit diesem Pauly in flagranti ertappt hätte, auf frischer Tat, nicht wahr, sagen wir in unserem Garagenkeller, oder auf einem Parkplatz, in seinem Auto, wir wollen einmal sagen, du verstehst, inmitten einer hechelnden Anstrengung – wäre das ein hieb- und stichfester Beweis dafür gewesen, daß sie ihn liebt, und nicht mich? Hieb- und stichfest, verstehst du?

Ich will von den plattesten, aber ja auch nicht völlig zu vergessenden Zweifeln einmal ganz absehen, die sich gegen einen solchen Schluß anführen ließen. Zum Beispiel könnte er ihr ja doch irgendeine Droge eingegeben haben, ein Rauschmittel, das ihm ihren Körper auslieferte, ganz gegen ihren Willen, den vorübergehend eingeschläferten. Ich will, wie gesagt, von solchen platten, vordergründigen Zweifeln gar nicht reden, deren sich immerhin Hunderte und Tausende anführen ließen. Aber es gäbe ja nicht weniger zahlreiche feine, viel subtilere Zweifel. Zum Beispiel den: Könnte es nicht sein, daß sie sich ihm aus Mitleid hingegeben hat? Ja doch, er hat sie gedauert, nicht wahr, wie er da herumstrich, hilflos seiner eigenen Begierde ausgeliefert, die nichtswürdige Bestie, er hat sie glauben gemacht, er halte es nicht mehr aus, er gehe kaputt, er krepiere, wenn sein Trieb nicht endlich befriedigt werde. Und so hat sie sich ihm aus Mitleid hingegeben, das heißt aber aus einem Motiv, das einen Mann – wäre es ein Mann, dem solch ein Akt gewährt wird – auf das schlimmste erniedrigt, entwürdigt, lächerlich macht, weit schlimmer noch, als wenn man ihn zu diesem Akt nur einläßt, sofern er dafür bezahlt, in bar, verstehst du. Ja. Weit schlimmer.

Ich will mich ein wenig hinsetzen. Es heißt ja doch nicht, daß ich mich von dir entfernte. Es macht ja keinen Unterschied, nicht wahr, ob ich hier stehe oder mich ein wenig auf die Bank setze. Siehst du, ich habe dir ja gesagt, es wird nicht lange regnen. Nur ein wenig Nässe, die die Straßen aufleuchten läßt, wie vor einem Jahr. Ja. Nun gut.

Ich meine: Was bedeuten Beweise? Damit du mich nicht mißverstehst, damit du nicht etwa glaubst, ich sei zerknirscht zum Mythos zurückgekehrt, ich hätte ganz unversehens den Wissenschaften abgeschworen, nein, nein, du darfst nicht glauben, ich hätte eine Art von Damaskus erlebt, nicht wahr. Saul / Saul, was verfolgestu mich? Es wird dir schweer werden wider den Stachel lecken. Nein, nein, ich ziehe nicht Beweise schlechthin in Zweifel, sie haben ihre Berechtigung, sie sind unentbehrlich, in den Naturwissenschaften zum Beispiel, sagen wir, wenn es darum geht, die Reibungselektrizität zu erforschen, was auch immer, nein, nein, daran halte ich fest, nur sage ich, und daran magst du sehen, daß ich viel gelernt habe, ich sage: Was ist ein Beweis, wenn es darum geht, die Wahrheit ... nein, laß mich sagen: Wie will man herausfinden, wie kann man herausfinden, mit hinlänglicher ... Helga, sei mir nicht böse, auch das gefällt mir nicht, laß mich einen Augenblick nachdenken, bitte, ja, Wahrheit, das auf dem, nein, der Beweis dessen, was, oder so, vielleicht: das Eindringen in die Welt, sofern, nein, um Gottes willen, nicht das,

das nun gar nicht, nein, nein, es ist schwierig, in der Tat, Helga, es ist sehr schwierig, vielleicht ... ja. Ja. Ja, und wenn ich ganz einfach sagte ... Was ist Wahrheit in einem Menschenherzen?

Das klingt sehr aphoristisch, nein, viel schlimmer: sehr vage, oder, nicht weniger schlimm: es klingt sehr lyrisch, ich weiß, aber es trifft, ich glaube, es trifft am ehesten noch, es ist merkwürdig, eine so vage ... Formulierung, aber ich glaube tatsächlich, es trifft am ehesten noch, es trifft am präzisesten das, was ich sagen will, ja: Was ist Wahrheit in einem Menschenherzen?

Und da fällt mir, das ist sehr gut, mir fällt schon wieder Stefan ein, ich war vorhin schon ein paarmal drauf und dran, ihn als meinen Kronzeugen herbeizuholen, Stefan Kreutzer, der lügt nämlich buchstäblich wie gedruckt, ach so, entschuldige bitte, du kennst ihn ja gar nicht. Oder doch?

Lassen wir das. Stefan also, Stefan Kreutzer ist knapp fünf Jahre alt, na, von wegen, gut fünfeinhalb ist er mittlerweile, er hat am 22. Januar Geburtstag gehabt, am Weiundzwanzigsten, verstehst du, das hat ihn schrecklich gefuchst, daß er das nicht sofort richtig herausgebracht hat. Egal. Stefan also lügt.

Und wie. Er sagt, seine Oma schenkt ihm zum Geburtstag einen Max. Das ist ein Pferd, verstehst du, ein richtiges. Natürlich kann gar nicht die Rede davon sein. Diese Frau Kreutzer macht mir nicht den Eindruck, als verschenke sie Pferde, und was will er denn auch damit, nicht wahr, dieser Stöpsel, er würde ja doch nur herunterfallen, mal auf dieser Seite, mal auf der anderen, erbittert.

Nun gut, der Max. Aber es geht weiter. Stefan behauptet, er kann vier Berliner essen, auf einen Sitz, und manchmal auch fünf und sechs. Quatsch, natürlich, faustdicke Lüge. Erstens würden seine Eltern in die Besserungsanstalt gehören, wenn sie ihn das jemals hätten ausprobieren lassen, und zweitens wird er mit Sicherheit spätestens nach zweieinhalb Berlinern sagen: Kann nicht mehr, und bereits vorher wird ihm ein Bäuerchen entfahren sein, aus vollem Hals. Nun gut. Es geht noch weiter.

Stefan sagt, er darf am Silvesterabend bis zwölf aufbleiben, und dann gibt's Feuerwerk und Knallbonbons. Das ist nun eine sehr interessante Aussage, unter dem Gesichtspunkt der Wahrheit, die sie enthält, oder auch nicht enthält. Ich gehe davon aus, daß die Oma und seine Eltern ihm tatsächlich gesagt haben, er dürfe bis um zwölf aufbleiben, und dann gebe es Feuerwerk und Knallbonbons. Insofern ist seine Aussage unzweifelhaft, unweifelhaft hätte ich beinahe gesagt, Entschuldigung, seine Aussage ist insofern unzweifelhaft, na, sagen wir: mit hoher Wahrscheinlichkeit ist sie wahr. Was hat er aber eigentlich sagen wollen, der Freund Stefan? Er hat ja gar nicht sagen wollen, daß seine Oma und die Eltern dies und das gesagt hätten, sondern er wollte sagen: Ich, Stefan Kreutzer, knapp fünf, denn älter war er damals noch nicht, ich bleibe heute, am Silvesterabend, bis um zwölf auf, und dann gucke ich mir das Feuerwerk an und dann ziehe ich an ein paar Knallbonbons, verstanden, ich mache mit, ich bin dabei, jawoll. Und insofern ist seine Aussage nicht nur mit hoher Wahrscheinlichkeit, sondern mit Sicherheit falsch, eine faustdicke Lüge, denn Stefan wird spätestens um zehn mit roten Backen auf dem Sofa eingeschlafen sein, und dann hebt sein Vater ihn vorsichtig auf und bringt ihn ins Bett und zieht ihn aus, und Stefan merkt nichts, absolut nichts davon, und um zwölf wird er am Fußende seines Bettes liegen, und das eine kleine Bein hängt nackt beim Gitter heraus, und man könnte diese Raketen und Donnerschläge vor seinem Fenster abbrennen und die Heuler loslassen, er würde selig weiterschlafen, selig, ja, selig, mit roten Backen. Selig, ja. Nun ... Vielleicht träumt er von dem Feuerwerk, und von den Knallbonbons? Ja, so wird es sein. So wird es sein. Nun gut.

Was wollte ich sagen? Nun, ganz einfach, nicht wahr: Stefan lügt, er lügt wie gedruckt. Und das Tollste ist, er bietet zu seinen Behauptungen auch noch Beweise an, Begründungen, warum das, was er aussagt, in Wahrheit so ist und nicht anders. Dieser Max, nicht wahr, weißt du, warum die Oma ihm den Max schenken wird?

Ganz einfach, es ist auch ganz einleuchtend: Hab ich mir gewünscht, sagt er. Bitte sehr. Also, wenn das nicht eine stichhaltige Begründung ist, ein Beweis! Verstehst du, was ich meine?

Ich meine, ich will sagen: Dieser Stefan lügt gar nicht. Er lügt nur dann, nur unter der Voraussetzung, meine ich, daß man ihn einem Gesetz unterwirft, zu unterwerfen versucht, das für ihn nicht gemacht ist, ja: das für ihn nicht gilt. Einem Gesetz für Inländer, zum Beispiel. Stefan ist ein Ausländer. Inländer werden zur Einkommensteuer herangezogen. Stefan nicht, es sei denn, zu Unrecht. Er lügt nicht, verstehst du. Er steht unter einem anderen Gesetz. Er spricht die Wahrheit, gemessen an diesem Gesetz. Und wenn er seine Behauptungen aufstellt, die uns wie Lüge anmuten, so tut er es ohne jede Schuld. Nicht nur ohne Schuldbewußtsein. Sondern auch ohne Schuld. Er spricht die Wahrheit. Seine eigene Art von Wahrheit.

O ja, ich weiß schon, auf was ich mich da einlasse. Für jeden seine eigene Wahrheit, nicht wahr. Sehr bequem. Sehr verführerisch. Unverantwortlich permissiv, nicht wahr. Ich will diesen Gedanken jetzt auch nicht bis zur äußersten Konsequenz treiben, ich bin noch nicht fertig damit, noch lange nicht, weißt du. Und ich habe sehr große Bedenken, ob ich jedem das einräumen kann, und das würde ja bedeuten: mir selbst auch, nicht wahr, solche erschreckenden Konsequenzen muß man sich dann ja klarmachen, ich habe sehr große Bedenken, ob ich einem jeden das einräumen darf, was ich Stefan so bedenkenlos gewähre. Ich frage mich auch, wie lange ich es ihm noch gewähren kann. Irgendwann einmal, wenn er lange genug unter den Inländern gelebt hat, wird sich ja die Frage seiner Einbürgerung, als Steuerbürger, nicht wahr, sie wird sich stellen. Die Gesetze sind nun mal so. Man wird sich überlegen müssen, ob er schließlich nicht doch zur inländischen Einkommensteuer heranzuziehen ist, um der Gerechtigkeit willen.

Nun gut, bis dahin ist es noch lange, vielleicht. Ich will jetzt nicht darüber nachdenken, es würde auch, wie angestrengt ich nachdächte, nichts an meiner Überzeugung ändern: Stefan lügt nicht.

Stefan spricht die Wahrheit. Seine eigene Wahrheit, auf seine eigene Art. Ach so, ja, das hätte ich jetzt beinahe vergessen: auf eine sehr eigene Art. Weißt du, was ich meine?

Ich will es dir sagen, was mir an Stefan aufgefallen ist, eine sehr merkwürdige Sache: Er formuliert seine Wahrheit nicht nur in der Form von Aussagen.

Die Oma schenkt mir einen Max. Punkt. Oder: Ich kann vier Berliner essen. Nicht Punkt, weil er ja noch nachschieben muß, wesentlicher Bestandteil dieser Aussage: manchmal auch fünf, und sechs. Berliner, nicht wahr. Das sind Aussagen, ganz klar. Aber die Wahrheit, seine Wahrheit spricht er eben auch in der Form von Fragen aus. Von Fragen, tatsächlich.

Er fragt mich zweimal während unseres Gesprächs, ich hab ja mit ihm telefoniert, weißt du, zweimal fragt er mich, während dieses kurzen Gesprächs, ganz aus heiterem Himmel: Wer bist du? Einfach so: Wer bist du? Ja und, sagst du jetzt vielleicht, ja und? Was soll das denn, wie kommst du denn darauf, daß er damit eine Wahrheit ausgesprochen hätte, wieso denn das, das ist doch eine Frage, eben gar keine Aussage, sondern nur eine Frage?

Siehst du, da bin ich anderer Meinung. Ich bin ganz sicher. Er hat mir, mit dieser Frage, etwas bedeuten wollen. Nein, vielleicht nicht wollen. Unwissentlich hat er es mir offenbart. Vielleicht auch wissentlich. Doch, willentlich, ja, vielleicht sogar willentlich. Er hat mir offenbart: Mann, ich mag dich. Du interessierst mich. Mann, ich will mit dir zu tun haben. Mann. Ich liebe dich. Mann.

Entschuldige bitte. Entschuldige. Das geht vielleicht ein bißchen zu weit. Ja, kann sein. Obwohl ich ganz sicher war. Ich war ganz sicher. Ich hatte es verstanden, es gab keinen Zweifel daran. Er hat gefragt: Wer bist du? Und gemeint hat er: Ich mag dich. Mann, ich liebe dich, hat er gesagt. Nein, das geht entschieden zu weit. Lassen wir das. Ich wollte auch nur sagen, was wollte ich sagen, ja, so, so wollte ich fragen: Ist es nicht so, daß eine Frage uns mehr bedeuten kann, mehr Auskunft uns geben kann über die Wahrheit in einem Menschenherzen als tausend Antworten? Mehr als tausend Aussagen, tausendmal die apodiktische Verknüpfung einer Sache mit einer Eigenschaft, die wir ihr zuschreiben, die wir von ihr behaupten? Eine Frage kann mehr bedeuten als tausend Aussagen.

Verstehst du?

Eine Aussage, zum Beispiel: Ich liebe dich. Apodiktisch, nicht wahr? Klingt ganz unumstößlich. Zuverlässig. Ja. Ich liebe dich. Doch wenn du sprichst: Ich liebe dich – so muß ich weinen bitterlich. Nicht wahr. Nun aber fragt dich derselbe Mensch: Liebst du mich? Er fragt es dich, drängend, immer wieder, tausendmal: Liebst du mich? Das Bächlein fragt er, nicht wahr, tausendmal: Sag, Bächlein, liebt sie mich? Und sagt diese Frage, dieses drängende: Liebst du mich?, sagt es dir nicht schon beim erstenmal mehr als die apodiktische Aussage: Ich liebe dich!, und würde sie auch tausendmal wiederholt? Verleiht die Frage: Liebst du mich?, verleiht sie dir nicht viel mehr Sicherheit, Gewißheit, unumstößliche Gewißheit, als die Aussage: Ich liebe dich? Verstehst du, was ich meine?

Ja, ich weiß. Ich hätte dich vielleicht auch einmal fragen sollen, drängend: Liebst du mich? Statt dessen habe ich dir andere Fragen gestellt, tausend und mehr, immer wieder. Helga.

Helga. Bitte.

Du wirst es mir vielleicht nicht glauben, aber ... Es ist so, ich könnte es dir beweisen: sie waren ja doch auch der Ausdruck meiner Liebe, diese tausend Fragen und mehr, sie waren nichts anderes als ein Ausdruck meiner Liebe, ein böser, ein häßlicher, ein unbeherrscht verzerrter Ausdruck meiner Liebe, aber Ausdruck meiner Liebe waren sie, bitte, glaub es mir. Helga. Ja, ich weiß, ich hätte dich besser fragen sollen, nur ein einziges Mal, drängend: Liebst du mich? Ich hätte es dich fragen sollen, bevor es zu spät dazu war.

Verstehst du?

Ich frage es dich jetzt. Ich frage es dich in jeder Nacht, in der ich ums Haus herumirre, den Kopf im Nacken, die Stirn dem Himmel dargeboten, komm, Odem, nur noch ein einziges Mal, bitte, ich werde diese Frage nicht mehr los, ich frage mich, ob es wahr sein kann, daß du mich geliebt hast, da du doch weggegangen bist, in die Kammer, in die Welt, überall? Immer? Wo denn nur? Wann denn nur? Unendliches Bewußtsein? Odem? O, Helga, liebst du mich? Hast du mich geliebt, liebst du mich, wie kann es denn wahr sein, da du doch weggegangen bist, wie kann es wahr sein, daß du mich geliebt hast, liebst, Helga, Helga: Liebst du mich?

Zu spät, nicht wahr. Odem. Du streifst mich nicht. Die Luft ist starr. Die Blätter. Stumm. Kein Regen mehr. Nichts mehr. Erste Abendkühle unter den blassen Wolken. Sie stehen unbeweglich am erblassenden Himmel. Nur noch kurze Zeit bis zum Sonnenuntergang. Wie vor einem Jahr. Ja. Vor einem Jahr, heute. Zu spät. Auch das zu spät. Ich habe es gewußt, als ich die Wetterwarte anrief, daß es mir nichts nutzen würde. Ich hole diesen Tag nicht mehr zurück. Es kann mir nicht gelingen. Dieser Tag wird mir nicht mehr aufgehen. Vorüber. Zu spät. Auch das.

Ich wollte es versuchen, verstehst du. Ich wollte wissen, wie es war. Also gut. Das Wetter ungefähr so wie heute. Glück gehabt. Das Wetter sehr ähnlich. Aber war es wirklich so wie jetzt, heute vor einem Jahr, war es wenigstens so ähnlich? Es war ein Dienstag. Heute ist Mittwoch. Das gleiche Datum, aber ein anderer Wochentag. Es wird erst in fünf Jahren wieder ein Dienstag sein, dieser 28. September. Sechs Jahre danach. Unerheblich? Nein, nein, das muß man sich ja nun klarmachen, in aller Offenheit. Ein Mittwoch, das ist anders als ein Dienstag. Das hat zum Beispiel eine andere Distanz zum Wochenende. Das wird geprägt dadurch, daß man sich eine bestimmte Zeitschrift kauft, die es am Dienstag noch nicht gibt. Und in einem Restaurant gibt es dieses Spezialgericht, ein anderes eben nicht. Und so weiter. Tausend, abertausend Verschiedenheiten. Erhebliche, wesentliche Verschiedenheiten, o ja.

Das Wetter so ähnlich, nun gut. Vorübergehend leichter Regen. Was bedeutet das aber? Hat es in dieser Sekunde, vor einem Jahr, astronomisch präzise vor einem Jahr, hat es vorübergehend nicht geregnet, genauso wie jetzt? Oder hat es ganz im Unterschied zu dieser Sekunde heute, der Sekunde, die wir eben erleben, *jetzt,* hat es in der gleichen Sekunde im vergangenen Jahr vielleicht geregnet? Und die Wolken, standen sie ebenso unbeweglich am Himmel wie jetzt? Die Wolken, ja, ist es nicht lachhaft: Weißt du, wieviel Sternlein stehen? Nicht wahr. Ja, ja, Gott der Herr hat sie gezählet, ich weiß. Der kann das, ja, und zu allem Überfluß braucht er es nicht einmal, er weiß es nämlich ohnehin, er braucht sie überhaupt nicht zu zählen, die Sternlein, die Wolken. Er hat sie im Kopf, er hat sie im Griff, alle miteinander.

Was hat er eigentlich im Griff? Diese Wolke da, zum Beispiel, blaß, was ist das? Das gibt es nämlich gar nicht, diese Wolke da. Ich bilde mir ein, sie stünde ganz unbeweglich in der blassen Abendluft, greifbar, und ich könnte sie greifen, wenn mein Arm doch nur lang genug wäre. Aber in Wahrheit verändert sie sich fortwährend, so viel können wir immerhin aussagen, die Wissenschaften sind in gewisser Hinsicht halt doch recht zuverlässig, sie verändert sich fortwährend, diese Wolke, meteorologisch, physikalisch gesehen. In demselben Augenblick, in dem ich es ausspreche: diese Wolke, in demselben Augenblick ist es schon nicht mehr diese Wolke, sondern eine andere, veränderte, und wenn ich nur scharf genug hinsähe, könnte ich diesen unablässigen Prozeß sogar erkennen. Nicht wahr.

Kindische Fragen, ganz kindisch. Ein ganz und gar kindischer Versuch, so einen Tag noch einmal heraufzuholen, ihn der Vergangenheit zu entreißen. Heute vor einem Jahr. Zu spät. Vorbei. Helga.

Helga.

O Helga, gottverdammt.

Gottverdammt, gottverdammt.

Ich möchte ihn heraufholen, diesen gottverdammten Tag. *Ich möchte ihn wissen.*

Ich möchte jede Sekunde wissen.

Jede Sekunde.

Jedes Fleckchen Raum möchte ich greifen, ausfüllen, das das Licht dieses Tages gesehen hat und untergetaucht ist im Dunkel der Nacht. Jedes Staubkorn. Jede Sekunde packen, mit beiden Händen. Sind sie losgefahren um diese Zeit vor einem Jahr? Da und dort, und zu einem gemeinsamen Ziel?

Über Straßen, die schimmerten von der Nässe? Von daher kommend, und von dorther, und irgendwo, an einem verschwiegenen Platz, zusammentreffend? Oder sind sie vielleicht erst in einer halben Stunde losgefahren? Oder erst in einer ganzen, heute vor einem Jahr? In der Dämmerung, unter einem blaßblauen Himmel, die Wolken verschwunden, abgewandert die Wolken, nach Westen, rötlicher Abglanz der versunkenen Sonne? Am Tag noch? Oder bei der Nacht? Im Hellen, oder im Dunkeln? Ja, im Dunkeln, Emilia, nicht wahr, das nichtswürdige Geschöpf: Glaubst du, auf dein Gewissen, sprich, Emilia, / Daß wirklich Weiber sind, die ihre Männer / So gröblich täuschen?

Solche gibt's, kein Zweifel.

Tätst du dergleichen um die ganze Welt?

Nun, tätet Ihr's nicht?

Nein, beim Licht des Himmels!

Ich tät' es auch nicht bei des Himmels Licht, / Ich könnt' es ja im Dunkeln.

Ja, nichtswürdiges Geschöpf. Im Dunkeln. Und wie nun, im Dunkeln? Haben sie den Treffpunkt noch bei Tageslicht erreicht? War also noch Anstand geboten? Sind sie deshalb vielleicht noch ein bißchen spazierengegangen, gemächlich, Seite an Seite, so tuend, vor den Leuten nicht nur, nein, auch sie vor ihm und er vor ihr so tuend, als ginge es um einen Spaziergang, um ein Gespräch? Den Speichel schluckend, krampfhaft, um das Hecheln, das schon in der Kehle saß, nicht laut werden zu lassen? Wann sind sie zurückgekehrt, von diesem Spaziergang, diesem speichelziehenden Gespräch? Standen die Autos nun endlich im Dunkeln, mattschimmernd, ein paar perlende Tropfen auf dem Dach? Und haben diese beiden auch dann noch, haben sie sich noch immer die Mühe gegeben, den wahren Zweck zu verhüllen, voreinander, hinunterzuwürgen den wahren Zweck, der Form halber, ein paar Sekunden nur noch? Nur ein Händedruck, und vielen Dank für den Spaziergang, und für das Gespräch, es war wirklich sehr erholsam, es war sehr gut, danke, und bis bald mal wieder? Ein Zögern dann, vielleicht: Oder sollen wir uns, es war gerade so interessant, dieses Thema, wirklich, ich hab mich noch nie so darüber unterhalten können, wirklich, sollen wir uns noch einen Augenblick ins Auto setzen? Oder war zu diesem Zeitpunkt, zu welchem Zeitpunkt nur, gottverdammt, war die Posse schon vorüber, und nun der Ernst des Lebens, der tierische, kein Wort mehr, keine Zeit mehr für Worte, einsteigen, einsteigen, die Türen zuschlagen, o Dunkel der Nacht, sei gepriesen o Dunkel der Nacht, und ineinandergekrallt auf den Sitzen, Saugen, Saugen, Greifen, mit zitternden Händen, Nesteln, o du, o du, ja, ja, du –

Oh, gottverdammt.

Wie Sommerfliegen auf der Fleischbank.

Gottverdammt.

Dem Himmel ekelt's, und der Mond verbirgt sich.

Oh, gottverdammt.

Ruhe jetzt.

Ruhe.

War das die Glocke vorhin? Ja, ich glaube, es war die Glocke.

Sie haben die Glocke angeschlagen. Sie schlagen die Glocke an, bevor sie das Gittertor verriegeln. Zehn Minuten vorher schlagen sie die Glocke an. Oder eine Viertelstunde. Sonnenuntergang, ja. Es war die Glocke, ich erinnere mich.

Verstehst du mich? Verstehst du, was ich sagen wollte?

Ich war unbeherrscht, entschuldige bitte. Aber du hast mich verstanden, glaube ich : Zu spät, dieser Versuch.

Einfach kindisch, solch ein Versuch. Ich wußte es, noch bevor dieser Tag angebrochen ist, heute. Ich werde diesen anderen Tag nicht mehr heraufholen, nie mehr. Das Wetter hilft mir nicht, und nicht die Uhr, nichts, nichts hilft mir. Die Welt schweigt mich an. Sie verrät nichts. Ich, der Narr. Ich will die Welt hindurch katechisieren, das heißt, Fragen stellen und sie antworten lassen. Aber die Welt: sie gibt nichts her von dem, was einmal war. Sie hat es aufgesogen. Die Welt schweigt mich an. Sie hat es begraben, in ihrem unermeßlichen Schlund. Sie sieht mich an, schweigend, mit blanker Stirn. Soll ich dir sagen, was hinter dieser Stirn vorgeht? Die Welt verhöhnt mich, stumm.

Es war ja, verstehst du, es war ja auch nur ein verzweifelter Versuch, ein kindischer, natürlich, aber es steckte ja auch Verzweiflung darin, es war ein Versuch, die Wahrheit nicht nur zu beweisen, das habe ich ja doch getan, das ist mir ja doch gelungen, nein, nein, es war ja auch, es war vielmehr ... wie soll ich sagen, ein Versuch ... die Wahrheit auch zu wissen, nein, natürlich nicht, das nicht so, aber sie zu erfahren, nein, auch das nicht, ich meine es anders ... ja, ja: die Wahrheit zu erleben, sie ganz und gar zu spüren, verstehst du, den Raum auszufüllen und die Zeit, keinen Winkel, keine Sekunde auszulassen, ja, und das heißt: sich hinstellen zu können irgendwo unter dem Himmel, auf einen bestimmten Fleck, ihn sich zu eigen zu machen, ihn wahrzunehmen, diesen Fleck, als wäre er die ganze Welt, das Objekt schlechthin, Raum, Zeit, ja, zum Beispiel, sagen wir es doch ruhig: sich auf irgendeinen verlassenen Parkplatz hinzustellen, leer, ganz leer dieser Platz, in dieser Sekunde, in diesem Jahr, und du siehst zum Himmel auf, die Wolken, ja, genauso war es, ein Hauch von Abendkühle, die Dämmerung, eine spiegelnde Pfütze, leer, nichts spiegelt sich darin, kein Auto, mit beschlagenen Scheiben, nein, nichts, nur der erblassende Himmel, ein blasser Widerschein des Lichts, sonst nichts, gar nichts, und du ziehst tief, ganz tief den Atem ein, und läßt ihn wieder ausströmen: Ja, so war es, nichts war, gar nichts, genauso war es an diesem Tag vor einem Jahr, es geht ineinander auf, in dieser Sekunde, und ich erfasse es ganz, das was war wie das was ist, nichts ist geschehen, der Verdacht war falsch, und nun weiß ich die Wahrheit nicht nur, ich habe sie nicht nur bewiesen, nein: ich habe sie erlebt. Ich bin eins mit der Wahrheit. Die Wahrheit, das bin ich. Ich erlebe sie in dieser Sekunde, jetzt. Ich lebe sie. Unzweifelhaft. Die Welt. Und Zeit. Und Ewigkeit.

Nun endlich bin ich ruhig. Endlich.

Ja.

Hoffnungslos, ich weiß es.

Und unnötig, natürlich. Ich hab's ja auch aufgegeben.

Ja. Ich weiß, was du fragen willst. Vielleicht willst du es mir sogar vorhalten. Und du hättest recht. Dein Liebhaber, nicht wahr. Warum dann das alles. Diese Verhöre. Alles ganz sinnlos. Warum das alles.

Es tut mir so leid, Helga. Quälerei, niederträchtige Quälerei um einer ganz hoffnungslosen Sache willen. Ja, die Sache, nicht wahr. Die Sache will's, die Sache will's, mein Herz. O Gott, die Sache.

War es nicht Mord, niederträchtiger Mord, den ich begangen habe an dir?

Wäre es niederträchtiger gewesen, dich in deinem Bett zu ersticken, hätte das niederträchtiger sein können als das, was ich getan habe? Mach aus das Licht, und dann – Mach aus das Licht ...

Helga. Habe ich dich umgebracht?

War ich es, der dich in den Tod getrieben hat? Bist du weggegangen, weil ich dir keine andere Wahl gelassen hätte?

War ich derjenige?

Helga.

Nicht jetzt, Odem, nicht jetzt, bitte. Mein Gott ... Ich wüßte ja nicht, was ich davon zu halten hätte. Nicht jetzt, bitte.

Helga. Hörst du: es tut mir so leid. Nein, nein, um Himmels willen doch nicht so, im Augenblick, in dem ich diesen Satz ausspreche, ich möchte mich im gleichen Augenblick dafür zerreißen, solch ein Gestammel, ein klägliches, ein nichtswürdiges, ungenügendes, lächerliches, ein Meer von Schmerz und Reue und Verzweiflung tobt in mir, und was bringe ich über die Lippen, fünf Wörtlein, ein klägliches Piepen: es tut mir so leid. O Helga, Helga.

Helga. Nicht nur die Sache mit diesem Liebhaber, dem vermeintlichen, nein, auch das, was vorher war. Kannst du mir verzeihen? Der Kuß. Dieser Abschiedskuß. Monatelange Verhöre. Ein hochnotpeinlicher Prozeß. Laß dir ins Auge sehn; schau ins Gesicht mir! Niederträchtige Fragen. Daumenschrauben. Die Streckbank. Auseinander die Glieder. Eine Vergewaltigung, eine fortwährende.

Ja, und der Folterknecht selbst? Er ging hinaus in den Pausen, verließ den Keller und sah sich um. Erholte sich vom Weibe, am Weib. Große Vorbilder, Helga, alte Vorbilder. Betagte Geschichten. Kavaliersdelikte, schon zur Zeit des Alten Bundes. Da sahen die kinder Gottes nach den töchtern der Menschen / wie sie schön waren / vnd namen zu Weibern / welche sie wolten.

Den Satz, den Satz habe ich einfach nicht glauben wollen, als ich ihn wiederfand: Die Kinder Gottes, verstehst du, das sind diejenigen, die sich zu Weibern nehmen, welche sie wollen, verstehst du? Die Kinder Gottes, das sind die Männer. Und der Rest der Menschheit, das sind diejenigen, die zu Weibern genommen werden. Schön, immerhin, das sind sie, Gott sei Dank, aber mehr auch nicht, Gott soll's verhüten.

Ein unglaublicher Satz. Aber es geht weiter. Am Ende haben sie's dann auch dem lieben Gott zu arg getrieben, die Kinder Gottes: Jch wil jnen noch frist geben hundert vnd zwenzig jar. Nun ja, das hat dann auch nichts genutzt, sie haben keinen Gebrauch gemacht von der Galgenfrist, den hundertundzwanzig Jahren, hundert-wanzig habe ich gerade gedacht, entschuldige bitte, und so kam es dann, wie es kommen mußte, die Sindflut, du weißt ja, Noah, und der Kasten aus tennen Holtz, welchen wir Arche nennen, hundert Ellen mal fünzig mal dreißig. Und wie ging es dann weiter, nachdem die Sache sich verlaufen hatte?

Es ging genauso weiter, wie es geendet hatte, natürlich, ja: natür-lich, von Natur wegen ging es so weiter, denn die Töchter der Menschen waren schon wieder schön, und die Kinder Gottes noch immer geil, und nahmen sich zu Weibern, welche sie wollten, und machten auch noch eine Philosophie daraus, verklärten den Mythos, den nackten, veredelten den Trieb des Erkenntnisorgans, mit dem der HERR sie so stattlich und ständig und stößig ausgestattet hatte, pfropften ein Ethos darauf, den Drang zur Erkenntnis, den Furor philosophicus, den Raptus, die Liebe zur Weisheit, warfen das Weib und die Welt in eins, zum Zwecke der Erkenntnis, was bedeutet zum Zwecke der Unterwerfung, das Weib wie die Welt, eins wie das andere, die Kinder Gottes haben es seit jeher so gehalten, und so oblagen sie lustvoll dem permanenten Erkenntnisprozeß, erkannten das Weib, welches davon schwanger wurde, und erkannten in ihm die Welt, welche sich als etwas hartleibiger erwies, und sie betrogen ihre Weiber eins um das andere, und ein um das andere Mal erhoben sie sich vom Erkenntnisakt mit geschwellter Brust und schritten stolz von dannen, und wieso denn auch nicht, denn es handelte sich ja nicht um hier ein Weib und dort ein Weib und ein drittes und ein viertes, sondern jedesmal um das Weib schlechthin, und damit um die Welt, die es zu erkennen galt, sie folgten ja doch einem edlen Trieb, die eigentlichen Menschen, ihrem Erkenntnisdrang, dem gottgewollten, unersättlichen Verlangen, immer wieder hineinzustoßen in die Welt, sie zu packen an ihren Schultern und ihren Titten und an ihrem breiten Arsch, entschuldige bitte, so lange, bis sie eines Tages ganz und gar erkannt ist, ganz und gar unterworfen, alle Weiber dieser Welt und damit die Welt als solche, der Gegenstand des Erkennens, das Objekt der Erkenntnis, das Subiectum, das Daruntergeworfene, in den Staub mit ihm, und wenn das keine Rechtsgrundlage ist, um ein Weib ums andere zu betrügen, was soll dann überhaupt noch eine Rechtsgrundlage sein, o nein, sie haben sie stabil gezimmert, die Kinder Gottes, ihre Rechtsgrundlage, auf der das Weib sich strecken läßt und seine Glieder sich auseinanderziehen und spreizen lassen, von den Folterknechten, den Paschas, den Herren, den Kavalieren, den kleinen Schlitzohren, Schlitzohr, ja, weißt du, was das heißt, Betrüger hat es einmal geheißen, und das hängt damit zusammen, daß man früher den Betrügern die Ohren schlitzte, so waren sie denn auf Anhieb zu unterscheiden, von den ehrlichen Christenmenschen, die richtigen, die bösen Betrüger natürlich nur, diejenigen, die es ums Geld machten, oder ums Ansehen, um die Ehre, und na-tür-lich nicht die kleinen Schlitzohren, die lediglich ein Weib ums andere betrogen, wo wären wir da denn auch hingekommen, stell dir vor, wir wollten all den kleinen Betrügern, die nur mal hier und da und dort und drüben und hüben und oben und unten und hinten und vorn, stell dir vor, wir wollten allen diesen kleinen stinkenden Streunern die Ohren schlitzen, na, das wäre ein Spaß, sie würden ja nur noch mit hochgeklapptem Mantelkragen herumlaufen, nicht nur im Garagenkeller, nein, auch im Büro behielten sie den Mantel an und ließen den Kragen hochgeklappt, sie würden erklären, es sei doch recht frisch heute, und das Fenster sei wohl nicht dicht, es ziehe ihnen auf die Ohren, und einige würden sich wohl auch noch einen Schal um den Kopf binden oder sich eine

Motorradhaube aufsetzen, es zieht wie Hechtsuppe, Teufel, merken Sie das denn nicht?, weil anders sich nicht verbergen ließe, daß ihnen die Ohren in Fransen hingen, o Gott, wär das ein Spaß, nun ja, ich übertreibe vielleicht ein bißchen, meinst du, daß ich übertreibe?

Nun ja, ich bin jetzt vielleicht ein bißchen boshaft geworden.

Ein bißchen boshaft, ja.

Aber ich meine, du kannst es mir glauben, wirklich: ich meine mich selbst ja doch auch, wenn ich so rede.

Ich schließe mich selbst doch nicht aus dabei, aus dieser nichtswürdigen Herrlichkeit.

Wirklich.

Soll ich dir was sagen? Ich frage mich schon die ganze Zeit, wie meine eigenen Ohren wohl aussähen. Vielleicht müßte ich einen Verband tragen, im Büro, und unter Leuten überhaupt, ehrlichen Christenmenschen, meine ich. Na ja. Du weißt es doch. Ich hab dir doch nichts verheimlicht. Hast du eigentlich mal gezählt? Helga. Ja. Ich wollte nur noch sagen, ich bin vielleicht, wollte ich sagen, ein bißchen boshaft geworden, ja. Aber das, was ich da gesagt habe: stimmt es denn nicht, im Grundsatz, meine ich?

Es stimmt doch.

Und es ist ja nicht nur der Mythos, und die Philosophie, und das Recht, was ja schon schlimm genug wäre, nein, es reicht ja viel weiter. Sieh sie dir doch mal an, den Faust, zum Beispiel. Den Don Juan, den natürlich, der springt einem ja förmlich ins Gesicht, mit dem nackten Hintern. Der muß ja wohl ständig mit heruntergelassenen Hosen gegangen sein, von der Idee her, meine ich. Übrigens auch aus bloßen Zeitgründen.

Der Don Juan, ja.

Immer wenn ich das gehört habe, den Strauss meine ich, dieses kurze und so unglaublich intensive Stück Musik, den Don Juan, ich hab das nie hören können, ohne den Mann in mir zu spüren, bis in die Fingerspitzen. Das Kind Gottes, bis in alle Enden meines Körpers.

Ist man nicht so angelegt?

Ist es nicht die Natur?

Hat man nicht erfahren, daß man fähig ist, so zu empfinden, in den Höhen dahinstürmend, Schrei, Jubel, Kraft? Ist man nicht darauf angelegt, alles zu umfassen?

Soll man sein Leben lang im Kerker schmachten?

Helga.

Ich mag den Don Juan nicht mehr.

Ich werde ihn nie mehr anhören. Ich sage mich los von ihm. Ja. Es ist mir Ernst damit. Weißt du, warum?

Helga, ich glaube, daß du mir treu gewesen bist, vom ersten Tag unserer Ehe an. Bis zu dem Tag, an dem du weggegangen bist. Das soll jetzt nicht heißen, daß du mir an diesem Tag die Treue gebrochen hättest. Nein, nein.

Obwohl ich, ja, ich will es dir gestehen, obwohl ich lange unter der Vorstellung gelitten habe, daß du mich ja allein gelassen hast, im Stich gelassen hast, als du weggingst. Das meine ich jetzt nicht. Nein. Ich will sagen: Ich glaube, daß du mir nie mit einem anderen die Treue gebrochen hast. Daß du dich nie einem anderen hingegeben, dich ihm ausgeliefert, mich ihm ausgeliefert, dich mir entzogen hast um eines anderen willen. Wie du warst, wie du bist, nicht wahr. Das weiß niemand. Das ahnt keiner.

Ich habe viel gelernt. Etwas ungeheuer Wichtiges, Helga.

Ich weiß jetzt, im Augenblick, in dem ich sage: ich glaube, daß du mir treu gewesen bist, ich spüre in dem gleichen Augenblick, ich fühle, begreife, weiß es jetzt, was Treue bedeutet. Was sie mir bedeutet. Was sie dem Menschen bedeutet, dem sie erwiesen wird. Denn Untreue, das liefert dich aus, macht dich zum Spielball, raubt dir alle Gewißheit, die der Mensch braucht, um leben zu können. Wenn der Mensch, den du liebst, dir untreu ist: das stößt dich in Abgründe, aus denen kein Entkommen ist, du magst klettern und greifen und schreien und nach einem Halt suchen, es nutzt dir nichts, du gleitest nur immer tiefer hinab. Hohngelächter, von hoch oben. Ja. So ist das. Die Treue aber, das wollte ich damit sagen, Treue, wenn der Mensch, den du liebst, sie dir hält: das ist ein geradezu unfaßbares, es ist das köstlichste

Geschenk, das du dir wünschen kannst. Das ist ein Anker, der dich hält, wenn alle anderen reißen. Das ist die Bestätigung, sie ist auf keinem anderen Wege zu erlangen, die Bestätigung, daß du ein Mensch bist, der das Leben wert ist. Treue, das macht dich stolz, das macht dich selbstbewußt, das macht dich unangreifbar. Treue: Etwas Besseres kannst du nicht erfahren in einem Menschenleben.

Du darfst jetzt nicht wieder glauben, ich sei vielleicht doch zu den Mythen zurückgekehrt, eine Einkehr ohne Einsicht, blinder Glaube, Zuflucht. Nein, nein. Ich hab' das nachgelesen, natürlich. DARUMB WIRD EIN MENSCH VATER VND MUTTER LASSEN / VND AN SEINEM WEIBE HANGEN / VND WERDEN DIE ZWEY EIN FLEISCH SEIN / So sind sie nu nicht Zwey / sondern ein Fleisch. Was nu Gott zusamen gefüget hat / das sol der Mensch nicht scheiden. So steht's da, bei Matthäus. Ich hab's natürlich nachgelesen.

Aber da steht auch noch mehr, und da steht so viel, daß ich damit nichts zu tun haben möchte, nein, nein. Der Jesus, den die Pharisäer versuchen wollten, der Jesus hat diesen so unerschütterlich klingenden Sätzen ja auch noch ein paar andere folgen lassen. Er hat wortwörtlich gesagt, ja, ja, ich weiß, die Schriftgelehrten könnten das sicher interpretieren, fragte ich sie, aber ich frage sie nicht, ich halte mich an das, was da steht, und da steht wortwörtlich: Jch sage aber euch / Wer sich von seinem Weibe scheidet (Es sey denn vmb der Hurerey willen) vnd freiet ein andere / Der bricht die Ehe ...

War war das? Es sei denn, um der Hurerei willen? Hurerei ist nicht gar so schlimm? Hurerei kein Ehebruch? Verstehe ich das richtig? Habe ich richtig gelesen? Es sieht so aus. So steht es da. Und die Jünger übrigens, sie sind an dieser Stelle gar nicht zufrieden mit dem Meister. Sie murren. Warum wohl? Nun, ganz einfach: Denen langt offenbar die Exemtion bei weitem nicht. Nur die Hurerei soll als Kavaliersdelikt durchgehen, Teufel? Nein, nein, sie murren: DA sprachen die Jünger zu jm / Stehet die sache eines Mannes mit seinem Weibe also / so ists nicht gut ehelich werden.

Weiß Gott nicht. Die Sache ist verdammt unbequem. Und deshalb, denke ich, will Jesus es ihnen ja auch nicht allzu schwer machen.

Verstehst du? Das Objekt soll nur ein wenig eingegrenzt werden. Sie haben's schon wieder allzu toll getrieben im permanenten Erkenntnisprozeß, die Kinder Gottes, sie sollen ein wenig gedämpft werden in ihrem Furor philosophicus, sie werden auf ein bestimmtes Weib, das eheliche verwiesen, mit strengem Finger, damit die Aufzucht, vermute ich, nicht gefährdet werde, oder um Mord und Totschlag unter den Kavalieren ein wenig einzudämmen und an den Weibern. Aber allzu scharf wird das Objekt nun auch wieder nicht eingegrenzt, dem Erkenntnisorgan werden nicht sämtliche Löcher, außer einem verstopft, an denen es in die Welt erkennend einzudringen pflegte. Nein, die Nebeneingänge bleiben geöffnet. Niemand darf die Ehe brechen! (pst: es sei denn, um der Hurerei willen). Fluchtwege für die Kavaliere. Was, sie hat sich vor mir hingelegt und will sich jetzt beklagen, daß ich mich davonhebe? Daß ich nicht lache. Die kleine Hure.

Hure: das Objekt in seiner reinsten Form. Nicht Mensch: nur noch Gegenstand des Erkennens, des Beschlafens. Nur noch Einlaß in die Welt. Ein Loch nur noch, behaart.

Helga.

Ich finde das alles ganz unerträglich.

Ich schäme mich.

Helga.

Ich will treu sein.

Helga: Ich will Annegret das Geschenk der Treue machen, das ich dir nicht gewährt habe.

Nun ist es gesagt.

Ich hab mich darum herumgedrückt, seit ich hier angekommen bin. Ich hab mich drum herumgedrückt von dem Augenblick an, da ich dir etwas erzählte vom Sonnenaufgang und vom Sonnenuntergang und vom Wetter. Sonnenuntergang, ja.

Sie haben mich vergessen, Helga. Sie haben mich nicht bemerkt. Ich brauchte mich gar nicht zu verbergen. Ich hatte es vergessen. Das Gittertor ist schon lange verriegelt. Gut so. Ich will die Nacht bei dir verbringen.

Ich will dir alles erklären, immer wieder. Ich will dein Verständnis erlangen, nein, deine Verzeihung für das, was ich dir antue.

Helga. Ich möchte dich bitten, mir zu verzeihen.

Verstehst du mich?

Es ist mir so bitter. Es ist mir so gottverdammt bitter. Ich habe dir die Treue gebrochen und habe dich in die Verzweiflung getrieben, in Abgründe hinab, und nun schenke ich das, was ich dir vorenthalten habe, der anderen. Ich schenke es der, mit der ich dich betrogen habe.

Ja, betrogen. Ich habe viel gelernt. Helga. Es genügt nicht, nichts zu verheimlichen. Du hast recht gehabt. Es ist nicht die Wahrheit, die dabei herauskommt. Wahrheit, das ist der ganze Mensch, uneingeschränkt, ohne Vorbehalte, Exklaven. Und die Wahrheit wird getrübt, sie löst sich auf, sie geht verloren, wenn der Mensch sich nicht ganz überantwortet. Es geht nicht anders. Man kann einen Menschen nicht wahrhaftig lieben, ohne ihm auch treu zu sein.

Ich will Annegret treu sein.

Ich will ihr glauben, daß sie mir treu ist. Ich will ihr vertrauen, so wie sie mir vertrauen soll, ganz unerschütterlich. Ich will sie lieben, wahrhaftig.

Ich will mit ihr nicht unter der Versicherung eines Gesetzes leben, das ihr wie mir gebietet: Du sollst nicht ehebrechen. Ich will ihr freiwillig treu sein, nicht aus Gesetzesfurcht. Ich will ihr dieses unbezahlbare Geschenk machen. Und sie soll es mir machen, ein Geschenk, freiwillig. Ich will ihr glauben, daß sie mir die Treue hält. Ich will ihr vertrauen. Ich will ein Mensch sein zu ihr, und sie soll Mensch sein für mich, nicht Männin, Gehilfin, Gegenstand des Erkennens, nein: Mensch wie ich. Ich will sie lieben, wahrhaftig.

Es ist mir so gottverdammt bitter.

Du hast es mir leichtgemacht, weißt du das?

Es ist schrecklich, es auszusprechen, aber du hast es mir leichtgemacht. Ich kann ihr ja mit dir nicht mehr die Treue brechen, nicht wahr? Ich muß dich ja nicht verlassen, um sie heiraten und ihr treu sein zu können. Du hast doch mich verlassen, und nun, ich bin ja frei, nicht wahr? Hier bin ich, unter dem dunklen Himmel, frei, ganz ungebunden, ich kann mich ihr überantworten. Ganz und gar. Ich kann, ich muß nicht mehr dich lieben, ich kann es ja gar nicht mehr, du hast mich ja verlassen, es gibt dich ja nicht mehr, frei bin ich, ihr treu zu sein bis in den Tod, o Helga, Helga, du hast es mir so leichtgemacht, so einfach, so gottverdammt einfach gemacht, Helga. Helga. Mein Schatz. Mein armer Schatz.

Helga.

Warum hast du mir's so gottverdammt schwergemacht?

Helga?

Bäume, Büsche. Dunkler Himmel. Nichts mehr. Wolken nur noch schwärzliche Streifen. Nichts mehr. Kein rötlicher Abglanz. Nicht blasser Widerschein des Lichts. Pfütze. Stumpf. Straßen. Kein Schimmer mehr. Stumpf. Parkplatz. Abendkühle. Stumpfe Nacht. Das Dunkel. Stumpf. Kein Hauch. Kein Regentropfen. Nichts.

Warum hast du mir's so schwergemacht?

Ich stehe jetzt einmal auf. Ich werde ein paar Schritte hin und her gehen. Ich entferne mich ja nicht von dir. Ich bleibe dir ja so nah, als ob ich hier sitzenbliebe. Ich kann ja auch an das Grab herangehen, ganz dicht.

Es ist gut, daß sie mich vergessen haben. Daß sie mich nicht bemerkt haben, ist es nicht gut? Ich hatte es ganz vergessen, mich zu verbergen. Sie hätten mich gefunden, wenn sie den Friedhof abgegangen wären. Aber sie haben nur die Glocke geläutet. Ich hätte mich ja nicht weigern können. Ich hätte ja gehen müssen, wenn sie mich dazu aufgefordert hätten.

Ich wäre zurückgekehrt, natürlich. Nach Mitternacht, vielleicht. Vielleicht betrunken. Schrecklich, nicht wahr? Ja, es wäre ganz schrecklich gewesen. An das Gittertor hätte ich mich gestellt. Ich hätte mein Gesicht zwischen die kalten Stäbe gezwängt, ich hätte sie mit beiden Händen gepackt, und ihre Kälte hätte mir in die Hände gestochen und in die Wangen. Ich hätte tränenblind in das stumpfe Dunkel gestarrt, dort, dort zwischen den Bäumen, diese Gruppe da ist es, ja, o gottverfluchte dicke Stämme, sind sie es überhaupt? Nur drei, vier verkrüppelte Flecke, in denen das Dunkel noch dichter geronnen ist, aber ja, das müssen sie sein, und dazwischen, dazwischen, wenn ich nur hindurchblicken könnte, es muß doch da das Grab sein, das Licht, ich müßte es doch sehen, nur einmal, einmal ein Flackern, das Aufflackern in dem roten Glas, ich hab's doch aufgestellt, es kann doch noch nicht leergebrannt sein, der Regen? Nein, der Regen doch nicht, es hat überhaupt nicht mehr geregnet, seit sie mich vertrieben haben, oder doch? Dieses Licht sehen, wenigstens ein Wink, Hauch, ein Flackern, Welt, schwarze, stille, abhanden gekommen, verloren, verloren.

Es wäre schrecklich gewesen. Aber ich bin ja hier. Sie haben mich ja nicht entdeckt. Sie haben mich ja nicht vertreiben können.

Ich bin ja hier.

Kein Gitter.

Ich sehe das Licht ja. Mir zu Füßen. Still. Flamme im rötlichen Glas. Ganz still. Ich bin ja hier. Es wäre schrecklich gewesen. Dieses Gitter. Kalt, kalt. Und das Dunkel, stumpf. Es wäre so schrecklich gewesen. Nicht doch. Nicht doch. Keine Tränen. Ich bin ja hier. Ich könnte ja doch. Ja, ich könnte es. Kein Gitter, das mich hinderte. Sie haben mich ja nicht vertreiben, sie haben mich ja nicht aussperren können. Hier bin ich. Ich bin ja hier. Und ich könnte es, jetzt, in dieser Sekunde.

Ich könnte mich auf dieses Grab werfen.

Ja.

Ja, ja, ja.

Ich könnte meine Hände in die kalte Erde schlagen, meine Fußspitzen, sie hineinschlagen, immer wieder, bis sie tief darin steckten, bis sie die Schwere dieser Erde spüren, feucht und kalt, bis die Erde sie festhält, meine Füße in sich einsaugt, sie nicht mehr loslassen will, meine Hände könnte ich zu Klauen spreizen, sie tief, tief hineinschlagen, hineingraben in diese Erde, kalt, kalt und feucht, und schwer, lastend schwer, ich könnte die sieben Fuß verkürzen, die zwischen mir liegen und der Kammer da unten, ich könnte mein Gesicht tief hineinpressen in die kalte feuchte Erde, und ich könnte es hin und her wenden, hin und her, als wäre ich von Sinnen, ich könnte mit meiner Stirn, tief hineingepreßt die Stirn in die Erde und hin und her und her und hin, ich könnte diese kalte Erde bewegen mit meiner Stirn und mit meiner Nase, und ich könnte schreien, laut schreien in die Erde hinein, Eli, Eli, und die kalte Erde dränge ein in meinen Mund und drängte sich hinein in meinen Schrei, und ich schriee es, schriee es in die Erde hinein, Helga, Helga, immer wieder, ich schriee es, Helga, Helga!

Helga. Helga.

Warum hast du mich verlassen?

38

Dienstag, 17. Januar, 15.30

Annegret schläft.

Sie war ein bißchen erschöpft. Die Trauung, um halb elf heute morgen, natürlich hat es sie aufgeregt. Sie hat wohl auch in der vergangenen Nacht nicht viel geschlafen. Und nach der Trauung das Frühstück, mit der Familie und ein paar Freunden. Ich hatte bei der Auswahl besonders darauf geachtet, daß alles leicht war. Aber natürlich summiert es sich dann doch. Annegret hat für ihre Verhältnisse wohl auch ein bißchen viel getrunken. Ja, wie damals, an diesem Samstagnachmittag, dem blaugoldenen.

Als wir hier ankamen, war sie, nun ja, sie war das, was man selig nennt. Träge, kleine Stimme. Augen, die nicht mehr ganz fest im Kopf standen. Lächeln, viele kleine Lacher, ein paar Versprecher, und jedesmal sofort ein Lacher hinterher, die Finger auf die Lippen. Träge Bewegungen. Nach einem Halt suchend. Anschmiegsam. Zärtlich.

Sie war wohl ein bißchen enttäuscht, daß ich mich nicht mit ihr hinlegte. Wir haben in der Tat noch viel Zeit. Um sechs wollen wir zum Mütterchen fahren und sie zum Abendessen abholen. Die Reise treten wir erst morgen an.

Aber ich wollte das hier zu Papier bringen. Ungestört. Sie schlummert selig. Ich will das zu Papier bringen, und dann will ich es ablegen. Weg damit. Vielleicht werde ich danach noch zu ihr kriechen.

Ich kann nicht sagen, daß die Trauung mich nicht angerührt hätte. Man mag auch noch so sehr davon überzeugt sein, daß es sich um eine bloße Formalität handelt, der Leute wegen, genauer gesagt: Annegrets Familie wegen, des Mütterchens wegen, nun ja, auch unseres Hauses wegen, aber doch nur eine Formalität, die nichts, absolut nichts besagt über die Einstellung, mit der man eine solche Lebensgemeinschaft aufnimmt – man kann sich dennoch dem Eindruck der Handlung kaum entziehen.

Die Gesellschaft gibt ihren Segen, sozusagen. Und es rührt, man mag von der Gesellschaft halten, was man will, es rührt einen an. Es ist übrigens ja nicht der bloße Segen, es ist ja mehr: die Gesellschaft schließt sich um das Paar zusammen und faßt zu, in aller Freundschaft, und hebt das Paar über sich hinaus, für einen Tag. Sie läßt es hochleben. Sehr eigenartig. Aber so, daß man sich dagegen wirklich nur mit Mühe verschließen könnte. Warum auch.

Ich habe versucht, mich an meine Trauung mit Helga zu erinnern. Aber es gibt da wohl nur wenige Parallelen. Es kann auch daran liegen, daß ich einfach zu wenig an Erinnerung bewahrt habe. Mein Gott, ich war ein junger Mann, damals. Ich war aufgeregt. Ich bin dorthin gegangen wie ein Kind zur Bescherung, blind und taub. Ich war so fixiert auf dieses Ereignis, daß ich am Ende nichts mehr davon wahrnahm. Ich wußte auf die einfachsten Fragen keine Antwort. Das Ja, nun gut, das Ja-Wort habe ich prompt herausgebracht. Aber das war wohl mehr ein Reflex.

Man wußte ja, daß diese Frage kommen würde, man hatte in den Tagen und Wochen vorher immer wieder daran gedacht, immer wieder war es einem siedendheiß eingefallen, und immer wieder hatte man die Antwort gegeben, in Gedanken. Mit stumm sich bewegenden Lippen. Mit einem verstohlenen Lächeln. Und die Brust hatte sich dabei spürbar geweitet.

Stolz war ich, ja, unbändig stolz am Tag der Trauung. Das weiß ich noch. Ich habe diese Frau, meine Frau, heimgeführt wie ... nun ja, ich will mir selbst nicht Unrecht tun. Aber es wäre so falsch nicht, wenn ich sagte: ich habe sie heimgeführt wie eine Beute. Nein, das wohl doch nicht. Aber ich habe sie, und da bin ich nun ganz sicher, ich habe sie vom Ort der feierlichen Handlung mitgenommen wie eine Art von Reifediplom. Ja, das war es.

Ich erinnere mich jetzt daran, daß zuvor leichte Spannungen aufgetreten waren im Verhältnis zu Altersgenossen, Freunden, die früher geheiratet hatten. Übrigens geheiratet hatten einige davon, noch bevor ich mit Helga einig war und sie als meine

Braut, gewissermaßen, vorweisen konnte. Die Spannungen entluden sich knisternd und kitzelnd, indem die verheirateten Freunde mich allzuoft freundlich fragten, wie es denn gehe und stehe, und was die Liebe mache, und das natürlich mit der nicht zu überhörenden hämischen Unterstellung, ich masturbierte wohl Tag und Nacht.

Ich hingegen hatte keine Gelegenheit eines abendlichen Besuchs bei einem der jungen Paare ausgelassen, in den Dachgeschossen, ohne mich gegen zehn oder auch elf mit dem beiläufigen Bemerken zu erheben, ich müsse nun aber wirklich gehen, ich wolle noch in die Stadt, man erwarte mich an einem Ort, an dem noch mächtig was los sei, und natürlich verweigerte ich dem Freund, diesem Ehemann, der mich zur Tür brachte und begierig flüsternd erfragen wollte, wohin ich denn noch ginge, ich verweigerte ihm lächelnd die Auskunft. Und ging und schweifte umher durch die Nacht und trottete nach Hause und nahm mir ein Buch und schlief darüber ein. Oder masturbierte.

Nun gut. Das alles war jedenfalls erledigt in dem Augenblick, in dem ich Helga mein eigen nennen durfte. Ich war unbändig stolz, und die Freunde, die Ehemänner, sie schlugen mir auf die Schulter, und hinfort fragte ich die anderen, die noch Übriggebliebenen, die Unverheirateten, wie es denn gehe und stehe.

Ja. Köstliche Erinnerung.

Ich schweife ab.

Nein, das doch noch: War ich nicht stolz, heute? Unbändig stolz auch heute?

Natürlich war ich stolz. Unbändig? Nein, wohl doch nicht. Ich weiß nicht. Nun, ich will mir nichts vormachen: Ich war schon sehr sehr stolz an der Seite dieser jungen Frau. Und sie hat nun wirklich auch nichts unterlassen von dem, was mich stolz machen konnte, stolz machen mußte, aber natürlich doch: stolz machen mußte.

Ein strahlendes Lächeln zur Begrüßung, vor aller Welt. Ein inniger, inniger Kuß. Die Augen kaum einmal zur Seite gewandt. Immer wieder eine Berührung. An der Schulter, an der Hand. Vor mir stehend, dicht vor mir, den Blick gesenkt, lächelnd, auf meine Brust, und eine Hand hebend, sie berührt meine Krawatte, und dann steigt die Hand flüchtig höher und ein zärtlicher Finger streift flüchtig meinen Hals, vor aller Augen.

Und an der Tafel. Ein Glas um das andere mit mir, und ein um das andere Mal ein tiefer Blick, über den Rand des Glases, in meine Augen, und ein Lächeln, und die Hand auf meinen Haaren, flüchtig, und sich wieder hebend und sich senkend, um meine Hand zu fassen unter dem Tisch.

Stolz? Unbändig stolz, natürlich. Diese Leute alle müssen ja doch geglaubt haben, ich sei der wiedererstandene Don Juan, nein, nein, das ja nun nicht, das ja nun gerade nicht.

Sie müssen geglaubt haben, diese Leute, ich sei ein Ausbund von Mann. Ein Unvergleichlicher. Ein Einziger. Ja doch, das müssen sie geglaubt haben.

Sie sollten es jedenfalls geglaubt haben.

Kann irgend jemand da sich einem anderen Gedanken hingegeben haben?

Hatte er Anlaß dazu? Welchen?

Stolz also. Ja doch: Unbändiger Stolz. Wegen eines Reifediploms? Natürlich nicht, in meinen Jahren. Aber eine Art von Diplom war es, das ich am Ende zu meinem Auto führte, dem ich die Tür öffnete, unter aller Augen, *nein, nein, wir stürzten nicht auf die Sitze, von hüben und drüben, wir schlugen die Türen nicht zu, hüben und drüben, o Dunkel der Nacht, nein, nein, wir hatten noch viel Atem,* ich ließ sie einsteigen, half ihr, sie war so selig, die Augen schwammen, ich ging um das Auto herum, stieg ein, und wir fuhren los, unter aller Augen, und alle Welt applaudierte und lachte fröhlich und winkte hinter uns her.

Was wollte ich sagen? Ja, so: es war eine Art von Diplom, was ich da mit mir führte. Nach Hause führte. Heimführte.

Es war das Diplom meiner ungebrochenen Männlichkeit.

Ist das falsch? Tue ich mir damit unrecht? Tue ich ihr unrecht? Tue ich aller Welt unrecht? Nein. Genauso war es. Alle Welt hat es genauso verstanden. Alle Welt sollte es jedenfalls genauso verstanden haben. Gab es irgendeinen Anlaß, es anders zu verstehen? *Dunkel der Nacht.* Doch wohl nicht.

Nun gut.

Sei gepriesen, o Dunkel der Nacht.

Nun gut. Was wollte ich sagen?

Ach ja. Das wollte ich sagen: mehr weiß ich nicht an Parallelen, an Vergleichen mit meiner ersten Trauung. Ich sagte schon, daß ich nur noch wenige Erinnerungen daran habe, weil ich ja doch ein junger Mann gewesen sei, sehr aufgeregt, und zu fixiert auf das Ereignis, als daß ich es hätte noch wahrnehmen können. Da ist sicher etwas Wahres dran.

Aber vielleicht liegt die Ursache noch viel mehr darin, daß Helga mich verlassen hat.

Ich sehe sie nicht mehr vor Augen. Sie hat sich mir entzogen. So vieles ist blaß geworden. Hätte sie mich nicht verlassen, ich erinnerte mich wahrscheinlich an vieles mehr.

Nun gut. Nun gut.

Ach ja. Das war es ja. Es ist ärgerlich, ich bin leider sehr unkonzentriert. Der Wein, wahrscheinlich, und der Champagner. Das war es ja, worauf ich die ganze Zeit schon hinauswollte: Es gibt doch zu erhebliche Unterschiede zwischen Annegrets Familie und Helgas Familie, als daß sich diese beiden Ereignisse vergleichen ließen. Die Teilnehmerschaft prägt ja doch ein solches Ereignis. Ja, doch. Aber vielleicht läßt sich gerade daraus ein Vergleich ziehen?

Es fehlten heute einige, wie soll ich sagen, einige der farbigen Charaktere, an denen Helgas Familie keinen Mangel leidet. Ich will damit nicht sagen, daß solche Charaktere unbedingt zur Verschönerung eines Festes beitragen, aber sie verleihen ihm, oft jedenfalls, den unverwechselbaren Zug, und auch den Reiz, ganz ohne Zweifel. Die Personen der Handlung waren heute anders.

Niemand betrank sich. Es brach niemand mit dem Stuhl zusammen, so daß man ihn hätte unter dem Tischtuch und dem Mousse au chocolat wieder hervorgraben müssen. Es kam auch nicht zu lauten Wortwechseln, nicht einmal in der Garderobe. Und es gab keinen einzigen Anfall von Weltschmerz, lautes Schluchzen etwa, das die Unterhaltung bei Tisch beeinträchtigt hätte.

Das einzige Original, um es einmal so zu nennen, war der Onkel heute, ein jüngerer Bruder des Mütterchens, der zweimal versuchte, die Geschichte von der Hochzeit zu Kana zu erzählen. Er tat das aber auch nur zweimal.

Außer dem Onkel stachen lediglich zwei Personen aus der Gesellschaft hervor.

Die eine war eine Cousine Annegrets, wesentlich älter, aber keineswegs alt, Anfang vierzig vielleicht, geschieden, was mich nicht wundert. Ich will nicht bösartig sein, überhaupt nicht, aber es fiel mir, als ich dieser Frau vorgestellt wurde, ich hatte sie nie zuvor gesehen, es fiel mir das wieder ein, was ich gelegentlich gedacht habe bei der Begegnung mit einem bestimmten Typ von Frau. Ich habe es nie ausgesprochen, nie niedergeschrieben, ich tue es dieses Mal, mit allem gebotenem Vorbehalt: sie trägt die Scheide im Gesicht.

Es gibt ja diesen Typ von Frau. Sie springt einen an, mit den Augen, mit einem Lachen, das sofort zur Stelle ist, beim allerersten Anlaß, Zähne, Zunge. Der Hals, wenn der Kopf sich im Lachen bewegt. Mit jedem Muskel, der sich rührt. Schultern, Brust, Hüften, Gesäß, die Schenkel: das bewegt sich ineinander, miteinander, verschiebt sich gegeneinander in einem fließenden Prozeß, unter einem Gesetz, das man nicht begreift, das einem aber auf der Stelle einleuchtet: ja, so muß es sein.

Mir fällt, mein Gott, aber genau das ist es ja, mir fällt plötzlich der Gliedermann ein. Aber ja, das ist es: das Fehlen von Bewußtsein, von Reflexion. Und deshalb: Grazie. Grazie? Ich weiß nicht. Vitalität jedenfalls. Das nackte, nicht von dem Anflug eines Gedankens gehemmte, das nicht im geringsten verunstaltete, das nackte Leben. Kein Feigenblatt.

Diese Frau ist nie vor einem Spiegel gestanden, um eine Bewegung einzustudieren. Sie hat niemals einen Effekt eingeübt, weil sie ihn ausüben wollte. Sie übt ihre Effekte aus, einfach so, ohne den Schatten einer Überlegung. Das kommt alles von innen, aus einem unergründlichen, unbegreiflichen Zentrum. Schwerpunkt, ja, und die natürlichen, sanften Kurven, in denen er die Glieder sich bewegen läßt. Das nackte Leben.

Ich will mir, das vorausgeschickt, weiß Gott nichts darauf zugute halten, daß diese Frau mich in einer geradezu herausfordernden Weise poussiert hat. Aber sie hat es getan, ganz unmißverständlich. Es war nicht ohne Reiz. Sehr amüsant. Ich kann mich nur wundern, daß Annegret keinen Anstoß daran nahm. Wenn diese Frau mir Komplimente machte, herausfordernde, ja doch, ich irre mich nicht, sie waren herausfordernd, und ob sie mir Blicke schickte, oder ein Lachen, den Hals bewegend: Annegret war immer nur glücklich. Sie lachte mit, streichelte meinen Nacken, sah mich an, und empfand ganz offensichtlich nichts anderes als Stolz, Stolz darüber, daß auch eine andere Frau mich begehrenswert fand. Nun ja.

Das Mütterchen hat gemerkt, was los war, der kleine Drachen. Sie hat einmal sogar in höchstem Unwillen ihr Besteck auf den Teller fallen lassen, der Onkel fuhr zusammen und fragte: Was hast du denn, Sabine? Das Mütterchen hat ihr Besteck wieder aufgenommen und den Onkel angefahren: Frag nicht so dumm, iß lieber, und der Onkel aß wieder.

Nun gut. Was wollte ich sagen? Ja.

Die andere Person, die zweite, von dem Onkel einmal abgesehen, die aus der Gesellschaft hervorstach: Ein Cousin Annegrets.

Ein Cousin irgendeines höheren Grades. Entfernt.

Arzt.

Ein, zwei Jahre älter vielleicht als sie. Ohne Frau erschienen. Sie bringt ein Kind zur Welt. Vielleicht hat sie's mitterweile schon gebracht.

Arzt in einer Klinik. Er hatte sich den Vormittag freigenommen. Mußte aber früher aufbrechen. Kurz vor zwei schon.

Die Patienten. Er wollte wohl auch noch nach seiner Frau sehen. Sie liegt in der Klinik nebenan.

Etwas über Mittelgröße. Schwarzhaarig. Blauwangig, obwohl scharf ausrasiert. Wahrscheinlich schwarzbehaarte Brust. Kräftig. Feste Hände. Sehr blaue Augen.

Ich habe diesen Menschen heute zum erstenmal gesehen. Ich wußte gar nicht, daß es ihn gab. Nie etwas von ihm gehört.

Ein Schwadroneur. Na, das ist vielleicht ein bißchen hart. Ein Causeur. Neigt sich hierhin, neigt sich dorthin an der Tafel. Gutgeschnittener dunkelblauer Anzug. Breite Schultern.

Vermag von einer Sekunde zur anderen sein Gesicht mit Ernst zu überziehen. Reagiert ohne erkennbaren Unwillen auf medizinische Fragen, die ihm gestellt werden. Gibt sich anscheinend Mühe, einem Laien das Problem zu erklären.

Ich will jetzt damit zu Ende kommen. Ich will das endlich abschließen. Ich könnte jetzt noch zu Annegret kriechen.

Ja, nur das noch, auch das war nicht uninteressant zu beobachten. Sehr amüsant: Die Cousine hat auf diesen Mann nicht im geringsten angesprochen. Man sollte doch meinen, nicht wahr. Nichts. Sie hat ihn begrüßt, ja. Aber danach hat sie ihn ganz gleichgültig behandelt. Nicht behandelt, vielmehr.

An der Verwandtschaft kann's nicht liegen. Sie sind eher noch weiter auseinander als Annegret und dieser Cousin. Außerdem wäre das der Cousine egal. Nein, nein. Wahrscheinlich ist er ihr zu sehr durchdrungen von seiner Männlichkeit. Es könnte sein, daß sie solche Kerle albern findet. Es könnte sein, daß sie sich über ihn amüsiert. Er findet sich unwiderstehlich, nicht wahr? Und vielleicht hat er eben deshalb nicht den Hauch einer Chance bei ihr.

Ich will das jetzt beenden. Auf der Stelle. Vielleicht schlägt sie die Augen auf, wenn ich jetzt zu ihr krieche, vielleicht seufzt sie, glücklich, schlaftrunken, und schließt mich in ihre Arme?

Der Cousin verabschiedete sich kurz vor zwei von mir. Annegret stand zu dieser Zeit vier oder fünf Plätze weiter, sie war zu Erika gegangen und sprach mit ihr. Der Cousin ging zu ihr, um sich zu verabschieden.

Sie standen voreinander. Annegret legte die Hand auf seine Schulter. Ich hörte, was sie sagte: Ich bring' dich noch raus. Sie gingen gemeinsam zur Tür.

Es war ein Zufall. Ich hatte den Geschäftsführer gebeten, mir die Rechnung nicht zu spät vorlegen zu lassen. Ich wollte nicht während des allgemeinen Aufbruchs damit zu tun haben. Der Oberkellner kam zu mir, als Annegret und der Cousin den Raum verlassen hatten, eine, höchstens zwei Minuten später. Der Oberkellner sagte mir, die Rechnung liege bereit.

Ich ging hinaus. Ich griff in meine Brusttasche. Ich fand mein Scheckbuch nicht. Ich dachte, ich hätte es vielleicht irrtümlich in den Mantel gesteckt.

Ich ging zur Garderobe.

Ich schreibe es ungern nieder.

Sehr ungern.

Aber es ist die Wahrheit.

Es ist die Wahrheit:

Ich habe eine merkwürdige Beobachtung gemacht.

Hans Werner Kettenbach im Diogenes Verlag

Schmatz oder Die Sackgasse

Roman. detebe 21732

Uli Wehmeier, Texter in einer Werbeagentur, gerät – scheinbar unaufhaltsam – in eine bedrohliche Lage, seine Existenz ist in Frage gestellt. Zu der Krise in seiner Ehe kommen Probleme bei der Arbeit: durch die Schikanen des neuen Creative Directors Nowakowski fühlt er sich immer stärker eingeengt und abgewürgt. Wehmeier, dessen Phantasie sich in der Werbung sowohl für Hundefutter wie für den Spitzenkandidaten einer politischen Partei bewährt, reagiert auf seine Art, er spielt mit dem Gedanken an einen Mord.

»Schon lange hat niemand mehr – zumindest in der deutschen Literatur – so erbarmungslos und so unterhaltsam zugleich den Zustand unserer Welt beschrieben. *Schmatz* – ein literarisches Ereignis.« *Die Zeit*

Minnie oder Ein Fall von Geringfügigkeit

Roman. detebe 21218

Es sollte eine Urlaubsreise werden. Die Geschäfte in Nashville waren abgeschlossen, nun wollte Wolfgang Lauterbach ausspannen, eine Woche lang ohne Terminkalender durch den Süden der USA bummeln. Aber in dem Motel am Highway gerät er in eine rätselhafte Geschichte, von der er nur eines begreift: Leute, die er nie zuvor gesehen hat, trachten ihm nach dem Leben, sie verfolgen ihn durch Tennessee und Georgia.

»Ein Thriller, den man nach der Lektüre nicht so leicht vergessen wird. *Minnie oder Ein Fall von Geringfügigkeit* kann getrost mit den besten Romanen der Schweden Sjöwall/Wahlhöö, des Engländers Jack Beeching oder des rebellischen Südafrikaners Wessel Eberson verglichen werden.« *Plärrer, Nürnberg*

»Ein Glücksfall – Hans Werner Kettenbach auf der Höhe seiner Kunst.« *Die Zeit, Hamburg*

Hinter dem Horizont

Eine New Yorker Liebesgeschichte
detebe 21452

In Manhattan begegnen sich die Amerikanerin Nancy Ferencz und der Deutsche Frank Wagner. Nancy fühlt sich angezogen und zugleich irritiert von diesem Europäer, der sich für New York begeistert und den Atlantik überquert hat wie einst Millionen von Einwanderern: in der Hoffnung, den Horizont der alten Welt hinter sich zu lassen und endlich das Zentrum des Lebens zu finden.

»Natürlich gibt es heute wie früher Journalisten, die sich aufs Erzählen verstehn: H. W. Kettenbach beispielsweise mit seinem Liebesroman *Hinter dem Horizont.*« *Süddeutsche Zeitung, München*

Sterbetage

Roman. detebe 21644

»Es gilt eine Geschichte von hoher erzählerischer Qualität vorzustellen: Kettenbach entfaltet in behutsamer Weise das Ereignis einer ›unmöglichen Liebe‹ zwischen einer jungen Frau und einem alternden Mann. Alles in dieser Geschichte ist unauffällig, passiert ohne große Worte. Kettenbach erzählt in einer eigenartigen Mischung von Sprödigkeit und Zartheit, von Humor und Melancholie, aber immer auf erregende Art glaubwürdig. In diesem Buch, das sich so wenig ambitiös gebärdet, steckt viel: Es ist ein Buch über die Trauer des Alterns, ein Buch über das Sterben, aber in erster Linie doch wohl ein Buch über das Lieben in einer Zeit, die das große Gefühl verbietet, auch wenn sie von Toleranz und Freiheit spricht. Und daß Liebe Fesseln sprengt, lehrt diese Begebenheit einer ›unmöglichen Beziehung‹.« *Neue Zürcher Zeitung*

Der Pascha

Roman. detebe 21493

»Obwohl der Autor auch dieses Buch mit einer tatsächlich fast unerträglichen Spannung ausgestattet hat, ist es weit mehr geworden als ein geschickt gebauter Psycho-Thriller. Mir scheint der Vergleich mit Strindberg nicht aus der Luft gegriffen. Wie Martin Marquardt, unter Zuhilfenahme aller Beweise, kalte Logik über menschliche Regungen obsiegen läßt, das ist nicht nur ungemein faszinierend und trotz aller abstoßenden Überspitzung glaubhaft – es ist ja auch, weit über den Gegenstand des Romans hinaus, erhellend für unsere immer mehr dem technischen Zweckdenken verfallende Epoche.«
Armin Ayren/Stuttgarter Zeitung

»... sehr exakt, richtig bis ins letzte Detail.«
Neue Zürcher Zeitung

Doris Dörrie im Diogenes Verlag

Für immer und ewig

Eine Art Reigen. Leinen

Ein überschaubarer Kreis von Personen, darunter auch das Model Antonia, im ewigen Karussell des Lebens: Man begegnet sich, verliert sich wieder aus den Augen, liebt und leidet.

»Doris Dörrie ist in diesem Buch auf der Höhe ihrer ›Männer‹- und Frauencharakterstudien. Spotlight on für ihre Figuren, die sie für sich und über sich sprechen läßt, ohne sie jemals zu bevormunden. Ein Buch zum Lachen und zum Weinen. Zum genießerischen Wehmütigsein und zum sinnigen Nachdenken.«
Karin Struck / Die Welt, Bonn

»Ein buntes Kaleidoskop von Geschichten aus dem prallen Leben.« *NDR, Hannover*

»In *Für immer und ewig* dreht sich, frei nach Arthur Schnitzler, alles um die Liebe. Wie in einem Karussell begegnen sich die einzelnen Personen immer wieder in einem wilden Wirbel von Liebe, Leid und Leidenschaft.« *Augsburger Allgemeine*

Der Mann meiner Träume

Erzählung. Leinen

Doris Dörrie erzählt die Geschichte von Antonia, die den Mann ihrer Träume tatsächlich trifft. Sie erzählt eine moderne Liebesgeschichte, eine heutige Geschichte, deren Thema so alt ist wie die Weltliteratur, eine Geschichte von der Liebe.

»Ein erzählerisches Naturtalent mit einem beneidenswerten Vermögen, unkompliziert und gekonnt zu erzählen. Der Leser beendet die Lektüre mit höchst be-

wußtem Bedauern darüber, daß er diese kurzweilige, unprätentiöse Erzählung schon hinter sich hat.«
Frankfurter Allgemeine Zeitung

»Doris Dörrie ist als Erzählerin Spezialistin in diffizilen Angelegenheiten der kleinen Rache und gezielten Ohrfeigen zum Zwecke der Unterstützung des eigenen Selbstwertgefühles.
Sie ist eine sehr gute Kurzgeschichten-Schreiberin – mit der erforderlichen Prise Selbstironie, mit stilistischer Eleganz.« *Die Zeit, Hamburg*

Liebe, Schmerz und das ganze verdammte Zeug

Geschichten. detebe 21796

Vier großartige, liebevolle, traurige, grausame Geschichten. *Mitten ins Herz, Männer, Geld, Paradies.* Geschichten von befreiender Frische.

»...ohne stilistische Bedenken, theoretische Skrupel oder methodische Zweifel. Doch lesen wir sie mit einer Begeisterung wie ein belletristisches Debüt schon lange nicht mehr.« *Frankfurter Allgemeine Zeitung*

»Doris Dörrie ist eine beneidenswert phantasiebegabte Autorin, die mit ihrer unprätentiösen, aber sehr plastischen Erzählweise den Leser sofort in den Bann ihrer Geschichten schlägt, die alle so zauberhaft zwischen Alltag und Surrealismus oszillieren. Ironische Märchen der 80er Jahre – Kino im Kopf.«
Der Kurier, Wien

»Ihre Filme entstehen aus ihren Geschichten.«
Village Voice, New York

»Was wollen Sie von mir?« und 15 andere Geschichten

detebe 21916

Mit diesen knappen, manchmal melancholischen, manchmal sehr komischen, manchmal märchenhaften

Geschichten gelingt Doris Dörrie ein kleines Panorama unserer ver-rückten Gesellschaft.

»Es ist vollkommen gleichgültig, ob Sie Doris Dörrie in der Badewanne, im Intercity-Großraumwagen, im Lehnstuhl oder in der Straßenbahn lesen, nur: Lesen Sie sie! Lassen Sie sich nicht irre machen von naserümpfenden Kritikern, diese sechzehn Short-Stories gehören durchweg in die Oberklasse dieser in Deutschland stets stiefmütterlich behandelten Gattung.« *Deutschlandfunk, Köln*

»Vor allem freut man sich, daß Doris Dörrie den eitlen Selbstbespiegelungen der neuen deutschen Weinerlichkeit eine frische, starke und sensible Prosa entgegenstellt.« *Kölnische Rundschau*

Jürgen Lodemann im Diogenes Verlag

Anita Drögemöller und Die Ruhe an der Ruhr

Roman. detebe 20283

»Die deutsche Literatur ist arm an solchen Büchern, die so leicht zu lesen sind und die doch mit einem ernsten sozialen Hintergrund ein Stück Leben vermitteln.« *Max von der Grün*

»Das uralte Genre des Kriminalromans, in seinen Mitteln meisterhaft beherrscht, wird hier eingesetzt zur Entlarvung der Wirklichkeit, die man so noch niemals gesehen hatte.« *Saarbrücker Zeitung*

»Die Tat eines begabten Schreibtischwüstlings.«
Stern, Hamburg

»Auf jeden Fall werde ich nicht mehr durch das Ruhrgebiet fahren, ohne an die dolle Anita zu denken.«
Jörg Drews

Familien-Ferien im Wilden Westen

Reisetagebuch. detebe 20577

»Das Buch ist eine gelungene Mischung von erlebten Eindrücken, philosophierenden Gedanken, scharfen, anschaulich formulierten Beobachtungen und nützlichen Reisetips. Es bietet gute Unterhaltung für den Amerikakenner und -liebhaber und für den, der dies noch werden will.« *Neue Zürcher Zeitung*

»Überzeugender als mancher ausführliche Reiseführer.« *Frankfurter Allgemeine Zeitung*

Lynch und Das Glück im Mittelalter

Roman. detebe 20798

»Sie haben eine schwierige Aufgabe erfolgreich bewältigt: die Beschreibung des Übergangs vom Mittelalter

zur modernen Welt: so anschaulich, daß man sich bei ihren Festen gegenwärtig fühlt. Doch das Faszinierendste ist die Behandlung des Themas, das man die Tragödie der Gerechtigkeit nennen könnte, die Tragödie der Prinzipien, die Tragödie des guten Menschen.«
Erich Fromm

Im Deutschen Urwald

Erzählungen, Essays und Gedichte. detebe 21163

»Szenen aus einem neuen Dschungelbuch. Der Fernsehredakteur schreibt von seinen Schwierigkeiten in der Pampa des Kulturbetriebs und im Chaos der eigenen Gefühle.« *NDR, Hamburg*

Der Solljunge

Autobiographischer Roman. detebe 21279

»Ein lebendiges, unmittelbares Buch, eine farbige Analyse, die aus Erzählung, nicht aus Abstraktion besteht, oft mitreißend, oft bewegend... ein eindrückliches literarisches Werk.« *Neue Zürcher Zeitung*

Luft und Liebe

Geschichten. Leinen

Ein Dutzend Geschenk-Geschichten; Geschichten über Freude, Glück, Wohlstand, Segen, Freundschaft, Erfolg, Wunder, Energie, Glauben, Liebe, Eigensinn und Courage; Geschichten über lang entbehrte Annehmlichkeiten.

Essen Viehofer Platz oder Langensiepens Ende

Roman. detebe 21613

An einem frühen Sonntagmorgen bekommt Rudolf Langensiepen einen Anruf. Eine Rosa Bergmann teilt ihm mit, in einem Kabelgraben in der nördlichen

Innenstadt liege ein Toter. Er allein könne diesen Fall aufklären...

»Spannend ist die Verquickung von Dichtung und Wahrheit in diesem Kriminal-Schlüsselroman aus dem Revier. Jürgen Lodemann, mit seinem Faible fürs Ruhrgebiet, hat mit *Essen Viehofer Platz* einen wortgewaltigen, trotz der vielfältigen literarischen Schattierungen packenden interessanten Unterhaltungsroman geschrieben.« *WDR, Köln*

»Ein ganz großer Wurf... ein ausgesprochener Lesespaß!« *Volksstimme, Wien*

Otto Jägersberg im Diogenes Verlag

Vom Handel mit Ideen

Geschichten. detebe 22493

Ideen und Phantasie gehören bestraft, sonst richten sie Unheil an. Es sei denn, es läßt sich mit ihnen Handel treiben. Was ist Geld? Wie wird es gemacht? Wie erzieht man Kinder zu Terroristen, wie macht man sie zu Bundespräsidenten, wie wird man Exhibitionist oder Hochstapler, wie werden die Alpen verschoben, die Schrankenwärter wegrationalisiert, die Hunde zum Schweigen gebracht; was passiert eigentlich im Schwarzwald und in Rom, bei Dichterlesungen, auf Fußballplätzen, Loipen und im Magen der Kuh?
Indem Jägersberg das naheliegend Menschliche außerhalb der Spielregeln des täglichen Lebens ansiedelt, zieht er uns den Boden unter den Füßen weg und lehrt uns vielleicht wieder, aufrecht auf zwei Beinen zu stehen.

Wein, Liebe, Vaterland

Gesammelte Gedichte. Broschur

»Ein Feuerwerk von Intellekt und Witz, ein Buch von erfrischender Zügellosigkeit.«
World Literature Today, Oklahoma, USA

»Jägersberg spielt mit den Möglichkeiten einer Gattung, in der mittlerweile alles erlaubt scheint. Er verwandelt sich die Formen des modernen Prosagedichts an, mischt hin und wieder etwas von der Flüchtigkeit gefilmter Dramatik, eine Prise Kino-Pathos bei, trifft den hymnischen, den lakonischen, den melancholischen Ton, und selten unterläuft ihm ein Klangfehler. Ihm gelingt vor allem, was dem Alltagsgedicht der siebziger Jahre so oft mißriet: die alltägliche Begebenheit, das scheinbar Triviale aus Gegenwart und Erinnerung ins Gedicht zu heben. Seine häufigste

Methode: er verhilft dem Vordergründigen, dem Banalen auf eine sprachlich höhere Stufe. Durch solche Verbindung von ›niederem‹ Inhalt mit ›hohem‹ Stil entstehen entweder Komik und Groteske oder aber ein verhaltenes, alten Photographien nicht unähnliches Pathos. Nie jedenfalls führt Jägersberg seine Gedichte ins grüne Idyll spazieren, noch verklärt er privaten Zahnschmerz zu jenen Peinlichkeiten, wie sie in den Gedichten, die vor gut zehn Jahren vom Alltag zu erzählten begannen, so häufig anzutreffen waren.«
Süddeutscher Rundfunk, Stuttgart

Weihrauch und Pumpernickel

Ein westpfählisches Sittenbild
detebe 20194

»Als 1964 Jägersbergs *Westpfählisches Sittenbild* mit dem griffigen Titel *Weihrauch und Pumpernickel* erschien, begrüßte die westdeutsche Kritik in dem 22jährigen Autor ein ›Naturtalent‹, das ›der sogenannten Moderne einen Streich spielt‹, wie Helmuth de Haas damals in der ›Welt der Literatur‹ schrieb. ›Nahe an Rabelais‹ würde hier erzählt, ›prall und saftig‹ – und dies inmitten der Hausse des nouveau roman. Andersch, Eisenreich, Erich Kästner, Arno Schmidt, Martin Walser und Carl Zuckmayer, sie alle erwiesen ihre Reverenz.« *Jürgen Lodemann/Kritisches Lexikon zur deutschsprachigen Gegenwartsliteratur*

Der letzte Biß

Geschichten aus der Gegenwart
detebe 20698

»*Doktor Murkes gesammeltes Schweigen* – der Leser erinnert sich gewiß der magistralen Satire auf den Rundfunkbetrieb. Der freie Mitarbeiter Heinrich Böll schrieb sie 1955, weniger lächelnd als im Zorn. Nun hat der Insider Otto Jägersberg eine Satire auf das Fernsehen geschrieben: *Der Fernsehreporter unter-*

wegs. Sie kann sich nicht nur mit Murke messen: Sie ist sogar bündiger, witziger, zugriffiger.«
Luzerner Neueste Nachrichten

»Die Titelgeschichte sollte zur Pflichtlektüre aller bei Funk und Fernsehen Tätigen erhoben werden und eröffnet auch dem programmgeschädigten Publikum tiefe Einblicke in die Urgründe seiner Misere.«
Frankfurter Rundschau

Der Herr der Regeln

Roman. detebe 21612

Der Glaube an das Glück erfordert täglichen Kampf. In einer deutschen Kleinstadt sitzen drei Männer beim Spiel. Die Gewohnheit hat sie zu Freunden gemacht. Im Hintergrund ihrer Familien erziehen, singen und philosophieren die Frauen. Die Regeln sichern den tiefen Frieden. Bis der Tag der Abrechnung kommt. Ein Buch von der Liebe, vom Tod und von den Spielregeln.

»Otto Jägersberg hat in der Tradition Heinrich Manns, Lion Feuchtwangers, Oskar Maria Grafs und Martin Walsers einen Roman über den Abgrund im Bürger geschrieben, der als Sprachkunstwerk fasziniert und als Diagnose bundesdeutscher Realität beunruhigt.«
Südwestfunk, Baden-Baden

Söffchen oder Nette Leute

Roman. detebe 21725

Von einem einfachen Mann wird hier erzählt, der als Vertreter aufs Land fährt und *Nette Leute* besucht. Der Mann hat vor, ein Lexikon zu verkaufen, aber da stellt ihm das Landleben freundlich ein Bein. Er wird zum Essen eingeladen, spaziert den Hausherrn von der Arbeit abholen, schließlich verliebt er sich ein bißchen in Söffchen, die Tochter...

»Die schiere Wirklichkeit wird hier serviert ohne Mätzchen und in den Sprachklischees, die unsere Gesellschaft auf der Konsumebene entwickelt hat. So entsteht allmählich eine tödliche Idylle des totalen ›Seid-nett-zueinander‹. Der Autor erreicht mit seiner Prosa, daß man stutzt, staunt und erschrickt: so ›nett‹ ist die Wirklichkeit.« *Münchner Merkur*

Bernhard Schlink

Die gordische Schleife

Roman. detebe 21668

Georg Polger hat seine Anwaltskanzlei in Karlsruhe mit dem Leben als freier Übersetzer in Südfrankreich vertauscht und schlägt sich mehr schlecht als recht durch. Bis zu dem Tag, als er durch merkwürdige Zufälle Inhaber eines Übersetzungsbüros wird – Spezialgebiet: Konstruktionspläne für Kampfhubschrauber. Polger gerät in einen Strudel von Ereignissen, die ihn Freund und Feind nicht mehr voneinander unterscheiden lassen.

»Der Autor dieses Buches legt mit diesem Roman seinen ersten Alleingang auf dem Krimi-Terrain vor. Zusammen mit Walter Popp schrieb er vor zwei Jahren den von der Kritik hoch gelobten Kriminalroman *Selbs Justiz*, die Geschichte des alten Mannheimer Privatdetektivs Gerhard Selb. Als ›Geburt eines deutschen Maigrets‹ wurde das Buch nach seinem Erscheinen gefeiert, weitere Abenteuer des sympathischen alten Herrn wurden gefordert.
Daß Bernhard Schlink dieser Versuchung widerstanden hat, daß er sich nicht in die Riege der Serienschreiber eingliedern ließ, das ist ihm hoch anzurechnen. Zumal er mit seinem neuen Roman ein so achtbares Buch vorgelegt hat, daß man nun wirklich auf Weiteres aus seiner Feder gespannt sein darf.«
Radio ffn, Isernhagen

Ausgezeichnet mit dem Autorenpreis der Kriminalautorenvereinigung ›Syndikat‹ anlässlich der Criminale 1989 in Berlin